신의
그릇

사기장 신한균 **역사소설**

# 신의 그릇

—

일본은 왜 임진왜란을 '도자기 전쟁'이라 하는가?

솔과학

# 이 글을 완성하기까지

　1994년 6월 17일 오전, 일본 국보가 된 '조선 막사발'을 보러 갔다. 쿄또 코호앙孤蓬庵 입구는 정갈하게 정돈되어 있었고, 주지 스님과 일본 도예전문가들이 기다리고 있었다.

　상자를 열었다. 그 안에 든 두번째, 세 번째 상자도 열었다. 네 번째의 검은 칠기 상자가 보였다. 오른쪽 위에 금색 글자로 '고려高麗' 그 아래에는 '이도井戶'라 씌어 있었다. 뚜껑을 열자 자줏빛 비단이 나타났다. 자줏빛을 덜어내자 사발 하나가 소박하게 고개를 내밀었다.

　전쟁까지 일으킨 사발.* 평범했다. 비뚤어져 있었다. 한쪽이

---

*토요또미 히데요시가 일으킨 임진왜란. 이 침략전쟁을 일본은 '다완전쟁茶碗戰爭'이라 부르기도 한다. 河野良輔, 『萩 出雲』, 平凡社 1989 참조.

수리되어 있었다. 너무나 가벼웠다. 이것이 과연 비천한 사기장이 빚은 막사발이란 말인가? 그릇쟁이의 가슴으로 보았다. 그것은 '신의 그릇'이었다. 바로 조선 사기장의 혼이었다.

그러나 이 그릇에 대해 일본의 한 미학자는 다음과 같이 말했다.

"키자에몽 이도는 천하제일의 다완으로 일컬어진다. … 이것은 조선의 밥공기다. 그것도 가난한 사람들이 예사로 사용하던 그릇이다. 너무나도 조잡한 것이다. 전형적인 잡기다. 형편없이 싼 기물이다. 만든 자는 아무렇게나 만들었다. 개성 등을 자랑할 것이 없다. 쓰는 사람은 막 다루었다. … 저 평범한 그릇이 어떻게 아름답다는 인정을 받았을까? 거기에 차인茶人들의 놀라운 창작이 있었다. 밥공기는 조선인들이 만들어냈다 하더라도 대명물은 차인들이 만들어낸 것이다. … 이도가 일본으로 건너오지 않았더라면 조선에서 살아남지 못했을 것이다. 일본이야말로 그 고향이다."(柳宗悅,「喜左衛門井戸を見る」,『工藝』第5號, 1931년 5월)

일본의 미학자 야나기 무네요시가 도자기 최초로 일본 국보가 된 조선사발을 평한 말이다. 우리는 그의 이 말을 아무런 생각 없이 진실인 양 받아들였다. 그 결과 우리의 옛 지방사발은 모두 '막사발'이 되어버렸다.

도예가로서 나는 이 '막사발'의 진실을 밝히기로 했다. 우선 조선 사기장의 흔적을 찾아다녔다. 한국에서 그분들의 흔적은 깨어진 사금파리밖에 없었다. 그분들이 끌려간 일본으로 갔다. 십여년 동안 그분들의 발자취를 더듬었다.

이삼평, 존해, 종전, 백파선, 심당길, 또칠이, 팔산……그분들은 비천한 사기장이 아니었다. 많게는 천명, 적게는 백명의 사기장을 거느린 리더였고 지략가였으며 사기장들을 아우르는 오케스트라 지휘자였다. 그분들의 도자기는 교향곡이었다. 끌려간 그분들은 도자기를 가지고 일본인들과 싸웠고 승리했다. 그분들의 도자기 기술은 그후 일본이 선진국으로 가는 초석이 되었다.

글을 쓰기로 했다. 그러나 도예가는 그릇으로 말하지 글로 말하지 않는다고 누군가가 말했다. 옳은 말이었다. 펜을 놓았다. 10여년간 같이했던 조선 사기장들의 행적을 한동안 서랍 속에 넣어두었다. 하지만 그분들의 넋은 나로 하여금 기어코 글을 쓰게 만들었다.

2006년 봄, 다시 펜을 잡았다. 미친 듯이 글을 써내려갔다. 10개월 후 소설 뼈대가 완성되었다. 여러 사람한테서 자문을 받아 수정을 거듭했다. 그러다 2007년 5월, 그때까지 쓴 글을 버리고 처음부터 다시 쓰기 시작했다. 쓰고, 고치고, 쓴 글을 자르고, 새로운 이야기를 추가했다. 와중에 한평생을 사발에 바친 아버지 신정희申正熙님이 쓰러져 중환자실에 입원하셨다. 나는 아버지가 계시는 중환자 대기실에서도 글을 썼다. 2007년 6월, 아버님이 저세상으로 가셨다. 아버님의 영혼과 함께 다시 글을 빚었다. 글에 아버님의 장인정신을 넣으려고 애썼다. A4 용지가 쌓이고 쌓여

방 하나를 가득 채웠다. 몸무게가 일년 전에 비해 15kg나 빠져버렸다. 글쓰기를 그만두고 그릇만 빚기를 가족들은 소망했다.

　2008년 3월, 드디어 글이 완성되었다. 그릇들을 시집 보내듯이 이제 내 글을 독자들께 시집 보낼 차례다.

# 차례

## 1부 ........................................................................................................

이 글을 완성하기까지 … 4

말밥굽 소리 …… 13
가마로 찾아온 왜장 …… 19
주문장 …… 26
사금파리 …… 36
미령이 …… 55
의병 증표 …… 65
일본행 …… 77
가련이 …… 87
사무라이 도공 …… 95
왜국 생활 …… 107
조선에서 온 사기장 …… 113
칼의 문화 …… 123
오*고려인 …… 129
불쟁이 …… 140
시집가는 그릇 …… 150
참을 인忍 …… 156

고려촌 …… 163
그녀의 유서 …… 175
망향의 동산 …… 188
황도 …… 200
땅딸이 왜국 무사 …… 209
다도 수업 …… 215
권력자 호소까와 …… 226
유곽의 여인 …… 236
고려촌 차선생 …… 244

# 2부

달빛 차회 ······ 259

조선 관리 ······ 268

부고 ······ 275

이삼평 ······ 281

세번째 쇄환사 ······ 293

기다리던 소식 ······ 298

호소까와 이도 ······ 305

심당길 ······ 314

천민촌 사기장 ······ 320

이작광·이경 형제 ······ 328

백발의 여장부 ······ 335

좌절된 귀국 ······ 345

묘책 ······ 354

코보리 엔슈 ······ 359

떠돌이 무사 로닝 ······ 369

닌자의 기습 ······ 379

증인 확보 ······ 384

다꾸의 죽음 ······ 392

양산 법기리의 숨결 ······ 400

아, 이도다완 ······ 409

귀국 ······ 417

왜놈 된 조선인 ······ 424

내 아이야 내 자식아 ······ 429

마꼬 이도 ······ 440

막부의 명령 ······ 447

해방 ······ 454

신의 그릇 ······ 464

글을 끝내며 ··· 470

연표 | 임진왜란에서 조선 사기장의 사망까지 ··· 474

도움받은 문헌 ··· 483

| 일러두기 |

1. 이 책에 등장하는 조선 사기장(도공)은 대부분 임진왜란 때 일본에 끌려간 실존 인물들이다. 단 주인공 신석은 저자가 창조한 인물이다.
2. 조선 사기장이 활동한 지역이나 그들이 빚어낸 도자기는 역사적 사실에 부합하나 인물의 개성은 창작한 것이다.
3. 조선 사기장들의 발자취는 옛 기록과 부합하도록 최대한 노력했다. 그런데 조선 사기장에 관한 기록 자체가 책마다 다른 경우가 많았다.
4. 저자가 400년 전의 일본 옷이나 생활습관, 음식 등을 묘사할 때는 문헌이나 학자에 의해 고증된 것을 최대한 선택하였으나 일부는 그 고증이 힘들어 확인하지 못한 것도 있다.
5. 일본어는 현지 발음에 가깝게 표기했으나 다다미(타따미)처럼 우리에게 익숙한 경우는 일반적인 표기를 따랐다.
6. 가마의 구조

# 1부

# 말발굽 소리

    한밤중, 말발굽 소리가 들리더니 횃불이 어른거렸다.

    '누구일까? 왜군이 이 밤중에 올 리도 없고, 의병들인가?'

    방문을 열어젖혔다. 횃불을 든 왜병들이 마당으로 들이닥쳤다. 말들이 숨을 거칠게 몰아쉰다. 맨 앞의 말 위에 왜장의 가신 타까하시가 있었다.

    "타까하시님, 이 시간에 어쩐 일이오?"

    "주군의 급한 명령이오. 지금 나를 따르시오."

    "어디로 가오?"

    "가 보면 알게 될 것이오. 시간이 없소. 빨리 말을 타시오."

    "부모님과 같이 가면 안되겠소?"

    "빨리 떠나야 하오."

편찮은 어머니를 두고 갈 수는 없다.

"못 가오."

졸개들이 칼을 겨누었다. 방문이 덜커덕 열렸다. 아버지가 소리쳤다.

"이놈들아, 안된다."

"안돼! 석아, 절대 못 간다. 콜록콜록……"

"어머니!"

부모님을 향해 몸을 돌리자마자 누군가 내 뒤통수를 세차게 내리쳤다.


얼마 동안 기절해 있었던 것일까? 정신이 들었으나 꼼짝달싹할 수가 없다. 배에 실려가고 있다는 것만 느껴질 뿐 아무것도 알수 없었다. 자루에 들어 있는 몸이 짐짝처럼 어딘가에 처박혔다. 시간이 흘렀다. 발자국 소리가 들리더니 누군가가 자루를 푼다. 왜병이었다. 한 놈이 발의 끈은 풀어주었으나 양손은 더 꽁꽁 묶는다. 왜병이 칼을 들이대며 자기를 따르라 한다. 눈이 부셨다. 부산포 왜성이었다.

찬바람이 뺨을 때린다. 갯내가 났다. 수많은 왜병이 대여섯 명씩 조를 짜서 바쁘게 움직이고 그 사이로 조선인들이 짐을 나른다. 왜병이 동작이 굼뜬 조선인들을 채찍으로 후려친다. 군데군데 짚단처럼 송장들이 쌓여 있다. 이럴 수가! 시체의 얼굴에 코가 없다. 어린아이, 늙은이, 젊은이 할 것 없이, 남자 여자 가릴 것 없이 모두들 코가 잘려나갔다. 고개를 돌렸다. 왜병들이 잘라낸 코를 꿰어 허리에 주렁주렁 달고 있었다. 한쪽 구석에서 시커먼 연기가 하늘로 치솟는다. 주검 태우는 노린내가 코끝을 스치고 불속에서 나오는 찢어지는 비명소리가 귀청을 때린다. 으악! 외마디 비명을 지르자 왜병이 칼등으로 내 왼쪽 어깨를 내리쳤다. 왼쪽 어깨가 부서지는 듯하다.

포구엔 왜선이 정박해 있었다. 주저하는 나를 왜병이 칼로 위협하며 배에 태운다. 왜장의 가신 타까하시의 목소리가 들렸다.

"신석, 당신을 관리하는 것이 내 책무니 나를 이해해주기 바라오. 시간이 없으니 요점만 말하겠소. 태합(토요또미 히데요시) 전하께서는 올 팔월에 돌아가셨소. 며칠 전 이순신도 죽었소. 우리는 본국으로 철수하오. 나는 이 철수작전을 끝내놓고 본국으로 돌아갈 것이오. 조선에 있는 동안 당신 부모는 최대한 보호해주겠소. 배가 쓰시마(대마도)에 도착하면 당신은 주군의 측근 다뀨 장군을 만나게 될 것이오. 내 보고서에는 당신 스스로 일본에 가는 걸로 되어 있소. 당신을 위해서요. 일본에서 봅시다."

놈이 말머리를 돌렸다. 뿌연 먼지가 일었다.

둥! 둥! 둥!

북소리가 세차게 울린다. 배가 포구에서 멀어지자 가마솥 같은 산 윤곽이 드러난다. 눈물 때문에 부산포가 흐릿해졌다. 왜병이 나를 선실로 끌고 가더니 마룻바닥에 처박았다.

"그만! 심하게 다루지 마라. 그자는 주군의 전속 도공이다."

상관인 듯한 놈이 다가와 모질게 묶인 손을 풀어주고 나갔다. 왜병이 와서 주먹밥 두 덩이를 주었다. 옆으로 팽개쳐버렸다.

배는 계속 바다를 가른다. 선실의 나무벽 틈으로 빛과 어둠이 지나갔다.


'하야꾸, 하야꾸(빨리, 빨리)' '빠가야로' 시끄러운 소리가 들리더니 왜병이 나를 밖으로 데려간다. 부신 눈을 감았다가 뜨자 큰 섬이 보였다. 대마도같이 느껴졌다. 대마도는 원래 경상도 동래부에 속한 섬이었으나 지금은 왜국의 전초기지인 배신자의 섬이다. 많은 왜선들이 울긋불긋한 깃발을 매달고 정박해 있었다.

커다란 배로 옮겨탔다. 갑판 위에 기와로 된 이층집이 있었다. 기와집 중앙에 망루가 자리하고, 망루 사방에는 빨간 호리병 문양의 깃발이 꽂혀 있었다. 왜병이 기와집 안의 넓은 방으로 데려가서는 내가 지낼 방이라 한다.

둥둥둥, 북소리를 따라 격군들이 다시 노를 저었다. 격군대장은 왜군이고 힘겹게 노를 젓는 이들은 조선인이다. 배가 다시 남쪽으로 향했다.

왜병 한 놈이 와서 다규 장군이 나를 찾는다 한다. 다규가 있는 망루 앞에는 주렴이 늘어뜨려져 있었다. 사람의 코를 말려 엮은 코주렴이었다. 헛구역질이 나왔다. 놈이 들어오라고 한다. 손으로 주렴을 벌려야만 했다. 질끈 눈을 감고 코주렴을 벌리자 소름이 돋았다.

땅딸막한 놈이 젊은 조선 여인 세 명을 끼고 있었다. 얼굴에 털이 많고 눈이 위로 찢어진 놈이 나를 쳐다보며 앉으라 한다.

"네놈은 내가 누군지 모르겠지? 음, 나는 주군이 다스리는 나베시마번錦島藩의 다규 지방을 책임지는 다규다. 다규 지방의 영주이면서 우리 번에서는 주군 다음이지. 네놈에 대한 보고는 받았다. 주군의 전속 도공이라면서?"

"……."

놈이 코주렴을 손으로 가리켰다.

"음, 네가 주군의 도공이라고 내 말을 무시하거나 상관인 나를 잘 받들지 못하면 네놈의 코도 저렇게 걸릴 것이야. 나는 성질이 급하단 말이야."

놈의 위협에 몸이 떨렸다.


폭풍우를 만났다. 배가 하늘로 솟구치다가 거센 파도 속으로 내리 떨어졌다. 토하다가 정신을 잃었다. 정신을 잃었을 때가 차라리 좋았다. 배가 조용히 바다를 가르고 있으면 어머니와 아버지의 얼굴이 떠올라 괴로웠다. 그러나 그것은 호강이었다. 굶고 병들어 해골이 된 조선 사람들, 노 젓다가 탈진해 쓰러진 격군들은 왜병에 의해 차가운 바닷물에 매일매일 던져지고 있었다. 겁탈당하기 전에 은장도로 자기의 심장을 찔러 절개를 지킨 여인, 겁탈당해 혀를 깨물고 목숨을 스스로 버린 여인, 그들도 차가운 밤바다에 던져지고 있었다. 나는 그것들을 지켜볼 뿐 아무것도 할 수 없었다. 분노만 간직한 채 홀로 절규하며 몸부림칠 뿐이었다.

어느날 할아버지의 음성이 들려왔다.

"석아, 너는 조선 사기장沙器匠의 기둥이니라."

그래, 나는 사기장이다. 가업을 이어야 한다. 꼭 고향으로 돌아가야 한다. 그러기 위해선 살아남아야 한다.

한맺힌 조선의 영혼들이 하얀 눈으로 겨울 바다를 떠돌건만, 격군들의 노는 파도를 계속 때리고, 무심한 배는 휘날리는 눈발 사이를 헤집고 남으로 남으로 나아갔다.

# 가마로 찾아온 왜장

계사년(1593년) 봄, 해가 중천에서 기울기 시작할 때였다. 가마 칸 안에는 그릇들이 식고 있었다. 작년에 왜군이 이곳 김해를 휩쓸고 지나간 뒤로 세 달에 한번씩 그릇을 사가던 보부상들이 오지 않고 있다. 현재는 그릇을 구워봤자 가져갈 사람도 없다. 가마가 많이 식었다. 하지만 가마칸 속의 열기는 아직도 쇠를 녹일 정도로 뜨겁다. 가마칸 문을 헐어내니 뜨거운 열기가 아지랑이 되어 하늘로 올라간다.

서산으로 해가 넘어갈 무렵 십리 거리의 마을에 갔던 아버지가 돌아왔다.

"석아, 함경도까지 쳐들어갔던 왜군이 다시 부산포에 모이고 있단다. 엄청난 군대란다."

"큰일이네요."

"벌써 낙동강 동쪽엔 왜병들이 쫙 깔렸다고 한다. 피난을 가야 할지 말아야 할지 모르겠구나."

"여기까지 왜군이 오겠어요?"

"그래, 마을도 없는 이 신어산 중턱까지 왜군이 올라오지는 않을 게야."


지저귀는 산새 소리에 눈을 떴다. 가마로 갔다. 어머니가 칸문 앞에 가마니를 깔아놓았다. 가마칸 안은 여전히 뜨거웠다. 두꺼운 천으로 얼굴과 손을 칭칭 감쌌다. 발에는 버선을 겹으로 신었다. 가마칸 안으로 들어가자 뜨거운 열기가 뼛속까지 전해진다. 내가 그릇을 건네주면 아버지가 널빤지 잔판 위에 얹고 어머니는 조심조심 그릇을 옮긴다. 땀범벅이 돼 밖으로 기어나왔다. 할아버지는 꺼낸 제기를 살펴보고 있었다.

어머니가 차를 타 권했다. 찻잎이 넓고 맛이 개운한 장군차였다. 차 한사발을 벌컥벌컥 들이켠 후 다시 가마칸 안으로 들어갔다. 마지막 칸의 그릇도 잘 익어 있었다. 금이 가거나 혹 난 것이 거의 없다. 반만 나와도 성공인데 버릴 게 거의 없다.

쨍그랑! 그릇 깨지는 소리와 함께 요란한 말발굽 소리가 들려왔다. 놀라서 밖으로 기어나왔다. 수많은 사람들이 가마로 몰려온다.

왜병들이었다. 눈앞이 캄캄해졌다.

앞장선 놈이 칼을 뽑아들자 다른 놈들도 칼을 뽑아 우리 식구를 겨누었다. 뿔 두 개가 금빛으로 솟구친 투구에다 갑옷을 입은 사람이 흰말을 타고 천천히 들어온다. 그 뒤로 빨간 호리병 문양이 그려진 큰 깃발이 보였다. 왜병들이 흰말을 탄 장수 주위를 둘러쌌다. 한 무리가 쇠막대기를 들고 가마 부근을 빽빽이 에워싼다. 쇠막대기는 아버지한테서 들었던 조총 같았다. 말을 탄 왜장 옆의 한 사람이 묘한 웃음을 지으며 조선말로 말했다.

"네놈들 앞에 계신 분은 나베시마 나오시게鍋島直茂 대장군이시다. 당장 큰절을 올려라."

머뭇거리자 왜병들이 칼을 들이댄다. 조총도 겨눈다. 덜컥 겁이 났다. 아버지가 눈짓으로 절하라는 신호를 보냈다. 엉거주춤 왜장에게 절을 했다. 할아버지는 꼿꼿이 그대로 서 있었다. 왜장이 통역을 통해 말했다.

"네놈들에 관해서는 이미 보고를 받았다. 부산포 왜관에 다완을 납품했던 도공이라지?"

아버지가 "예"라고 했다.

"태합 전하는 이곳 김해를 나의 영지로 내려주신다고 하셨다. 들어라, 곧 나의 백성이 될 네놈들은 나에게 충성을 다해야 할 것이다. 알겠느냐?"

"예."

왜장이 그릇을 유심히 바라보다 무어라 지시했다. 졸개가 사발 하나를 집어 왜장에게 바친다. 왜장의 그릇 잡는 손길이 사기장만큼 자연스러웠다. 왜장이 그릇을 옆의 부하에게 맡기고는 말에서 내린다. 졸개들이 조립한 의자에 앉은 왜장이 그릇을 가져오라고 손가락으로 지시했다. 졸개들이 사발과 사발보다 조금 작은 보시기, 또 사발 크기의 제기를 골라 왜장 앞에 늘어놓는다. 왜장이 그것들을 유심히 보다가 제기를 집을 때, 할아버지가 노기띤 목소리로 말했다.

"왜구들아, 그것은 조상을 위한 제기다. 사악한 네놈들이 손댈 것이 아니다."

왜병 한 놈이 할아버지를 향해 "아노 야로(저놈이)!" 하며 칼자루로 사정없이 할아버지의 등을 내리쳤다. 할아버지가 그대로 꼬꾸라졌다. 왜병이 칼을 치켜든다.

"안돼!"

아버지와 내가 동시에 소리쳤다. 아버지가 재빨리 할아버지 앞을 가로막으며 떨리는 목소리로 말했다.

"장군님, 제 아버지가 노망이 들어 하는 말이니 제발 용서해주십시오."

왜장이 통역을 통해 말했다.

"내가 용서해준다면 너는 무엇을 하겠느냐?"

"무슨 일이든 하겠나이다. 도자기를 빚어 장군님께 올리겠나이다."

"어떤 도자기를 올리겠느냐?"

"분부하시는 대로 다 빚어 올리겠사옵니다."

"이도다완井戸茶碗을 만들어 바칠 수 있느냐?"

"이도다완이라면…… 혹시 황도黃陶 말씀이옵니까?"

통역이 고개를 끄덕였다. 아버지는 이도다완이라는 말에 머뭇거렸다.

"다시 묻노라, 이도다완을 만들 수 있겠는가?"

"장군님, 그것은 맥이 끊어진 지 오래되옵니다. 저는 그것을 빚는 기술이 없사오나 아버지를 살려주시고 시간만 넉넉히 주신다면 반드시 빚어 올리겠나이다."

"시간을 얼마나 주면 되겠느냐?"

"그게, 흙도 찾아야 하고 또 불때기 실험도 해야 하니 오년은 걸릴 것이옵니다."

"오년이라, 어찌 그렇게나 걸린단 말이냐?"

"새로운 도자기를 빚으려면 그만큼은 걸리옵니다. 그중 이도다완은 가장 어려운 것이라, 그래서 오년은……"

"오년을 기다려준다면 이도다완을 확실히 만들 수 있겠느냐?"

"예."

"만약 그 약속을 지키지 못한다면?"

아버지의 얼굴에 식은땀이 흘렀다.

"제 목을 걸겠사옵니다."

"만약 약속을 지키지 않으면 네놈이 보는 앞에서 네 애비 목을 치겠다. 그러나 이도다완을 만들어만 낸다면 후한 상을 내리겠노라."

졸개들이 왜장 앞에 놓인 사발, 보시기, 제기를 챙겼다. 왜장이 한 사람을 가리키자 통역이 말했다.

"이분은 장군님의 가신 타까하시님이다."

타까하시가 우리를 노려보며 말했다.

"만약 너희 둘 중 하나라도 도망친다면 너희 가족은 모두 개죽음을 당할 것이다. 알겠느냐?"

"예."

"주군을 만난 것이 너희들에게는 큰 행운이다. 지금부터 내가 하는 말을 명심하도록 해라. 주군께서 고르신 다완들 말고는 필요없다. 전에 부산포 왜관에 납품했던 다완들만 만들도록 하여라. 그리고 내가 올 때까지는 절대 가마를 열지 않도록 해라. 알겠느냐?"

"예. 알겠습니다."

잠시 후, 왜병들이 쌀가마니를 지고 와 마당에다 부려놓았다. 모두 조선 쌀가마니였다. 타까하시가 말했다.

"주군께서 내리신 쌀이다. 너희들은 이 은혜를 잊어서는 안될 것이다."

"예."

타까하시는 우리가 빚어야 할 것은 나중에 주문장에 그려서 보내겠다고 한 뒤 가마를 책임질 분초장 한 놈을 지목했다. 그러곤 왜장을 따라 산 아래로 내려갔다.

# 주문장

할아버지가 부들부들 떨다 갑자기 토악질을 했다. 빨리 의원을 모셔와야 했다. 마을까지는 십리길이다. 있는 힘을 다해 뛰었다. 가마에서 멀지 않은 곳에서 왜병들이 땅을 파고 있었다.

"쫏또맛떼(잠깐)!"

분초장이 뛰어가던 나를 멈춰 세웠다. 놈은 나를 노려보다가 작대기로 땅바닥에 글을 썼다.

"어디로 가느냐?"

필담으로 말했다.

"할아버지가 위독하오. 의원을 데려와야 하오."

놈이 통행증을 써주었다. 다시 뛰어갔다. 마을 어귀의 왜군 초소에서 눈을 부릅뜨고 노려보는 왜병에게 통행증을 보여주자 바로 통과시켜주었다. 의원 댁으로 달려갔다.

"안에 누가 없소이까?"

아무 대답이 없었다. 대문을 밀어보아도 집안에는 인기척이 전혀 없었다. 혹시나 하고 마을을 돌았으나 젊은 사람들은 없고 노인들만 있었다. 의원은 보이지 않았다. 범하스님이 떠올랐다. 스님은 나에게 글을 가르쳐준 스승이다. 불일암으로 달려갔다. 스님께 일어난 일을 말씀드리니 우황청심환을 내어주셨다.

할아버지가 약을 삼키고 주무시자 어머니의 얼굴이 펴졌다. 우리 가족은 가마칸으로 가서 왜군이 남긴 그릇을 챙겼다.

"아버지, 왜병들이 이 밑에서 초소를 짓고 있어요."

"초소를? 우리를 감시하기 위해서일 게다."

아버지의 얼굴에 근심이 가득 찼다.

"아버지, 젊은 저를 그대로 둔 걸 보아 그릇만 빚어 주면 우리 가족을 해칠 것 같지는 않네요. 더구나 그릇을 빼앗아가는 우리 조선 관리와는 달리 왜군은 쌀까지 주잖아요."

"석아, 그건 좋아할 일만은 아니란다. 잘못하다간 나중에 왜군 협력자로 몰릴 수가 있어."

"왜군 협력자라구요? 그러면 큰일인데요."

"그래, 방책을 세워야 할 것 같구나. 근데 석아, 아까 통역하던 놈은 내가 아는 놈이란다."

"……예?"

"부산포 왜관에 사기(분청자, 분청사기)를 납품할 때 오늘 통역하
던 놈을 왜관에서 만났단다. 놈은 유창한 조선말로 보부상 장씨
를 통해 나에 대해 들었다 했어. 놈은 그림 하나를 보여주고, 그것
을 빚어 주면 값을 많이 쳐주겠다 했다. 그림에는 오늘 왜장이 요
구한 황도가 그려져 있었어. 나는 황도를 빚는 기술도 없었지만
그것이 제기여서 일언지하에 거절했단다. 그러자 왜관의 주문이
뚝 끊어지더구나."

"제가 읽은 『예기』에도 제기는 함부로 취급하면 안된다고 되
어 있어요."


다음날 아침 범하스님이 와서 할아버지에게 침을 놓아주었다.

"스님, 그런데 왜군들이 그릇을 가져간 대신 쌀가마니를 두고
갔습니다. 왜놈들에게 특별대우를 받는 것처럼 보일까봐 걱정입
니다."

"백성들을 돕게. 그러면 후환이 없을 것이네."

"백성들을 도우라시면……?"

"석이는 그릇을 빚어 쌀을 구하고, 신처사는 그 쌀을 굶주린
백성들에게 나누어주게."

"또 쌀을 갖다줄까요?"

"왜장이 원하는 사발을 빚어 주면 분명히 쌀을 보낼 것이네.

자네들이 그릇을 꺼내는 순간 왜군들이 오지 않았는가? 전쟁통에 쌀가마니를 가지고, 그것도 왜장이 직접."

"예."

"신처사도 알고 있겠지만, 나는 왜관의 스님과 교류를 했었네. 나는 그때 왜국 스님을 통해 왜국 이야기를 많이 들었지. 차인들은 다도茶道를 닦는다고 했고 다도에는 차사발이 중요하다 했네. 차인들은 차사발 중에서도 우리 조선의 황도 사발과 분청자 사발을 가장 좋아한다 했어."

"스님, 저는 아버님을 구하기 위해 오년 안에 황도를 빚어 준다고 왜장에게 약속했습니다만 오년 동안 시간을 끌면서 분청자 사발만 빚어 줄까 합니다."

"잘했네. 황도는 우리 조상을 위한 제기라 왜인들에게 줄 수 없는 것이지. 요새는 우리 조선 사기장들이 전부 백사기(백자)만 빚고 있지 않은가. 내가 알기로는 자네처럼 분청자를 빚을 수 있는 사기장은 거의 없어. 그걸 무기로 하여 될 수 있는 한 많은 쌀을 확보한 뒤 우리 백성들에게 나눠주도록 하게."

"예, 스님."

떠날 때 범하스님은 할아버지에게 풍이 온 것 같다고 했다. 아버지의 얼굴이 하얘졌다.


왜국과 명나라 사이에 협상이 진행된다는 소문이 김해 읍내에 나돌았다. 협상을 하는 이는 명나라 심유경沈惟敬과 왜장 코니시 유끼나가小西行長라고 했다. 경상도·전라도·충청도가 곧 왜놈땅이 된다는 흉흉한 소문까지 돌았다.

아버지와 나는 열흘에 걸려 소나무를 벌목했다. 타까하시가 보낸 왜장의 주문장이 도착했다. 주문장의 맨 처음에는 황도인 이도다완이 있었고 그 외에도 여러 다완들이 그려져 있었다. 다완 이외에는 물이 한 되 정도 들어가는 작은 항아리, 꽃 한두 송이만 꽂는 화병이 있었다. 주문장에는 그것들의 질감, 색깔, 분위기까지 적혀 있었다. 불을 땐 뒤라 물레 돌리기 전에 가마칸을 수리해야 했다. 가마칸에 들어가 벽이 갈라진 곳을 찾아 흙으로 메웠다.

범하스님 말씀대로 아버지는 틈틈이 마을에 내려가 굶주리는 사람들에게 쌀을 전하기로 했다. 쌀을 나누어주기 위해서는 통행증이 필요했다. 분초장에게 가서 다완을 빚으려면 여러 곳의 재료를 구해야 하기에 어디든 갈 수 있는 통행증이 필요하다고 했다. 분초장은 통행증을 써주며, 아버지가 가마 밖을 나오면 내가 가마에 있어야 하고, 내가 가마 밖을 나오면 아버지가 가마에 있어야만 한다는 조건을 달았다.

분초장은 매일 한두 번씩 졸개들을 데리고 작업하는 나를 감시하다 돌아갔다. 칼을 차고 작업장에 함부로 들어오는 놈을 볼 때마다 불쾌했다.

어느날 돌아가는 물레 위로 불쑥 책 한권이 들어왔다. 분초장이었다. 놈은 허락도 없이 대나무 칼인 목가새로 질흙 위에다 글을 썼다.

"이 책은 쓰시마 사람이 만든 조선어 교본이다."

필담으로 답했다.

"책을 가져온 연유가 무엇이오?"

"타까하시님께서 주군의 특명이라며 너는 일본어, 나는 조선어를 공부하라 하셨다."

"사기장인 내가 왜 일본말을 공부해야 하오?"

"뭐라? 주군의 특명이라 하지 않았나. 나도 조선어를 알고 싶지 않으나 무사도 정신을 지키는 사무라이기에 무조건 상관의 명령에 따른다."

"무사도가 무엇이오?"

"상관에 대한 복종과 의리다."

"그렇소이까? 나는 조선 사기장이오. 조선 사기장에게도 도道가 있소. 장인 정신이오. 그러나 그것은 칼 아래서는 사라져버리오. 작업장 안에서만은 제발 칼을 내려놓기 바라오."

"무슨 소리냐? 칼은 사무라이에게 생명이다. 글만 좋아하는 조선은 우리 일본의 무사도 정신에 졌다. 일본어 공부가 주군의 특명임을 다시 한번 알린다."

놈은 목가새를 질흙 속에 푹 꽂고 가소롭다는 듯 나를 힐끗 쳐다보고는 가버렸다.

왜국말을 알아야 언젠가 왜놈들을 족칠 수 있으리라 생각되었다. 책을 보니 왜국말은 우리 조선말과 비슷하고 한자가 많아 그리 어렵지 않게 느껴졌다.

작업장에서 칼을 차면 안된다고 분명히 말했거늘 분초장은 매일 작업장에 칼을 차고 드나들었다. 조선어 공부를 했는지 한번씩 내게 조선말로 지껄이기도 했다.

불때기 직전 재를 올릴 때도 분초장은 여전히 칼을 차고 있었다. 나는 가마의 여신에게 놈을 태워달라고 빌었다. 세차게 장작을 던졌다.

'죽어라, 이놈. 죽어라.'

교대하러 온 아버지가 벌건 내 눈을 보고 불때기할 때 살기를 품어서는 안된다며 장작을 빼앗았다.

가마가 식은 뒤 타까하시가 왔다. 조선인 통역이 타까하시의 말을 옮겼다.

"진주성이 우리 수중에 들어왔다. 이제 이곳 김해는 주군의 영지가 되었다. 너희가 딴마음을 먹지는 않겠지?"

"……예."

첫째칸에서 꺼낸 그릇을 보고 타까하시의 눈빛이 실망으로 가득 찼다. 둘째칸, 셋째칸 모두 첫째칸처럼 형편없었다. 넷째칸으로 기어들어갔다. 이 칸부터는 아버지가 불을 땠다. 그릇들이 그런대로 잘 익어 있었다. 마지막 칸의 그릇은 흠 잡을 데가 없었다. 타까하시의 얼굴이 밝아졌다. 분초장의 시선은 파破가 난 그릇에 고정되어 있었다.

"그릇이 이토록 차이가 나는 것은 무슨 연유인가?"

놈에게 높임말로 대하기 싫었다.

"도자기의 반은 사기장이 만들고 반은 가마의 여신이 만드오. 앞 세 칸은 가마의 여신이 노했기 때문이오."

통역이 내 말을 옮겼다.

"가마의 여신이 노한 이유가 무엇이냐?"

"조선 사기장은 신분은 낮으나 작업할 때만큼은 지체 높은 양반들도 함부로 하지 않소. 그런데 분초장은 매일 작업장 안에 칼을 차고 들어왔소. 그렇게 하면 안된다고 일러주었건만 나의 말을 무시했소. 불때기 직전 가마 여신께 재 올릴 때도 칼을 차고 들어왔소. 그런 것들이 가마의 여신을 노하게 했던 것이오."

타까하시가 뭐라 큰 소리로 분초장을 야단쳤다. 분초장의 얼굴이 실룩거렸다. 놈이 벌게진 얼굴로 "하이" 하고는 뒤로 물러난다.

"주군을 대신해 너희들에게 말하겠다. 오늘 비록 실패품이 많긴 하나 좋은 다완 몇점이 나왔으니 너희들의 충정을 인정하겠다. 그러나 전에 명한 일본어 공부는 반드시 해야 한다. 일본어를 알아야만 다도茶道를 배울 수 있고 그래야만 주군이 원하시는 다완을 만들 수 있느니라. 알겠느냐?"

"예"라고 대답할 수밖에 없었다.

다음날부터 분초장의 허리에는 칼이 보이지 않았다.


두 달에 한번 타까하시가 찾아왔다. 그는 그릇을 가지러 올 때마다 쌀가마니와 우리가 빚어야 할 그릇 주문장을 가져왔다. 주문장에는 매번 이도井戶라고 씌어진 황도가 맨 앞에 그려져 있었다. 한번은 분청자 사발을 흠 없이 빚어 주자 자단, 침향 같은 귀한 물건들과 금은을 태합이 내린 상이라며 가지고 왔다. 왜국의 태합인 토요또미 히데요시豊臣秀吉는 우리가 빚은 차사발을 받고 아주 흡족해했다고 한다. 태합이라면 우리 조선의 임금과 같은 존재가 아닌가. 하나 일본과 달리 조선에서는 양반들이 사기장을 종처럼 대한다.

사년 전의 일이다. 향청의 양반이 사령들을 데리고 와서 아버지에게 따졌다.

"요새 네놈이 사또께 바치는 그릇이 형편없다. 그 연유가 무엇인지 말하라."

"무슨 말씀이신지?"

양반은 전에 세금 대신 바쳤던 그릇 두 개를 내어놓았다. 둘 다 잘 나온 그릇이었으나 색깔이 약간 달랐다.

"봐라. 요 하얀 것은 작년에 네놈이 바친 그릇이다. 요 파란 끼가 있는 것은 올해 네놈이 바친 그릇이다. 파란 끼 있는 것은 하품이 아니더냐."

아버지는 어이없는 표정을 지으면서 도자기의 색깔은 불에 의해 결정되고 또 색깔이 그릇마다 다름으로 해서 그릇이 맛깔스럽지 않으냐고 했다.

"이놈아, 그릇은 모두 희어야 좋은 게야. 감히 내 앞에서 천한 상것이 입을 함부로 놀리다니."

그 양반은 사령들을 시켜 우리집 구석구석을 뒤져 좋은 그릇을 죄다 가져가버렸다. 이런 일이 한두 번이 아니었다.

쌀 배급하러 갔던 아버지가 저녁에 돌아왔다. 아버지께 태합이 보내준 선물을 내놓으며 도망간 우리 임금보다 일본의 태합이 더 낫다고 했다.

"석아, 전쟁통에 선물까지 생겨 좋긴 하다만, 네 말은 과한 것 같다. 그건 그렇고 혹 이것 때문에 왜군 협력자로 낙인 찍히지 않을까 염려스럽구나."

왜군이 가마에 온 지 어느덧 여섯 달이 지났다. 하루는 범하스님이 가마로 찾아와서 승병 활동을 하고 있다는 사실을 알려주었다. 또 곽재우 의병부대가 왜군과 싸우고 있는 소식을 전해주었는데, 지난해 전쟁 초기에는 가까운 함안에서 왜군을 물리친 일도 있다고 한다. 스님 말에 의하면 의주로 몽진(피난)갔던 임금과 조정 대신들이 곧 한양으로 돌아올 것이라 한다.

# 사금파리

　가을이 되자 왜장의 주문이 늘어났다. 단풍 느낌이 나는 그릇을 빚어보고 싶었으나 주문장의 도안대로만 빚어야 했다. 고역이었다. 하지만 잘 만들면 왜장이 선물을 보내줄 것이라는 기대감에 열심히 물레를 돌렸다.

　나는 열 세살 때부터 본격적으로 가마일을 배웠다. 제일 처음 배운 것은 질흙 덩어리를 손으로 돌돌 말아 공기를 빼내는 꼬막 밀기였다. 꼬막 미는 것을 익히자 그 다음엔 물레판 위에 꼬막을 얹어놓고 물레를 돌렸다. 꼬막을 위아래로 올리고 내리는 연습을 했다. 여섯 달이 지나자 질흙 덩어리인 꼬막이 내 손 안에서 노는 것이 느껴졌다. 물레를 돌려 꼬막을 위로 끌어올리면 높이가 세 뼘 정도인 원통이 되었고 다시 내리면 흙이 실타래처럼 감기며 둥근 덩어리가 되었다. 그제서야 아버지는 그릇 형태를 빚게 했다. 꽃병 천개, 작은 항아리 천개, 사발 삼천개를 빚었다. 내가 물레 성형을 다 익히자 아버지는 나에게 물레대장을 물려주었다. 물레 밑판(발판)만 차면 다리 관절이 쑤신다던 아버지는 그때부터 내가 하던 거나(물레대장 보조) 일을 맡았다.

하루는 아버지가 나를 불렀다.

"어제 서영감님을 만났는데, 피난갔던 미령이와 덕령이가 돌아왔다 하더라. 서영감님 집이 어려워 보이니 네가 직접 쌀을 가져가 전하거라."

"예."

미령이는 부모님이 일찍 돌아가셔서 할아버지인 서영감님과 오빠인 덕령 형 식구와 함께 읍내에 살고 있었다. 할아버지와 친구 사이인 서영감님은 농사를 짓고 있지만 원래는 선비 집안이었다고 한다. 하얀 살결에 코가 오똑 선 귀여운 미령이는 어릴 때 서영감님 따라 자주 가마에 놀러 오곤 했다. 내가 몰래 이쁜 잔과 계란만 한 향합을 주면 좋아라 했었다. 커서는 마을 장문(장터)에서 딱 한번 보았다. 그녀는 호리호리한 처녀가 되어 있었다.

딸 있는 집에서는 사기장 총각을 별로 반기지 않건만 서영감님은 나를 싫어하지 않았다. 지난해 초 할아버지와 서영감님이 만나 미령이와 나를 맺어주기로 했다. 그 이야기를 어머니한테서 들었을 때 심장이 쿵쿵 뛰었었다.

쌀을 가지고 오랜만에 서영감님 집에 갔다. 서영감님 방의 사방탁자엔 목단문이 새겨진 분청자 편병이 보였다. 할아버지가 빚은 것이었다. 책장엔 책이 여러 권 쌓여 있었다.

"어르신, 별일 없으셨습니까?"

"오냐. 그동안 잘 지냈느냐. 할아버지 소식은 들었다. 빨리 쾌차하셔야 할 텐데. 나쁜 왜놈들, 조금 있는 곡식마저 다 뺏어가고 사람들을 마구 잡아가다니. 나 같은 늙은이가 어떻게 하겠나. 덕령이와 미령이를 피난 보내고 집을 지키고 있었는데 열흘 전 덕령이가 미령이를 데리고 다시 왔다. 덕령이는 곽재우 장군과 연결되어 의병활동을 하기로 한 모양이야. 밤에는 사람을 모으러 다니고 낮에는 곳간에 숨어 지내니 여간 걱정되는 게 아니야. 오늘도 왜놈들이 민가를 들이닥쳐 젊은이를 잡아갔다는 소식을 들었다. 그나마 왜놈들이 자네 같은 사기장은 잘 대해준다니 다행이야."

"예, 저희는 큰 걱정 없습니다."

서영감님이 미령이를 불렀다.

"여기 물이라도 한사발 가져오너라."

댕기 머리를 한 미령이가 물그릇을 소반에 받쳐들고 왔다. 그녀와 눈이 마주치니 온몸이 뻣뻣해졌다. 오똑 선 코, 작고 하얀 얼굴, 그녀를 정면에서 보는 건 처음이었다. 그녀의 얼굴이 빨개졌다. 그녀는 곧 빈 그릇을 들고 나갔다.

"자네와 미령이가 빨리 식을 올려야 할 텐데…… 하지만 혼인에는 격식이 있는 법이네."

쌀을 뒤주에 넣어주기 위해 곳간으로 갔다. 덕령 형이 쌀을 보내줘 고맙다고 하며 내 손을 잡았다. 곳간에는 칼과 창이 숨겨져 있었다.

"피난갔다가 왜 미령이를 데려왔는지 아는가? 왜군들이 사기장은 죽이지 않기 때문이야. 미령이는 자네와 혼인하면 걱정 없을 것이네. 당장 둘을 맺어주고 싶지만 할아버지가 절차를 중하게 여기시니…… 내가 최대한 빨리 할아버지를 설득해 같이 가마로 가겠네."

"위험할 텐데, 어떻게 가마까지……"

"신어산은 내가 구석구석 잘 아니 왜병들을 피할 수 있네."

"어려운 처지에 신경 써주시니 감사합니다."

"무슨 말을…… 자네 아버님과 자네는 왜장에게서 받은 쌀을 사람들에게 나눠주고 있으니 의병활동을 하는 것이나 마찬가지야. 될 수 있는 한 많은 백성을 도와주게."

"예, 형님."

미령이 얼굴이 한번 더 보고 싶어졌다. 마당에서 서성거리자 미령이가 부엌에서 나와 쌀을 주어 고맙다는 인사를 하고는 들어갔다. 맑은 목소리였다. 마당에 핀 국화꽃이 탐스러웠다.

열흘 뒤, 미령이 할아버지가 가마로 찾아왔다. 왜병은 통행중

이 없어도 노인은 그냥 두었다. 얼마 뒤에 덕령 형도 왔다. 분초
장이 오면 큰일이어서 얼른 방으로 들여보내고 바깥을 살폈다.
별다른 기척은 없어 보였다. 덕령 형이 말했다.

"나는 김해에서 할 일을 끝내면 곧바로 곽재우 장군의 부대에
합류할 것이네. 그래서 혼인식 때 참례를 못할 것이야. 하나뿐인
내 동생 미령이를 잘 부탁하네."

"예, 미령이 걱정은 안하셔도 됩니다."

어머니가 우리 둘을 큰방으로 들어오라고 했다. 방 안의 어른
들은 흐뭇한 표정이었다. 미령이 할아버지께 큰절을 올렸다.

"다가오는 새해 정월 보름으로 날을 잡았다."

어머니가 소주를 내왔다. 불일암에서 혼례를 올린다고 한다.
빙그레 웃으시는 법당의 부처님이 떠올랐다.

"천상으로 올라가서 달 가운데 계수나무…… 구름에다 잉애
걸고 구름명주 짜보세……"

어머니는 혼례를 위해 열심히 길쌈을 했다.

혼인을 기다리며 물레를 돌리니 하루하루가 느리게 지나간다.
미령이에게 내가 빚은 그릇을 선물하고 싶었다. 서영감님께 갖다
주려고 챙겨놓은 쌀 속에 백자 옴파리를 넣었다. 콧노래를 부르
며 서영감님 집으로 향했다.

"고맙다. 농사꾼인 내가 사돈 될 사람에게 쌀을 받아야 하다
니, 죽일 왜놈들."

"덕령 형은 잘 지냅니까?"

"덕령이는 의병활동으로 아주 바쁜 모양이야. 요새 집에 잘 들어오지도 않는다."

미령이가 방으로 들어와 인사를 했다. 그녀에게 물었다.

"더 필요한 건 없소?"

"난리중이라 모든 것이 부족하지만 덕분에 쌀이 생겨 다행입니다."

쌀을 곳간으로 옮길 때 미령이가 도왔다. 쌀 속에 든 옴파리를 꺼냈다.

"여기에 밥을 담으면 맛이 더 날 게요."

그녀 손에 옴파리를 쥐여주었다. 미령이 손에 내 손이 닿았다. 그녀가 손을 살짝 뿌리치며 얼굴을 숙인다.


날씨가 쌀쌀해졌다. 날이 추워질수록 설날은 더 빨리 온다. 미령이가 내 각시 될 정월 보름을 손꼽아 기다렸다. 그러던 어느날 분초장이 와서 모레 미시(오후 1시~3시)에 왜성으로 들어오라는 왜장의 명령서를 전했다. 저녁에 집으로 돌아온 아버지는 명령서의 내용을 전해듣고 걱정스런 표정을 지었다.

"요새 왜놈들이 사기장이란 사기장은 모두 납치해간댄다. 모레라니 큰일이다. 뭔가 방책을 찾아야 할 텐데……"

"석아, 네가 왜국으로 끌려가면 이 에미는 못 산다."

어머니가 나를 잡고 울먹였다. 곧 미령이와 식을 올린다. 일본으로 갈 수는 없다.

한참 동안 생각하던 아버지가 말했다.

"아, 맞아. 왜장이 가장 원하는 것은 황도가 아니냐. 그래, 황도 사금파리를 이용하면 되겠구나. 황도를 연구해야 한다며 시간을 끌자꾸나."

"황도 사금파리는 구할 수 있어요?"

"선산이 있는 웅천 두동골에 아마 있을 게다. 내일 당장 갔다 와야겠다. 아침 일찍 출발하면 하루 만에 다녀올 수 있을 게야."

다음날 새벽 웅천의 두동골로 떠난 아버지는 한밤중에 황도 사금파리를 가지고 돌아왔다. 그릇의 형태가 반이나 남은 사금파리는 비뚤어져 있었고 노란색이었다. 불안하게 보이는 좁고 높은 굽에는 유약이 돌돌 말려 있었다. 표면은 매끈하지 않고 거칠었다. 분청자나 백자나 옹기를 만드는 흙이 아닌 처음 보는 흙으로 빚은 그것은 수비水飛가 덜된 듯 잡물이 섞여 있었다. 모든 것이 내가 아는 좋은 도자기가 아니었으나 황도 사금파리는 강하게 나를 끌어당겼다.

새벽 일찍 눈을 뜨니 어머니가 장독간에서 정화수를 떠놓고 기도하고 있었다. 새벽 공기가 차가우니 그만 들어가시라고 했다.

왜병을 따라 길을 떠났다. 갈대가 무성한 강 하구의 왜성이 눈에 들어왔다. 성은 낙동강 하구의 죽도에 있었다. 강둑에 있던 왜병이 배에 태워 나를 성 밑까지 데려다주었다. 성문 앞에는 왜병들이 조총을 메고 서 있었다. 왜장의 명령서를 보여주자 한 놈이 성 안으로 데려갔다. 계단이 나타났고 그 계단 위에는 왜장의 가신 타까하시가 기다리고 있었다. 그는 나에게 글을 펼쳐 보였다. 왜장에게 깍듯이 하라는 내용이었다. 그가 큰방으로 나를 안내했다. 계급이 높아 보이는 왜군들이 도열해 있었고 가운데에 왜장 나베시마가 앉아 있었다.

"조선 사기장인 저에게 쌀을 내려준 은혜 하늘과 같사옵니다."

통역은 전에 가마에 왔던 그놈이었다.

"네가 글도 알고 물레도 잘 돌린다고 하니 본토의 내 영지에서 다완을 만들게 할 생각이다."

"장군님께서 베풀어주신 은혜에 보답하기 위해 저의 짧은 생각을 감히 말씀드리고자 하나이다."

가져온 주문장을 내어 보였다.

"이 주문장에 있는 다완을 빚기 위해 노력하고 있사오나 아직은 성공하지 못했나이다. 조선에서 주문장에 있는 다완을 완벽히 빚은 뒤 장군님의 뜻에 따르는 것이 장군님에 대한 충성이라 생각하옵니다."

"내 너를 어여삐 여겨 본토로 데려가려 하거늘, 나의 말을 거역하다니 괘씸한 놈이로구나."

"그게 아니옵니다, 장군님. 다완은 무엇보다 흙이 중요하옵니다. 아직 저는 장군님 영지에 어떤 흙이 있는지 모르옵니다. 하지만 주문장에 있는 다완은 조선 흙으로 빚어야만 진짜 제 맛이 나옵니다. 살펴주시옵소서."

"뭐라, 이놈! 지금 본국에서는 조선 도공이 고려다완*을 만들고 있거늘 네놈이 나를 농락하려 드는구나."

왜장의 표정이 험악해졌다. 준비해간 황도 사금파리를 왜장에게 건넸다. 사금파리를 보고 왜장이 깜짝 놀란다.

"이건 이도다완이 아니냐?"

"예, 그렇사옵니다. 장군님, 주문장에 있는 분청자의 흙은 야산이나 논 부근에서 흔히 볼 수 있는 쪼대흙(점토)이옵니다. 그 흙은 일본에도 있을 것이고 조선 도공 중 실력 있는 자라면 일본에서도 분청자 다완을 빚을 수 있사옵니다. 이도다완의 흙은 점토로 보이나 일반 점토와는 다르옵니다. 이도는 흙이 생명이옵니다. 지금 장군님께서 보고 계시는 것은 이도다완의 도편陶片이옵니다. 이도다완의 흙은 그 도편이 발견된 장소 부근에 있사옵니다. 그러나 그곳에는 다양한 흙이 섞여 있어 여러 흙을 모두 실험해봐야 되옵니다. 장군님, 다시 한번 아뢰옵니다. 이도다완을 완성한 후 일본으로 가는 것이 순서라고 생각하옵니다. 제 충정을 헤아려주시옵소서."

왜장의 눈이 계속 사금파리에 꽂혀 있었다.

* 일본에서는 조선사발을 '고려다완'이라 부른다.

"이 도편은 분명 내가 오사까大阪에서 본 이도다완과 똑같은 것이다. 정녕 네가 이와 같은 이도다완을 만들 수 있느냐?"

"감히 장군님 앞에서 거짓말을 할 수 있겠사옵니까? 시간만 주신다면 반드시 빚어 올리겠나이다."

"네 애비는 오년의 시간을 달라 했다. 너는 얼마나 걸리겠느냐?"

시간을 끌어야 했다.

"그것은 맥이 끊어진 지 오래된 다완입니다. 정확하게 말씀드리기 어렵지만 삼년은 필요하옵니다."

"흙 있는 곳을 찾았다 했거늘 삼년씩이나 걸리는 이유가 무엇이냐?"

"먼저 소나무 문제가 있사옵니다. 소나무가 많이 있어야 여러 번 불을 때 흙을 실험할 수 있고, 그리하여야만 완벽한 이도다완을 빚을 수 있사옵니다. 저희 가마에는 저와 아버님 둘뿐이라 소나무 벌목하는 데 시간이 많이 걸리옵니다. 또 흙을 찾아 가마로 옮겨올 때도 시간이 걸리옵니다. 여러 초소를 지나야 하고 그때마다 각 초소에서 검문을 받아야 하는 애로사항이 있사옵니다."

왜장이 뭔가를 한참 생각하다 입을 열었다.

"이도다완을 삼년 안에 만들 수 있다 하니 네가 이도다완에 정진할 수 있게끔 힘을 실어주겠다. 너를 사무라이에 준하는 나의 전속 도공으로 봉하노라. 지금은 임시로 봉하나 네가 이도다완을 완성하면 본국의 나의 성에서 정식으로 봉하겠다."

사무라이는 조선으로 치면 양반이 아닌가! 충격적인 내용이었다.

"장군님, 저에게는 너무나도 큰 광영이옵니다. 충성을 다 바치겠나이다."

왜장이 타까하시를 불러 나에게 줄 선물을 일러주었다. 그리고 옻칠이 된 나무패를 나에게 주며 말했다.

"일본 군사들이 그 패를 보면 너를 도울 것이다."

"정말 감사하옵니다."

"나는 너에게 해줄 수 있는 모든 것을 다 했다. 그러니 너는 이 도편과 같이 가이라기*가 영롱히 달린 이도다완을 삼년 내에 꼭 만들어 바치도록 하여라."

"예, 알겠사옵니다."

왜장이 옆에 앉은 청년에게 사금파리를 건네주었다. 청년은 왜장을 닮아 하관이 짧았고 눈초리가 왜장 못지않게 날카로웠다. 그도 그릇을 볼 줄 아는지 황도 사금파리를 보고 "스바라시(훌륭해)" 하며 놀라는 표정을 지었다.

주위를 둘러보니 사방탁자 위에 학을 파란색으로 그린 청화백

---

* 가이라기: 매화피梅花皮라 부르기도 하며 일본 사무라이의 칼 손잡이 부분을 감싸는 바다표범 가죽을 지칭하기도 한다. 이 말이 '개구리알'에서 유래했다는 설도 있다.

자 항아리가 보였다. 그 청화백자는 임금님만 쓸 수 있는 도자기였다.

왜장과의 만남이 끝나고 타카하시를 따라 그의 방으로 갔다. 무쇠화로에는 물이 끓고 있었고, 벽감璧龕에는 칼 두 자루와 큰 창이 걸려 있었다. 칼날이 날카로웠다.

"앉으시오. 당신이 주군을 기쁘게 해드려 기분이 좋소. 주군께서 당신을 사무라이에 준하는 전속 도공으로 봉했으니 나 또한 당신을 사무라이의 예로 대하겠소."

"아리가또 고자이마스(고맙소)."

공부한 일본어로 떠듬떠듬 말했다. 그가 미소를 지었다.

"일본말을 공부했군요."

"조금씩 하고 있소이다."

"사무라이가 되었으니 이제부터는 대장군을 주군으로 불러야 하오."

"알겠소."

그는 푸른 분말을 차사발에 넣고 끓인 물을 부었다. 그런 다음 대나무로 만든 차솔로 능숙하게 휘저었다. 왜장이 우아하게 그릇을 쥐던 모습이 떠올랐다. 푸른 분말은 찻잎을 말린 다음 곱게 간 가루차(말차)였다. 차 중에서도 잎이 일찍 나오고 양이 적은 세작만을 골라 간 것이었다.

"절에서 차를 배워 엽차葉茶는 가끔씩 마시오만, 이런 말차抹茶

는 처음이오."

"조선에서도 차를 마시는 사람이 있소이까?"

"더러 있소이다."

왜장이 내게 준 패를 꺼내놓고 물었다.

"타까하시님, 이 패의 의미는 무엇이오?"

말이 빨라 내가 못 알아듣자 그는 필담을 섞어 말했다.

"그 패는 주군의 사무라이임을 알려주는 증표요. 그 패에 새겨
진 호리병 문양은 주군을 가리키고 그 밑의 별 둘은 사무라이 서
열을 말하오."

"고맙소. 저는 주군의 사무라이 중 어느 정도의 서열이오?"

"하하하, 당신은 나와 같은 사무라이지만 나보다는 한 계급 아
래요. 하지만 나처럼 주군의 직계이기에 분초장보다는 한 계급
위요."

임시 사무라이인데도 가마를 감시하는 분초장보다 더 높다니
놀랄 일이었다.

"주군의 직계란 무슨 뜻이오?"

"나베시마번의 다이묘★名이신 주군 밑에는 장군이 두 명 있소.
그 장군들은 나베시마번 안의 작은 영지를 위탁받아 다스리는 소
영주요. 그중 한 분이 고또 이에노부後藤家信 장군이고 다른 한 분
은 다꾸 장군이오. 분초장은 고또 장군의 직계이고 당신은 주군
의 직계요."

"주군께서 이도다완을 완성하면 정식으로 사무라이에 봉한다 했소. 그것은 무엇을 의미하오?"

"그건 당신에게 영지를 내린다는 뜻이오."

정식 사무라이가 되면 영지를 받아 다스린다니 생각도 못한 일이다. 조선으로 치면 사또가 되는 것이나 마찬가지가 아닌가. 이제까지 나는 천한 상것이라는 소리에 얼마나 괴로워했던가. 그런 내가 양반이 된다니, 그런 건 꿈조차 꾸어본 적이 없다. 황도를 익혀 왜장에게 빚어 주기로 마음먹었다.

가마로 돌아오는 중에 왜병들이 피골이 상접한 조선인들을 개처럼 끌고 가는 게 보였다. 왜놈에게 의지해 출세하려는 나를 조상님께서 벌을 내리시지나 않을까? 아니다. 이 조선은 나를 천한 상것으로만 취급한다.

부모님이 애타게 기다리고 있었다. 왜장의 전속 도공이 되었다고 하자 아버지는 내가 '왜군 협력자'로 몰릴까봐 걱정스러워했다.

이틀 뒤 분초장과 그 졸개들이 왜장의 선물을 가지고 왔다. 선물 중에는 말과 칼도 있었다. 범하스님께서는 칼은 죽음을 부른다고 했다. 칼은 창고 구석에 처박아놓았지만 말은 틈나는 대로 타보았다. 말타기가 처음엔 힘들었으나 이내 수월해졌다.

질흙이 떨어져 가마 뒷산으로 갔다. 뒷산에는 할아버지와 아버지가 이 산 저 산에서 파온 흙들이 놓여 있었다. 도자기 흙은 오래 삭힐수록 좋다. 그러나 꼭 삭혀야만 도자기 흙으로 쓸 수 있는 것도 있고 대강 수비만 해서 쓰는 경우도 있다. 만약 황도 흙이 오래 삭혀야만 하는 것이라면 지금쯤 흙을 구해놓아야 한다. 황도 흙을 찾는 데에 아버지의 도움이 필요하다. 또 황도는 아버지 없이 나 혼자 빚기에는 현재 무리다.

다음날 사람들이 몰려왔다. 분초장과 졸개 뒤로 소나무를 짊어진 조선 사람들이 따라왔다.

'소나무가 많이 있어야 여러번 불을 때 흙을 실험할 수 있고, 그리하여야만 완벽한 이도다완을 빚을 수 있사옵니다.'

왜장에게 한 말이 기억났다. 왜장이 소나무를 보내온 것이다. 그런데 소나무를 조선 사람들이 이렇게 힘들게 가지고 올 줄이야. '왜군 협력자'란 소문이 퍼질까봐 걱정되었으나 분초장과 왜병들 앞에서 내색할 수는 없었다. 소나무 나르는 일은 하루 종일 계속되었고 내내 조선 사람들의 원망스러운 눈빛에 마음이 불편했다. 그들은 캄캄해져서야 돌아갔다.

그 다음날에도 조선 사람들이 소나무를 지고 왔다. 제법 많은 양이었다. 점심때 어머니가 조선 사람들에게 주먹밥을 주려고 하자 왜병들이 어머니를 막았다. 분초장 놈은 지켜보기만 했다. 내가 놈보다 한 계급 위라는 타카하시의 말이 떠올랐다. 왜장에게서 받은 사무라이 패를 찾아 놈에게 다가갔다. 일본말과 필담을 섞어 천천히 말했다.

"일본의 무사도는 일하는 사람들에게 밥도 못 먹게 하는 것이오?"

"조선인들은 우리의 노예다. 그 노예를 다스리는 것이 바로 사무라이의 책무다."

"네 이놈, 너는 네 입으로 사무라이는 무사도를 지킨다 했다."

놈은 놀란 듯 나를 쳐다보았다. 왜장한테서 받은 패를 내어 보였다.

"네가 사무라이라면 이 패를 알 것이다. 명한다, 어머니의 행동을 막지 말아라."

놈의 눈꺼풀이 바르르 떨렸다.

"무사도 정신은 상관에게 절대 복종하는 것이라고 했다. 그런데 지금 네놈의 행동은 무사도를 어기는 게 아니냐?"

놈의 얼굴이 잠깐 동안 찌그러졌다. 놈이 졸개에게 명했다.

"포로들이 주먹밥을 먹게 놔두어라."

"하이."

닷새가 지났다. 아버지와 내가 지난번에 구했던 것과는 비교도 되지 않을 만큼 많은 소나무가 쌓였다. 타까하시에게 보낼 서신을 썼다. 소나무에 대해 고맙다는 말과 이제는 충분하다는 내용이었다. 분초장을 불러 서신을 전하라고 했다. 놈이 떨떠름한 표정으로 서신을 받더니 휭하니 나간다.

그날 저녁 용기를 내어 아버지께 말했다.

"아버지, 황도를 빚어서 왜장에게 주어야만 해요."

"뭐? 왜놈에게 황도를 주면 안된다는 걸 모르느냐?"

"황도를 구워 주면 왜장은 저를 정식 사무라이 도공으로 봉한다고 했어요. 사무라이 도공은 조선으로 치면 사또에 해당하는 자리예요. 이 기회를 놓치면 우리는 계속 천한 상놈 소리를 듣고 살아야 해요."

"흉년에 임금님이 내리는 구휼미를 가장 먼저 받는 우리더러 누가 천한 상놈이라 하더냐?"

"아버지, 제 나이 또래의 양반 자식들이 아버지께 하대하는 것을 여러번 보았어요. 글을 아는 제가 왜 천한 상놈 소리를 들어야 해요?"

"뭐라! 왜적에게 제기를 주어도 된다고 글에 씌어 있더냐?"

"왜장에게 황도를 빚어서 주지 않으면 우리 가족이 위험해요."

"우리 군은 분명 왜군을 물리칠 게다. 그때까지만 견디면 돼. 놈들은 칼밖에 모르는 자들이다. 그런 놈들 말을 어떻게 믿어? 분명 황도를 빚어 주면 그릇만 뺏어가고 우리를 내칠 거다."

"우리 조선군이 지면 그때는 어떡해요? 저를 사무라이로 만들어주겠다는 왜장은 일본의 대장군이에요. 대장군이 부하들 앞에서 거짓말을 할 리가 있겠어요?"

"뱁새가 황새를 따라가다간 가랑이가 찢어진다. 안된다. 우리가 호강하기 위해 조상을 배신할 순 없다."

"양반이 되는 게 왜 조상을 배신하는 것이에요?"

"이놈아, 조상의 제기를 왜놈에게 바치는 게 배신이 아니고 무어란 말이냐?"

아버지가 내 뺨을 후려쳤다. 뺨 맞기는 생전 처음이었다. 방에서 뛰쳐나와 어두운 산속으로 달렸다. 화끈거리는 뺨 위로 뜨거운 눈물이 흘러내렸다.

오래전의 일이었다. 할아버지가 마을의 서당으로 나를 데려갔다. 손자에게 글을 가르쳐달라는 할아버지 말에 서당의 훈장이 이렇게 말했다.

"천한 사기쟁이는 공부해도 소용이 없을 텐데 왜 글공부를 시키려 하오?"

훈장의 말에 크게 노한 할아버지는 훈장에게 주려고 가져간 그릇을 그 자리에서 깨버렸다.

내가 일곱살 때 우리 가족은 웅천 두동골에서 이곳으로 이사왔다. 이사오자마자 할아버지는 내가 범하스님한테서 글을 배울 수 있도록 했다. 그때 나는 할아버지가 한때 스님이셨고 범하스님은 할아버지의 도반이었음을 알았다. 낮에는 절에서, 밤에는 가마에서 공부했다. 깊은 산중에서 할 일이라고는 공부밖에 없었다.

깊은 산속을 얼마나 헤매고 다녔는지 어느덧 불일암의 새벽 종소리가 들렸다. 범하스님을 찾아가 자초지종을 이야기했다. 내 말을 다 듣고 나서 범하스님이 나지막이 말했다.

"네가 제기를 왜장에게 바치고 왜국의 사무라이가 된다 하자. 그러면 네 속에 흐르는 조선인의 피가 왜인의 피로 바뀔 것 같으냐? 네가 왜국옷을 입었다 해서 왜인들이 너를 일본인으로 대할 것 같으냐? 그런 너를 조상님이 용서할 것 같으냐?"

"그러면 저는 천한 상것 소리를 들으며 이 땅에서 살아야 하는 운명입니까?"

스님께서 관세음보살을 외웠다.

"조선은 개국할 때 천민 신분이었던 장인을 농민과 같은 양인 신분으로 바꾸었다. 일부 사람이 사기장인 너를 천한 상것이라 말하는 것은 그 법을 몰라서 하는 말이다. 양반에 비해 제한은 있지만 양인도 과거를 볼 수 있다."

내가 과거를 볼 수 있다니 믿기지 않았다.

"석아, 너는 글공부를 했기에 과거를 봐서 관리가 될 수도 있다. 그러나 관리가 되면 도자기는 끝이야. 신거사가 너를 나에게 보낸 것은 과거 공부를 위해서가 아니라, 네가 글을 깨쳐 조선 사기장의 기둥으로 우뚝 서기를 원했기 때문이야."

범하스님이 안타까운 눈빛으로 나를 바라보았다.

# 미령이

범하스님은 양반이 되면 사기장을 그만두어야 한다고 했다. 그건 안된다. 나는 도자기를 버릴 수 없다. 일본의 사무라이 도공은 영지를 가진, 조선으로 치면 양반이다. 조선 양반이 뭔가? 글을 알 뿐이다. 나도 글을 안다. 그래서 사기장이면서 양반이고 싶다. 사무라이가 되고 싶다.

날이 밝았다. 미령이 집으로 향했다. 마을 어귀의 왜군 초소에서 왜병들이 나를 잡으려 할 때 놈들에게 호통쳤다.

"나는 나베시마 주군의 전속 도공이니라."

왜병들이 고개를 숙이며 길을 내주었다. 미령이네 집 앞에 와서 서성거렸다. 서영감님이 나오는 게 보였다. 몸을 숨기고 서영감님 모습이 보이지 않을 때까지 기다렸다가 미령이를 불렀다.

미령이는 놀란 토끼눈을 하며 나를 서영감님 방으로 안내했다. 그녀는 따뜻한 아랫목에 나를 앉히고 밖에 나가 물수건을 가지고 들어왔다.

"얼굴에 흙이……"

미령이가 나의 얼굴을 닦아주었다. 그런 다음 그녀는 나로부터 조금 떨어져 다소곳이 앉았다.

"무슨 일이라도 있으세요?"

일본의 양반, 사무라이가 되고 싶다는 나의 마음을 털어놓았다.

"저…… 미래에 태어날 우리 아이에 대해 생각해보았어요?"

"그 아이 미래 때문에 이토록 고민하고 있지 않소?"

미령이가 나를 한참 쳐다보았다.

"결단을 내리신다면 따르겠지만 우리 아이가 왜인이 되는 것은 싫어요. 의병활동을 하는 제 오빠도 한번 생각해보세요."

"……"

"제가 안전한 피난처에서 왜군 치하의 위험한 이곳으로 돌아온 이유를 아세요?"

"무엇이오?"

"저는 양반집 며느리보다 사기장의 여인이 되고 싶어 스스로 피난처에서 돌아왔어요."

미령이의 말에 가슴이 벅차올랐다. 그녀에게 다가가 손을 잡았다. 그녀의 얼굴이 빨개졌다. 가만히 있다가 그녀를 안았다. 복숭아 같은 살내음이 났다.

"조금 있으면 할아버지가 돌아오셔요."

"알겠소."

미령이 집을 나와 발길 가는 데로 걸었다. 저 멀리 낙동강이 유유히 흐르고 있었다. 누군가가 강물은 부모의 자식 사랑처럼 끊어지지 않는다고 했다.

가마로 돌아온 때는 저녁이었다. 어머니가 밥상을 차려놓고 기다리고 있었다.

"밥부터 먹어라."

"예. 아버지는 어디 계세요?"

"불일암에 가셨다. 상심이 크신 모양이다."

"할아버지는요?"

"방에 계신다. 하루 종일 너를 찾는 눈치시더구나."

밥을 먹고 할아버지 방으로 갔다. 풍으로 말씀을 못하시는 할아버지는 내 머리를 쓰다듬으며 그윽한 눈빛으로 바라보셨다.

"석아, 사기장은 대를 이어 옥 같은 도자기를 남긴다. 도자기는 영원하지 않으냐. 그런 우리 삶이 누구보다도 값진 게야. 흙과 물레를 벗 삼아 살다 보면 너도 나처럼 생각할 때가 올 게야."

단둘이 있을 때면 내 손을 잡고 곧잘 하시던 바로 그 말씀을 할아버지는 하시는 것 같았다. 할아버지의 얼굴이 많이 야위어지셨다. 할아버지를 이렇게 만든 놈이 왜놈들이거늘 나는 무슨 생각을 하고 있는가?

완연한 겨울이었다. 길쌈한 옷감을 건네며 어머니가 말했다.

"미령이는 어머니가 없으니 내가 준비했단다. 석이 네가 갖다
주거라."

"예, 어머니."

말등에 올라탔다. 말타기가 서툴렀지만 말이 순했다.

"쌀과 이렇게 귀한 옷감까지 주다니, 어머니께 내가 고마워하
더라는 말을 전하게. 왜놈이 준 쌀이라 놈들이 물러난 뒤가 걱정
이로구나."

"걱정 마세요. 범하스님 말씀에 따라 왜놈에게서 받은 쌀을 백
성들에게 나누어주고 있어요."

"그래, 그 사실을 백성들이 알아주어야 할 텐데……"

미령이와 함께 쌀을 들고 가서 뒤주에 부었다. 미령이가 방한防
寒모자인 풍차를 내밀었다.

"저어, 추우니 이걸 써보세요."

"고맙소."

풍차를 쓰고 미소를 지어 보이자 그녀가 살며시 웃는다. 돌아
올 때 내가 탄 말도 기분이 좋은 듯했다.

"풍차가 석이에게 잘 어울리는구나. 미령이가 벌써부터 신랑
을 챙기네. 보자, 네 색시는 바느질 솜씨도 좋구나. 내가 며느리

하나는 참 잘 얻는구나."

그날 밤 나는 미령이를 생각하며 분청자 매병을 빚었다. 매병에다 국화를 새겨넣었다.


왜군들이 오기 전 한겨울에는 작업을 쉬었건만 지금은 계속 일해야 했다. 설 대목이라 백성들이 쌀이 더 필요할 거라며 아버지는 아침 일찍 길을 떠났다. 칼바람이 거세게 일었다. 미령이가 준풍차를 쓰고 작업장 밖으로 나왔다. 아뿔싸! 유약을 담아놓은 옹기가 얼어 터져 있었다. 작업장 안으로 옮겨야 했건만 잊어버린 것이다. 작업을 마치고 나니 왠지 피곤했다.

잠이 들었던가? "부시럭" 하는 소리에 눈을 떴다. 방문을 여니 덕령 형과 미령이가 보였다. 덕령 형이 울먹이며 말했다.

"할아버지가 왜군에게 당하셨네."

"뭐라고요?"

"나는 지금 당장 몸을 피해야 하니 할아버지 장례를 좀 치러주게나. 미령이를 부탁하네. 자, 그럼."

하얗게 질려 바들바들 떨고 있는 미령이를 안방으로 데려갔다. 미령이는 계속해서 흐느껴 울었다. 어머니가 미령이를 꼬옥 안아주었다.

아침 일찍 서영감님의 유해를 수습하러 갔다. 마을 장터를 지날 때 피냄새가 진동했다. 나무 기둥에 사람의 목이 달랑달랑 달려 있었다. 의병들의 목이었다. 그 밑에 도망간 민병(의병)과 그 가족을 알려주는 자에게는 쌀 한 섬을 내리겠다는 글이 적혀 있었다. 미령이 집은 모두 불타버린 채 재만 남아 있었다. 서영감님의 유골을 찾고 있을 때 마을 사람들이 몰려들었다.

의병들이 왜군의 양식창고를 습격해 불태우기로 했는데 배신자가 생겨 많은 의병과 그 가족들이 죽임을 당했다고 했다. 누군가가 말했다.

"조선인이 더 무서워. 배신자는 꼭 찾아 죽여야 해."

"조심하시오. 여기 있는 사람 중 왜군의 첩자가 있을지도 모르오."

불에 탄 유골을 수습해 가마로 돌아와 제단을 설치했다. 범하스님을 모시고 와서 염불을 시작했다. 하얀 소복 입은 미령이는 내내 흐느끼기만 했다. 염불이 끝난 뒤에도 미령이는 제단 앞을 떠나지 않았다. 한밤중까지 미령이의 울음소리가 들렸다.

새벽녘이었다. 시끄러운 말발굽 소리가 들리면서 횃불을 든 왜군들이 들이닥쳤다. 다짜고짜 놈들은 제단 앞에 있던 미령이의 머리채를 잡고 밖으로 끌어냈다. 나는 미령이를 붙잡고 왜군들에게 고함쳤다.

"나는 주군의 전속 도공이다. 당장 이 여인을 놓아주어라."

우두머리가 나를 째려보며 말했다.

"물러나라. 방해하면 네놈 목을 치겠다."

졸개들이 칼을 내밀었다. 미령이가 소리쳤다.

"안돼요."

미령이가 나를 쳐다보며 말했다.

"갈게요."

"안되오. 절대 보낼 수 없소."

나는 미령이의 손을 꼭 잡았다. 우두머리가 내 목에 칼을 들이 댄다.

"네놈이 태합 전하의 명을 거절하겠다고? 그래 죽여주마."

칼이 번쩍였다.

정신을 차리고 보니 어머니가 나를 안고 있었다.

"미령이는요?"

어머니가 고개를 저었다.

"미령이를 찾으러 가겠어요."

"석아, 미령이는 잊어야 해."

어머니의 목소리가 떨렸다.

"그럴 수 없어요."

자리에서 일어났다. 어머니가 내 다리를 잡았다. 어머니의 손을 뿌리치고 밖으로 나갔다.

"석아! 석아!"

어머니가 몇번이고 나를 불렀으나 초소로 말을 몰았다. 분초 장에게 다그쳤다.

"아까 가마에서 내 정혼녀를 납치한 자들은 어디로 갔느냐?"

"모르오."

"그럼, 타까하시는 알고 있겠지?"

"난 모르겠소."

말머리를 돌려 죽도 왜성으로 달렸다. 타까하시가 보였다.

"당신네가 우리 가마에서 데려온 여인이 있을 거요. 그녀를 제 발 돌려주시오."

"무슨 말이오?"

"정말 모른단 말이오? 당신은 알 텐데!"

"차분히 자초지종을 말해보시오."

새벽에 일어난 일을 말해주자 타까하시는 잠시 생각하다가 알 아보겠다며 밖으로 나갔다. 그는 한 시진이 지나서야 돌아왔다.

"수소문해봤지만 찾을 수 없었소."

"꼭 그녀를 찾아주오. 그녀를 찾아주지 않는다면 난 다완을 바 칠 수 없소."

타까하시가 나를 노려보았다.

"신석, 지금 너는 주군의 명을 거역하겠다고 했다. 그것은 바 로 죽음이다."

"그녀가 없으면 나는 죽은 목숨이오."

그가 칼을 뽑았다.

"명한다, 주군의 명을 거역하겠다는 그 말을 취소하라."

"못한다. 나를 죽여라."

"알겠다. 지금 당장 분초장에게 명을 내려 네 가족을 하나씩 차례대로 죽이겠다. 마지막 기회다, 취소하라."

입이 떨어지지 않았다. 할아버지, 어머니, 아버지의 모습이 떠올랐다. 나는 털썩 주저앉아 망연히 있었다. 또다시 타까하시의 고함소리가 귓가를 때렸다.

"알았소. 취소하겠소."

놈이 의자를 박차고 소리쳤다.

"크게 잘못했다고 말하라."

"잘못했소이다."

침묵이 흘렀다. 놈이 필담을 섞어 말했다.

"신석, 주군 아래의 두 장군은 매일매일 전투를 하고 있소. 그들이 조선 민간인 몇명 죽이는 것은 일도 아니오."

그는 잠시 입을 닫았다가 다시 말했다.

"당신에게 가슴 아픈 일이겠지만 당신의 정혼녀가 민병 가족이라면 그녀는 죽었을 것이오. 태합께서는 민병 가족들을 모두 죽여버리라고 명했었소."

"시체만이라도 찾게 해주시오."

"단념하시오. 민병 가족 백여명이 좀전에 한꺼번에 불태워졌소이다."

비틀거리며 자리에서 일어섰다. 가마에 도착해 술을 찾아서

벌컥벌컥 들이켰다. 취했다가 깨고, 깨서는 다시 마셨다.

취해서 쓰러져 있는데 바깥에서 아버지 목소리가 들렸다.

"설날이다. 조상님께 차례를 올리자꾸나."

아프신 할아버지도 새옷으로 갈아입고 앉아 있었다. 차례상은 단출했다. 차례를 올린 다음 할아버지, 아버지, 어머니께 새배를 드렸다.

미령이가 없는 설날이 끔찍했다. 사흘 동안 방안에 틀어박혀 있었다. 저녁에 아버지가 망태기를 들고 내 방으로 왔다.

"낮에 건넛마을 할멈이 왔다. 우리가 나눠준 쌀 때문에 손자가 살았다고 하면서 이것을 주고 가더라."

산약山藥이었다.

"우릴 알아주는 조선 사람이 있으니 기운이 나는구나. 요새 쌀 기다리는 백성들이 아주 많단다. 내일부터는 일을 하자꾸나."

"예, 아버지."

물레부터 찾았다. 물레를 돌리다 보면 괴로움을 잊을 수 있으리라.

혼례일로 잡혔던 정월 보름에는 일할 수가 없었다. 술을 들이켰다. 술잔에 눈물이 쏟아졌다. 나는 조상의 혼을 팔아 왜놈의 개가 되려 했다. 그 벌로 조상님께서 미령이를 데려간 것이 아닐까. 가슴이 찢어지는 것 같았다.

# 의병 증표

괴로운 나날 속에서 시간이 흘러 계절을 바꾸었다. 갑오년(1594년) 봄이었다. 한밤중 요란한 말발굽 소리에 눈을 떴다.

"석아."

"형님!"

덕령 형이었다. 여러 사람들이 말을 탄 채 칼과 횃불을 들고 있었다. 스무 명쯤 되어 보였다. 덕령 형이 말에서 내려 나를 덥석 껴안았다. 아버지, 어머니가 방에서 나왔다.

"형님, 밑에 왜병들이……"

"모두 우리가 처치했다."

덕령 형은 두 분에게 큰절을 올렸다. 아버지는 절을 받자마자 서영감님의 유골 항아리를 덕령 형에게 전했다. 형은 통곡하며 항아리에 절을 올린 뒤 미령이를 찾았다. 나는 무릎을 꿇고 미령이를 보호하지 못한 잘못을 빌었다.

"우우!"

덕령 형이 하늘을 향해 마구 칼을 흔들어댔다. 어머니 눈에서 눈물이 흘러나왔다.

덕령 형이 정신을 차리고 아버지에게 말했다.

"어르신, 쌀은 의병이 모두 빼앗아갔다고 나중에 말씀하시고, 지금 왜병이 찾을 수 없는 곳에 쌀을 숨기십시오. 그리고 저와 함께 곽재우 장군께 가시지요."

"곽재우 장군께는 왜?"

"어르신과 석이는 의병이 처단해야 할 왜군 협력자 명단에 이름이 올라 있습니다. 그 명단을 제가 보지 않았더라면 어르신과 석이의 목숨이 위험했을 겁니다. 이 사실을 안 곽재우 장군께서 직접 의병 증명서를 써주시겠다고 했습니다."

"장군님께서 이곳까지 오셨단 말이냐?"

"예, 여기서 말을 타고 가면 삼각(45분) 정도 되는 곳에 계십니다."

뒷산 동굴에 의병들과 함께 쌀을 옮겼다. 아버지가 보따리 하나를 챙겼다. 순간, 의병 증명서를 종이에 쓴다면 찢어진다, 도자기는 영원하다는 생각이 떠올랐다. 백자 질흙과 철사鐵沙 안료를 챙겼다. 아버지는 덕령 형과 함께 말을 탔고, 나는 키우던 말을 탔다. 가마 밑의 초소를 지날 때 피냄새가 진동했다. 어둠속으로 말을 몰았다.

　많은 횃불이 장관을 이루고 있었다. 어떤 이는 칼을, 어떤 이는 죽창과 낫을, 또 어떤 이는 조총을 들고 있었다. 의병에게 몸을 의탁한 초라한 행색의 피난민들도 보였다. 포로로 잡혀 벌벌 떠는 왜병들도 있었다. 덕령 형이 기와집 앞에서 말을 세웠다. 안으로 들어가니 많은 의병이 도열해 있었다. 중앙에 풍채가 우람한 붉은 옷을 입은 사람이 보였다. 곽재우 장군이었다. 덕령 형이 크게 말했다.

　"장군님, 사기장 신현 어른과 그의 아들 석이옵니다."

　"어서 오시오. 반갑소이다."

　절을 올렸다.

　"장군님을 직접 뵙게 되니 영광입니다."

　떨리는 목소리로 아버지가 말했다. 장군은 아버지 손을 잡았다.

　"이곳까지 불러 미안하오. 찾아갈 형편이 못 되었소. 쌀을 백성들에게 나누어주고 있다는 것을 서부장뿐만 아니라 선비 박유, 승병 범하스님을 통해서 들었소. 정말 장한 일을 하고 계시오."

　박유는 김해 마을에 숨어서 의병활동을 하는 선비로 그에게는 어린 아들이 있었다. 아버지는 그 집이 굶주린다는 것을 알고 힘들게 찾아가 쌀을 주고 있었다.

　"자네가 석이구만?"

"예, 장군님."

"지금 적과 싸우는 데 가장 중요한 것은 쌀이다. 백성이 굶주리면 나라도 없다. 힘이 들더라도 쌀을 구해야 할 것이야."

"명심하겠습니다."

장군은 부하에게 붓과 먹, 종이를 대령하라 하였다.

"앞으로 의병을 만나면 곤란한 일이 생길 수도 있으니 증표를 써주겠소. 의병을 만나거든 보여주시오. 화를 막아줄 것이오."

나는 재빨리 백자 질흙을 꺼내 둥근 모양으로 펼쳤다. 두 장을 만든 뒤 철사 안료로 증명서를 써달라고 했다. 장군은 아버지를 곽재우 부대의 김해 담당 염탐부장, 나를 아버지의 참모라 썼고, 그 아래 곽재우라는 이름을 뚜렷하게 썼다. 그런 다음 장군은 나를 바라보며 말했다.

"신석, 너는 왜국말을 할 줄 안다고 들었다."

"조금 아옵니다. 아직 잘 하지는 못합니다."

"열심히 왜국말을 공부해서 왜군의 높은 놈들에게 접근해 중요한 정보를 빼내도록 하여라. 적의 동태를 파악하면 범하스님과 박유를 통해 보고해다오. 적의 동태를 정확히 알아야만 그들을 물리칠 수 있다. 염탐은 쌀 분배만큼이나 중요한 일이다. 너를 부른 것은 바로 이 때문이니라."

"예, 명심하겠습니다."

아버지는 가져온 보따리를 장군께 내놓았다. 왜장에게서 받은 금과 은이었다.

"왜군과 싸우다 보면 이것이 요긴하게 쓰일 것 같아서……"

"고맙소. 군자금으로 쓰겠소. 왜군이 물러가면 조정에 알려 상을 내리도록 하겠소. 더 이야기를 하고 싶건만 본진으로 이동해야 하니 양해 바라오."

아버지와 같이 말을 타고 가마로 향했다. 동이 터왔다.

"석아, 이젠 왜군 협력자로 몰리진 않겠지?"

"예, 아버지. 우린 이제 곽재우 부대의 의병이에요. 전쟁이 끝나면 임금님께서 상을 내리신다 하니 너무너무 기뻐요."

"그래, 내 살아서 이런 광영은 처음이다."

곧장 왜군 초소로 가서 의병에게 당했다고 말했다.

며칠 후 곽재우 장군의 증표를 구워 옷섶 안에 기워넣었다. 조선 의병 된 것이 자랑스러웠다. 이런 나를 양반들도 천한 상것이라 하지 못할 것이다. 평생 의병 증표를 옷 안에 넣고 다니기로 했다. 하늘을 올려다봤다. 뭉게구름이 지나가고 있었다. 구름 사이에 미령이가 보였다가 눈물에 흐려졌다. 언젠가 저 하늘을 담는 그릇을 빚으리라 다짐했다.

다음날 새로운 왜병들이 쌀을 싣고 왔다. 열여섯 명이었다. 그중 우두머리로 보이는 놈이 정중하게 '와까 센세이(젊은 선생님)' 하며 인사했다. 가마를 지키는 새 분초장으로 임명받았다고 한다. 그의 이름은 '아사까와'로 우리 가마를 보호하고 내게 왜국말 가르치는 임무를 띠고 있다고 한다. 조선말을 곧잘 하는 그는 키가 컸고 왜놈치고는 드물게 인상이 부드러웠다.

새 분초장은 졸개들을 초소로 내려 보내자마자 빗자루를 찾아 들고는 가마 구석구석을 쓸기 시작했다. 아버지를 보더니 조선말로 큰 선생님이라 부르며 넙죽 큰절을 올렸다. 할아버지께도 큰절을 하고 대 선생님이라 불렀다. 전쟁을 하러 온 놈인지, 왜군 옷을 입고 우리 가마에 놀러 온 놈인지 알 수가 없었다. 놈은 밤이 되어서야 초소로 내려갔다.

"석아, 그놈이 계속 가마에 있으면 쌀 나누어주는 일을 들키지 않을까?"

"저도 신경이 쓰이네요. 만약 쌀을 나누어주다 들키면 친척들에게 준다고 하면 될 것 같아요."

다음날 아침 작업장 부뚜막에 불을 때고 있을 때였다.

"와까 센세이(젊은 선생님), 안녕하세요?"

"……"

새 분초장을 흘낏 쳐다보고는 얼굴을 돌려버렸다.

"센세이, 제가 할 만한 일이 없습니까? 가마 청소라도……"

놈에게 작업장에서 떨어진 장작칸을 정리하라 했다. 점심때 어머니가 밥상을 차려와 놈에게도 권했다.

"점심 드이소."

"옥사마(사모님), 저는 벤또를 싸가지고 왔어요. 알아서 먹겠습니다."

"아이고, 그래도 같이 먹어야지. 이리로 와 따신 밥을 먹어요."

놈이 내 눈치를 보더니 슬금슬금 밥상으로 다가왔다. 밥은 산나물이 든 비빔밥이었다.

"비빔밥 맛있어요, 맛있어요."

밥 먹는 내내 놈은 '맛있다'를 연발하며 우리 가마에서 일을 하게 되어 기쁘다고 했다.

작업을 하다가 놈이 일하는 것이 궁금해 슬쩍 장작칸을 엿보니 부지런히 장작을 재고 있었다. 하여튼 희한한 놈이었다.

내일 놈이 오면 백토와 점토를 섞게 하고, 그 흙에 찰기가 생기도록 떡메질을 시킬 작정이다. 열흘 이상 계속 해야만 하는 아주 힘든 일이다. 저녁에 놈이 졸개를 점검하기 위해 초소로 갔다. 아버지와 어머니는 그가 장작 하나는 기가 막히게 재어놓았다고 한다.

다음날 아침, 놈에게 백토와 점토를 섞는 법, 흙을 바닥에 쌓아 놓고 그것을 발로 으깨 국화 모양으로 펼친 다음, 그것을 다시 모아 떡메질하는 방법을 일러주었다. 양을 정해주고 엿새 안에 끝내야 한다고 일러두었다. 그러자 놈은 넙죽 고개를 숙이더니 '대단히 감사합니다'라고 하는 것이 아닌가.

닷새 후 놈이 하는 일을 확인하기 위해 가보았다. 놈은 땀을 뻘뻘 흘리면서 떡메질을 하고 있었다. 질흙을 돌돌 말아서 가는 엿처럼 만들어 휘어보았다. 끊어지지 않았다. 놀랍게도 찰기 있는 완전한 질흙(태토)이 되어 있었다. 열흘 정도는 걸리는 일인데 닷새 만에 끝낸 것이다. 그의 장딴지가 부어 있었다. 사기장 하면 잘하겠다는 생각이 들었다. 그에게 쉬었다 하라며 아끼던 장군차를 타서 권했다.

"차, 맛있어요."

다리가 아프지 않으냐고 물었다. 아프긴 하지만 도자기 일을 배우는 것이 너무도 기쁘다며 다리 아픈 것은 아무것도 아니라고 한다. 그는 몇번이나 고개를 숙이며 고맙다는 인사를 했다. 고맙다는 말을 입에 달고 사는 놈이었다. 그가 불때기를 구경할 수 있게 해달라고 부탁했다. 보여주겠다고 하니 그는 무척 좋아하며 자기 이야기를 하기 시작했다.

대마도 출신인 아사까와는 장사하는 부모님을 따라 어릴 때 부산포 왜관에 왔다고 한다. 그곳에서 조선말을 익혔고 왜관의 절에서 유학儒學도 배웠다. 스님들에 의해 시작된 왜국의 유학은 지금 본토로 크게 번져가고 있다고 한다. 왜군이 조선 서적을 약탈해가는 것도 바로 그 때문이란다.

"나베시마 부대로 파견되기 전이었소. 조선말을 알다 보니 나의 주군인 쓰시마의 다이묘 소 요시또시宗義智께서는 염탐 임무를 담당하는 특수부대에 나를 편입시켰소. 그 부대는 전투를 하는 것이 아니라 일본군 내의 반란을 예방하는 것이 주 임무였소. 그

부대는 비밀리에 해야 하는 특수한 임무가 하나 더 있었소. 그것은 조선 보물을 찾아 본토로 보내는 일이었소. 특히 다완을 찾는 것이 중요했소. 우리는 고려다완이 조선의 밥공기로 알았고, 당연히 조선에는 그것이 많으리라 생각하고 왔었소. 그러나 다도에 쓸 수 있는 다완은 없고 백자만 보였소. 백자 다완은 차심茶心이 없기 때문에 특별한 경우를 제외하고는 인기가 없다오."

"차심이 무엇이오?"

"말차를 오래 마시다 보면 다완에 차가 스며들어 분위기가 변하오. 그게 차심이오. 다도에서는 그것으로 다완을 길들인다고 하오. 백자와 같이 딱딱한 다완들은 차심이 들지 않소. 우리는 조선에 오자마자 말차 마시기에 적당한 부드러운 질감의 이도다완과 분청자를 찾기 시작했소. 그런데 분청자는 아주 적은 수량밖에 없었고 태합이 찾아오라고 특명까지 내린 조선의 이도다완은 비슷하게 닮은 것조차 없었소. 특명을 받은 우리 부대장은 초조해지기 시작했소. 그의 이름은 이시다 미쯔나리石田三成요. 그는 태합의 최측근이자 특수부대의 부대장이라 나베시마 대장군보다 더 높은 위치요. 나 또한 이곳의 분초장에 불과해 보이지만 특수부대 소속이라 일본군 내의 위치는 타까하시와 동등하오."

그는 이곳 김해의 엽차(녹차)인 장군차가 맛나다고 하면서 이야기를 계속했다.

"초조한 부대장에게 어느날 첩보가 들어왔소. 조선은 유학을

숭상하는 나라여서 마을의 향교마다 석전대제를 올리며 공자를
모시는 향교에는 좋은 제기가 있다라는 첩보였소. 이시다 부대장
은 즉시 향교를 급습하라고 명령했소."

"아니, 향교를 급습하다니요?"

"나도 유학을 공부한 사람이라 향교 제기에 손대는 것이 싫었
소. 하지만 명령이니 어쩔 수 없었소. 그곳에는 비록 백자지만 쓸
만한 것들이 좀 있었소. 그곳의 그릇들 중 위쪽에 돌기가 달려 있
고 굽이 도려진 특이한 다완들이 있었소. 그러나 입을 대는 전 부
분에 돌기가 있어 차 마실 때 거슬릴 것 같아 그것을 떼어낸 다음
본국으로 보냈소. 태합께서는 아주 좋은 다완을 받아 흐뭇하다라
는 서신을 보내왔소. 신이 난 부대장은 다른 향교도 습격하라고
명했소. 그러나 다른 향교에는 제기가 없었소. 향교를 습격한다
는 소문이 돌자 조선 백성들이 향교 제기를 다른 곳으로 옮겨버
렸던 것이오. 향교 제기를 못 찾자 부대장은 무덤을 도굴하도록
명했소. 조선 왕의 무덤, 일반 백성, 거기에다 고려 왕의 무덤까지
파헤치기 시작했소. 너무나 겁이 났소. 무덤을 파헤치는 것은 엄
청난 죄악이지 않소. 그러나 부대장의 명령이라 거부할 수가 없
었소."

"뭐가 나오긴 나왔소?"

"조선 왕 무덤에서는 백자, 일반 백성 무덤에서는 지금 선생이
만드는 것 같은 분청자, 오래된 고려 무덤에서는 청자가 나왔소.

그 그릇들을 받은 태합이 연락을 보내왔소. 조선 왕의 무덤은 조선 백성들을 자극하니 더이상 손대지 말고, 일반 무덤에서 나온 사발만 가져오라고 했소. 고려 무덤에서 나온 청자 다완은 좋긴 하나 다도에는 어울리지 않는다고도 했소."

"황도, 즉 이도다완도 나왔소?"

"비슷한 것은 있었으나 이도에는 미치지 못하는 것이라고 들었소."

왜놈들은 제기는 무덤에 넣지 않는다라는 사실을 모르고 있다.

"일반 무덤만 계속 파헤쳤지만 다완으로 쓸 수 있는 그릇은 아주 적었소."

"분청자 그릇이 다완으로 쓰기에 적합하다는 것은 이해가 가지만, 청자 사발이 다도에 어울리지 않는 이유는 무엇이오?"

"청자 다완도 훌륭하오. 그러나 푸른색 다완에는 말차의 푸른색이 빛나지 않소. 우리는 나베시마 대장군이 선생을 데리고 있다는 사실을 알고 그에게 부탁해 선생의 다완을 얻었소. 그리고 선생의 다완을 태합에게 보냈소. 다행이었소. 신선생이 빚은 다완을 보고 태합께서 만족해한다는 연락이 왔기 때문이오. 선생의 다완을 태합에게 보내지 않았더라면 이시다 부대장은 아주 난처한 처지가 되었을 거요. 그후 나베시마 대장군이 조선말 잘하는 군사를 부탁하자 이시다 부대장은 은혜에 보답하기 위해 나를 그에게 보냈소. 나베시마는 선생의 도자기가 중요하다는 것을 알고 나를 이곳 초소의 분초장으로 오게 했소. 나베시마는 신선생을 일본으로 반드시 데려가려고 할 것이오. 그런데 와까 센세이, 왜 지금 조선에는 청자와 이도다완 그리고 분청자를 보기 어렵소이까?"

그것은 임금께서 백자만 쓰기 때문이다.

"시대가 달라졌기 때문이오."

왜인인 그에게 우리 도자기를 자세히 알려주고 싶지 않아 분명치 않게 답했다.

# 일본행

타까하시가 가져다주는 쌀가마니가 예전의 반으로 줄어들었다.

을미년(1596년), 전쟁은 소강상태였고 명나라와 왜국은 지루한 협상을 하고 있다는 말이 들렸다. 그때 왜장의 주문장에는 '김해 金海'란 글자를 사발에 새겨달라는 것도 있었다.

앓아누웠던 할아버지는 가을에 운명하셨다. 할아버지는 마지막 한달 동안 기력을 회복해 황도를 나에게 가르쳐주기 위해 애 쓰셨다. 건강을 회복하신 듯하더니 갑자기 세상을 떠나 슬픔은 이루 말할 수 없었다. 가마에서 화장을 해드렸다.

분초장 아사까와는 계속 열심히 도자기 일을 배우고 있었고, 나는 그와의 대화 덕분에 왜국말이 쑥쑥 늘었다. 특수부대 출신 인 아사까와는 많은 것을 알고 있었다. 이번에 쳐들어온 왜군 중

일부가 조선에 투항하고 있고, 그중 몇 사람은 조선의 장수가 되어 왜군과 싸우고 있다는 놀라운 이야기도 있었다. 또 그는 조선 침략에 진정으로 찬성하는 왜국 사람은 과대망상증에 걸린 토요또미와 그의 추종세력뿐이라는 말까지 거리낌없이 했다.

아사까와는 칼만 아는 일본이 싫어 조선군에 투항하고 싶었으나, 여기 와서 도자기를 배우고부터는 생각이 달라졌다고 한다. 그는 도자기를 다 배우면 고향 쓰시마로 가서 도공이 될 것이라 했다. 도자기를 배우려면 이곳 초소의 분초장이란 직책이 꼭 필요하니 투항을 하고 싶어도 할 수 없다며 호탕하게 웃었다.

"와까 센세이, 쓰시마는 조선과 일본 중간에 끼여 있는 섬이라 두 나라 중 힘있는 나라에 붙을 수밖에 없소. 그런데 일본은 토요또미가 전국을 통일한 뒤 강성해졌고, 조선은 일본보다 뛰어난 문화를 가졌으나 글만 중요시해 무력이 약했소. 우리 쓰시마는 조선이 일본과 전쟁한다면 패할 것이라고 보았소. 본래 우리 쓰시마 사람은 조선 백성이라는 생각이 강했건만 살기 위해 일본에 붙을 수밖에 없었소. 그전에 쓰시마는 이번 전쟁을 막기 위해 최선을 다했소. 전쟁이 일어나기 몇년 전에 나의 주군 소 요시또시는 조선 임금에게 조총 세 자루를 진상해 일본의 군사력을 알려주었소. 그러나 조선에서는 아무런 반응이 없었소. 어쩔 수 없이 쓰시마 사람은 일본군이 될 수밖에 없었소."

아사까와의 말에 의하면 명나라와의 협상이 깨어지면 토요또미는 더 많은 병력을 조선에 보낼 것이라 한다. 토요또미는 임진년(1592년)에 왜국 변방의 군사만 보내 조선을 정벌하게 했는데, 이는 변방의 힘을 약화시키기 위한 의도도 있었다고 한다. 토요또미는 현재 변방의 군사보다 세 배나 많은 군사를 확보해 가지고 있다 한다.

타까하시가 죽도 왜성으로 나를 불렀다. 왜성에 있는 왜군들은 지쳐 보였다. 안내하는 왜병의 눈에도 지난날의 날카로움은 없었다.

"신석, 당신은 삼년 전에 주군께 이도다완을 만들어 올리겠다고 약속했소. 이제 시한이 석달밖에 남지 않았소."

"알고 있소."

"만약 약속을 지키지 않는다면 당신 아버지가 벌을 받게 될 것이오."

"왜 제가 아닌 아버님이 벌을 받소?"

"당신은 물레를 돌려서 다완을 만들어야 하니 당신 아버지가 대신 벌을 받게 되는 것이오. 약속을 안 지키면 주군께서는 필시 당신 아버지의 손가락을 자르라고 명하실 것이오. 약속을 지키지 않을 때 손가락을 자르는 것이 우리 일본의 관례요. 이도다완을 시한 내에 만들어내겠지요?"

"……예."

대답은 했지만 올 것이 오고야 말았다는 생각에 몸이 굳어졌다. 내가 황도를 완성하면 정식 사무라이가 된다는 왜장의 말을 다시 한번 상기시킨 그가 지나가는 말로 한마디 했다

"조금 있으면 엄청난 대군이 본토에서 조선으로 올 것이오. 그러면 조선은 완전히 일본땅이 되오. 당신은 주군의 사무라이로서 더더욱 최선을 다해야 할 것이오."

'나는 옛날의 내가 아니다. 지금 나는 곽재우 장군님이 임명한 조선의 의병이다.'

그러나 왜군이 대규모로 다시 몰려온다니 큰일이다. 아사까와도 이와 비슷한 말을 한 적이 있다. 지금의 이 정보는 더 확실하다. 급한 마음을 누르고 느긋하게 차를 마셨지만 속이 탔다.

서둘러 가마로 돌아왔건만 저물녘이었다. 아버지는 내 이야기를 듣고 범하스님과 선비 박유에게 대규모의 일본군이 쳐들어오리라는 정보를 전하기 위해 곧바로 떠났다.


불안한 나날이 흘러갔다. 황도를 완성해야 하는 기한이 두 달밖에 남지 않았을 때였다. 하루는 걱정하던 아버지가 말했다.

"석아, 사발을 노랗게 발색시키고 대충 유방울을 달면 놈들이 황도로 여기지 않을까?"

"사금파리를 줄 때 보니 왜장은 황도를 훤히 아는 눈치였어요. 가짜는 알아볼 거예요."

아버지의 안색이 굳어졌다. 고심했으나 뽀족한 수가 나오지 않았다. 아사까와에게 고민을 털어놓았다. 왜장 나베시마에게 황도를 빚어서 주기로 했는데 그 기한이 두 달도 남지 않았다는 것, 또 그것을 빚기가 아주 어렵다는 사실을 말했다. 조선 사기장으로서 조상을 위한 황도제기만은 왜장에게 주고 싶지 않다는 것도 솔직히 이야기했다.

아사까와는 자기도 이도다완이 어렵다는 것을 안다고 했다. 그는 한동안 생각한 뒤 말했다.

"묘책이 있소. 작업장을 불태우시오."

"뭐라고요?"

"작업장을 불태워버리고 민병에게 당했다고 거짓 보고를 올리시오. 작업장을 다시 지어야 한다며 시간을 벌면 되지 않겠소?"

"……"

작업장을 태우는 게 꺼림칙했지만 다른 수가 없었다.

"알겠소. 당신 제안을 따르도록 하겠소."

"모레 부하의 반을 데리고 특수부대에 잠시 가 있겠소. 그날 밤 불을 지르시오. 남아 있는 병사의 수가 적을 것이니 불을 제때에 못 끌 것이오."

"잘 알겠소."

아사까와와 상의한 계책에 아버지도 동의했다. 아사까와는 불지를 시간도 알려주었다. 아사까와가 말한 그날 밤, 먼저 의병에게 맞아 부상당한 것처럼 꾸몄다. 그리고 아버지와 함께 작업장과 창고를 불태웠다.

아사까와의 부하들이 불을 끄러 왔으나 그때는 이미 작업장과 창고가 다 타버린 뒤였다. 다음날 아사까와가 와서 상태를 확인하며 고개를 끄덕이고 돌아갔다. 그 다음날 타까하시가 와서 성난 목소리로 중얼거렸다.

"죽일 민병놈들, 보여야 싸우지."

"타까하시님, 민병대 놈들이 웅천현에서 실험용 이도 흙을 구해오던 아버지를 납치하여 두드려패고, 여기에 와서는 저를 죽이려 했소. 아사까와상이 조금만 늦게 도착했더라면 저는 죽었을 것이오."

"하마터면 지난번처럼 초소의 군사들이 모두 몰살될 뻔했소. 쥐새끼 같은 민병놈들, 이시다 부대장께서 나를 불러낸 순간을 노려 습격하다니! 민병들은 어딘가에 숨어서 우리를 지켜보고 있는 것 같소."

"아사까와상의 말씀이 맞소이다."

내가 맞장구를 쳤다. 아사까와가 다시 타까하시에게 말했다.

"민병들이 설치는데 이도 흙을 구하기 위해 먼 웅천현까지 다니는 것은 아주 위험하오. 우리 군사들만으로 왕복 하루 거리의 웅천현까지 경계하기란 아주 힘든 상태요. 뭔가 특별조치가 필요할 것 같소."

"알겠소. 이도다완 문제는 워낙 중요한 일이라 본국의 주군께 보고한 뒤 대책을 세우도록 하겠소. 그동안 이곳을 잘 지켜주시오."

"그 점은 염려놓으시오."

두 달 뒤, 타까하시가 왜장의 명령서를 가져왔다.

"나의 전속 도공 신석에게 명하노라. 다른 명이 있을 때까지 이도다완 연구를 잠시 미루고 이전에 만들던 다완을 올리도록 하여라."

타까하시가 조선인 대목**을 보내주었다. 그 덕분에 다시 작업장과 창고를 짓는 데 석달밖에 걸리지 않았다. 새로 보내온 주문장에 이도라는 글자는 보이지 않았다. 그후로도 이도를 만들라는 명령은 없었다.


전쟁이 육년째 접어드는 정유년(1597년) 초, 내 나이 스물셋이되었다. 왜국은 대군을 준비해 조선을 다시 침략해왔다. 타까하시와 아사까와의 말 그대로였다. 바다를 건너온 왜군은 조선에 주둔해 있던 군대와 합세해 총공격을 개시했다. 봄날, 마을로 내려갔던 아버지가 돌아와 말했다.

"간신배들이 이순신 장군을 모함했다는구나. 장군은 한양으로 압송되어 옥에 갇혀 있다 한다. 곽재우 장군께서도 간신배들 때문에 벌써 일선에서 물러나 계신 상태란다."

우리 수군은 무참히 무너졌다. 남원성과 전주성도 함락되었다고 한다. 타까하시는 자신만만한 표정으로 얼마 안 가서 조선은 쓰러질 것이라고 했다. 그러면서 다완 만드는 일에 더욱 충실할 것을 당부했다.

가을날이었다. 마을에 갔던 아버지가 기쁜 표정으로 돌아와 말했다.

"수군통제사로 복직한 이순신 장군이 명량해전에서 배 열두 척으로 적선 이백 척을 물리쳤다는구나. 육지의 우리 군과 명나라 군도 왜군을 맹렬하게 추격하고 있다니 전쟁은 곧 끝날 게다."

기쁜 소식이었다. 그런데 어머니가 자꾸 기침을 했다. 아버지는 어머니를 위해 약초를 구하랴, 백성들에게 쌀을 나누어주랴 정신이 없었다. 나는 의병이건만 도자기 빚는 것 외에 할 수 있는 일이 없었다.

한해가 지나갔다. 그러나 곧 끝나리라 믿었던 전쟁은 해가 바뀌어도 끝나지 않았다. 왜군이 순천, 사천, 울산 등 남해안의 왜성으로 들어가 버티고 있다고 한다.

무술년(1598년) 여름, 타까하시가 서찰을 보내왔다. 창원에서 성을 쌓고 있기 때문에 바빠서 가마로 갈 수 없으니 사발을 빚어 보관하고 있으라는 내용이었다. 그동안 그가 사발 가지러 오는 일을 미룬 적은 한번도 없었다.

그해 가을, 왜국말을 가르쳐주던 분초장 아사까와와 헤어지게 되었다. 아사까와는 원 소속부대로의 복귀명령이 내려져 떠나야 한다고 했다. 무엇 때문에 갑자기 복귀명령이 내려졌는지는 알 수 없었다. 그는 아버지께 큰절을 하고 아픈 어머니에게 그동안 고마웠다는 말을 했다. 우리는 그가 왜군인 것을 잠시나마 잊어버리고 이별을 안타까워했다.

마당의 감나무 잎이 다 떨어졌다. 옷 벗은 가지 위에 홍시 하나가 덩그러니 달려 있었다. 왜장이 나를 왜국으로 납치할 가능성이 높다는 아사까와의 말이 줄곧 머리에서 떠나지 않았다. 아버지도 그 일을 내심 걱정하며 안색이 좋지 않았다.

"만약을 대비해 우리가 피할 수 있는 곳을 한군데 봐놨다. 옛날에 스님이 기거하던 토굴인데, 겨울 동안은 그곳에 숨어 있도록 하자. 왜군은 곧 조선에서 물러날 게다. 그때 다시 가마로 돌아오면 된다. 겨울을 지낼 양식부터 옮겨놓아야겠다."

다음날 마당에 나와 보니 감나무에 홀로 남아 있던 홍시가 마당에 떨어져 있었다. 마을에서 돌아온 아버지가 황급히 말했다.

"조선과 명나라 연합군이 남해안의 왜성을 총공격하고 있단다. 왜군은 이번 겨울을 못 넘길 게 확실하다. 토굴로 짐 옮기는 걸 서둘러야겠다."

이미 쌀과 이불은 옮겨놓았다. 솥과 그릇을 아버지와 함께 날랐다. 병이 덧나 몸져누운 어머니는 밤이 깊을수록 기침을 심하게 했다. 날이 밝으면 어머니를 둘러업고 토굴로 가 숨어 있기로 했다.

　그날 밤 요란한 횃불과 함께 말발굽 소리가 들이닥쳤다. 그것
이 나를 납치하러 오는 왜군일 줄은 까맣게 몰랐었다.

# 가련이

배가 흔들렸다.

"아악!"

갑판에서 비명소리가 들렸다. 왜병 한 놈이 비쩍 마른 노인의 발을 잡고 공중에 빙빙 돌리다가 차가운 바다에 던져버렸다. 노인은 허우적거리며 파도에 떠올랐다가 다시 잠겼다. 잔인한 시간이 흘렀다. 바다에는 너울대는 물결만 보였다. 또다른 왜병이 일곱살쯤 되어 보이는 아이를 잡아 올렸다. 노인처럼 바다에 던질 태세였다.

"안돼!"

왜병들이 나에게 칼을 들이댔다. 눈앞에서 칼날이 번쩍거린다.

"나는 나베시마 대장군의 전속 도공이다."

뱀눈의 왜병이 칼을 겨눈 채 나를 뚫어지게 바라보았다.

"다규 장군에게 갔다 올 테니 잠시만 기다려라."

왜병들이 칼을 내리더니 자기들끼리 바라본다. 뱀눈이 말했다.

"빨리 갔다 오시오."

조선 백성의 코를 도려내 엮은 주렴을 벌리고 털북숭이 다규에게 갔다.

"장군, 부탁할 일이 있사옵니다."

"뭐냐?"

"저 아이의 목숨을 살려주십시오."

놈이 칼을 빼어들었다. 마치 나를 벨 듯한 자세였다.

"그 아이는 계속 토하는 걸 보니 돌림병에 걸린 것이 분명하다. 이 배에 돌림병이 퍼지면 네놈이 책임지겠느냐? 네놈의 코도 저곳에 보태고 싶으냐?"

놈이 코주렴을 가리켰다.

"장군의 뜻은 알겠습니다. 장군, 저 아이를 치료하게 해주시면 제가 드릴 수 있는 최고의 것을 바치겠사옵니다."

놈이 눈알을 돌렸다.

"줄 수 있는 최고의 것이 도대체 뭐냐?"

"제가 만드는 다완 중 최고의 명작, 최고의 다완을 말합니다."

"최고의 다완이라, 그래 그 명작을 몇점이나 줄 수 있느냐?"

"제가 일본에서 다완을 빚어낸다면 최고 명작은 주군께, 두번째와 세번째 명작은 장군께 올릴 것을 약속하나이다."

"그 약속을 믿어도 되겠지?"

"감히 장군께 지키지 못할 약속을 할 수 있겠나이까?"

놈이 칼집에 칼을 넣는다.

"알겠다. 그러나 그 아이를 보호할 수 있는 것은 이 배가 일본에 도착할 때까지뿐, 그 다음부터는 나의 권한 밖이다."

"알겠습니다."

놀랐을 아이가 걱정되었다.

"장군, 조선에서는 자기의 아이가 토하거나 경기驚氣를 일으키면 조선 어미는 바늘로 십정혈十井穴을 따서 치료합니다."

"십정혈, 그게 무엇이냐?"

"침술에서 사용하는 말로 손톱 부근을 가리킵니다."

한 여인이 경기를 치료해본 적이 있다 했다. 놈이 고개를 끄덕였다. 여인이 약으로 쓸 차가 필요하다 하자 차 한 봉지를 내어주었다.

아이는 새파랗게 질려 울지도 못하고 벌벌 떨었다. 겉옷을 벗어 아이를 싸안고 방으로 데려가 뉘었다. 여인이 아이의 손가락을 바늘로 찔렀다. 손가락에 핏방울이 맺히더니 곧 아이가 울음을 터뜨렸다. 왜병에게서 뜨거운 물을 구해 차를 탄 다음 여인에게 건넸다. 여인이 차에 밥을 말아달라 했다. 여인이 차에 만 밥을 아이에게 먹였다. 그런 후 아이의 배와 등을 손으로 쓰다듬는다. 아이가 잠에 빠져들자 여인은 아이를 물기어린 눈으로 한참 바라보다가 돌아갔다.

먹지 않고 놔둔 주먹밥과 특별 배식으로 나온 사쯔마이모(고구마)를 챙겼다. 사쯔마이모는 조선에 없는 것이었다. 아이 부모를 찾으러 선실에 들어서자마자 역겨운 냄새가 코를 찔렀다. 선실은 짐승 우리처럼 지저분하고 비좁았다. 조선인들이 짐짝처럼 들어차 있는 그곳에서 아이 부모를 찾았다. 한곳에서 손짓을 했다. 그곳에는 한 젊은 여인이 울먹이고 있었다.

"아이는 제가 데리고 있습니다."

"가련이가 살아 있소?"

여인이 숨 넘어가는 소리로 물었다.

"그렇습니다. 안심하십시오."

"가련아! 가련아!"

목메어 소리치는 여인의 모습에 핑하니 눈물이 났다.

"가련이는 어디에 있소?"

여인이 아이에게 가려는 듯 자리를 박차고 일어난다.

"제 방에 재워놓았습니다. 제 방은 여기보다 좀 낫습니다."

"고맙습니다."

친척인 듯한 옆사람들도 고맙다고 인사를 하였다. 품에 넣어 온 주먹밥과 사쯔마이모를 내어놓았다. 사람들이 음식을 보자 허겁지겁 입으로 가져갔다.

여인 옆에 책상다리를 하고 있는 한 사내가 있었다. 걸친 옷은 누추했지만 양반 도포를 입은 그는 동그란 얼굴에 눈빛이 형형하였다. 그가 나를 쏘아보았다.

"당신은 조선인이지만 우리와는 뭔가 다른 것 같소."

"제 뜻과는 상관없이 왜놈들이 특별대우를 하고 있습니다."

그 옆에 있던 한 사내가 목소리를 낮추고 말했다.

"이분은 형조좌랑이오. 남원에서 군량을 보급하다가 그곳이 함락되자 고향에서 의병장으로 싸우다 포로가 되었소. 나는 이분 동생이오."

의병장이라는 말에 놀랐다.

"저는 한때 곽재우 의병부대를 도운 적이 있습니다."

형조좌랑이라는 사내에게 윗옷 안에 기워놓은 곽재우 장군의 증표를 떼어 보여주었다. 증표를 유심히 보던 그가 목소리를 낮추고 말했다.

"왜병이 바로 옆에 있으니 조심해야 하오. 강항姜沆이라 하오."

일어나 절하려고 하자 그는 내 손을 잡고 만류했다.

"고맙소. 가련이는 내 둘째형님의 아들이오. 그 아이를 잘 부탁하오."

"예, 잘 알겠습니다. 가련이가 깨어날지도 모르니 이만 가보겠습니다."

"우리 가련이를 살려주어 고맙습니다."

여인의 눈에 눈물이 가득했다.


밤이 되자 여인들의 비명소리가 들렸다. 왜병들이 조선 여인들을 겁탈하는 모양이었다. 가련이 어머니가 걱정되었다.

엄마를 부르는 가련이의 소리에 눈을 떴다.

"울지 마라, 가련아. 좀 있다 네 어머니한테 보내주마."

남겨둔 사쓰마이모와 주먹밥을 주었다.

"천천히, 꼭꼭 씹어먹어야 한다."

가련이는 울먹이면서 받아먹었다. 자면서 가련이가 엄마를 불렀다. 아침 일찍 다큐에게 갔다. 놈은 조선 여인들을 끼고 누워 있었다. 나를 보자 여인들을 물리친다.

"장군, 어제는 고마웠습니다."

"명작 다완을 준다는 약속은 지키겠지?"

"물론입니다. 그런데 장군, 드릴 말씀이 있습니다."

"또 무슨 볼일이냐?"

"선실에는 조선의 높은 관리이자 선비인 강항이 있습니다."

"알고 있다. 그자는 비겁한 조선 왕 생각밖에는 없는 자이다."

"그는 과거에 급제한 사람이니 글이 명필일 것입니다."

"과거라니?"

"조선에서는 글로 관리를 선발합니다."

"허, 글로 관리를 뽑다니, 칼로 사람을 뽑아야지."

"명필이니 족자 글을 잘 쓸 것입니다."

"뭐, 족자? 아하, 내가 그 생각을 못했군."

"장군, 조선의 선비는 고집이 대단하옵니다. 강항은 과거에 급제한 선비라 고집이 아주 셀 것이옵니다. 조선인을 다루는 것은 제가 일본인보다 더 나을 것이니 제게 맡겨주십시오. 그로 하여금 장군을 위해 지성껏 글을 쓰도록 하겠나이다."

"알겠다. 너에게 맡기겠다."

놈이 졸개에게 속히 붓과 먹을 준비하라고 소리쳤다. 강항 선생을 만나기 위해 선실로 갔다.

"선생님, 밤마다 여인들의 비명소리를 들으셨을 겁니다. 가련이 어머니가 위험합니다. 가족을 지킬 대책이 필요합니다."

"그 대책이 무엇이오?"

"이 배의 왜적 장수에게 글 한수를 써주십시오."

"저 금수만도 못한 왜적에게 내 글을 주어야 한단 말이오?"

"가족을 위한 길입니다. 지금은……"

"알겠소."

강항 선생을 데리고 다뀨에게로 갔다. 비통한 표정으로 한동안 앉아 있던 선생은 마음을 굳힌 듯 붓을 잡았다. 붓을 휘두르자 글자가 용솟음치는 듯했다. 글을 본 다뀨가 나를 보며 말했다.

"무슨 뜻이냐?"

왜국의 장수 중엔 칼만 알지 글을 모르는 사람이 많다고 들었다. 아사까와는 토요또미 히데요시도 글을 모른다고 했었다. 글을 왜놈말로 읽어주었다.


지난해 이날에는 어상을 받들고서　　　　去歲玆辰奉御床

머리에 별을 얹고 축수의 잔 올렸더니　　戴星先捧祝堯觴

이 해에는 유락한 채 단심만이 남아서　　今年流落丹心在

하루에도 수심이 실올만큼 자라난다.　　一日隨愁一線長


입을 헤벌리며 듣고 있던 놈이 졸개에게 큰 소리로 명했다.

"이분의 가족들에게 배식을 두 배로 늘리고 특별히 보살펴주어라."

생기를 되찾은 가련이를 제 어머니에게 보냈다. 혼자 있게 되자 부모님이 보고 싶어졌다. 어머니는 병이 다 나았을까?

배는 계속 남쪽으로 나아갔다.

# 사무라이 도공

잇끼壹岐라고 하는 섬에 도착한 하루 뒤 배는 방향을 틀어 동쪽으로 향했다. 왜병 한 놈이 와서는 내일이면 목적지에 도착하니 준비하라고 한다. 작은 섬에 도착했다. 털북숭이 다뀨가 졸개들의 호위를 받으면서 내렸다. 왜병들이 조선 백성을 개돼지처럼 배에서 끌어내렸다. 왜병에게 조선 백성들을 어디로 데려가는지 물어보니 섬의 반대편이라 한다. 가련이와 강항 선생 가족이 눈에 들어왔다. 가련이와 마지막 인사를 하게 해달라고 부탁하자 왜병이 고개를 끄덕였다. 가련이를 가만히 안았다. 숨소리가 아플 때보다 더 크게 들렸다. 얼굴을 쓰다듬었다. 가련이의 눈에 눈물이 고였다. 강항 선생이 내 손을 잡았다. 가련이 모자가 떠나가면서 내내 손을 흔들었다.

왜병이 가자는 대로 발걸음을 옮겼다. 발이 두둥실 떠가는 것 같았다. 지붕이 뾰족한 집이 눈에 들어왔다. 그 집으로 들어가자 왜국옷을 걸친 여자가 조선말로 인사한다. 마흔 정도로 보이는 아낙이었다.

"여기가 어디오?"

"아이노시마藍島라 부르는 섬입니다. 이 집은 센세이(선생님)가 당분간 묵을 곳입니다."

"나를 왜 선생이라 부르오?"

"사무라이 도공이라 들었습니다. 높은 도공을 여기서는 센세이라 합니다."

"조선의 어디에서 왔소?"

"묻지 마소서."

"아까 배에서 내린 사람들은 어디로 갔소이까?"

"포로와 피로인被擄人을 위한 수용소가 섬에 있사옵니다. 여기는 피로인 중에서 특별한 분들만 묵는 숙소이옵니다."

"포로라는 말은 알겠소만 피로인은 무슨 뜻이오?"

"조선에서 끌고 온 일반 백성을 말합니다."

피로인이란 말은 우리 조선에 없다. 조선은 전쟁을 해도 일반 백성을 끌고 와 괴롭힌 적이 없으니 그런 말이 있을 리 없다.

"피로인들이 많이 왔소이까?"

"작년부터 피로인이 많이 왔습니다. 여기 군사들은 피로인들을 나누어 각지로 보냅니다."

"피로인을 나눈다 했소?"

"직업이나 신분을 따져서 그들을 필요로 하는 곳에 보내기 위함입니다. 자세한 것은 알지 못합니다."

방 안을 둘러보았다. 방바닥에 등심초를 엮어서 만든 자리가 있었다. 나무로 짠 사각 공간 안에 화로가 있고, 화로 속에 숯이 있다. 그 위로는 천장에서 내려온 쇠사슬에 무쇠솥 같은 것이 달려 있었다. 아낙은 이 방이 다다미방이라 했다. 피곤해서 눕고 싶다 하자 아낙이 벽장에서 이불을 내어 깔아준 뒤 화로에 불을 붙이고는 차 한잔을 따라놓고 나갔다. 찻잔은 조선에서 노략질한 백사기(백자)였다. 차 향기가 코를 스치자 몸의 긴장이 좀 풀어졌다. 저녁때 아낙이 왜놈 밥상을 가지고 왔다. 숟가락이 없어 젓가락으로 먹었다. 뱃속에 따뜻한 음식이 들어가자 몸이 노곤해졌다. 잠이 들었다. 깨어나니 밥상이 보여 먹고 다시 잠을 잤다.

"내내 주무시는 것을 보니 배에서 고생을 많이 하셨나봅니다."

"……"

"저는 내일부터 선생님께 사무라이 예법을 가르쳐드릴 예정입니다."

왜놈 예법을 배우다니 기가 막힐 노릇이었다. 하지만 다른 방도가 없다. 아낙은 사무라이 특유의 어투와 인사법을 가르쳐주었다. 보름 후, 목욕을 하고 방으로 들어오자 아낙이 왜놈 옷과 가죽신을 내어주며 사무라이 복장이라고 했다. 왜놈 옷을 걸치니 부자연스러웠다.

"선생님은 사무라이시니 쫌마게를 해야 합니다."

"쫌마게? 그것이 무엇이오?"

"머리를 위쪽으로 세워 묶는 것을 말합니다. 사무라이의 쫌마게는 조선 선비가 상투 틀고 갓 쓰는 것과 같습니다."

"꼭 그것을 해야만 하오?"

"선생님이 그것을 하지 않으면 제가 벌을 받습니다."

"알겠소. 내 머리를 묶으시오."

"고맙습니다, 선생님."

아낙에게 실과 바늘을 부탁해 곽재우 장군의 증표를 왜놈 옷 가슴께에 기워넣었다.


아낙이 모찌(왜국 떡)를 가져왔다.

"아께마시떼 오메데또 고자이마스(새해 축하합니다)."

기해년(1599년) 설날 아침이었다. 왜국땅에서 스물다섯살의 첫날을 맞게 되었다. 바닷가로 나가 북쪽 하늘을 쳐다보았다. 망망한 수평선만 보였다. 북쪽을 향해 절을 올렸다.

"아버지— 어머니— 새해 복 많이 받으세요."

수평선 너머에 있는 아버지와 어머니를 목놓아 불렀다. 미령이도 떠올랐다.

이른 아침에 왜병들이 와서 왜장 나베시마가 있는 성으로 안내하겠다 한다. 배를 타고 가 그리 멀지 않은 포구에서 내렸다. 포구 뒤편엔 산들이 줄지어 있고, 산 아래에는 논과 밭이 반듯하게 정리되어 있었다. 포구에 준비해둔 말을 타고 달렸다. 큰 초소가 나타나자 안내병이 통행증을 제시했다. 다시 말을 타고 두어 시진을 달렸다. 작은 초소 두 곳을 지났다. 해가 중천에서 서쪽으로 기울어질 무렵 넓고 웅장한 성이 보였다. 조선에서 본 왜성과 달리 커다란 돌로 기초를 쌓고 그 위에는 하얀 벽을 높게 올렸다. 엄청나게 큰 성채는 오층으로 보였고 높은 망루는 위압적이었다. 성 둘레에 도랑을 파서 물을 채운 해자垓子가 있었다. 성문 위쪽에 조선서 본 빨간 호리병 문양의 깃발이 펄럭이고 있었다. 큰 건물 입구에는 천수각天守閣이라 쓴 현판이 걸려 있었다.

입구의 우물에서 왜병이 손을 씻으라 했다. 손을 씻은 뒤 삐걱대는 좁은 마루를 지나 큰 방으로 들어갔다. 방에는 왜군들이 도열한 가운데 왜장이 앉아 있었다. 죽도 왜성에서 본 그의 아들도 보였고 그 옆에는 조선 선비처럼 생긴 젊은 사람이 있었다. 양측에 왜장의 수하 부장들이 줄을 맞춰 앉아 있었다. 왼쪽에는 타까하시, 오른쪽에는 눈에 힘을 가득 준 다뀨가 보였다. 아낙에게서 배운 사무라이 예법으로 인사를 했다.

"오래간만이다."

"주군을 다시 뵙게 되다니 감격스러울 따름이옵니다."

"오! 일본말을 다 배웠구나."

왜장은 나의 왜국말을 듣고 무척 기뻐했다.

"주군의 뜻에 따르기 위해 열심히 배웠나이다."

"그래, 가상하도다. 네가 나를 흠모해 이곳 일본까지 자청해 왔다고 들었다. 사실이냐?"

기가 찼으나 "예"라고 대답할 수밖에 없었다.

"이곳 일본에서도 다완을 열심히 빚도록 해라. 내가 돌봐주겠노라."

"조선에서부터 저를 알아주시고 보살펴주신 주군의 명이라면 제 목숨이 붙어 있는 한 최선을 다할 것이옵니다."

"그래, 가상하도다. 너를 나의 정식 사무라이 도공으로 봉하겠노라."

"감개무량하옵니다."

왜장이 손짓을 하자 한 사람이 길이가 다른 대, 중, 소의 칼 세 자루를 가지고 왔다. 왜장이 칼을 꺼내 살펴본 다음 나를 가까이 오라 한다.

"나베시마번 다이묘인 나는 도공 신석을 녹 일백석의 사무라이로 봉하노라."

왜장이 칼을 주었다.

"오늘 사무라이로 봉한 너에게 신리쯔무라神立村를 내리노라.

그곳 백성들을 수족으로 삼아 도자기를 만들도록 하라."

"감사하옵니다. 명을 충실히 받들겠나이다."

"신석, 나는 앞서 조선 도공 두 명을 사무라이로 임명한 바 있다. 그러나 그 둘과 달리 너는 타노시미(기쁨) 가마 담당임을 잊지 말도록 하라."

타노시미 가마의 뜻을 물었다.

"다도구茶道具를 빚어 차인이자 다이묘인 나를 기쁘게 해주는 가마라는 뜻이다. 어용요御用窯라 부르기도 한다. 타노시미 가마는 양이 중요한 게 아니다. 적은 수라도 명품을 빚어야 하느니라."

"예, 명심하겠사옵니다."

"신석, 너는 이도다완을 아직 못 만들었다지?"

"주군, 이도다완을 생각하면 저의 불충이 워낙 커서 드릴 말씀이 없사옵니다. 정성을 다해 열심히 노력했건만 조선에서는 민병들의 방해도 있었고 또 워낙 어려운 다완이라…… 그러나 그것을 완성할 때까지 최선을 다하겠나이다."

"나도 이도다완이 어렵다는 것을 알고 있노라. 너는 이도다완만 아니라면 여기 흙으로도 다른 고려다완을 만들 수 있다 했다. 그 말을 기억하느냐?"

"예."

"올 연말까지는 가능하겠지?"

아직 이곳의 흙을 전혀 모른다. 나를 도울 사람도 없다. 뭐라고 대답해야 할지 떠오르지 않았다.

"저어, 가마도 지어야 하고 흙도 찾아야 하기에 시간이 걸리나 최선을 다해……"

"그래, 올해 안으로 다완을 빚겠다는 너의 약속을 잊지 않고 기억하겠노라."

말은 부드러웠으나 협박이었다. 인사를 하고 밖으로 나왔다. 뒤에서 타까하시가 "센세이" 하고 불렀다.

"고생 많았소이다."

"왜 부모님과 같이 못 오게 했소이까?"

"선생 어머니의 병이 중했기 때문이오. 선생 어머니가 배를 타는 것은 무리이고 아버지는 남아 어머니를 돌보아야 할 것이라 판단했소."

그는 명령을 수행하는 자일 뿐이다. 이 왜국에서는 내 마음을 숨기고 견뎌야만 한다.

"타까하시님, 우리가 전쟁중에 만난 것이 불행이었소. 기회가 오면 부모님을 만날 수 있도록 도와주시오."

"주군만이 하실 수 있는 일이나 최선을 다해 돕겠소."

타까하시가 손을 내밀었다. 마지못해 그의 손을 잡았다. 그와 함께 성 앞 마당으로 갔다. 넓은 마당엔 많은 조선 백성들이 있었다. 왜장의 종이라고 했다. 타까하시가 그들을 세워놓고 나이와 조선에서 했던 일을 말하게 하였다. 전쟁 초기에 온 사람부터 최근에 끌려온 사람까지 다양했다. 타까하시는 주군의 배려라며 세 사람을 고르라 했다.

먼저 도자기 일을 배울 만한 청년을 골랐다. 열여섯살, 고향은 경상도 함양, 이름은 박봉이라 했다. 이마가 훤한 봉이는 끌려온 지 오래되어 왜놈말을 잘했다. 다음엔 나보다 서너살 어려 보이는 장정으로 왜군의 포로가 되어 격군으로 있다가 일년 전에 여기로 왔다고 한다. 고향은 양산 통도사 부근 다소촌茶所村, 이름은 억수였다. 마지막엔 부엌일을 맡을 수수한 사십대 여인이었다. 순천에서 끌려온 여인네로 조선에서 양반집 찬모로 있었다고 한다.

졸개 몇이 왜장이 내린 금은과 선물, 돈 등이 든 함을 가지고 와서 마차에 실었다. 조선에서는 쌀이나 무명이 돈을 대신했지만 왜국에서는 돈이 널리 통용된다고 했다. 타까하시가 말을 내 앞에 세워놓고 말했다.

"주군께서 특별히 내린 말이오. 조선에서 선물한 말보다 더 잘 달릴 것이오."

"고맙소이다."

말등에 올라타자 말이 "히힝" 하며 상체를 들어올렸다. 봉이가 재빨리 말을 진정시켰다. 성을 나서려는데 왜병 한 놈이 달려와서 다꾸가 나를 부른다고 했다. 타까하시에게 다꾸가 왜 나를 찾는가를 물었다.

"잘 모르겠소. 다꾸 장군은 나보다 상급자요. 빨리 가보는 게 좋을 것이오."

다큐는 별관으로 보이는 곳에 혼자 있었다.

"일백석의 사무라이가 된 걸 축하하오."

"감사하옵니다."

"그런데 배에서 한 약속을 잊지는 않았겠지?"

"잊지 않았사옵니다."

"당신이 녹 일백석의 정식 사무라이로 된 것은 내가 힘을 썼기 때문이오. 음, 이 사실을 잊어서는 안될 것이오."

"그러하옵니까? 고맙사옵니다."


타까하시와 함께 신리쯔무라로 향했다. 타까하시에게 왜장 아들 옆에 있던 사내에 대해 물어보았다. 젊은 사내는 홍호연洪浩然이라는 조선 출신 유학자로 왜장 아들의 친구이자 가신이라 했다. 홍호연의 왜국 발음은 코꼬넨이었다.

"주군께서 내리신 칼의 길이가 왜 각각 다르오?"

"긴 것은 적을 벨 때, 중간 것은 자기를 지킬 때, 짧은 것은 할복할 때 쓰라는 것이오."

"내가 칼을 싫어하는 것은 타까하시님도 잘 알 것이오. 어떻게 해야 하오?"

"선생은 사무라이 도공이니 칼을 안 차도 되오."

아담한 마을은 큰 산 자락에 자리잡고 있었다. 서른 채 정도의 집들이 드문드문 있었는데, 지붕에는 볏짚을 여러 겹 올려놓았다. 마을 어귀에 사람들이 도열해 있었고 촌장으로 보이는 깡마른 사람이 내 앞에서 무릎을 꿇었다.

"어서 오십시오, 선생님. 선생님을 주인으로 모시라는 주군의 명을 받았기에 인사 올립니다."

그를 시작으로 도열한 사람들이 모두 무릎을 꿇고 인사했다. 타까하시가 말했다.

"이분은 조선에서 온 명<sup>名</sup>도공이다. 주군께서 이분을 여기로 보낸 것은 이 마을을 도자기 촌으로 발전시키기 위함이니라. 너희들은 이런 주군의 은혜를 잊어서는 안될 것이다. 알겠느냐?"

"예."

마을 뒤쪽의 기와집으로 갔다. 큰 기와집 두 채에 곳간과 작은 별채가 있었다. 높고 뾰족한 지붕이 정겹게 보이지 않았다. 넓은 정원에 바위와 나무가 잘 어우러져 있었다.

"여기가 신선생 집이오. 건투를 비오. 꼭 명심해야 할 것이 있소. 올해 말까지 다완을 완성하지 못하거나 나온 다완이 졸작이면 선생과 이 마을 사람들은 벌을 받을 것이오."

고개를 끄덕였다.

타까하시가 가고 난 뒤 집으로 들어갔다. 구석구석을 살펴보던 봉이가 물었다.

"선상님, 우리도 여기 살 수 있습니꺼?"

"앞으로 우리 넷은 다 가족이다."

세 사람은 허리를 굽히며 고맙다고 했다. 모두 왜놈 종이 될까 봐 걱정했다고 한다. 왜장한테서 받은 것들을 정리하라고 시켰다. 봉이는 곳간에 쌀이 가득 들어 있는 걸 보고 좋아했다. 내 방은 북쪽이 내다보이는 곳으로 정했다.

앞으로 해야 할 일을 생각해보았다. 가마, 소나무, 질흙, 물토(유약 재료) 등을 새로 준비해 올해 안에 꼭 다완을 빚어야만 한다. 이런저런 생각에 잠을 이룰 수가 없었다. 오늘 새 식솔도 생겼고 비록 작은 마을이지만 이곳의 수장이 되었다. 조선의 사또가 된 것이나 마찬가지다. 이 집은 고향의 집과는 비교할 수 없을 만큼 크고 화려하다. 그러나 나는 이 집이 가시방석 같다.

내가 원하는 것은 왜국땅에서의 호강이 아니라 고향에서 부모님과 같이 사는 것이다. 북쪽을 향해 절을 올렸다.

# 왜국 생활

눈이 내려 천지가 하얘졌다. 풍경은 조선과 하등 다를 바가 없다. 순천댁이 부엌에서 분주하게 움직이고 억수가 마당에서 눈을 쓸고 있었다. 봉이는 아직 자는 것 같다. 억수가 가져온 더운물로 세수를 한 다음, 집 근처를 자세히 살피며 가마 박을 곳, 작업장과 장작칸 지을 장소를 물색했다.

가마 박기에 적합한 경사진 지형이 보였다. 그 옆에는 작업장을 설치할 공간도 충분했다. 고향의 작업장처럼 땅두멍(웅덩이)과 귀옴*이 갖춰진 수비장水飛場*과 온돌바닥으로 된 건조장도 만들어

* 귀옴: 웅덩이의 흙 앙금을 침전시켜 질흙으로 바꾸는 데 쓰이는 큰 옹기.
* 수비장水飛場: 물감장이라고도 한다. 도자기 질흙(태토)을 만드는 곳으로 산에서 파온 생흙을 물에 풀고 휘저어 잡물을 없앤 뒤 미세한 앙금(질)을 모으는 장소.

야 한다.

순천댁이 아침을 지어서 가져왔다. 아이노시마에서처럼 숟가락이 없었다.

"순천댁, 숟가락이 왜 없소?"

"아무리 찾아도 정지에 숟가락이 없어라."

"이 나라는 숟가락을 안 씁니더. 요렇게 밥공기를 손으로 들고 젓가락으로 묵심더."

순간 분초장 아사까와의 말이 생각났다. 왜군은 이도다완이 조선의 밥공기인 줄 알았다고 했다. 황도는 대부분 멧사발이라 굽이 좁고 높다. 때문에 숟가락을 대면 잘 넘어진다. 왜놈들은 밥공기를 손으로 들고 먹으니 제기인 황도를 일반 밥그릇으로 착각한 것이다. 순천댁이 나를 쳐다보았다.

"선상님, 요게는 마늘이 없당께요."

"왜놈들은 마늘 냄새를 아주 싫어합니다. 마늘을 약으로 먹는 사람은 있지만서두 음식에는 안 넣습니다. 약 파는 데 가면 마늘을 구할 수 있습니다."

마늘 안 들어간 찬은 감칠맛이 덜하지만 순천댁의 손맛이 좋아서 먹을 만했다. 상을 물리고 나서 순천댁이 차를 가져왔다.

"선상님, 이 나라에는 차가 정말 많습니더. 우리나라는 귀했는데 말입니더."

봉이가 차 얘기를 하자 무뚝뚝해 보이는 억수가 입을 열었다.

"조선에 차가 귀하다 캐도 우리 고향에는 차가 많습니더."

"행님 고향이 어딥니꺼?"

"양산 통도사 다소촌이라 안 캤나. 내 고향 사람들은 노상 차를 마신대이."

억수는 우리나라에서 차를 처음 재배한 곳이 통도사를 감싸고 있는 영축산이라고 했다.

아침식사 후 깡마른 촌장이 찾아왔다. 촌장의 성<sup>姓</sup>을 물어보았다.

"선생님, 저는 평민이라 성이 없사옵니다."

"촌장, 작업장과 가마를 지어야 하는데 도와줄 사람이 있겠소이까?"

"여기에 사는 사람은 다들 나이가 많습니다. 그런 사람도 괜찮습니까?"

"젊은 사람은 어디에 갔소이까?"

"모두 전쟁에 끌려갔습니다. 저의 아들도 조선에 출병한 뒤로 아직 소식이 없습니다."

"그래요? 나베시마 부대는 돌아왔으니 타까하시에게 물어보면 아드님 생사를 알 수 있을 것이오. 내가 한번 알아볼까요?"

"선생님, 고맙습니다만 제 아들은 나베시마 군에 소속돼 있지 않습니다."

"여기 사는 사람은 다 나베시마번 소속이지 않소?"

"제 아들은 다른 번에 소속돼 있습니다. 저는 옛날에 장사를 했는데, 아이 어미가 죽어서 자식을 돌보기 힘들었습니다. 그래서 아들을 다른 번의 사무라이에게 양자로 보냈습니다. 사무라이가 된 제 아들은 전쟁 때 주군을 따라 조선으로 출병했습니다만 전쟁이 끝난 여태까지 소식이 없습니다."

"그러면 아들이 있었던 성에 가서 행방을 알아보면 되지 않소이까?"

"선생님, 저는 여러 곳을 다닐 수 있는 장사꾼이 아니고 평민으로서 작은 마을의 촌장일 뿐입니다. 제가 속한 영지를 벗어나 다른 곳으로 가려면 주군의 허가가 필요합니다."

"여기 일본은 마음껏 돌아다니기가 힘든가보오."

"예, 그렇습니다. 그러나 선생님 같은 사무라이나 돈 있는 사람, 허가받은 상인들, 천민들은 돌아다니는 데 아무런 제약이 없습니다."

촌장이 일할 사람들을 데려왔다. 우선 가마 지을 곳에 터닦기부터 시작했다. 땅이 얼어 있어 일이 더디게 진행되었다.

하루는 촌장을 불러 일본이란 나라에 대해 물어보았다. 장사꾼 출신답게 촌장은 일본땅 이곳저곳을 잘 알고 있었다. 왜국은 혼슈本州, 홋까이도北海島, 시꼬꾸四國, 큐슈九州라는 네 개의 커다란 섬으로 되어 있는데, 그중 혼슈가 가장 크고 그 위에 아주 추운 홋까이도가 있다고 한다. 히젠肥前 지방이 있는 이곳 큐슈는 남쪽이라 가장 따뜻하며 조선과도 가장 가까운 곳이라 한다. 히젠 땅은 여러 명의 다이묘가 나누어 다스리고 있는데 그중 한명이 나베시마이다. 또 나베시마번 안에는 몇몇의 소영주가 자기 영지를 다스리며 다이묘 나베시마에게 충성을 바친다고 한다. 그 소영주들도 사무라이를 고용할 수 있으나 그들은 사무라이의 상관일 뿐 주군은 아니라 했다. 다이묘라야 주군이라는 말을 들 수 있다고 한다.

봄바람이 일었다. 촌장에게 소나무 장작을 준비하도록 일러두었다. 가마터 닦기가 거의 끝났다. 닦은 터 양쪽에 송판을 대고 그 안에 자갈과 모래, 점토를 넣은 뒤 다졌다. 물을 뿌린 다음 다시 단단히 다졌다. 재, 소금, 가는 모래를 뿌리고 그 위에 소분을 뿌려 다질 차례였다.

문제가 있었다. 불심 센 흙으로 구워 만든 소분이 없었다. 불심 센 흙은 찾을 수 있지만, 그 흙을 구울 가마가 아직 없다. 나베시마번에 먼저 와 있다는 조선 사기장이 떠올랐다. 그들은 소분을 가지고 있을 것이다.

촌장은 이 지방에 조선 출신 사기장이 많다고 한다. 그들은 작은 가마를 직접 운영하고 있는 사람도 있지만 대부분은 사무라이 도공 밑에서 일한다고 한다. 사무라이 도공은 나와 이삼평李參平과 종전宗傳이 있는데, 이삼평은 다규 지방에 있고 종전은 타께오武雄

지방에 있다 한다.

지을 가마는 봉통과 노리칸을 빼고 모두 일곱 칸이다. 이 가마
는 양보다 질이 중요하다. 많이 빚기보다는 적은 수라도 신경써
서 빚어야 한다. 사실 명품 몇점은 보통 것 백점 빚는 것보다 더
어렵다. 그렇지만 올해 안에 빚으라는 명을 받았으니 서두르지
않으면 안된다.

# 조선에서 온 사기장

소분을 구하기 위해 타께오 지방의 종전을 찾아가기로 했다. 선물로 비단을 챙겼다. 나는 말을 타고 봉이와 억수는 소달구지를 끌고 갔다. 길을 안내해줄 마을 왜인 한명도 동행했다. 들녘에서 일하는 농부들의 모습이 평화롭게 보였다. 멀리 보이는 산은 김해의 신어산보다 컸다. 길은 직선으로 반듯했다.

"선상님, 왜놈들은 쇠고기를 안 먹습니더."

봉이가 말을 꺼냈다.

"소고기를 안 먹어?"

"예. 쇠고기만 안 묵는 기 아이고 도야지 고기도 안 묵습니더. 왜놈들이 묵는 짐승이라곤 새하고 닭하고 사슴인데 희한하게도 멧돼지는 묵는다고 합니더."

"어허, 불때기를 할 때는 도야지 고기를 먹어야 하는데 큰일이구나."

"도야지 대신 멧돼지를 묵으면 되지예. 멧돼지는 이곳에 많습니더."

"그래, 언제 멧돼지 사냥을 가자꾸나."

"선상님, 사냥은 자신있심더. 제 고향은 영축산이 있는 곳 아입니꺼. 가지산, 신불산, 재약산과 연결되어 있는 그곳에서 지는 사냥을 억수로 했심더."

억수가 멧돼지 사냥이라는 말에 신이 나서 말했다.

"이른 봄 꽃이 망울망울…… 꽃 지자 님은 가시리, 저를 두고 가시리……"

봉이가 조선에서 듣던 소리를 했다. 봉이는 왜국의 소리도 곧잘 한다.


우찌다<sup>内田</sup> 마을의 가마 수십 기가 눈에 들어왔다. 사람들은 도자기를 빚느라 정신이 없었다. 종전은 작업장에서 물레를 돌리고 있었다. 우락부락하고 순박한 농사꾼처럼 보이는 그가 우리를 반갑게 맞아주었다.

"인사드리겠습니다. 조선의 김해에서 온 사기장 신석이라 합니다."

"내 고향도 김해요. 정말 반갑소. 선생 소문은 들었소이다. 내가 먼저 찾아가야 하는데 일이 바빴소. 미안하오."

"식솔들이 굉장히 많습니다. 천 명쯤 되지요?"

"천 명까지는 아니고 팔백 명이 약간 넘소이다. 주군이 녹을 얼마 주지 않아 그릇을 많이 빚어야만 이 많은 식솔들이 먹고살 수 있소. 그래서 그저 열심히 일할 수밖에 없는 처지라오."

"바쁘신데 이렇게 찾아와 죄송합니다."

"무슨 말씀을. 듣기로 신선생은 녹을 많이 받는다면서요?"

"다이묘가 써준 증서에는 일년에 일백 석으로 돼 있습니다."

"나와 비슷하군요. 식솔은 모두 몇이오?"

"저를 포함해 네 명입니다만 마을 사람들도 저에게 속한 사람이라 합니다. 마을은 대략 삼십 가구 정도 됩니다."

"신선생은 특별대우를 받고 있군요."

"종전 선생께서는 어떻게 이토록 많은 식솔을 거느리게 되었습니까?"

"나는 전쟁 초기에 고또 이에노부 장군의 부대에 의해 처와 함께 끌려왔소. 고또 장군의 영지가 이곳 타께오라 여기에다 가마를 박았고 그의 추천으로 사무라이 도공이 되었소. 그러나 녹은 나베시마 주군한테서 직접 받는다오. 그릇을 구우면 주군에게 가장 좋은 것을 바치고 그 다음의 것은 고또 장군께 바치오. 물론 나머지는 장사꾼에게 시집 보낸다오. 첨에는 식솔이 많지 않았으나 주군이 조선 사기장을 내게 보내기 시작했소. 작년에는 아주 많이 보냈더랬소. 식솔이 불어났건만 녹은 조금밖에 안 올랐다오. 작년 초에 끌려와 사무라이가 된 이삼평에게는 조선 사기장을 열여덟 명만 보냈는데, 다들 실력 있는 자라 하오. 이삼평의 녹은 선생의 반 정도일 것이오. 내 밑의 사기장들은 실력 없는 자들이 대부분이오. 그렇다고 이들을 책임지라는 주군 명을 거역할 수도 없고, 같은 동족이라 매몰차게 내몰 수도 없고……"

"심려가 크시겠습니다."

"어쩌겠소. 다 팔자소관이지요. 그런데 이 가마의 사기장 중에는 일본에 오면 무조건 사무라이가 되는 줄 알고 스스로 건너온 바보들이 많소. 어떻게 그 많은 사람들이 사무라이가 될 수 있겠소? 정말 한심한 사람들이오."

부인이 술상을 차려왔다. 그녀는 귀가 부처님 귀를 닮아 후덕한 인상으로 머리에는 새치가 희끗희끗 보였다. 종전이 나에게 술을 권했다. 술잔은 질이 낮은 백자였다.

"종전 선생님, 여기 흙은 좀 어떻습니까?"

"백토는 조선만 못하오. 좋은 백토를 찾기 위해 여기저기 돌아다니고 있소이다."

술잔이 오고 갔다. 얼큰해지면서 취기가 돌았다.

"이삼평도 있으면 좋을 텐데…… 다음엔 셋이 모여 술판을 한번 벌입시다."

"이삼평은 어떤 분입니까?"

"도무지 자기 얘기를 안하는 사람이오. 나베시마 부대가 전쟁 중 산에서 길을 잃고 헤맬 때 그가 길 안내를 해주었다고 들었소. 작년에 처음 왔을 때 내가 많이 도와주었소. 그는 일을 직접 하지 않지만 사람을 잘 부려서인지 도자기의 질이 아주 좋소. 참, 그 사람은 일본식을 아주 좋아 하나 마당에는 조선의 꽃인 무궁화꽃을 많이 심어놓았다오."

"고향 생각은 안하십니까?"

"왜 안하겠소? 그러나 나는 조선에 돌아가면 천한 사기장일 뿐이오. 돌아가지 않고 일본에서 살기로 마음먹었소. 일본 이름도 지었다오. 신까이 신따로深海新太郎라고 말이오."

"성이 신까이라고요?"

"비록 일본에서 살지만 깊은 바다 건너 있는 고향 김해를 어찌 잊을 수 있겠소. 그래서 심해深海라고 성姓을 지은 것이오. 나의 일본 성은 주군께서도 허락해주셨소. 조선에 있을 때 객기로 글도 좀 배웠소. 천자문을 겨우 아는 정도인데, 덕분에 여기에 와서는 행세하는 사무라이 도공이 되었소. 이곳 일본의 사기장도 글 모르는 까막눈이 대부분이오. 제아무리 도자기를 잘 빚는 사기장이라 해도 까막눈은 사무라이로 봉해지는 경우가 드물다오. 성城의 주문장에는 그림과 함께 글이 있소. 사무라이 도공은 주문장에 쓰인 글 정도는 읽을 수 있어야 하오. 이삼평은 글도 잘 알고 머리도 잘 쓴다오. 나는 머리 굴리는 일은 딱 질색이오, 하하하."

그가 어지간히 취해 보였다.

"신선생, 여기에서 북쪽으로 한 시진 정도 말을 타고 달리다 보면 푸른 바다가 나온다오. 거기에 망향의 동산이 있소. 그 동산에서 바다 저편을 쳐다보면 조선이 보일 듯 말 듯 하오. 끌려온 조선인들은 보름달 뜨는 날이면 그곳에 모여 고향 이야기로 서러움을 달래오. 신선생, 언제 나하고 그곳에 가서 한잔 합시다."

술기운이 오르자 고향의 가마가 눈에 어른거렸다.

다음날 아침, 종전이 준 소분을 소달구지에 실었다. 물레 만들 때 쓰는 갈모*와 뻐꾸기*도 얻었다.


소분을 가마 바닥에 뿌리면서 흙을 다졌다. 이제 가마를 쌓아야 한다. 봉이와 억수에게 불심 센 흙으로 메주만 한 원뿔 모양의 망생이를 만들게 했다. 망생이 만드는 흙에 짚을 섞으라 하자 봉이가 물었다.

"와 망생이 흙에 짚을 넣습니꺼?"

"짚이 들어가야 흙이 마를 때 쪼개지지 않는다. 또 불때기할 때 눈에 보이지는 않지만 가마가 커졌다 작아졌다 하는데 망생이 속에 있는 짚이 그걸 조절한다."

망생이를 그늘에서 천천히 말렸다. 화창한 봄날이라 망생이

* 갈모: 물레의 심봉(心棒)이 돌아갈 때 상판과의 마찰을 줄이는 역할을 하는 기구.
* 뻐꾸기: 물레의 심봉이 흔들리지 않게 잘 돌아가도록 하는 기구.

말리기에 좋았다. 꽃이 피었건만 꽃구경할 여유가 없었다. 찰기 있고 불심 센 질흙을 찾으러 비 내린 다음날 식솔들을 데리고 야산으로 갔다. 물이 고여 있는 곳에서 흙을 파 냄새를 맡아보았다. 냄새가 없어야만 질흙으로 쓸 수 있다. 냄새나지 않는 흙에다 물을 섞어 엿가락처럼 만들어보았다. 뚝 끊어지지 않는 흙만 자루에 담았다. 지고 온 생흙을 숙성시키도록 했다.

철을 잡기 위해 냇가로 갔다. 지남철로 모래를 천천히 휘저었다. 달라붙은 철가루를 모아 맷돌에 갈았다. 그것에 유약을 약간 섞으면 철사鐵沙 안료가 된다. 철사로 그림을 그려 불때기하면 검은색이나 자색이 된다. 아버지는 사옹원 가마에서 부역할 때 궁중 화원들이 군청으로 그림 그리는 것을 보았다 했다. 군청은 나중에 파란색이 된다. 군청은 중국에서 구해와야 하기 때문에 아주 귀하다고 했다. 임금께서 군청을 조선에서 찾아보라고 하였으나 조선에서 질 좋은 군청을 찾았다는 이야기는 못 들었다. 조선 삼남(경상도·충청도·전라도) 지방의 가마에서는 주로 철사로 그림을 그린다.

억수와 봉이에게 흙을 수비하여 질흙 만드는 법, 유약 거르는 법을 가르쳤다. 소나무 장작도 꽤 쌓였다. 장작은 봉통불에 던질 큰 장작, 불의 화도를 올릴 때 쓸 중간 장작, 불의 화도가 완전히 올랐을 때 쓸 가는 장작으로 나누어 패도록 했다. 유약을 만들기 위해 나뭇재도 준비하게 했다. 연말까지 다완을 빚기 위해서는 아직도 해야 할 일이 많다.

물레의 둥근 윗판과 밑판(발판)을 만드는 데 쓸 떡갈나무, 심봉心棒에 쓸 자작나무가 필요했다. 독사가 많다고 해서 발목을 두꺼운 천으로 감싼 뒤 산에 올랐다. 조선의 산보다 울창했다. 계곡에서 봉이가 당근처럼 생겼으나 표면이 솔방울 같아 보이는 것을 뿌리째 뽑아 들고는 말했다.

"선상님, 이게 왜놈말로 '와사비'라는 것입니다요."

고추냉이였다. 왜인들은 간장 섞은 와사비에다 날생선을 찍어 먹는다고 한다. 조선에서는 고뿔(감기) 걸릴 때 다려 먹는 약재다.

"봉이는 아는 것도 많구나. 너는 지금부터 글을 익히도록 하여라."

"글공부는 싫어예. 지는 사기장이 될 낍니더."

"녀석아, 큰 사기장이 되기 위해서는 글을 알아야 해. 그래야만 왜인들이 너를 얕잡아보지 않는다. 내가 틈틈이 가르쳐줄 테니 배우거라."

"선상님이 갈쳐주신다고요? 그러면 열심히 배우겠심더."

떡갈나무와 자작나무를 찾아 잘랐다. 가마로 돌아오니 웬 사람이 가마터를 파보고 있었다.

"누구십니까?"

"주인도 없는 곳에서 미안합니다. 무례를 용서해주시오."

왜국말이었으나 인상이 조선인 같았다. 조선말로 물었다.

"혹시 도자기 하시는 분입니까?"

"그렇소이다."

그가 악수를 청하며 조선말로 이름이 카네가에金ヶ江라고 했다. 종전이 말한 이삼평이었다.

"가마터가 특별합니다. 다른 가마들은 터를 다지지 않고 구릉 속을 판 뒤 구릉을 벽 삼아 윗부분에만 망생이를 쌓는다오."

"저는 할아버지와 아버지한테서 배운 대로 할 따름입니다."

"신선생은 어떻게 오자마자 일백석의 사무라이 도공으로 인정받을 수 있었소?"

"저도 모르겠습니다. 왜국에서의 운명을 제 자신이 알 수는 없는 노릇이지요."

"하하하, 자신도 알 수 없는 운명으로 된 것이 일백석의 사무라이 도공이라…… 그것도 어용요의 주인이라니 선생은 참 운이 좋소이다."

"……"

"나는 조선에서 쟁이들을 관리하는 사람이었소."

"관아의 관리였습니까?"

내 질문에는 답하지 않고 그는 자기 이야기를 이어갔다.

"나는 도자기를 좋아했소. 조선에서 여러 가마를 관리했던 터라 도자기 기술은 가지고 있었소. 일본군도 나를 도공으로 알고 데려왔소."

이삼평은 도자기 기술에 관해 이것저것 나에게 물어왔다. 같은 조선인으로서 열심히 대답해주었으나 그는 자신의 기술에 대해 한마디도 말하지 않았다.

# 칼의 문화

작업에 필요한 도구를 구하러 촌장과 함께 성 아래에 있는 큰 마을 죠까마찌城下町로 갔다.

"선생님, 오늘이 단오절날이라 마쯔리(축제)가 있습니다."

"단오절 축제라…… 조선에서는 단오절에 씨름놀이를 한다오."

장정들 수백 명이 창과 칼을 들고 시위를 벌이고 있었다.

"촌장, 지금 이게 축젭니까, 싸움을 하는 겁니까?"

"축제입니다만 싸움 축제입니다."

"아주 별난 축제군요."

시위하던 장정들이 진을 치고 대치하기 시작했다. 앞으로 나아가다가 물러서고 앉거나 일어섰다. 모이고 흩어지기도 했다.

꼭 군사들이 진법 연습하는 것 같았다. 오후가 되자 양편에서 뽑힌 장정들이 칼싸움을 시작했다. 칼날이 부딪치며 불꽃이 튀었다. 싸우는 자들의 눈에는 광기가 번뜩였다. 도저히 축제라 할 수 없었다. 축제라고 하면서 사람을 죽이고 있었던 것이다. 한 사람이 쓰러져 피를 흘리며 죽어갔다. 장정들이 연이어 피를 흘리며 죽어갔다. 구경하던 사람들이 죽이는 사람에게 환호를 보내며 열광했다. 해가 저물 때까지 싸움은 계속되었고, 싸움이 끝날 때까지 구경꾼들은 자리를 지키고 있었다. 싸움 도중 칼에 맞은 자가 땅에 고꾸라지지 않으면 칼로 수없이 찔러 쓰러지게 했다. 촌장은 그것을 시검이라 했다. 조선에서는 상상도 할 수 없는 일이었다.

"촌장, 이렇게 사람을 죽여도 죄가 되지 않소?"

"지금은 축제기간이라 죄가 안됩니다. 오히려 많이 죽인 자가 존경을 받습니다."

촌장은 자신도 싸움 축제를 혐오한다며 돌아가자고 하였다. 단오절 축제 때는 여러 곳에서 이런 싸움을 한다고 했다. 칼을 잘 쓰는 자는 명성이 높아지고, 칼이 두려워 피하는 자는 신분 고하를 막론하고 무시당하며 친구로도 삼지 않는다 한다. 촌장에게 엄하게 말했다.

"촌장, 신리쯔무라에서는 칼 쓰는 자를 절대 용납하지 않을 것이오. 지금 내가 한 말을 마을 백성들에게 알려 마을의 규약으로 삼도록 하시오."

"예, 선생님."

사람 죽이는 싸움 축제가 한동안 머릿속에서 지워지지 않았다.

초여름에 촌장이 한 젊은이를 데리고 찾아왔다.

"선생님, 아들이 살아 돌아왔기에 인사드리러 찾아왔습니다."

"정말 잘된 일이오."

젊은이는 깡마른 촌장과 닮았고, 얼굴에 총기가 흘렀다.

젊은이가 나에게 인사한 뒤 말했다.

"선생님, 저는 자손이 없는 사무라이 집안에 양자로 보내져 양부 밑에서 자랐습니다. 어릴 때부터 칼 쓰는 법을 익혔고 양부의 뜻에 따라 주군의 호위무사가 되었습니다. 주군이 조선에 출병하여 저도 호위무사로 조선에 갔었습니다."

그는 말하다가 고개를 숙였다.

"선생님, 죄송합니다."

"조선 침략은 나라에서 결정한 것이니 너의 잘못이 아니다."

"빨리 끝날 줄 알았던 전쟁은 시간만 끌고 진전이 없었습니다. 태합이 사망하면서 경장3년(1598년) 11월에 조선에서 퇴각하게 되었습니다. 퇴각로였던 조선 노량 앞바다에 이르자 조선 수군장 이순신이 우리의 뱃길을 차단하고 맹렬히 공격해왔습니다. 그때 주군은 조선군의 화살을 맞아 그만 전사하고 말았습니다. 주군의 호위무사로서 따라죽어야 했으나 전쟁중이라 할복할 기회가 없었습니다. 구사일생으로 우리 수군의 배를 만나 구출된 저는 일본으로 돌아와 주군이 다스리던 성으로 갔습니다. 그런데 주군의 후계자가 아닌 다른 사람이 그 성의 다이묘가 되어 있었습니다. 막부에서 전쟁 패배의 책임을 물어 주군의 후계자에게서 다이묘 자리를 박탈했던 것입니다. 저는 양부가 걱정되어 찾아갔으나 주군의 죽음을 안 양부께서 할복한 직후였습니다. 그분은 제게 칼 쓰는 자는 칼로 망하니 사무라이를 그만두라는 유언을 남겼습니다. 할복하는 것이 양자 된 도리겠지만 양부의 유언은 제가 그러지 않기를 바라셨습니다. 또 제게는 친부가 계시니 차마 할복할 수가 없었습니다."

그가 촌장을 한번 바라보았다.

"저는 양부의 장례를 치른 뒤 어릴 때부터 키워준 양모를 최근까지 보살펴 드렸습니다. 하지만 얼마 전 양모도 별세해 제 손으로 장례를 치렀습니다. 그런 후 저는 주군한테서 받은 칼을 바다에 던져버리고 이렇게 돌아오게 되었습니다."

"사무라이인 네가 칼을 버리고 고향에 돌아왔다. 앞으로 무엇을 하며 살아갈 생각이냐?"

내 말이 끝나자마자 그는 자리에서 일어나더니 머리가 바닥에 닿도록 절하였다.

"선생님, 저는 제 인생을 도자기에 걸고 싶습니다. 저를 받아주십시오."

"선생님, 부디 제 아들놈을 거두어주십시오."

"너는 칼을 버렸다 했다. 이후로 다시 칼을 잡지 않겠다고 맹세할 수 있느냐?"

"예, 맹세하옵니다."

"도자기는 손으로 빚는 것이 아니라 마음으로 빚는 것이다. 마음속에 살기가 있으면 절대로 좋은 도자기를 빚을 수 없느니라."

"예, 명심하겠습니다."

"알겠다. 너를 제자로 받아주겠다. 이제부터 너는 내 가마의 식솔이다."

내 허락이 떨어지자 두 사람이 절을 했다.

"정말 감사하옵니다."

"촌장, 아들을 어떻게 부르는 것이 좋겠소이까?"

"양부의 성이 큐마였으니 큐마로 불러주십시오."

다음날 아침 일찍 큐마가 가마로 왔다. 봉이와 억수에게 큐마를 새 식솔로 받아들였으니 힘을 합쳐 일하라고 했다. 봉이와 억수는 큐마를 경계하며 잠시 머뭇거리는 듯했지만 곧 그의 손을 잡았다.

떡갈나무와 자작나무가 그늘에서 잘 말랐다. 아버지한테서 배운 것을 떠올리며 물레를 만들었다. 우선 떡갈나무를 크게 두 덩어리로 자른 후 대패로 밀어 꼬막 없는 상판과 발판 역할을 하는 밑판을 만들었다. 자작나무로는 상판과 밑판을 연결할 심봉을 만들었다. 심봉과 맞닿는 상판 부분에 구멍을 내고 구멍 속에 종전에게서 얻은 갈모를 넣었다. 밑판에도 구멍을 내고 뼈꾸기를 넣었다. 물레를 설치하고 안질개도 만들었다. 안질개에 앉아 물레를 차보았다.* 빙글빙글 물레가 잘 돌았다.

* 사기장들은 물레 돌리는 것을 '물레 찬다'라고 한다.

# 오奧고려인

여름이 지나가고 있었다. 다이묘 나베시마에게 다완을 빚어 주어야 하는 기한은 넉달밖에 남지 않았다. 성형成形도구를 구해야 할 차례였다. 그릇 깎을 때 쓰는 가리새와 부정* 따는 예새, 성형한 그릇에 분을 칠할 붓, 물레 찰 때 그릇 윗부분을 잡는 데 쓰는 젖갓이 필요했다. 젖갓은 암사슴의 젖가슴 가죽이 최고다. 붓은 도야지 털로 만드는데 왜국은 도야지를 먹지 않으니 그 털이 귀했다. 멧돼지 털이라도 구해야 했다. 이곳에서 좀 떨어진 키시다께뿔岳 산에는 사슴과 멧돼지가 많다고 한다. 촌장에게 사냥할 준비를 시켰다.

* 부정: 불때기 전 그릇을 포갤 때 서로 달라붙지 않도록 굽 밑에 붙이는 것으로 하얀 흙을 콩알처럼 뭉쳐 만든다. '눈박이'라고도 한다.

길 안내할 마을 사람이 사냥개 세 마리를 데리고 왔다. 키시다께 산은 카라쯔번唐津藩에 속했다. 지금은 아니지만 카라쯔번은 한때 마쯔우라도 하따松浦薰波多의 영지였다고 한다. 오래전 하따는 조선 및 중국과 무역하는 팔번선수군八幡船水軍을 운영했으나 무역이 잘되지 않을 때는 싸움도 했다 한다. 하따는 임란 때 조선군에 대패하여 배로 압송되어 오던 중 어딘가로 유폐되었고, 하따 대신에 토요또미의 측근 테라자와 히로따까寺澤廣高가 그곳을 다스리는 다이묘가 되었다 한다. 테라자와도 임란 때 우리 백성을 살육한 놈이다. 하따가 다스릴 때는 키시다께 산에 사기장들이 많았으나 지금은 얼마 없다고 한다. 하따가 유폐되어 도자기를 납품할 곳이 없어졌기 때문이다. 놀랍게도 그곳의 사기장들은 임란 훨씬 전에 조선에서 건너왔다고 한다.

산을 한참 오르자 풀이 무성한 고원이 나타났다. 길잡이가 짐승의 배설물을 가리켰다. 소화가 덜 된 풀이 있는 것으로 보아 멧돼지 똥인 것 같다고 한다. 안내하던 길잡이가 어느 순간 말을 세우더니 활 쏠 준비를 하라고 했다. 멧돼지가 먼발치에서 걸어가고 있었다. 사냥개가 멧돼지를 향해 뛰어가고 우리도 말을 타고 멧돼지를 추격했다. 수목이 울창한 숲으로 멧돼지가 들어가 그만 놓치고 말았다. 길잡이와 억수는 아쉬운 듯 내내 씩씩거렸다. 아무 소득도 없이 훌쩍 오전이 지나가버렸다.

사냥개가 풀숲 사이로 컹컹 짖으며 뛰어갔다. 숨어 있던 사슴이 화들짝 놀라 달아난다. 억수가 재빠르게 길잡이와 함께 사슴을 쫓아갔다. 억수와 큐마, 길잡이가 말 위에서 활을 쏘았다. 씨익 소리를 내며 날아가는 화살을 따라 사냥개가 달렸다.

"명중이다."

사슴을 말에 얹어 가져왔다. 사슴의 눈이 껌벅거렸다. 길잡이가 능숙한 솜씨로 사슴의 목덜미를 칼로 그었다. 마음속으로 '관세음보살'을 외었다. 봉이는 좋아라 야단이다. 점심으로 주먹밥을 먹고 나서 길잡이에게 조선에서 건너온 사기장이 있는 곳에 데려다줄 것을 부탁했다.

"선생님, 그들은 조선인이라 불리는 것을 아주 싫어한답니다. 그래서 우리는 그들을 '오꾸 코라이징奧高麗人'이라 부른답니다."

길잡이를 따라 평원의 낮은 곳으로 갔다. 조선의 초가 같은 집들이 여러 채 있었다. 한 사람에게 조선말로 신분을 밝히자 작업장에 있는 노인에게 우리를 데려갔다. 노인은 험상궂게 생겼으나 마음씨는 좋아 보였다. 조선말로 인사했다.

"어르신, 조선에서 온 사기장 신석이라 합니다."

"죠센朝鮮 도공이 여게 무슨 일임둥?"

짤막하게 이곳에 오게 된 경위를 설명했다.

"우리 부족은 함경도에서 바다 건너 여게까지 왔수다. 나는 코꼬데(여기서) 태어났슴메. 세월이 흘러 우리 부족의 후루사또(고향) 말은 많이 잊었슴메."

그의 조선 발음은 특이했고 조선말과 왜국말을 섞어 이야기했다. 식솔들이 멧돼지 사냥을 하고파 해서 그렇게 하라고 했다. 노인은 자기를 이곳의 수장이라 소개하며 탁자가 있는 방으로 데려갔다. 벽에는 칼과 창이 걸려 있었다.

"남쪽 죠센 도공을 만나니 정말 반갑습메. 나는 태조(이성계)한테서 한씨 성을 받은 사람의 후손임메."

"태조 임금한테서 한씨 성을 받으신 분의 후손이 어찌 조선인이라 하지 않고 '오고려인'이라 합니까?"

"기 이야기하자면 길지비. 쫏또맛떼(잠깐만)!"

그는 사람을 시켜 술과 안주를 가져오게 했다. 안주로 큼직한 붉은 순대를 가져왔다. 술은 조선 소주 그대로였다. 왜국땅에서 고향에서 마시던 소주를 보니 마음이 찡했다.

"이것은 소주가 아닙니까. 독하긴 하지만 저는 이 소주를 최고로 칩니다."

"소주를 알아주니 아리가또(감사). 자아, 한잔 듭세."

술잔을 받아 마시자 입 안에 착 달라붙으면서 가슴을 찌릿하게 관통한다. 순대 맛도 일품이다.

"이 소주를 죠센의 태조께서 아주 좋아했다 들었습메."

"태조와 어떤 인연이 있었습니까?"

"인연이 깊디. 그분 때문에 우리가 이 왜국땅으루 건너왔디."

"무슨 말씀이신지……"

"우리가 백두산 근방에 살 때 여진족 아아들이 강성해지기 시작해 금金이라는 나라를 세웠디. 우리는 금나라 소속의 백두산족이 되어 살게 되었지비. 다시 말해 금나라 속의 고려족이었디. 여진족 아아들은 그릇을 잘 굽지 못했디만 우리는 코꾸리(고구려)인의 와기(토기) 전통과 발해의 도자기 전통을 이은 사람들이라 금나라 안에서 도자기를 가장 잘 빚었디. 금나라가 점점 강성해져 결국 중국의 황하 북쪽을 다 차지한 강국이 되었디. 지금 명나라 수도 북경은 기때는 금나라의 땅이었디. 남쪽으루 쫓겨간 중국은 남송南宋이라 불렸슴메. 세월이 흘러 금나라는 몽골족과의 전쟁에서 졌지비. 패한 금나라 아아들은 갸들의 고향 흑룡강의 만주루 도망쳤디. 도망치면서 여진족 아아들이 중국 북방계 가마였던 균요鈞窯와 여요汝窯의 도공을 납치했디. 왜국이 죠센 도공을 납치한 거이와 같슴메. 여진족 아아들이 중국 도공들을 납치해와서는 도망을 못 가게끔 만주 최남단 백두산으루 보냈디. 기때 우리는 갸들에게 중국의 도자기 기술을 배웠지비. 기렇게 만든 도자기는 우리가 살던 곳이 회령會寧이라 하여 '회령도'라 불렸지비. 회령도는 왜국에까지두 '카이네이' 도자기라 하여 이름을 날렸지비. 카이네이는 회령의 왜국식 발음임메. 중국은 몽골의 원元이 차지했다가 나중에 명明나라가 되었디. 우리 조상들은 금이 망한 이후에두 계속 백두산에서 회령 도자기를 빚으면서 망한 갸들과 같이 살았디. 떠들었더니 목이 칼칼함메."

그는 순대를 따뜻하게 데워오라고 했다. 데워온 순대 안주로 소주를 들이켰다.

"어떻게 태조와 인연을 맺었습니까?"

"금나라가 없어지면서 왜구의 노략질이라는 새로운 걱정거리가 생겼디. 첨엔 왜구들이 무역을 하자며 우리 사는 곳에 왔었디. 자기들을 팔번선수군이라 소개했습메. 바루 그 아새끼들이 왜구였디. 놈들은 무역이 자기 뜻대루 되지 않을 때는 칼을 썼디. 비겁한 아새끼들이었습메. 놈들은 두만강으루 배 타고 와서 우리들을 기습하구는 도망가버리군 했디. 여인들을 납치하구 어린아까지 살육하는 더런 놈들이었습메. 놈들은 코라이(고려), 중국, 일본 본토까지두 노략질하던 해적이었디. 우리가 왜구들 땜에 고민하구 있을 때 고려의 장수 이성계가 백두산 근처루 오셨디. 그분은 우리들을 왜구의 침략으루부터 지켜주었디. 우리 백두산족은 그분을 흠모하면서 진심으로 따랐디비. 그분은 우리를 잘 포용해주었습메. 그후 그분이 죠센을 건국하자 우리 부족은 죠센 백성이 되었디비."

백두산과 함경도 북관은 처음부터 조선땅이 아니었다. 바로 이들이 조선을 택했기에 조선땅이 된 것이다.

"잇쌍, 간나이 새끼! 태조의 아덜 이방원 그놈이 자신의 아바지인 태조를 몰아냈습메. 가엾은 태조께서는 아덜의 탄압을 피해 우리에게루 오셨디. 우리는 천륜을 어긴 이방원, 불효막심한 그

간나새끼를 죠셴땅에서 쫓아내려구 칼을 들었지비. 기러나 우리
는 지구 말았슴메. 기러자 우리와 같이 살던 여진족 아아들이 우
리가 죠셴에 붙었다 하여 우리를 무시하기 시작했지비. 우리 부
족은 여진족하구두 또 죠셴징하구두 같이 살 수 없는 오갈 데 없
는 신세가 되고 말았슴메. 이방원, 그 간나새끼는 우리를 아예 사
람 취급두 하지 않았슴메. 우리 부족은 비참한 세월을 보냈지비.
그놈은 우리 살던 곳을 귀양지루 전락시켰디. 그때 왜구들이 와
서 기럴듯한 조건을 제시했지비. 자기들은 유약 입힌 도자기를
못 맨들기에 왜국으루 오면 잘 대우해주겠노라 했지비. 천륜을
저버린 이방원, 그놈의 후손이 지배하는 조선 백성으루 살기 싫
었지만 왜구를 따를 수두 없어 우리 부족은 망설였슴메. 결국 어
려운 결정을 내리구 청진淸津의 포구에서 배 타구 여게루 왔지비.
처음 여게 왔을 때는 로닝浪人들에게 우리 그릇을 많이 뺏겼지비.
기래서 우리두 칼을 잡았지. 기리구 싸워 이겼슴둥. 우리 부족은
칼싸움두 잘하지비."

　수장은 취기가 오른 듯했다.

　"우리 부족은 당신처럼 전쟁 때 잡혀 이곳으루 온 거이 아니구
스스루 결정하여 왔슴메."

　"……"

　"미안허이, 아픈 데를 찔러서."

　"아닙니다."

임란 때 함경도에서 반란을 일으킨 백성들이 왕자 임해군과 순화군을 잡아 왜장 카또 키요마사加藤淸正에게 넘겨주었다는 아버지 말이 떠올랐다.

"기러나 우리두 근본은 조선 사람이다. 조선을 생각하는 마음은 변함이 없습메. 첨에 이 땅에 와서 백두산 닮은 곳을 찾았다. 이 키시다께는 평원이구 보통 산보다 깊은 곳이라 여게 눌러앉게 되었지비. 유약두 모르던 왜놈들에게 유약을 가르쳐주었습메. 왜놈들이 우리의 기술을 습득하구 난 후부터는 찬밥 신세가 되었디. 기래두 이곳의 다이묘였던 하따는 우리에게 많은 은혜를 베풀어주었디. 기런데 그 사람이 죠센에서 전투에 패하여 유폐되었다가 결국 죽구 말았습메. 도자기를 팔 수 없자 같이 일하던 사람들이 제각기 일자리를 찾아 이곳을 많이 떠났습메."

"왜인이 왜 오고려인이라 부르는지요?"

"우리는 이방원의 후손이 왕으루 있는 죠센이 싫어 왜국에 왔기에 기냥 고려인이라구 불러달라구 했습메. 기런데 우리가 죠센에서두 아주 먼 시골 오지에서 왔다 하여 왜놈들이 오奧자를 앞에 붙이구 갸들 마음대루 우리들을 '오꾸 코라이징'이라 부르구 있지비."

"조선의 남쪽에는 '오지그릇'이란 것이 있습니다. 불 위에 얹어 된장 끓이는 뚝배기입니다. 아마 어르신 부족이 만든 도자기를 보고 생긴 말인 듯합니다."

"죠센의 남쪽에서두 우리 그릇을 인정해주다니 반갑습메."

대부분의 조선 그릇은 굽바닥까지 유약이 묻어 있는데 마시는 술잔의 굽에는 유약이 없었다.

"왜 굽에 유약이 없습니까?"

"백두산과 회령은 낮과 밤의 기온 차이가 엄청나지비. 특히 겨울에는 죠센 남쪽의 옹기와 같은 그릇들을 물기가 있는 채 내다 놓으면 얼어서 젬부(전부) 깨져버린다 했습메. 또 그곳은 추운 지방이라 음식이 잘 식어 자주 데워야 했지비. 이 회령 도자기는 옹기보다 훨씬 단단함메. 또 불 위에 바루 얹어 사용할 수가 있디. 선생두 알겠지만 유약은 유리질이라 몇번 불 위에 얹어 가열하면 깨지기가 쉽습메. 기래서 밑에는 유약을 바르지 않습메."

"왜 잔의 전 부분을 옴폭하게 만듭니까?"

"전 부분이 옴폭해야 따뜻한 밥이나 국이 덜 식지 않겠습둥. 기러다 보니 할 이야기가 또 떠오름메. 우리 부족이 고향에서 맨든 밥사발 중에 왜인들이 '코모가이다완熊川茶碗'이라구 부르는 사발이 있지비. 그것을 왜국 차인들이 아주 귀한 다완으루 쓰구 있다는 말을 들었습메. 왜인들은 회령사발을 웅천다완이라 부르지비. 보부상들이 회령사발을 죠센 남쪽 웅천땅의 제포 왜관에 납품했다고 들었습메. 그걸 죠센 웅천항에서 가져왔기에 왜놈들이 웅천다완이라 부르고 있습메."

수장이 나를 유심히 보았다.

"내 아덜과 나이가 비슷하게 보임메. 내 아덜은 나와 일본 여인 사이에 태어나 후루사또(고향) 말은 잘 못함메. 하지만 아덜의 심성은 분명 백두산족임메."

"아드님을 만나보고 싶군요."

그가 작업장으로 나를 데려갔다. 수장의 아들은 나보다 두어 살 많은 것 같았다. 그가 손을 내밀었다.

"한배달입니다."

"신석입니다."

어깨가 떡 벌어진 한배달은 넓은 이마와 짙은 눈썹이 인상적이었다. 한배달이 가마를 보여주었다. 구덩이를 파서 그 위에 흙으로 덮어놓은 가마는 마치 조선의 질그릇 가마나 옹기 가마처럼 가마 안이 칸으로 나누어져 있지 않고 뻥 뚫려 있었다. 대포 같다 해서 왜국에서는 대포 가마라 부른다고 한다. 한배달이 찻잔 하나를 들어 보이며 말했다.

"불심이 세 보이지 않습니까?"

고개를 끄덕였다.

"우리는 불을 세게 땝니다."

"왜 그럽니까?"

"이 유약은 물토에다 억새풀 태운 재와 잡재를 섞어 만듭니다. 억새풀 재는 불심이 아주 셉니다. 그러니 높은 온도로 불을 때야만 유약이 녹습니다."

사기장들은 유약의 제조비법만큼은 남에게 가르쳐주지 않는다. 그러나 한배달은 회령도會寧陶 유약의 비밀을 처음 본 나에게 자세히 알려주었다.

사람들이 옹기 물레로 수레질을 하고 있었다. 그러나 옹기가 아닌 도자기를 빚고 있었다. 도자기는 도자기 물레로 빚어야 많이 빚을 수 있다. 나는 이들에게 조선의 발물레를 만들어 주리라 작정했다.

그와 이야기를 하는 동안 식솔들이 멧돼지를 잡아왔다. 한배달에게 신리쯔무라의 우리 가마를 방문해달라고 하자 아주 반가워했다. 그는 우리가 돌아갈 때 멀리까지 동행해주었고 상황버섯과 영지버섯, 말린 산나물과 여러 꾸러미의 마늘을 선물로 주었다. 마늘을 보고 봉이가 무척 반가워한다.

"와, 마늘 아입니꺼. 진짜 묵고 싶었는데…… 우리 요거 쪼끔만 묵고 마을에 키웁시더."

# 불쟁이

　　찬바람이 불기 시작했다. 다이묘 나베시마가 정한 기한이 코앞으로 다가왔다. 가마의 형태를 완성한 뒤 천천히 마르도록 가마니를 덮었다. 수비한 질흙을 만져보았다. 찰기가 그만이었다. 물레를 찼다. 차사발을 빚어야 하지만 새 물레를 마음껏 차볼 요량으로 큰 항아리를 빚었다.

　　작업장의 온돌에 항아리가 가득 찼다. 내일은 항아리를 물레 위 굽통에 올려놓고 굽을 깎을 것이다. 봉이가 억수를 보고 한마디 했다.

　　"행님, 선상님이 빚은 저 항아리 뭐 같습니꺼?"

　　"달 같다. 니는 뭐로 보이노?"

　　"에이 참, 아아 잘 낳는 여자 궁디 안 같습니꺼?"

"뭐라카노? 니 여자 궁디 봤더나?"

"아직 못 봤심더. 그렇지만 꼭 그런 것 같아예."

통역을 해주니 큐마가 웃는다.

왜놈들이 좋아하는 차사발을 빚기 시작했다. 형태는 주문장에 그려진 그대로 빚었다. 봉이, 억수, 큐마에게 가마일을 본격적으로 가르치기 시작했다. 새 가마에 아무것도 넣지 말고 교대로 공불만 때라고 지시했다. 봉이가 의아해하며 물었다.

"선상님, 그릇도 안 넣고 왜 불때기를 합니꺼? 아까운 소나무만 축납니더."

"눈에는 안 보이지만 지금 가마 안에는 습기가 많다. 그 습기를 완전히 없애야 한다."

공불 때기가 끝나면 초벌구이, 초벌구이 다음엔 그릇에 유약을 입혀 가마칸에 쟁임하고 그릇을 굽는 불때기다. 불때기에 실패하면? 타까하시의 말이 떠올랐다.

'다완이 졸작이면 선생과 이 마을 사람들은 벌을 받을 것이오.'

십이월 초순, 초벌구이한 그릇의 개수를 세어보니 여섯 칸 정도 채울 수 있는 수량이었다. 한 칸을 마저 채울 수 있게 다완을 빚었다. 뒤늦게 빚은 다완의 초벌구이는 식솔들에게 맡기고 나는 초벌한 다완에 유약 입히는 일과 가마칸에 쟁임하는 일을 했다. 쟁임할 때는 불의 흐름에 따라 그릇을 놓아야 하므로 불때기를 모르는 식솔들에게 맡길 수 없었다.

십이월 스무날, 촌장을 통해 며칠 후면 첫 불때기에 들어간다는 소식을 성에 알렸다. 나베시마는 타까하시와 함께 오사까에 가 있어 올 수 없고 대신 그의 아들인 카쯔시게가 그릇 꺼낼 때 올 것이라 한다. 다이묘의 아들은 자신이 가는 날이 길일이어야 한다며 가마 열 날을 여드레 후로 정해주었다. 불때기 사흘, 가마 식히기 이틀이다. 사흘 안에 새로 빚어 초벌구이한 다완을 유약 입히고 쟁임하면 된다.

식솔들이 초벌구이한 다완에 유약을 입히기 시작했다. 그런데 유약을 입히자마자 그릇들이 쩍쩍 갈라지면서 깨지는 것이 아닌가. 깨진 단면을 보니 속의 질흙이 덜 익어 있었다. 식솔들을 불러 물었다.

"어떻게 초벌구이했기에 그릇이 익지 않았느냐?"

"선상님이 가르쳐주신 대로만 했어예."

억수의 말이었다. 이어 봉이가 말한다.

"그랬어예, 선상님. 불을 잘 땔라고 똑바른 장작만 골라 넣었어예."

"뭐라, 똑바른 장작?"

장작칸으로 뛰어갔다. 봉이가 한쪽의 장작더미를 가리키며 말했다.

"선상님, 여기 있는 장작으로 불을 땠심더."

장작 몇개를 들어보니 하나가 무거웠다. 덜 마른 장작이었다. 초벌구이 때 덜 마른 장작 한두 개만 들어가도 그릇에 보이지 않는 실금이 생기고 그것에다 유약을 입히면 깨져버린다. 이 사실을 식솔들이 몰랐던 것이다. 다시 다완을 빚어야만 했다. 초벌구이까지 하려면 나흘 이상이 걸린다. 시간이 턱없이 부족해 편법을 쓰기로 했다. 봉이에게 건조장 온돌에 불을 때라고 시키고 억수와 큐마에게 장작칸에 섞여 있는 덜 마른 장작을 솎아내도록 했다.

　작업장으로 갔다. 촛불을 켜고 다완을 빚기 시작했다. 빚은 그릇은 곧바로 건조장 온돌로 가져가 말리도록 했다. 그릇을 계속 돌려가면서 말리라고 했다. 그러지 않으면 한쪽만 말라 그릇이 비뚤어지기 때문이다. 그릇이 대강 마르자 굽을 깎았다. 굽 깎은 사발을 다시 돌리면서 말렸다. 동이 터왔다. 해가 뜨자 온돌에서 말리던 그릇을 밖으로 가져가 말렸다. 그늘에서 서서히 말려야만 파가 적게 나건만 시간이 없었다. 사발이 마를 동안 유약 입힌 그릇을 마저 쟁임했다. 해가 중천에 뜰 즈음 여섯째칸의 쟁임이 끝났다. 첫째칸부터 여섯째칸까지 문 입구를 흙으로 봉했다.

　밖에서 말리던 그릇을 일곱째칸에 넣고 초벌구이에 들어갔다. 직접 장작을 잡았다. 덜 마른 그릇에 곧바로 높은 열을 가하면 깨지므로 처음엔 천천히 불을 때야 한다. 기한을 맞추려면 내일까지 이 그릇의 쟁임을 마쳐야 한다. 새벽이 되어서야 초벌구이가 끝났다. 가마칸 옆에서 잠깐 졸았다. 가마에 물을 뿌려 식힌 뒤 그릇을 꺼냈다. 솔로 그릇에 묻은 재를 털어내고 유약을 입혔다. 다행히 금이 가지 않았다.

불때기할 차례였다. 큐마에게 가마신에게 올리는 재는 조선식으로 할 것이니 참석하고 싶다면 조선식으로 절하는 법과 재 올리는 의식을 배워놓으라 했다.

봉통 앞에 제단을 설치하고 새로 잡은 멧돼지 머리를 놓았다. 차와 음식을 제단에 올리고 가마의 신에게 재를 올렸다. 가마신이 여신이라고 하자 순천댁은 여신이 질투할까봐 멀찌감치 떨어져 섰다. 모두 다 긴장하는 표정이었다.

봉통 속에 바짝 마른 소나무 장작을 쌓아놓고, 그 밑쪽에 마른 솔가지와 소나무 갈비를 넣었다. 불을 붙이자 '타다닥' 소리를 내며 솔가지가 타기 시작했다. 불살이 점점 세차게 가마 속으로 빨려 들어갔다. 억수가 제단 위의 멧돼지를 봉통 가까운 곳에 매달아 익히기 시작했다. 순천댁은 제사 음식에다 밥과 찬을 보태어 저녁상을 차렸다. 장작 타는 봉통을 살피며 까끌까끌한 입속에 밥을 밀어넣었다.

봉통 속의 나무가 거의 다 탔다. 이제부터는 봉통불 중에서 창불 때기를 할 차례다. 가마 양쪽 벽을 따라 긴 장작을 안으로 던졌다. 불살은 봉통칸 안쪽을 빙빙 돌며 가마 내부로 빨려 들어갔다. 봉통 옆에 매달린 멧돼지가 구수한 냄새를 풍기며 먹음직스럽게 익어갔다. 갑자기 센바람이 불어왔다. 이글거리는 봉통에서 강한 열기가 바깥으로 뻗쳐나와 얼굴을 덮쳤다. 뒤로 돌아 허리를 숙이고 허벅지 사이로 봉통불을 살폈다. 불살이 힘차게 일렁이고 있었다. 봉통에는 그릇을 쟁여두지 않으니 마음놓고 장작을 던져도 된다. 계속 장작을 던졌다.

배에서 쪼르르 소리가 났다. 잘 익은 멧돼지 고기를 낫으로 한 점 잘라 된장에 푹 찍은 뒤 마늘과 함께 입속에 넣었다. 도야지 기름이 들어가면 창자 속에 든 흙먼지를 깔끔히 씻어준다. 흙일을 하는 사기장들에게 도야지 고기는 최고의 보약이다. 원기가 조금 회복되는 듯했다. 평소에 육고기를 먹지 않던 큐마도 조심스레 몇점을 집어 먹는다.

장작을 힘껏 던져넣고 길게 늘어져 있는 가마칸을 쳐다보았다. 위쪽 가마칸의 벌어진 벽 틈새로 연기가 모락모락 났다. 억수에게 연기 나는 곳을 표시해놓으라 했다. 나중에 그 틈새를 메워야 한다. 가마 전체가 연기로 가득 찼다. 멀리 있는 굴뚝에서 하얀 연기가 났다. 연기 나는 굴뚝에 삽을 대어보니 물기가 흥건히 맺힌다. 아직 봉통불이 덜 되었다는 표시다. 계속 장작을 던졌다. 바람이 불어와 불결이 출렁였다. 시간이 지나자 가마에 퍼져 있던 연기가 사라지고 굴뚝에서만 연기가 나기 시작한다. 봉통불이 끝났다. 가마 전체의 냉기와 물기가 제거된 것이다.

이제는 노리칸으로 이동할 차례다. 노리는 놀면서 불을 땐다는 뜻이다. 막아놓은 칸문의 흙을 쇠꼬챙이로 헐어 장작 던질 공간을 확보했다. 노리칸도 봉통처럼 도자기가 들어 있지 않다. 봉통에서 높아진 열은 봉통의 살창 구멍을 통해 노리칸으로 올라오고, 노리칸의 불때기를 통해 더 높아진다. 강해진 열이 노리칸의 살창 구멍을 통해 첫째칸으로 전달되면 그 안에 있는 그릇들이 익기 시작한다. 열을 받은 노리칸은 벌써 벌겋게 달아 있다. 장작을 던지자 불살이 거칠게 일었다. 동이 터왔다. 조선에서는 이즈음에 아버지와 교대를 하곤 했다. 그러나 지금 나 외에 불때기를 할 수 있는 사람이 없다. 노리칸 불때기를 끝내고 첫째칸으로 올라가 계속 장작을 던졌다. 해가 떠올랐다. 이때쯤 고향의 어머니는 밥상을 차려 내왔을 터이다.

불 색깔을 보니 칸 속의 그릇이 좀 익은 것 같다. 사기장들은 불 색깔을 보고 가마칸 온도를 안다. 칸 뒤쪽의 쥐불구멍을 헐기 위해 쇠꼬챙이를 찾았다. 불때기 전 각 칸의 뒤쪽에 넣어놓은 종지만한 시편試片이 불보기다. 쇠꼬챙이로 쥐불구멍을 헐고 불보기를 꺼냈다. 불보기는 열에 벌겋게 달구어져 연홍빛 홍시처럼 빛났다. 밖으로 나온 불보기는 '틱틱' 소리를 내며 식기 시작한다. 불보기가 식으면 그릇 자체의 색깔이 나타난다. 물속에 담가 완전히 식혔다. 유약 색깔은 맑았다. 질흙이 잘 익었는지 보려고 불보기를 토막 내어 단면을 혀에 갖다대었다. 차돌처럼 단단했다.

칸 속의 장작은 재가 되어 형체 없이 사라지고 하얀 형광색 불빛만 빛나고 있었다. 지금부터는 그릇을 뜸 들이는 마감불이다. 가는 장작만을 골라 조심조심 던졌다. 잠시 뒤 가마 내부를 살펴보니 그릇이 다 익은 것 같다. 둘째칸 칸문의 막은 부분을 헐고 장작 던질 구멍을 확보했다. 둘째칸 불통에 장작을 던지자 그릇에 묻어 있던 그을음이 휙 벗겨진다. 벗김불이다.

다음은 녹임불이다. 장작을 사정없이 칸 속 불통에 던졌다. 불턱에서 불등창(가마 천장)까지 불살이 휘몰아치며 돈다. 한참 후 쥐불구멍을 헐어 불보기를 확인했다. 사람들은 사기장을 '불쟁이'라 부르기도 한다. 내가 생각해도 그렇다. 사기장은 불을 조절해 도자기를 굽는 사람이다. 도자기의 색깔은 장작 던지는 기술에 의해 결정된다.

칸 안이 호수만큼 맑게 변했다. 굴판의 그릇 받치는 개떡 위에 놓인 그릇들이 일렁이는 불살을 되비춘다. 빨리 다음칸으로 옮기고 싶으나 잘못하면 그릇이 설익을 수도 있다. 그렇다고 마냥 장작을 던질 수도 없다. 장작 한 토막에 칸 내부의 그릇들이 전부 혹 날 수도 있는 것이다. 사기장은 이때가 가장 고독하다. 장작을 더 던질 것인가 말 것인가를 홀로 결정해야 하기 때문이다. 서너 개비를 묶은 장작 고물을 조심조심 던졌다. 그러길 몇번, 녹임불이 끝났다. 칸불의 마지막 과정인 마감불도 마쳤다. 계속 그렇게 셋째칸, 넷째칸, 다섯째칸을 거쳤다.

삼경(밤 11시~1시), 봉통에서 치고 올라온 불길은 여러 칸을 거치면서 강한 불살이 되어, 여섯째칸에서 지옥불을 내뿜는다. 돌도 녹이는 강한 열기다. 나는 이 열기를 가마칸 안에 가두고 있다. 장작을 서너 개비 묶어 고물째 던졌다. 땀이 폭포수처럼 흘러내린다. 불살의 하얀 그림자가 발 앞에서 이글거린다.

칸 속의 그릇이 번쩍인다. 이제는 삭여야 한다. 마감불 차례다. 가는 장작만을 골라 칸문 안의 불통에 던졌다. 여섯째칸 안을 들여다보았다. 맑디맑았다. 그릇들이 맛나게 익어 보였다.

마지막 일곱째칸 앞으로 장작을 옮겼다. 쇠꼬챙이를 찾아 흙으로 막아둔 불문을 헐었다. 불통에 장작을 던졌다. 불길이 힘있게 다시 일어났다. 불살이 그릇들을 감싸기 시작한다. 눈이 부시다. 하늘을 처다보니 구름 속에 항아리 같은 달이 지나간다.

불살이 바람개비 되어 춤춘다. 불살춤은 가마의 여신이 사기장에게 신내림을 하는 춤이다. 여신이 불살을 휘두르며 나비처럼 사뿐사뿐, 춤사위를 펼쳐 보인다. 나는 장작으로 장단을 맞춘다. 불살은 강한 회오리가 되어 가마칸을 휘감았다. 휘감은 불살이 크게 용솟음치고 춤사위는 점점 격렬해진다. 강한 바람이 불어왔다. 휘몰아치는 불살이 불폭풍이 되어 바깥으로 뛰쳐나와 나를 삼킬 듯이 날름거린다. 몸이 움찔해졌다. 질세라 사정없이 장작을 불통으로 던졌다. 뻥! 불살이 굴뚝 위로 치솟아 불기둥이 되었다. 불기둥이 밤하늘로 솟구치며 여의주를 입에 문 용이 되어 하늘로 힘차게 날아간다. 아버지의 말이 기억났다.

"용은 가마의 불때기를 보고 만들어낸 상상의 동물이다. 용이 물고 있는 여의주는 가마 속의 도자기를 가리킨단다."

장작 던지기를 멈추었다. 불살이 잠잠해지고 가마칸은 호수가 된다. 부모님과 미령이가 가마칸 속에서 보인다. 셋쨋날 밤이 지나고 날이 새고 있었다. 마지막 장작을 던지고 쓰러져 잠이 들었다.

하루를 내리 잤다. 깨어보니 머리가 무겁고 띵하다. 정신을 차려 가마로 가보았다. 가마는 아직 덜 식었으나 이틀 뒤에는 식을 것이다. 이틀 뒤엔 무조건 가마를 열어야 한다. 다이묘의 아들 카쓰시게가 오기로 되어 있는 날인 것이다. 방으로 들어와 다시 잠에 빠져들었다.

바깥이 소란스러웠다. 다이묘의 아들이 온다는 말에 백성들이 마을 구석구석을 청소하느라 분주했다. 식솔들에게 가마칸 앞에 가마니와 볏단을 깔아놓으라고 했다. 첫 불때기여서 그런지 반 정도는 연鉛을 먹은 것처럼 보였다. 나머지는 완성품으로 보이지만 꺼내봐야만 알 수 있다. 가마 열 준비를 모두 끝내놓고 카쓰시게가 오기를 기다렸다.

# 시집가는 그릇

카쯔시게가 말을 타고 왔다. 꽃가마 한 채가 뒤따르고, 그 뒤에 많은 수행원들이 줄을 맞춰 따라왔다. 요란한 행차가 다가오자 가마 식솔들과 마을 백성들은 모두 무릎을 꿇었다.

졸개들이 의자 두 개를 가마 옆에 설치한다. 카쯔시게가 말에서 내렸고 진홍빛 기모노를 입은 여인도 꽃가마에서 나왔다. 여인의 허리에는 동백꽃을 수놓은 오비가 둘러져 있었다. 카쯔시게와 여인이 의자에 나란히 앉는다. 카쯔시게 옆으로 성에서 본 홍호연과 가신들이 차례로 섰다.

"신석, 가마를 열도록 하라."

가마칸을 헐고 그릇을 꺼냈다.

"주군 부자의 사무라이 도공 신석은 첫 불때기로 만든 다완을 바치고자 하옵니다. 살펴주시오소서."

"그래, 알았노라."

카쯔시게가 다완들을 유심히 살펴보았다. 그의 입가에 미소가
번졌다.

"신석, 대단하구나!"

졸개들이 한쪽에서 옻칠이 된 탁자를 설치하고 그 옆에 커다란
빨간 차양까지 펼쳐 세운다. 탁자 안의 사각형 구멍에 무쇠 가마
를 설치하고 물을 끓였다. 카쯔시게가 다완 한 점을 골라 옆의 사
내에게 건넨다. 앉은 품새가 꼭 조선의 스님 같았다. 그가 다탁※
卓에 앉아 다완에 말차를 타기 시작했다. 말로만 듣던 차선생이
었다.

"좋은 다완으로 차를 마시니 차맛이 좋구나."

말차를 마시고 난 카쯔시게가 차사발을 여인에게 준다.

"당신에게 이 다완을 바치오."

여인이 다완을 살피다가 눈이 동그래지며 놈의 귀에다 뭔가를
속삭인다. 놈의 표정이 험악해졌다.

"너는 분명 글자를 알고 있음에도 왜 다완에 서명을 하지 않았
느냐?"

"조선 사기장들은 왕에게 올리는 도자기뿐 아니라 모든 공예
품에 서명을 하지 않사옵니다. 서명한 그릇을 바치면 조선의 군
주는 노여워하나이다. 저에게 주군 부자는 왕과 왕세자와 같사옵

니다. 어찌 감히 다완에 제 이름을 적을 수 있겠사옵니까?"

"조선의 왕은 예술을 모르는 속이 좁은 자다. 나는 조선 왕처럼 속이 좁지 않으니 다음부터는 다완에 서명을 하도록 하여라."

"예."

놈이 차선생과 홍호연에게 차를 권했다.

"히사다 센세이(선생), 다완에 대한 소감을 한마디 해주시오."

"이 다완은 쿄또의 라꾸樂*보다 한수 위라 사료되옵니다."

"코 센세이(홍선생), 그대는 어떠하오?"

"제가 보기에 이 다완은 꾸밈이 없는 듯하나 쓰임새가 있고, 멋이 없는 듯하나 품위가 있나이다."

카쯔시게가 나를 바라보았다.

"너는 내가 고른 다완에 대해 어떻게 생각하느냐?"

"다완의 아름다움을 한눈에 간파하시는 카쯔시게님의 심미안에 그저 고개를 숙일 뿐이옵니다. 명품은 만든 사람의 것이 아니라 심미안을 가진 사람의 것이옵니다. 조선에서도 일본에서도 저는 이제까지 주군 부자처럼 높은 심미안을 가진 사람을 만나지 못했나이다."

그는 나의 아첨에 흡족해했다. 놈에게 연鉛 먹은 실패작과 하품을 가리켰다.

"실패한 것들이라 어찌해야 할지 몰라 모아두었나이다."

* 조선의 기와공이 일본으로 가 만든 도자기의 일종. 다도구茶道具로 유명하다.

"깨어버려라. 실패한 다완은 죽은 것이다. 하품도 마찬가지니라. 실패작과 하품은 모두 깨어버려야 할 것이다."

나는 실패작과 하품을 그가 보는 앞에서 모두 깨어버렸다. 식솔들의 눈에는 아까워하는 표정이 역력했다.

"나는 네가 만든 다완에 만족하노라. 그래서 너를 위해 특별히 일본 성姓을 내리고자 한다."

"저에게 일본 성姓을 주신다니 황공하옵니다만 제가 한 말씀 올려도 되겠나이까?"

"무어냐?"

"저는 조선에서부터 주군 부자님께 이도다완을 빚어 바친다고 약속했나이다. 외람된 말씀이오나 다른 것은 몰라도 이도다완만은 조선 도공의 혼이 아니면 빚을 수 없다고 생각하옵니다."

"조선 도공의 혼이라니? 내 성의를 거절하겠다는 뜻이냐?"

"저는 깊은 은혜를 입은 주군 부자께 이도다완을 빚어 바치는 것이 소원이옵니다. 그러나 이도다완은 조선의 혼이 없으면 만들 수 없는 것이라 알고 있나이다. 그러니 이도다완을 만들 때까지 신申가 성姓을 그대로 쓰게 해주소서. 조선 출신인 저에게 신가라는 성은 저의 영혼이옵니다."

"성이 바뀌면 혼도 바뀐다? 다른 조선 도공들은 일본 성을 받기 위해 안달이거늘 네놈은 특별하구나."

"황공하옵니다."

놈이 홍호연을 바라보고 말한다.

"코 센세이, 조선의 유학자 출신인 그대도 조선 성을 그대로 써야 한다고 했소. 지금 신석도 조선 성을 그대로 쓰겠다 하오. 그대의 생각은 어떠하오."

"이도다완에 대해 잘은 모르오나, 조선 도공의 혼으로 만들어야 가능한 것이라 하니 신석의 청을 허하심이 좋을 듯합니다."

"음 이도다완, 조선의 혼이라……"

그가 잠시 생각하고 나서 말했다.

"그래, 알았노라. 그런데 이도다완은 언제쯤이면 완성할 수 있겠느냐?"

"조선에서 이도의 흙을 찾기 위해 노력했사오나 민병들의 방해로 실패했나이다. 그후 저는 주군 부자를 흠모해 조선의 모든 것을 버리고 이곳에 왔사옵니다. 주군 부자의 사무라이 도공으로서 이도다완을 꼭 빚어내겠사오나 언제까지 빚는다고 확약은 할 수 없나이다. 제가 살아 있는 한 반드시 빚어 올리겠사오니 헤아려주시오소서."

"알겠다. 신석, 네 말을 믿는다. 시간이 걸려도 좋으니 꼭 이도다완을 완성하도록 하여라."

그가 좋은 차사발들을 고른 후 나를 위해서라며 반 정도는 그대로 남겨두었다. 그리고 상이라며 선물 보따리를 주었다. 카쯔시게 일행이 떠난 후 순천댁에게 술상을 봐오도록 했다. 아첨하는 나를 딱하다는 듯이 바라보던 홍호연의 눈길이 자꾸 떠올랐다. 선물은 열어보지도 않고 마을 백성들에게 나누어주게 하였다.

　다음날 아침 카쯔시게가 남기고 간 다완을 살펴보았다. 왜놈 구미에 맞추어 억지로 빚었건만 그래도 정이 갔다. 조선 사기장들은 그릇을 판다고 하지 않고 시집 보낸다고 한다. 이제야 그 이유를 알 것 같다. 사발은 사기장의 딸인 것이다. 부모는 딸을 아무데나 시집 보내려 하지 않는다. 무도하고 사악한 자에게 어찌 귀하고 고운 딸을 시집 보낼 수 있겠는가? 그러나 어제 나는 카쯔시게 놈에게 머리를 조아리고 아첨하면서 그릇들을 시집 보냈다.

# 참을 인忍

경자년(1600년), 왜국생활이 두 해째로 접어들었다. 가마 식솔들은 이제 일머리를 조금씩 알아나갔다.

털북숭이 다뀨와 한 약속이 떠올랐다. 창고에서 다뀨에게 줄 다완 두 점을 골랐다. 다완을 준다는 약속은 가련이를 살리기 위해 억지로 한 것이었지만 약속을 지키지 않으면 비열한 그놈은 분명 나를 해코지할 것이다. 합격품 중에서 가장 못난 두 점을 택했다. 그리고 카쯔시게와 같이 와서 나를 마땅치 않게 노려보던 홍호연에게 줄 다완도 골랐다. 내게 호의적이지는 않지만 그는 나의 조선 성姓을 지키도록 도와준 사람이다. 촌장을 불러 성으로 가서 다완 한 점을 홍호연에게 전하라고 이른 뒤 말을 타고 다뀨가 있는 성으로 갔다.

"배에서 약속한 다완을 가지고 왔습니다."

놈은 내 인사를 받는 둥 마는 둥 하며 다완부터 살펴보았다. 차 사발 잡는 놈의 손을 보니 역시 다완에 대해 잘 모르는 것이 확실했다.

"고맙소."

"혹시 강항 선생이 어떻게 지내는지 아시는지요?"

"글 좋아하는 다이묘가 있는 오쯔성大津城으로 갔소. 그때 배에 있던 아이와 그 어미도 함께 가도록 배려했소. 내가 챙기지 않았더라면 아이와 어미는 필시 노예로 팔려갔을 것이오. 오쯔성 다이묘는 강항이 뛰어난 학자임을 알고 천황이 계신 쿄또 지역의 후시미성伏見城으로 보냈소. 소문으로는 일본 최고의 유학자 후지와라의 스승이 되었다 하오. 나 참, 그때 강항의 글을 더 받아놓는 건데, 얼마든지 기회가 있었는데 고작 한 점이라니……."

가련이가 그 어머니와 같이 갔다니 다행이다.

"사람들이 저 글을 보고는 모두 신의 글이라 찬탄한다오."

놈이 소중하게 표구해놓은 족자를 가리켰다. 강항 선생이 배에서 쓴 글이었다.

"여기에 있는 사무라이 도공 이삼평은 잘 있습니까?"

"아! 카네가에. 내 추천으로 사무라이 도공이 되었더랬지. 그는 나의 직계 사무라이로서 열심히 그릇을 굽고 있소."

이삼평은 고향이 충청도 금강이라 금강의 일본식 발음인 카네가에를 왜국 성으로 지었다고 했다.

"신선생, 이것으로 다 끝난 것은 아니겠지요? 어용요의 주인이자 녹 일백석의 사무라이가 된 것이 내 덕임을 잊어서는 안될 것이오."

놈이 의미심장한 눈빛으로 나를 바라보았다.

'상관인 나를 잘 받들지 못하면 네놈의 코도 저렇게 걸릴 것이야.'

처음 만났을 때 놈이 한 말이 떠올랐다.


집에 와보니 홍호연에게 갔던 촌장이 기다리고 있었다.

"코꼬넨(홍호연)님께서 다완을 받을 이유가 없다며 거절하는 바람에 이렇게 다시 가져왔습니다."

"……"

"코꼬넨님은 카쯔시게님의 측근 중 측근입니다. 저의 좁은 생각으로는 선생님께서 직접 만나 보시는 것이 우리 마을을 위해서 이로울 듯합니다."

홍호연은 이 나베시마번에서 아주 높은 사람이다. 그런데도 그는 조선의 성과 이름을 그대로 쓰고 있다. 그는 나를 나베시마 부자에게 아첨이나 하는 치사한 사람으로 보았을 것이다. 촌장이 가르쳐준 대로 죠까마찌에 있는 홍호연의 집으로 갔다. 조선식으로 절하니 홍호연도 조선식으로 인사를 받았다.

"나와는 볼일이 없을 텐데 웬일이오?"

"같은 조선인이기에 만나뵙고 싶었습니다."

"지금 당신은 조선 백성이 아니라 일본의 사무라이 도공이지 않소?"

"제가 이곳까지 온 경위를 말씀드려도 되겠습니까?"

"간단히 말하시오."

끌려온 경위를 말하자 그가 미심쩍은 듯 나를 바라보았다.

"당신 말이 의심스럽소. 나는 당신을 누구보다도 충실한 일본 사무라이로 보았소. 나 또한 어쩔 수 없이 카쯔시게의 가신이 되어 있소만."

곽재우 장군의 증표를 내어 보였다.

"곽재우 그분은 조선에서 일본군을 물리친 유명한 민병대장 아니오?"

"예, 그렇습니다."

홍호연이 자리에서 일어나 밖을 살핀다.

"미안하오. 내가 오해한 것 같소. 나는 선생보다 더 어린 나이에 끌려왔소. 그렇지만 모국을 한시라도 잊은 적이 없소."

홍호연은 진주에서 살던 열세살 때 서당에 가다가 그만 왜군에게 붙잡혀 끌려왔고, 그후 나이 비슷한 카쯔시게의 글동무가 되었다고 한다. 그는 하녀에게 술상을 차려오도록 하였다.

"신선생, 이곳에서도 의병활동을 할 생각이오?"

"이곳에서 무슨 일을 할 수 있겠습니까? 막막할 따름입니다."

"내 가슴속에 품고 있는 생각을 하나 말하겠소. 이곳에는 많은 조선 백성들이 노예상태로 있소. 일본에서는 지금 이들을 팔기도 하고 사기도 한다오. 더 분한 것은 나가사끼長崎에서 포도아(포르투갈)란 서양 오랑캐국 장사꾼들에게 우리 백성들을 팔아넘기고 있다는 사실이오. 나는 조선인으로서 이들을 구하고 싶으나 카쯔시게의 가신이라 직접 움직일 수가 없는 처지라오. 이들을 구하는 일이 시급하오. 신선생, 이 일을 하면 어떻겠소?"

정신이 번쩍 들었다. 홍호연의 말은 내가 앞으로 할 일을 제시해준 것이었다.

"잘 알겠습니다. 나베시마에게서 받은 녹으로 당장 그 일을 시행하겠습니다."

"그들을 신리쯔무라로 데려와 도자기 기술을 가르치는 게 어떻겠소? 만든 도자기를 팔 곳은 많소. 내가 들은 바로는 서양 오랑캐도 도자기를 좋아한다고 하오."

그는 팔려가는 조선 백성 구하는 일은 촌장에게 시키는 것이 좋을 것이라 했다. 촌장이 그 일을 할 수 있도록 자기가 통행증을 마련해주겠다고 하였다.

홍호연은 일본에 대해 많이 알고 있었다. 나베시마 부자는 아버지 나오시게가 오사까에 가 있을 때 아들 카쯔시게가 이곳을 지키고, 아버지가 이곳에 있을 때는 아들이 오사까에 가 있는다고 했다. 다이묘는 가족 중 한사람을 오사까에 볼모상태로 있게 함으로써 왜국 최고 권력자인 쇼군將軍에 대한 충성을 증명해 보이는 것이라 한다. 카쯔시게가 오사까에 갈 때는 홍호연도 따라가는데 그곳에서 왜국의 높은 사람을 만날 기회가 많다고 한다.

배에서 강항 선생을 만난 이야기를 해주니 홍호연도 강항 선생에 대해 알고 있었다.

"강항 선생을 만나지는 못했으나 일본 왕이 있는 쿄또에서는 강항 선생의 이름이 대단하오이다. 강항 선생은 왜인이 잘 모르는 유교 경전에 대한 이해를 높이기 위해 그것을 번역해주고 있다 하오."

"그렇습니까? 다음에 강항 선생을 만나거든 꼭 안부를 전해주십시오."

"여부가 있겠소."

밤이 깊어가도록 홍호연과 술을 마셨다. 취해도 그는 말과 행동에 흐트러짐이 없었다. 가지고 온 다완을 내어놓았다.

"제 성의니 받아주십시오."

"미안하오. 선생의 마음을 몰랐소이다."

"받아주셔서 고맙습니다."

"신선생, 왜국에서는 참는 것은 마음의 보배이고 참지 못하는 것은 몸의 재앙입니다."

그는 나에게 글자 하나를 써주었다. 참을 인忍자였다. 그러면서 그가 충고를 해주었다.

"신선생, 이 나라에서는 속내를 함부로 내 보이는 것은 절대 금물이라오."

가마로 돌아오는 길에 나는 마을 이름을 고려촌으로 하리라 결심했다.

# 고려촌

홍호연한테서 통행증을 받자마자 촌장을 불렀다.

"촌장, 이곳의 인구를 늘려 마을을 키우려 하는데 촌장 생각은 어떠하오?"

"조선과 전쟁하는 동안 사람이 많이 줄어들었습니다. 마을을 키우는 것은 저희들도 원하는 바입니다."

"허나, 장차 늘어나는 사람은 조선인이 될 것이오. 괜찮겠소?"

"사실, 저희는 조선 출병이 싫었습니다. 전쟁에서 사람들만 죽어날 뿐이기 때문입니다. 아주 옛날 여기 큐슈 지방의 첫 왕은 여왕으로 조선반도에서 건너온 무당이었습니다. 그후 쿠다라(백제) 시라기(신라)에서 사람들이 많이 건너왔습니다. 촌장으로서 저는 선생님의 계획에 찬성합니다. 단지, 조선 사람이 늘어나면 본래부터 살던 저희들이 차별받지 않을까 그게 염려스럽습니다."

"차별은 없을 것이오. 나를 믿어주시오."

"선생님을 믿습니다. 그런데 어디서 조선인을 데려옵니까?"

"촌장이 나가사끼에 있는 노예시장에 가 조선인을 구해오도록 하시오. 여기 통행증이 있소이다."

"예, 잘 알겠습니다."

"촌장, 조선 백성을 다 데려올 수 없으니 이 마을에 필요한 사람들만 골라 데려오시오."

"알겠습니다, 선생님."

"나가사끼에 갈 때 봉이와 억수를 데리고 가면 조선 백성과 말이 통할 것이오. 큐마도 데리고 가 세상 공부를 시키시오."

"예, 시키신 대로 하겠습니다."

통행증과 함께 다이묘 나베시마에게서 받은 금화와 은화를 촌장에게 주었다. 그리고 조선 백성들이 오면 지낼 수 있는 집을 짓도록 했다.

촌장 일행이 떠난 뒤 다완 주문장을 펼쳐보았다. 조선사발을 조금 변형시킨 도안은 조선에서 보던 주문장 도안보다 더 자세했다. 주문장에는 납품해야 할 시기와 다완의 개수도 명시해놓았다. 개수는 카쯔시게가 지난번에 가져갔던 다완 수와 일치했다. 만약을 대비해 주문장 개수의 두 배를 빚기로 했다.

가마칸을 사흘에 걸려 손질한 뒤 물감장(수비장)에서 유약을 만들려고 할 때였다. 순천댁이 손님이 왔다고 알려주었다. 키가 큰 사내가 와서 스스럼없이 말했다.

"처음 뵙겠소. 조선말로 사기장, 일본말로 도공인 떠돌이 존해尊楷요."

목소리가 컬컬했다. 얼굴은 앳돼 보였으나 고생을 많이 한 흔적이 묻어 있었다.

"신석이라 합니다."

"일본에서 사무라이가 된 조선 도공을 여럿 만나보았소만 신선생이 그중 가장 젊게 보이오."

"허허, 그렇습니까?"

"신선생은 사무라이 도공 중 가장 높은 대우를 받는다 들었소. 주군을 잘 만난 것 같소. 나는 아직 내 실력을 알아주는 주군을 못 만났다오."

"종전이나 이삼평은 조선 사기장을 받아주지 않습니까?"

"내가 말한 주군은 나를 사무라이 도공으로 대우할 다이묘를 말하는 것이오. 나의 실력을 한번 보겠소?"

그러고는 다짜고짜 물레칸으로 가자 했다. 그는 물레 앞에 펼쳐져 있는 질흙을 삽으로 퍼서 꼬막판 위에 올렸다. 꼬막을 민 그는 그것을 물레 상판 위에 올려놓고 물레를 찼다.

"이 정도면 다른 도공 밑에 들어갈 솜씨는 아니지 않소?"

"솜씨가 훌륭하십니다."

안질개에서 일어난 존해는 술 생각이 간절하니 한잔 하자고 했다. 순천댁이 술상을 차려오자 그는 내가 따라줄 겨를도 없이 자작으로 벌컥벌컥 마셨다.

"나는 본래 부산성주의 아들이었으나 아버지가 역적으로 몰려 경상도 진주목의 사천으로 가게 되었소. 난 그곳에서 도자기를 배웠소이다. 사천에서 살던 곳은 여자의 그곳처럼 양쪽에 산을 끼고 가운데는 호수가 있는 옴팍한 마을이었소. 정확히 말해 진주목 사천의 보지골인데 그곳에서 도자기를 빚으며 살았소. 나는 왜장 카또 키요마사의 부대를 따라 일본에 자청해서 왔소."

자청해서 왔다는 말에 눈을 크게 떴다.

"그렇게 보지 마오. 스스로 일본에 왔으나 왜군에 협력한 일은 없소이다. 조선인이 중국에서 벼슬하면 출세라고 하지 않소? 나는 나의 가치를 인정해주는 주군을 만나 내 전부를 바칠 생각이오. 주인 없는 떠돌이 신세지만 조선 도공의 자부심을 잃은 적은 없소. 한때 어떤 다이묘가 나를 불렀지만 가지 않았소. 왜냐하면 그가 덕이 없는 사람으로 소문나 있었기 때문이오."

그가 몇달간 이곳에서 일하게 해달라고 부탁하며 떠날 때 여비를 좀 챙겨달라고 했다. 사실 나는 기술 있는 사기장은 필요없다. 기술 없는 조선인을 가르쳐 사기장으로 만드는 일이 나의 일이기 때문이다. 하지만 야박하게 거절할 수가 없어 잠시 동안 받아주기로 했다.

"왜국에서 통행증도 없이 어떻게 다닐 수 있었습니까?"

"식솔 없이 내 한몸뿐이니 어딘들 못 가겠소? 통행증을 검사하는 큰길만 피해다니면 되오."

다음날부터 존해는 작업장에서 일했다. 그는 가마가 훌륭하다며 가마에 대해 이것저것 물었다. 아는 대로 다 말해주었다. 그러자 그는 왜국에서 기술은 바로 목숨이나 마찬가지라며 다른 사람에게 기술을 절대 알려주지 말라고 조언했다.

며칠 뒤면 노예시장으로 간 촌장이 조선 백성을 데리고 올 것이다. 그들이 오면 조촐한 잔치라도 벌일 생각에 소줏고리를 빚기 시작했다. 소줏고리는 밑둥치에서 증발된 술을 차갑게 하는 윗둥치의 전 부분을 이중으로 빚어야 한다. 윗둥치에는 물처럼 바뀐 소주방울이 떨어지게끔 대롱도 달아야 한다. 소줏고리는 옹기이지만 도자기 빚는 방법으로 빚었다. 존해가 빙긋 웃더니 소줏고리는 옹기 기법으로 빚어야 한다면서 옹기 방식으로 소줏고리를 순식간에 빚어 보였다. 솜씨가 일품이었다. 존해는 성형한 소줏고리를 천천히 말린 다음 초벌구이 없이 잿물(유약)을 입혔다. 그런 다음 가마칸 속에 넣고 불을 땠다. 사흘 뒤 가마에서 꺼낸 소줏고리를 화덕에 얹어놓고 순천댁이 신나게 소주를 빚기 시작했다.


촌장과 봉이, 억수, 큐마가 뼈만 앙상히 남은 조선인들을 데리고 돌아왔다. 그들의 행색을 보니 그동안 어떻게 지냈는지 짐작이 갔다. 산송장이나 다름없는 그들은 굶주림과 두려움에 지친 탓인지 넋이 나간 사람 같았다. 촌장은 자기가 왜인인 것이 부끄럽다며 고개를 숙였다. 모두 남자 스물다섯, 여자 스무 명이었다. 남자는 나이든 사람, 중늙은이, 젊은이도 있었고 봉이보다 어린 소년도 열 명이나 되었다. 여인들은 다들 스물에서 서른 정도로 보였고, 앳된 계집애도 한 명 있었다.

순천댁과 마을 여인들이 가마 마당에 밥상을 차렸다. 마을 왜인들이 먹을 것을 가지고 찾아와서 새 식구와 함께 식사를 하고 싶다고 했다. 순천댁이 소주를 가득 내왔다.

"요건 쇠주요, 쇠주. 한잔씩 허쇼잉."

존해가 촌장과 마을 왜인들에게 자기를 소개했다. 그런 다음 돌아다니며 남정네들에게 소주를 권했다. 촌장이 나에게 술을 따라주었다.

"선생님의 깊은 뜻을 알겠습니다. 제가 할 수 있는 일이라면 앞으로도 최선을 다하겠습니다."

"고맙소이다, 촌장."

봉이와 억수, 큐마는 술을 따르랴, 반찬을 챙기랴 분주했다. 순천댁도 새로 온 여인들을 챙기며 돌아다녔다. 오랜만에 느껴보는 행복이었다.

다음날 아침, 마당에는 전날 나가사끼에서 온 조선인들이 모

여 기다리고 있었다. 촌장에게 일러 마을 백성들을 모두 모이게
했다.

"지금까지 이 마을의 이름은 신리쓰무라神立村였소. 나는 이제
부터 이 마을 이름을 고려촌高麗村이라 부르려 하오. 마을 이름을
고려촌으로 바꾸려는 이유는 이 마을을 도자기 마을로 만들기 위
해서요. 앞으로 마을 사람들에게 도자기 기술을 가르쳐줄 작정이
오. 일본에서는 도자기만큼은 조선인이 만든 것을 더 좋아하오.
도자기 마을에는 고려촌이라는 이름이 어울린다고 보오. 여러분
생각은 어떠하오?"

마을 사람들이 무리지어 웅성거렸다. 잠시 뒤 촌장이 말했다.

"선생님, 저희들에게 도자기를 가르쳐주신다니 고려촌이라는
이름을 모두 환영하옵니다."

"고맙소이다. 지금부터 우리 마을에는 일본인도 조선인도 없
소이다. 모두 고려촌 백성들이오. 알겠소이까?"

"예."


새로 온 사람들 중에는 목수와 박수무당도 있었지만 대부분은
농사꾼과 어부였다. 그들에게 잘할 수 있는 일을 물어보았다. 누
에고치 키우던 사람, 의원 집에서 일해 약초를 잘 안다는 사람, 양
반 출신이라 글을 아는 사람, 고기를 잘 잡는다는 사람도 있고, 짚
으로 멍석을 잘 짠다는 사람도 있었다. 유독 몸이 야위고 얼굴이

곱상한 사내가 있었다. 나이는 순천댁과 비슷한 사십대로 조현출이라 했다. 양봉일은 누구보다 자신있다 해서 그를 양봉 책임자로 정했다.

고려촌의 사업을 도자기, 옹기, 양봉으로 정하고 사람들을 나누었다. 양봉일에는 벌통 만들 목수와 몸이 약하고 나이든 사람들을 배정했다. 옹기를 고려촌의 사업에 넣은 것은 도자기보다는 기술을 빨리 배울 수 있기 때문이었다. 왜국에서도 옹기를 사용했다. 왜인들은 쯔께모노라는 짠지를 담가먹는데 그것을 숙성시키려면 옹기가 있어야 했다. 옹기는 도자기에 비해 가격이 헐하니 팔기도 수월할 터이다. 그러나 많은 사람들에게 도자기와 옹기 일을 가르치는 것은 현재 나 혼자로서는 무리였다. 존해를 쳐다보았다.

"술만 많이 주오, 나도 한몫 거들 터이니."

존해는 열심히 고려촌 사람들에게 옹기 만드는 법을 가르쳤다. 늦여름에 존해의 지도로 옹기 굴(가마)과 옹기 작업장이 완성되었다. 처음엔 그가 이곳에 있게 해달라고 부탁하였지만 지금은 오히려 내가 그를 붙잡고 싶어졌다. 존해는 때가 되면 자기를 알아주는 주군을 찾아 떠나겠다고 말했으나 생각보다 오래 있어주었다. 존해한테서 옹기를 배운 사람들이 서툴게나마 작은 옹기를 쑥쑥 뽑아냈다.

꿀이 나와 고려촌 사람들이 꿀 잔치를 벌였다. 조선인과 왜인의 간격도 점차 좁아지는 듯했다.

　종전에게 비단과 꿀을, 키시다께 산의 한배달에게는 발물레와 꿀을 보냈다. 썩 내키지는 않았지만 이삼평에게도 꿀을 보냈다. 홍호연에게도 그간의 사정을 상세히 적은 서찰과 함께 꿀을 보냈다.


　하루는 촌장으로부터 오사까의 큰 장사꾼이 오리라는 연락을 받았다. 오사까 부근의 사까이<sup>堺</sup>란 마을이 하까따<sup>博多</sup>와 함께 막부의 직할지로 큰 장사꾼 동네였는데 그 사까이의 상인들이 나중에 오사까로 이주했다고 한다. 존해의 말로는 왜국의 큰 장사꾼은 조선의 보부상이나 객주보다 훨씬 규모가 크다 한다. 왜국에서는 큰 장사꾼을 호상<sup>豪商</sup>이라 불렀다. 상인은 신분이 낮지만, 호상들 중에는 다이묘 못지않은 세력가도 있다고 한다. 사발값을 얼마나 받아야 할지 몰라 하니 존해가, 다이묘에 납품하는 사무라이 도공의 다완은 논 한 마지기 값이며 내 사발은 더 비싸게 불러도 팔릴 것이라고 했다. 오사까에서 온 손님은 장사꾼이 아니라 아주 높은 사무라이 같았다. 수하를 많이 거느리고 왔다.

　"처음 뵙겠소이다. 오사까 죠닝<sup>町人</sup> 미쯔꼬시<sup>三越</sup>라 하오."

　"반갑습니다. 나베시마번의 사무라이 도공 신석입니다."

　"소문은 오사까에서 들었소이다. 선생의 다완을 전 태합 토요또미 전하, 그리고 에도(토꾜)의 다이묘 토꾸가와 이에야스<sup>德川家康</sup>

장군께서 격찬했다는 소문 말이오."

"과찬의 말씀입니다. 전 태합은 들어 알고 있으나 토꾸가와 장
군은 잘 모릅니다."

"조금 있으면 이 나라 전체를 다스릴 분이오. 나는 그분의 도
움을 받아 장사하고 있소."

"큰 호상께서 누추한 곳을 방문해주서서 감격할 따름입니다.
여기에 오신 연유가 무엇이온지……"

"다완을 구하러 왔소이다. 좀 보여주시오."

봉이와 큐마가 창고에 있는 다완을 가져왔다. 다완을 잡는 미
쯔꼬시의 손길을 보니 다도를 아는 차인임이 분명했다. 유심히
살펴보던 그가 맛난 사발 몇점을 골랐다.

"값은 어찌하오?"

존해가 일러준 대로 한 점에 논 두 마지기 값을 불렀다. 그는
비싸다며 그 절반으로 하자고 했다. 망설이지 않고 정중하게 거
절하며 다완을 다시 제자리에 갖다놓으라고 지시했다. 그러자 그
는 다른 사람에게 팔지 않겠다는 약속만 해준다면 내 조건을 받
아들이겠다 했다. 좋다고 했다. 그가 내게 악수를 청하며 자기와
의 연락은 다이칸代官을 통하면 될 것이라 알려주었다. 막부는 지
방세력을 견제하고 막부의 이익을 위해 일본의 요지에 직할지를
두고 있는데, 그 직할지의 우두머리를 다이칸이라 한다. 장사꾼
이 다이묘와 같은 계급인 다이칸을 움직일 수 있다니 놀랄 일이

었다.

가을바람이 불어올 무렵 옹기 가마의 불때기에 들어갔다. 가마가 커서 불때기가 며칠 동안 계속되었다. 가마를 식힌 다음 옹기를 꺼내보니 성공적이었다.

정이 든 존해가 떠나려고 했다. 붙잡을 수가 없었다. 그에게 왜국 돈을 마련해 주었다.

"신선생, 너무 많소이다. 절반만 가져가겠소."

"아니오. 거절하지 마시고 내 마음을 생각해서 받아주시오."

존해가 직접 빚은 차사발도 함께 싸주었다. 그는 꼭 다시 오겠다는 말을 남기고 주군을 찾으러 떠났다.


고려촌이 자리잡자 조선인과 왜인이 부부로 맺어지기도 했다. 노예시장에서 온 조선인 중 딸을 데리고 온 박수무당이 왜국 여인과 맺어졌다. 촌장의 집례로 가마 앞마당에서 혼례를 치렀다. 왜녀는 남편이 임란 때 조선에서 전사한 과부였다. 조선식 옷을 입은 신랑과 하얀 기모노를 입은 신부가 잘 어울렸다. 혼례식 내내 미령이 생각이 났다. 잔치 음식도 두 나라 음식이 풍성하게 차려져 나왔다. 혼례가 끝난 뒤 촌장이 방으로 찾아왔다.

"선생님, 드릴 말씀이 있습니다."

"무슨 일이오?"

"그게 좀……"

"무슨 문제라도 있소이까?"

"우리 고려촌은 날로 번창하고 있어 저나 백성들이 모두 기뻐하고 있습니다만 다들 걱정하는 일이 있어서……"

말꼬리를 흐리고 내 눈치를 살폈다.

"무슨 걱정이오?"

"고려촌에 안주인이 없으니 백성들이 염려하고 있습니다."

"생각해주는 것은 고맙소만 나에게는 정혼한 여인이 있소이다. 조선 여인은 정혼한 이가 있으면 다른 사내를 섬기지 않는 법이라 언젠가 조선에 가 그녀를 데려올 생각이오."

조선으로 돌아가야만 하는 나는 거짓으로 말할 수밖에 없었다.

# 그녀의 유서

　김해의 가을 평야처럼 금빛으로 빛나는 고려촌 들녘을 둘러보고 있을 때였다. 억수가 달려와 어제부터 봉이가 보이지 않는다고 한다. 마을 사람들이 어두워질 때까지 찾았으나 아무리 찾아도 봉이는 보이지 않았다. 촌장은 내가 직접 홍호연이나 타까하시를 만나 봉이를 찾아달라는 부탁을 하는 것이 좋겠다고 했다.

　촌장의 말대로 하기로 했다. 홍호연은 오사까에 가 있어서 타까하시를 만났다. 봉이가 행방불명이니 알아봐달라고 했다.

　사흘 후 타까하시는 봉이가 다뀨 성에 억류되어 있다는 소식을 전해주었다. 즉시 억수와 큐마를 데리고 다뀨 성으로 갔다. 집무실의 다뀨 옆에는 칼을 찬 수하들이 도열해 있고 차가운 인상의 이삼평도 보였다.

"장군, 봉이는 어디에 있습니까?"

털북숭이 다꾸가 나를 노려보며 두툼하게 튀어나온 입술을 열었다.

"신석, 약속을 어긴 하급자를 장군이 처벌할 수 있다는 사실을 아느냐?"

"예, 알고 있습니다."

"네놈은 약속을 어겼다. 그 벌로 나는 네놈의 수하를 지금 처형하려고 한다."

"약속을 어기다니, 그게 무슨 말씀이오니까?"

"너는 두번째, 세번째 명작을 내게 준다고 배에서 분명히 약속했다. 그러나 너는 그 약속을 지키지 않았다. 일백석 사무라이가 되게끔 도와주었거늘 네놈이 날 배반해?"

"저는 장군께 다완 두 점을 분명히 올렸사옵니다."

"뭐라고? 괘씸한 놈!"

다꾸가 내게 받은 다완 두 점을 내어놓고 "카네가에(이삼평)!" 하고 외친다.

"이것을 다시 품평해보거라."

이삼평이 내 눈길을 피한 채 말했다.

"그 두 점은 나베시마 주군께서 가지고 계신 신석의 다완들과 비교하면 하품이옵니다."

같은 조선인으로서 이삼평이 내게 이럴 수 있는가 싶었다.

"장군, 다완을 보는 기준은 도공마다 각각 다르옵니다. 일본에 온 지 얼마 안된 저로서는 조선의 그릇 기준으로 판단했고, 그 기준에 따라 좋은 작품으로 생각되는 것을 올렸나이다. 저는 하품과 실패품은 모두 깨버립니다. 주군께서 가지고 계신 다완들은 제가 고른 것이 아니라 카쯔시게님이 직접 고르셨습니다."

"음, 카쯔시게님께서 직접 고르셨다…… 그렇다면 그분께서 남기신 다완이 있을 텐데?"

"남은 다완은 미쯔꼬시라는 상인이 사가지고 갔기에 지금은 쓸 만한 다완이 없습니다."

"뭐라, 쓸 만한 다완이 없단 말이냐?"

"장군, 두 달 뒤에 다시 불때기를 하옵니다. 그때 주군 다음에 오셔서 두 점을 직접 고르시옵소서."

"음, 알겠다. 꼭 주군 다음으로 나를 불러야 할 것이오."

말투를 바꾼 놈은 졸개들에게 봉이를 데려오게 했다. 봉이는 온몸이 묶인 채 얼굴은 퉁퉁 붓고 시퍼런 멍까지 들어 있었다. 이삼평을 노려본 뒤 봉이를 데리고 나왔다. 성을 떠날 때 누군가 나를 지켜보고 있다는 느낌이 들었다.

다음날 아침 봉이가 방으로 왔다.

"선상님, 심려를 끼쳐드려 죄송합니더."

"그래, 몸은 어떠하냐?"

"괜찮심더."

"어떻게 끌려갔더냐?"

"장작칸에서 혼자 일하고 있을 때 낯선 놈이 찾아와 다뀨 성의 조선인이 마을 어귀에서 기다리고 있다고 하데예. 이상하다 싶으면서도 그놈을 따라갔지예. 마을 어귀에서 기다리고 있던 낯선 놈들이 저를 보자마자 몽둥이로 팼어예. 정신을 잃었다가 깨어보니 다뀨의 감옥이었어예. 근데 선상님, 감옥에 갇혀 있을 때 어떤 여자가 찾아와서 혹 고려촌의 주인이 신辛자 석碩자 분이 아닌가 하고 조선말로 물었어예. 그렇다 했더니 아무 말 없이 그냥 가버리데예. 이상한 기분이 들었어예."

"몇살쯤으로 보이더냐?"

"스물대여섯 정도였어예."

"어떻게 생겼더냐?"

"호리호리한 미인이었어예. 하얀 살결에 얼굴이 작고 참, 코가 오똑했어예."

미령이가 아닐까? 심장이 쿵쿵쿵 뛰었다. 미령이도 많은 조선 여인처럼 죽지 않고 이곳까지 끌려왔을 수도 있지 않을까?

"지금 당장 다뀨 성으로 가야겠다."

"예?"

"그 여인은 아마도 나의 정혼자인 것 같다."

식솔들을 데리고 다뀨 성으로 향했다. 왜국에 끌려올 때 배에서 본 조선 여인들이 생각났다. 밤마다 들리던 여인들의 비명소리…… 그러나 부디 살아만 있어다오. 미령아, 나는 네가 살아만 있어도 행복할 것이다.

다규는 집무실에 없었다. 놈이 오기를 기다렸다. 시간이 느리게만 흘렀다. 두 시진이 지나서야 다규가 나타났다.

"신선생, 또 웬일이오. 성을 시찰하느라 바쁘건만……"

"장군, 조선 여인 하나를 찾고 있사옵니다."

"조선 여인이라니, 이 성에 있는 조선 여인은 서른 명이 넘소. 누구를 말하오?"

"미령이, 서미령이라 합니다."

"서미령? 난 조선 이름은 모르오."

놈이 잠시 뭔가를 생각하는 듯했다.

"음, 만약 그 여인을 찾아주면 내게 뭘 주겠소?"

"제 청을 들어주신다면 두 점이 아니라 주군께서 남겨두시는 다완을 모두 올리겠나이다."

놈의 입이 쩍 벌어졌다.

"모두 다? 알겠소."

놈이 큰 소리로 수하들에게 명한다.

"성에 있는 조선 여인들을 모두 찾아 데려오너라, 지금 당장!"

수하들이 재빨리 뛰어나갔다. 얼마 후 조선 여인들이 한 명, 두 명 들어오기 시작했다. 미령이가 아니었다. 다른 조선 여인들이 들어왔다. 역시 아니었다. 다규의 졸개들이 조선 여인들을 계속 데리고 왔다. 졸개들이 조선 여인을 다 데리고 왔다고 했으나 미령이는 없었다. 다뀨가 졸개에게 물었다.

"이들이 전부냐?"

"별관의 시녀만은 옥사마(사모님)께서 안된다고 하시기에……"

"별관의 시녀라…… 아, 히또미. 알몸이 하얗고……"

나는 앞에 있는 여인에게 조선말로 물어보았다.

"히또미의 조선 이름을 아오?"

"미령이라 하옵니다."

심장이 뛰었다.

"장군, 히또미가 바로 제가 찾는 여인이옵니다."

"신선생, 히또미는 얼굴도 반반하고 내 처가 총애하는 시녀이자 때로는 나의 노리개로…… 음, 그래서……"

욕이 튀어나오려 했다.

"장군, 주군께서 다완을 선별해 가져가도 오십 점 이상은 남습니다. 저는 그것을 다 올린다 했습니다."

"아, 알았소."

놈이 졸개에게 명했다.

"내 특명이라 말하고 히또미를 데려오도록 하라."

일각, 이각, 삼각…… 한 시진이 지났을까? 별관에 갔던 졸개가 돌아와 말했다.

"장군님, 별관에 있던 히또미가 도망쳤다 하옵니다."

"뭐라? 빨리 군사를 풀어 그년을 잡아 대령하라!"

나도 모르게 식솔들을 향해 소리쳤다.

"뭘 하느냐? 너희들도 나가서 미령이를 찾도록 해라!"

시간이 초조하게 흘러갔다. 찾으러 간 사람들은 돌아오지 않았다. 다뀨가 말했다.

"오늘 못 찾으면 내일 이 지방에 방을 붙이겠소. 그것으로도 안되면 주군께 부탁해 나베시마번 전체에 방을 붙이도록 하겠소. 그러니 다완을 준다는 약속은 꼭 지키시오."

"알겠소이다."

결국 미령이를 찾지 못하고 고려촌으로 돌아와야 했다. 그림 잘 그리는 사람을 찾아 미령이의 인상을 이야기해주고 그리게 했다. 고려촌 사람들을 모두 모아놓고 말했다.

"이 조선 여인을 꼭 찾으시오. 찾을 때까지 돌아오지 마시오."

미령이 찾는 방이 곳곳에 나붙여졌다. 그러나 이틀이 지나도록 아무런 소식이 없었다.

사흘째 되는 날, 다뀨가 나를 불렀다.

"음, 그 미친년이 어젯밤에 칼을 들고 내 방에 숨어들어 와 나를 찌르려 했소. 괘씸한 년! 감히 나에게 칼을 들이대다니. 내 그년을 한칼에 베어버렸소."

"뭐라고?"

온몸이 분노로 부들부들 떨렸다. 옆에 놈의 졸개가 보였다. 졸개의 칼을 낚아채 다큐를 향해 돌진했다. 그러나 놈은 나의 칼을 피한 뒤 나에게 일격을 가했다. 내 몸이 꼬꾸라졌다. 놈이 재빨리 내게서 칼을 빼앗아 들고 소리쳤다.

"건방진 놈, 하극상은 바로 사형이다."

다큐가 칼끝을 나에게 겨누었다.

"장군, 사무라이를 처형할 때는 주군의 허락이 필요하오이다."

큐마가 황급히 소리쳤다. 다큐가 큐마를 노려보며 말했다.

"그래, 알겠다. 주군의 윤허를 받아 이놈을 죽여주마. 그 다음엔 네놈들도 차례로 죽여주마."

놈은 졸개를 시켜 고려촌 식솔들을 감옥에 가둔 다음 나를 결박해 나베시마 성으로 데려갔다. 나베시마 나오시게는 대전에서 떨어진 조용한 별실에 있었다. 그는 차선생인 히사다와 차를 마시고 있었다. 다이묘 나오시게가 다큐에게 물었다.

"무슨 일이냐?"

"주군, 이놈이 칼로 저를 죽이려고 했사옵니다."

"아니, 그것은 하극상이 아니냐?"

"예, 그러하옵니다. 이놈을 처형하게 해주시오소서."

나오시게의 얼굴이 굳어졌다. 히사다 선생도 긴장한 표정이었다. 나오시게가 말했다.

"신석, 너는 너의 행동이 하극상인 줄 몰랐더냐?"

"알고 있었사옵니다. 허나 다큐 장군은 저의 정혼녀를 죽였사옵니다."

"이놈아, 그년은 나의 시녀였다. 그년이 칼을 들고 내 방에 와서는 나를 죽이려고 했었다. 사무라이는 버릇없는 종을 벌할 권리가 있다. 그래서 처단한 것이다."

나오시게가 뭔가를 골똘히 생각하다 말했다.

"히사다 선생, 신석은 사무라이의 법도를 어겼소. 어찌하면 좋겠소?"

"주군, 신선생은 사무라이가 된 지 얼마 안돼 순간적으로 실수한 것으로 여겨집니다. 한번 반성할 기회를 주어보심이 어떠하온지요."

다뀨가 히사다 선생을 노려보았다. 나오시게는 골똘히 생각하다가 히사다 선생에게 차 한잔을 더 타달라고 했다. 차를 마신 나오시게가 다뀨에게 말했다.

"다뀨, 오늘 일은 사무라이 법도를 어긴 신석이 분명 잘못했다. 그러나 신석은 조선에서 온 지 이제 일년이 조금 지났을 뿐이다. 그러니 오늘 일은 없던 것으로 하여라."

"예, 주군."

다뀨가 뒤로 물러났다. 나오시게가 다뀨에게 나의 결박을 풀어주라 했다. 놈이 눈을 내리깔면서 결박을 풀어주었다. 나오시게가 나를 지그시 쳐다보았다.

"네가 일본의 법을 아직 잘 몰라서 한 일이니 이번만은 용서해주겠다. 앞으로 다완에 더욱더 정진하고 특히 이도다완은 꼭 완성해야 할 것이다."

"예, 잘 알겠사옵니다. 그런데 주군, 다완을 빚고 이도다완을 연구하기 위해서는 제 식솔들의 도움이 필요하옵니다. 다큐 성에 갇혀 있는 저의 식솔들도 용서해주소서."

나오시게가 다큐에게 다시 명했다.

"식솔도 풀어주거라."

"예."

놈의 대답에 힘이 없었다.

"감사하옵니다."


가마로 돌아와 술을 마구 들이켰다. 오래전 풍차를 건네주던 미령이가 술잔에 어른거렸다. 다음날 아침 식솔들이 찾아왔다.

"미령이의 주검은 모셔왔느냐?"

"예, 선상님. 저희들이 미령아씨의 주검을 모셔가겠다 하자 다큐, 그 더러븐 놈이 죽은 미령아씨 몸값으로 다완을 열 점이나 요구했어예. 결국 다섯 점을 주는 조건으로 미령 아씨를 모시고 왔어예."

봉이가 말했다.

"어디에 모셨느냐?"

"가마 앞이라예."

미령이가 명주에 감싸여 있었다. 얼굴을 보려고 감싼 베를 풀려 했으나 식솔들이 말렸다. 눈물이 명주 위로 떨어져 내렸다.

"가마칸으로 모셔라. 내가 직접 극락에 보내줄 것이다."

왜국 스님이 도착했다. 장작에 불을 붙이자 염불이 시작되었다. 마구마구 장작을 던졌다. 불살이 요동치고 주검 타는 냄새가 났다. 불살 속에 미령이가 보였다. 힘껏 장작을 던졌다. 칸 속이 맑아지며 불살이 하얗게 이글거렸다.

'사기장의 여인이 되고 싶어 피난처에서 돌아왔어요.'

하얀 불살 따라 미령이가 하늘로 오른다. 두손을 모아 합장했다. 눈물이 흘러내렸다. 염불이 끝난 후 억수가 미령이의 유골을 수습했다.

"다뀨 이놈, 언젠가 꼭 복수해주마."

장례를 치르고 방에 누워 있을 때였다. 남원댁이 다뀨 성의 조선 여인네가 가져왔다는 서찰을 내밀었다. 급하게 쓴 언문이었다.


님에게 씁니다.

제 영혼은 왜군에게 끌려갈 때 이미 제 몸을 떠났습니다. 다뀨가 제 육신을 버릴 기회를 주지 않아, 이 왜국땅에 와 살게 되었습니다. 제 영혼은 늘 님을 애틋하게 그리워했습니다.

저는 성에 온 님을 멀찌감치에서 보았습니다. 영혼 없는 제 육신은 님을 보는 것만으로도 광영이었습니다.

제 몸에 더러운 다뀨의 씨가…… 그런 제 몸을 님에게는 차마 보일 수 없었습니다. 저는 다뀨에게 복수하고 저세상에 가서 님을 위해 기도하렵니다.

제가 죽거든 유골은 현해탄에 뿌려주소서.

유골 항아리를 들고 현해탄으로 갔다. 찬 바닷바람이 뺨을 후려쳤다. 파도가 북쪽으로 흘러가는 것 같았다. 미령이의 유골을 바다 위에 뿌리며 기도했다.

"신이시여, 미령이를 조선에 데려다주소서."

불때기가 끝난 뒤 가마를 열 때였다. 다이묘 나베시마의 명으로 타까하시가 와서 그릇을 골랐다. 타까하시가 다완을 고른 뒤 한 점을 내게 보이면서 말했다.

"이 다완은 좋긴 한데 왠지 슬퍼 보이오."

그 사발은 유약의 흐름이 사람의 눈물처럼 보였다. 꼭 미령이 눈물처럼 느껴졌다.

"이것을 남겨두면 안되겠소? 부탁하오."

"신선생 뜻이 그러하다면 남겨두겠소."

눈물 다완을 미령이 유서와 함께 벽장의 사물함 속에 넣어두었다. 타까하시가 떠난 뒤 남은 다완을 살펴보았다. 최고품과 우수품만 남기고 나머지는 깨어버렸다. 큐마가 말했다.

"선생님, 고려촌의 안전을 위해 다뀨에게 연락하심이……"

"알았다."

낫으로 찍어 죽이고 싶은 다뀨놈에게 연락했다. 식솔들은 다뀨가 오면 자기들이 알아서 할 테니 제발 피해 있으라 했다. 원수놈을 만나기도 끔찍해 마을 뒷산에 올라갔다가 다뀨가 떠났다는 연락을 받고서야 가마로 돌아왔다. 놈은 이삼평을 시켜 다완 일곱 점을 선별해 갔다고 한다. 이상하게도 이삼평은 최고품은 그대로 둔 채 그보다 못한 것들을 다뀨에게 권했다고 한다.

저녁에 첫눈이 내렸다. 눈은 고려촌을 하얗게 덮어주었다. 눈은 다음날, 그 다음날도 내렸다. 사방에 소복이 쌓인 눈은 극락 간 미령이가 내게 내려주는 따뜻한 솜이불처럼 느껴졌다.

# 망향의 동산

주문장의 다완에는 종류마다 꼭 지켜야 하는 약속이 명시되어 있다. 차 마실 때 입을 대는 부분을 정면으로 정해놓고 물레로 성형하거나 유약을 입힐 때 꼭 그것을 표시하라는 것도 그 약속 중 하나이다. 나는 정면을 인위적으로 표시할 게 아니라 가마 속에서 절로 자연스레 생기게끔 하고 싶었으나 그러지 못했다. 자유롭게 그릇을 빚던 고향의 가마가 그리웠다.

홍호연은 왜국 사정을 서찰로 간간이 알려주었다. 그에 의하면 강항 선생은 작년에 조선으로 돌아갔다고 한다. 선생이 돌아갈 수 있었던 것은 조선 조정의 요구에 의한 것이라고 한다. 선생과 함께 필시 가련이도 같이 갔을 것이다. 기쁜 소식이지만 한편으로는 서운하기도 했다. 강항 선생과 같은 벼슬아치뿐 아니라 나

같은 사기장도 조정에서 신경을 써준다면 얼마나 감격스러울까.

그동안 왜국도 많이 변했다. 토꾸가와 이에야스가 세끼가하라 關ヶ原전투*에서 승리해 왜국 최고 통치자인 쇼군이 되었다고 한다. 이에야스의 반대파 우두머리로 토요또미의 측근이었던 이시다 미쯔나리, 조선 침략의 선봉장 코니시 유끼나가는 모두 참수되었다 한다. 이시다 미쯔나리는 전쟁 때 우리 조상의 제기를 받고 아버지를 구해준 자다.


정유년(1597년)이었다. 새벽에 쌀을 나누어주러 마을로 간 아버지가 밤이 되어도 돌아오지 않았다. 깊은 밤 문밖에서 서성거리는 어머니의 그림자가 보였다. 어머니는 가마 아래쪽을 내려다보며 아버지를 기다리고 있었다. 아버지가 이렇게 늦은 적은 거의 없었다. 가마 아래쪽에서는 아무런 기척도 없었다. 불길한 마음이 들었다. 마루에 앉았다가 마당에서 서성거리기를 반복했다. 삼경(밤 11시~1시)이 되었다.

'지금은 전쟁통이다. 가만히 있을 때가 아니다.'

아사까와가 있는 초소로 뛰어갔다. 왜병이 경계를 서고 있었다. 아사까와에게 아버지 신변에 무슨 일이 일어난 것 같다고 했

---

* 1600년 9월에 벌어진 다이묘들간의 패권 전쟁. 이 전투 이후 토요또미 히데요시의 아들측은 토꾸가와 이에야스에게 정권을 내주게 된다. 토꾸가와 이에야스가 세운 에도정권(1603년~1867년)은 메이지유신(1868년) 전까지 유지된다.

다. 아사까와는 즉시 잠자는 부하들을 모두 깨웠다.

"어제 죽도의 본진에 갔다 온 당번이 누구냐?"

한 사람이 "접니다"라고 했다.

"본진에 무슨 변화가 없었느냐?"

"마쯔우라松浦 부대가 부산포로 가기 위해 김해 읍내를 통과한 것 말고는 별다른 일이 없었습니다."

"뭐, 마쯔우라 부대가?"

"예."

"와까 센세이, 가마에 가 있으시오. 내 얼른 성에 다녀오리다."

그는 말을 타고 어둠속을 내달렸다.

가마로 돌아오니 앞마당에서 어머니가 여전히 안절부절못하고 있었다.

"석아, 아버지에게 무슨 일이라도 생기면……"

"아사까와가 모시러 갔으니 곧 오실 겝니다."

불일암에서 새벽 예불을 알리는 종소리가 들려왔다. 왜 이리 아사까와가 안 오는 걸까. 한참 후 말발굽 소리가 들리더니 아사까와와 타까하시가 왔다. 타까하시가 말했다.

"당신 아버지는 일본행 배에 태워졌소. 모셔오려면 가마에 있는 다완 중 제일 좋은 것을 준비해 지금 당장 가야 하오."

실패해 깨버린 사금파리만 있을 뿐 다완은 한 점도 없었다.

"다완은 가마 열 때 타까하시님이 모두 다 가져갔지 않소?"

"당신이 만든 다완은 주군의 명으로 곧바로 본국에 보내 성에는 한 점도 없소. 좋은 다완이 없으면 당신 부친을 데려올 수 없을 거요."

타까하시의 얼굴이 굳어졌다. 난감했다. 어머니가 무슨 일이냐고 물었다. 좋은 사발이 있어야 아버지를 구한다고 했다.

"얘야, 왜장이 좋아하는 멧사발이 있지 않느냐?"

"그것은 제기라서, 그러나······"

급히 방으로 들어가 제기함에서 멧사발을 꺼내 가지고 나왔다. 타까하시가 다완을 들고 따라오라 했다. 말을 타고 그들과 함께 바다 쪽으로 달려갔다. 멀리서 먼동이 트고 있었다. 말과 함께 배에 올라탔다. 타까하시가 노 젓는 졸개를 재촉했다. 바다로 나아간 배는 쏜살같이 파도를 갈랐다. 세 시진 뒤 죽도 왜성보다 훨씬 큰 부산포 왜성이 보였다. 성문 앞에 있는 왜병들에게 아사까와가 큰 소리로 말했다.

"나는 나베시마군에 파견 나가 있는 아사까와다. 이 사람은 나베시마 대장군의 가신이다. 급하다. 지금 당장 이시다 부대장을 만나야 한다."

"알겠소. 잠깐만 기다리시오."

한 놈이 성 안으로 들어갔다가 나왔다.

"나를 따르시오."

한때 관아였던 곳에 도착했다. 대청마루에 왜병들이 앉아 있고, 중앙의 의자에 왜장이 앉아 있었다. 이시다 부대장은 호리호리했고 얼굴이 곱상하게 보였다.

"무슨 일이냐?"

신경질적으로 들리는 찢어진 목소리였다. 아사까와가 일어난 일을 이야기했다.

"뭐, 마쯔우라가? 어허 그 사람이 와꼬(왜구) 버릇을 아직⋯⋯ 근데 그 사람은 대장군이라서 말이야⋯⋯"

타까하시가 준비해간 멧사발을 이시다 앞에 내놓자 그의 눈이 빛났다. 이시다가 나를 쳐다보고 말했다.

"네 애비를 찾아주면 이도를 완성할 수 있느냐?"

"예, 장군님. 아버님만 찾아주신다면 이도뿐만 아니라 뭐든지 다 만들겠나이다."

이시다가 옆의 수하에게 물었다.

"마쯔우라 소속의 배는 본국으로 아직 떠나지 않았지?"

"조금 있으면 출발하옵니다."

"빨리 이들을 데려가서 내 뜻을 전하거라."

"예."

포구로 말을 몰았다. 포구에는 많은 배가 있었다. 아주 커다란 배에서 북소리가 나더니 그 배가 포구를 빠져나가기 시작했다. 이시다의 수하가 그 배를 향해 달렸다.

"잠깐! 이시다 부대장의 특명이다. 배를 멈추어라."

배가 멈추자 이시다의 수하와 타까하시, 아사까와가 배 위로 올라갔다. 잠시 후 봉두난발의 아버지가 배에서 내렸다. 나도 모르게 뛰어가 아버지를 덥석 안았다.

"아버지!"

아버지는 아무 말 없이 나를 껴안았다.

타까하시에게 고맙다며 악수를 청했다. 냉정하고 사무적인 왜인이건만 그의 손이 따뜻하게 느껴졌다.

어머니가 애타게 기다리고 있었다. 아버지는 어머니의 두 손을 꼭 잡았다. 두 분의 눈에 눈물이 고였다.

"평상시처럼 쌀을 나누어주기 위해 마을을 돌고 있었지. 그때 꼭 누군가가 나를 미행하는 기분이 들었어. 그러나 쌀을 기다리는 백성이 많아 아랑곳하지 않고 여러 마을을 계속 돌았지. 어느 순간 왜병들이 갑자기 나타나 나를 붙잡더군. 놈들에게 통행증을 보여주었지. 그랬는데도 왜병들이 다짜고짜 나를 잡아가더군."

아버지에게 왜장한테 제기 바친 것을 고백했다. 아버지는 선산 있는 웅천 쪽을 보시고 "조상님, 용서해주소서" 하며 절했다. 나도 따라서 절했다.

"석아, 조상님 제기부터 빚어라. 그 일이 가장 우선이다."

물레칸에 들어가 정성을 다해 제기를 빚었다. 제기를 다 빚은 뒤 옆에 있던 아사까와에게 물어보았다.

"이시다 부대장은 인상이 무사 같지 않고 곱상하게 보였소. 그런 사람이 도굴까지 명령하다니……"

"와까 센세이, 그는 원래 무사가 아니라 글공부한 문인이오.
그러나 태합을 위해서라면 무슨 일이라도 하는 충성파요."

"아버지를 납치한 마쯔우라는 어떤 사람이오?"

"마쯔우라, 그 사람은 히라도平戸 지방의 다이묘요. 그의 조상
은 카라쯔唐津 해안의 왜구들 수장이었소."

"왜구라, 왜구도 다이묘가 될 수 있소?"

"와까 센세이, 미안하지만 내 조상도 쓰시마의 왜구였소. 왜구
도 다이묘가 될 수 있는 나라, 그곳이 일본이오."

그의 말을 들었을 때 왜국이란 나라가 종잡을 수 없었다.

참수당한 이시다 미쯔나리는 내 조상의 제기를 가져간 자다.
제기를 뺏으면 벌을 받는다는 할아버지의 말씀이 떠올랐다.

놈에게 제기를 준 벌로 내가 여기 왜국에 끌려와 있는 것인가?


어느날 사람 좋은 종전이 커다란 덩치를 이끌고 찾아왔다.

"소식 다 들었소이다. 신선생이 노예가 된 조선인을 구해와 도
자기를 가르쳐준다는 얘기 말이오."

그는 고려촌의 성공을 축하하는 의미에서 술을 한잔 사겠노라
며 우락부락한 손으로 나를 이끌었다.

"오늘 술은 전에 보내준 선물에 대한 보답이기도 하오."

말을 타고 나베시마 성 아래 있는 죠까마찌로 달려갔다.

"종전 선생, 아직 술을 마시기에는 이른 시간이니 장터 구경이나 합시다."

나는 이곳 장터를 예전에 두어 번 들렀지만 그저 스쳐 지나갔다. 편안한 마음으로 장터를 구경할 여유가 없었던 것이다. 장터는 사람들로 북적거리고 활기가 넘쳤다. 상점마다 "어서 오세요, 어서 오세요" 하며 계속 외쳐댄다. 조선의 장터보다 훨씬 활기가 있었다. 고려촌의 꿀과 옹기도 이 장터에서 팔아야겠다는 생각을 했다.

사내라면 한번쯤은 가봐야 할 곳이 있다며 종전이 낯선 거리로 나를 데리고 갔다. 대문이 없어 집집마다 집 안이 훤히 보였는데 분칠한 왜국 여인들이 기모노를 입고 몇명씩 앉아 있었다. 단층집도 있고 이층집도 있었다. 여인들이 손짓하며 들어오라 한다. 처음 보는 야릇한 광경이었다.

"이 집들은 전쟁통에 가족을 잃어 오갈 데 없어진 여인들이 몸을 파는 곳이오."

호기심이 일어 여기저기를 살폈다. 한곳에서 나이든 여자가 대나무 대롱 같은 것을 입으로 빨더니 코로 연기를 내뿜었다.

"저것이 무엇입니까?"

"타바꼬(담배)라는 것이오. 기분이 좋아진다 하오."

종전이 그 여자 쪽을 가리키며 말해주었다.

그 거리를 지나 종전이 잘 꾸며진 집으로 나를 데리고 갔다.

"여기가 뭐하는 곳입니까?"

"요정이요."

기모노를 입은 중년의 여자가 나오더니 눈웃음을 치며 우리를 맞이했다. 그 여자는 나막신을 신고 또그닥 또그닥 소리를 내며 걸었다. 엉덩이가 뒤뚱거리는 듯이 보여도 그 걸음걸이가 자못 맵시 있었다. 안짱걸음은 기모노를 입은 여자에게 잘 어울렸다. 왜국 여인들은 거의 다 안짱다리였다.

요정에는 정원이 있었다. 산에서 가져온 바위를 곳곳에 놓고, 그 사이에 나무를 심어놓았다. 우물도 아담하게 파놓았다. 여인을 따라 방으로 들어갔다. 탁자 위 꽃병에는 벚꽃나무 세 줄기가 꽂혀 있고, 벽에는 무릉도원武陵桃源이라 쓴 족자도 걸려 있다. 잠시 후 오까미상이라고 부르는 여주인이 쟁반에 다완과 말차를 담아왔다.

차를 마시자 음식이 나왔다. 조선의 상처럼 한꺼번에 차려 내오지 않고 하나씩 나왔다. 처음에는 쯔께모노(짠지)가 나오고, 쨔완무시(계란찜), 생선회, 식초를 가미한 해초요리인 스모노가 차례대로 나왔다. 그릇과 음식 색깔이 잘 어울려 보기가 좋았다. 그릇은 도자기가 대부분이나 뜨거운 국물이 있는 요리는 나무로 만든 그릇에 담겨 있었다. 술도 같이 나왔다. 도자기로 된 술병과 잔이 앙증맞았다. 먹기에는 아까울 정도로 예쁘게 차린 음식이 계속 나왔다. 요정에서는 음식뿐만 아니라 방 분위기, 음식을 담는 그릇에도 신경을 쓰며, 특히 도자기 식기는 그릇을 넘어 예술품으로 생각한다고 한다.

청색 기모노를 입은 여인 둘이 들어왔다. 허리에 버드나무에 앉은 참새를 수놓은 오비를 두르고 있었다. 얼굴에 하얀 분칠을 하고 샤미센三味線을 손에 든 두 여인이 무릎을 꿇고 인사를 했다. 여인들은 게이샤(기녀)라 부른다고 했다. 한 여인이 샤미센을 손가락으로 튕기며 노래를 불렀다. 사무라이 권주가인 '쿠로다부시黑田武士'였다.

"술을 마셔 취하면 일본 최고의 무사, 취하면 취할수록 이것이 진짜 쿠로다의 무사……"

한 여인은 춤을 추었다. 몸으로 추는 것이 아니라 손과 발, 얼굴로 추는 것이 낯설게 느껴졌다.

술을 마시며 다규의 심복인 이삼평이 나를 궁지에 몰아넣은 이야기를 했다. 종전이 한참 생각하다 말했다.

"신선생, 이삼평에 대한 선생의 심정은 이해가 가오. 그러나 어떻게 하든 이곳에서 조선 출신은 뭉쳐야 하오. 우리들은 다 피해자요. 뭉치지 않으면 이곳으로 끌려온 우리 조선인들은 지금보다 더 불행해질 것이오."

"알겠습니다."

술에 취해 밖으로 나왔다. 종전은 나를 여관이란 곳으로 데려다놓고는 들를 데가 있다며 가버렸다. 방 안으로 들어가자 여인이 방긋 웃으며 반겼다.

"센세이, 어서 오세요."

여인이 대야에 따뜻한 물을 담아와 내 발을 씻었다. 여인의 보드라운 손이 발에 닿자 야릇한 기분이 들었다. 종전이 보낸 여인일까? 그녀가 다다미 위에 이불을 깔았다. 그녀가 나보고 누우라고 한다. 여인에게 엽전 몇닢을 주고 나가달라고 했다. 여인은 자기가 마음에 들지 않느냐며 새침한 얼굴로 나를 쳐다본다. 여인이 안쓰러워 보였다. 종전이 말한 망향의 동산이 떠올랐다.

"망향의 동산이 여기서 가까우냐?"

"말을 타고 가면 그리 멀지 않아요."

"그곳까지 나를 안내해줄 수 있겠느냐?"

"그럼요. 사무라이 도공님을 모시고 가는 이 몸이 영광이지요."

"내가 도공인 것을 어찌 아느냐?"

"종전 선생께서 말씀하셨어요. 사무라이 도공이니 잘 모시라고요."

여인을 태우고 말을 달렸다. 잠시 후 파도 소리가 들렸다. 보름이 가까워서 달이 밝았다. 바닷가 언덕 위 조그만 동산에 올랐다. 현해탄이 달빛 아래 멀리 펼쳐져 있었다. 미령이 생각에 눈시울이 젖어들었다. 여인은 내가 바라보는 쪽으로 배를 타고 가면 조선이라 했다. 부모님과 고향의 가마가 떠올랐다. 나지막이 고향의 시나위를 불렀다.

"오늘이라 오늘이라. 나는야 언제 가리, 언제 갈꺼나. 내 고향 찾아서 언제 갈꺼나…… 물레 돈다. 물레 돈다. 세월이 돈다. 어이 가리, 어이 가리요……"

# 황도

고려촌은 한해가 다르게 커져갔다. 마을 이름을 고려촌으로 바꾼 지 다섯 해가 지나자 어떻게 알았는지 멀리서 조선인이 찾아오기도 했다. 외면하지 못하고 모두 받아주었다.

억수와 봉이, 큐마는 열심히 도자기를 배워 이제는 물레 실력도 제법이다. 억수를 왜녀에게 장가 보내고 큐마와 봉이도 차례로 장가를 보냈다. 순천댁은 양봉사 조현출이 은근히 마음을 보였으나 꿈쩍도 하지 않았다.

왜국에 온 지 일곱째 해인 을사년(1605년)이 다 지나갔다. 곧 서른둘이 되건만 황도의 길은 열리지 않고 있었다. 주문장의 노예가 되어 바쁘기만 했지 원하는 걸 빚을 수가 없어 답답했다. 황도를 한번만 볼 수 있다면 그것을 빚을 수 있을 것 같은데……

"석아, 도자기에서 첫째는 흙, 둘째는 불이고, 마지막은 정성이란다."

할아버지가 항상 하시던 말씀이다. 임진년(1592년) 전쟁이 일어나기 전이었다.

"석아, 황도제기는 내가 처음 빚어냈지만 세상이 백자만 원해 어쩔 수 없이 그만두게 됐단다."

어느날 할아버지는 황도 이야기를 들려주었다.

"조선땅에는 각 지방마다 독특한 사발이 있었단다. 젊은 시절 나는 그 사발들을 알고 싶어 여러 곳을 돌아다녔다. 그때 나는 우리 사발이 각 지방 사람들의 심성과 기질을 그대로 담고 있다는 것을 알게 되었어. 황해도·평안도·함경도 사발은 보지 못했다만, 경상도 사발은 섬머슴애, 전라도 사발은 새악시, 충청도의 사발은 부잣집 맏며느리 같았지. 경기도 사발은 기생 같았고, 강릉 사발은 경상도 사발처럼 투박했다. 전라도 땅에 갔을 때 덤벙이 분청자 제기를 보았다. 그 덤벙이 분청자는 다른 제기와는 달리 다정하고 부드러웠단다. 형태는 파격적이었지만 자연미가 그대로 녹아 있었어. 우리 백성의 삶과 죽음, 심성과 생활을 모두 담은 그릇처럼 느껴졌단다."

"할아버지, 그 덤벙이 분청자를 전라도 어디에서 보셨어요?"

"보성 도촌리, 흥양(고흥) 운대리에서 많이 보았어. 그곳에서 본 그 덤벙이 분청자는 그후 나의 화두가 되었단다. 우리 집안은 네 증조부 때 초계군에서 질그릇인 황옹黃瓮을 빚었어. 너도 알다시피 가마 부근의 소나무는 이십년쯤 되면 바닥이 나지 않느냐. 우리 조상들은 이십년 주기로 계속 옮겨다녔단다. 내가 웅천현의 두동골에 있을 때 네 증조부한테서 배운 황옹 기술로 덤벙이 분청자에 버금가는 황도를 빚기로 했지. 정성을 다했다. 그런데 황도제기는 기술만으로 빚을 수 있는 게 아니었다. 수많은 시행착오를 거치고 제기에 관련된 책도 보았단다. 드디어 황도제기를 완성했지. 모두들 그것을 좋아하더구나. 이웃 진주목의 사기장들이 황도를 빚고 싶어했지. 흙과 유약은 남에게 가르쳐주지 않는 비밀이 아니더냐. 그래도 나는 그들에게 가르쳐주었단다."

할아버지는 한동안 회상에 잠겼다가 말을 이었다.

"어느날 범하스님이 왜국의 스님과 같이 찾아왔었다. 왜관에서 온 왜국 스님이 황금을 내 보이며 황도제기를 빚어달라고 하더구나. 어디다 쓸 것인지를 물으니 차사발로 쓰겠다고 하더구나. 망자를 위해 빚은 신성한 제기를 산 자가 차사발로 쓰다니, 나는 못한다고 했지. 절에서 불기佛器로 사용한다면 아마 빚어 주었을 것이다. 그후 한 보부상이 황도를 주문하더구나. 멧사발 세 점, 보시기 아홉 점을 주문해 희한하다는 생각이 들었지. 보통 한 집에 멧사발 하나, 보시기 세 점이면 되지 않느냐? 나중에 그 보부상이 황도를 왜국 스님에게 팔았다는 사실을 범하스님한테서 들었어. 나는 괘씸해 그 보부상과 거래를 끊었지. 보부상은 그후 병을 얻어 죽었다고 하더구나."

"할아버지, 왜 아버지에게 황도를 전수하지 않으셨어요?"

"아범은 황도를 배울 만한 나이에 사옹원 가마에 부역을 가야 했다. 다시 돌아왔을 때는 백자만 쓰는 시절이 되었지. 그래서 가르치기를 포기했단다. 한참 후 가르치지 않은 게 후회가 되더구나. 그러나 이미 그때는 아범은 황도 배울 나이가 지나 있었단다. 그후 네가 태어났지. 너를 보자 황도를 반드시 전수해야겠다는 생각이 들더구나. 이 할애비는 네가 황도를 배울 만큼 성장하기를 기다렸단다."

"할아버지, 황도를 배우는 것에도 나이가 있나요?"

"그렇단다. 황도는 보통 도자기와 많이 달라서 그것을 배우려면 마음을 비워야 해. 나이가 들면 고정관념 탓에 마음을 비우기가 힘들어지지."

"할아버지, 저한테 황도를 꼭 전수해주세요."

"그래, 내 손자답구나. 이 할애비가 틈나는 대로 가르쳐주마."


아사까와가 분초장으로 있을 때였다. 왜놈들에게 당해 말을 못하시던 할아버지가 기력을 조금 회복하자마자 손짓으로 나에게 작은 가마를 하나 지으라 했다. 할아버지는 몸을 심하게 떨면서도 손짓 발짓으로 가마 짓는 법을 가르쳐주었다. 가마는 일반 가마보다 기울기가 낮았다.

가마칸이 완성되자 할아버지는 황도 흙을 구해야 한다며 나와 아버지에게 따라오라 했다. 길목마다 왜병들의 초소가 있었지만 왜장에게서 받은 사무라이 패를 보여주자 곧바로 통과시켜주었다. 밤이 되어 웅천 두동골에 도착했다. 건강한 장정에게도 먼 길인데 불편한 할아버지에게는 엄청나게 먼 길이었을 것이다. 다음날 새벽 할아버지를 따라 산으로 올라갔다. 할아버지가 산 중턱의 한 곳을 가리키며 파보라 했다. 풀을 제거하고 나서 흙을 파기 시작했다. 일반 점토와는 달리 흙은 돌처럼 딱딱했다. 퇴적된 흙으로 보였다. 할아버지가 다른 곳도 가리키며 파보라고 했다. 처음의 흙보다 부드러운 일반 점토 같았다. 두 종류의 흙을 모두 가마니에 담았다.

아버지와 내가 흙 가마니를 지게에 지고 돌아왔다. 돌아오는 도중 할아버지는 기특하다는 표정으로 내 머리를 쓰다듬곤 했다. 기력을 회복하긴 했지만 한동안 병중에 있던 할아버지가 어떻게 그 먼 길을 다녀올 수 있었는지 지금 생각해보아도 정말 기적 같은 일이었다.

다음날 아침 할아버지가 나를 흔들어 깨웠다. 기력이 쇠한 할아버지의 다급한 마음이 느껴졌다. 할아버지는 나에게 전날 가져온 흙을 수비하라고 했다. 흙을 수비해보니 찰기가 너무 적었다. 같이 파 가지고 온 점토를 섞었다. 그래도 찰기가 적었다. 삭히지 않았기 때문이다. 할아버지가 필담으로 흙에 막걸리를 섞어 수비하라 했다. 놀라서 물어보았다.

"할아버지, 술을 왜 흙에 넣어요?"

"흙을 충분히 삭혀야 좋은 도자기가 되지만 시간이 없다. 흙도 술에 취하면 빨리 삭혀진단다."

유약 만들 때 들어가는 나뭇재는 그릇 종류마다 다르다. 그릇의 표면을 투명하고 번쩍거리게 하려면 침엽수인 소나무나 잣나무 재가 좋고, 번쩍거리지 않고 차분하며 약간 불투명하게 하고 싶으면 활엽수가 좋다. 할아버지가 나를 뒷산으로 데려갔다. 껍질이 두꺼운 나무 앞에서 할아버지가 멈춰 섰다. 껍질이 두꺼운 나뭇재로 유약을 만들어 입히면 유약이 마를 때 금이 가버리는 경우가 많다. 하지만 나는 할아버지가 시키는 대로 그 나무를 베기 시작했다. 가마로 와서 그것을 태운 뒤 재를 받았다. 일반 나뭇재를 물에 섞으면 누런 양잿물이 나오건만 그것은 전혀 그러지 않았다. 수비한 나뭇재와 물토를 섞어 유약을 만들었다.

숙성시켜놓은 황도 질흙을 꼬막 밀었다. 찰기가 보통 흙보다 없었으나 사발 정도의 작은 그릇은 빚을 수 있을 것 같았다. 물레를 돌렸다. 꼬막을 위로 끌어올리면서 그릇 안쪽을 빚을 때 쓰는 지질박으로 질흙을 펼쳤다. 할아버지는 지질박을 쓰지 말고 손으로만 빚으라고 했다. 물레 발판을 힘껏 차 질흙을 끌어올려서 펼친 후 사발 형태를 만들었으나 할아버지가 고개를 저었다. 손짓으로 키가 높은 통잔을 만들라 했다. 그리고 통잔을 서서히 사발이 되게끔 펼치라고 했다. 내가 잘 못하자 할아버지는 손수 시범을 보여주었다. 사발 표면의 물레선에도 신경을 쓰면서 만들어야 했다. 할아버지는 사발의 안쪽 바닥이 둥글면서 깊어야 된다고 하면서, 펼친 사발 가운데를 힘껏 누른 채 물레를 돌리라 했다. 그렇게 하여 성형한 사발을 밑둥치에 명주실로 감아 떼어낸 뒤 건조장에 가져가 말렸다.

여러 점을 빚고 나서 굽을 깎았다. 굽을 깎은 뒤 햇볕이 안 들고 바람이 잘 통하는 곳에 놓고 다시 말렸다. 할아버지는 바짝 마른 황도 사발을 몇점 골라놓고 나를 불렀다. 사발의 굽 안쪽에 큰 금이 가 있었다. 사발 안쪽 밑바닥을 살짝만 누른 것들이었다. 그때 비로소 황도 질흙의 특성을 알게 되었다. 바닥이 두꺼우면 마르면서 갈라진다는 것이다. 그것은 황도 흙이 가진 비밀이었다. 백자나 분청자의 질흙은 이런 경우가 거의 없었다.

할아버지한테서 유약 입히는 방법도 배웠다. 보통 사발은 초벌구이한 뒤 유약을 입히지만 황도사발은 초벌구이 전에 유약을 입혀도 된다고 했다. 그것 역시 색다른 맛을 낸다고 한다. 숙성시킨 황도 유약을 한번 걸러냈다. 걸러낸 유약에 황도 사발을 담근 후 말렸다. 깜짝 놀랐다. 굽 깎을 때 칼 댄 부분에서 유약이 짝짝 갈라지며 마르는 것이 아닌가. 그것이 나중에 불때기하면 유방울이 된다고 하시며 할아버지는 유방울을 조선 사기장의 눈물이라고 했다. 왜놈들이 '가이라기'라 부르는 것이었다.

황도의 불때기는 천천히 오래 땔수록 좋다고 하였다. 노리칸을 다 때고 황도제기 사발이 쟁여져 있는 첫째칸 불은 처음엔 보통 불때기처럼 화도를 올렸다. 어느 정도 시간이 흐른 뒤 쥐불구멍을 통해 불보기를 꺼내 살펴보았다. 그릇이 거의 다 익어가고 있었다. 할아버지는 나뭇가지로 글을 써서 지금부터가 바로 황도불때기의 시작이라며 삭임불(산화불)로 찌듯이 불때기하라고 했다. 조선 도자기의 불때기는 백자든 분청자든 모두 다 센불(환원불)인데 황도제기만은 삭임불이었다.

이틀 뒤, 아직 뜨거운 열기가 남아 있는 가마에 들어가 황도를 꺼냈다. 당당하게 보였다. 황도의 피부는 사람의 살결처럼 느껴졌다. 힘차게 감겨 있는 물레선에서 진하게 발산되는 힘이 내 몸을 휘감는 듯했다. 유방울은 내 땀방울이 방울방울 달린 것 같았다. 기뻤다. 하늘을 나는 기분이었다. 지켜보던 아버지, 어머니, 아사까와의 얼굴에도 희색이 만연했다. 할아버지는 유심히 살펴본 후 작대기로 글을 썼다.

"석아, 모두 깨어버려라. 완벽하지 않은 것은 황도가 아니야. 내가 보니 아직 덜 되었다."

"……예?"

애써 빚은 사발을 깨버리라니, 도무지 받아들일 수가 없었다. 그러나 할아버지의 눈은 너무나 냉엄했다. 할아버지의 명대로 전

부 깨어버렸다. 내 살을 도려내는 기분이었다. 어떤 일이 있더라
도 황도를 완전히 깨우치리라 다짐했다. 할아버지 방에서 기침소
리가 자꾸 커져갔다. 열흘 후, 어두운 밤하늘에서 별똥별 하나가
길게 산 너머로 떨어졌다. 내가 본 것 중 가장 큰 별똥별이었다.
나에게 황도 가르치는 일에 이승에서의 마지막 시간을 쏟아붓던
할아버지가 저세상으로 떠나갔다. 할아버지의 유언은 내 좌우명
이 되었다.

　"석아, 반드시 황도를 깨우쳐 조선 사기장의 기둥이 되어라."

# 땅딸이 왜국 무사

병오년(1606년) 어느 봄날, 칼을 찬 땅딸한 왜국 무사가 찾아왔다. 나고야名古屋 성 부근 세또瀬戸 지방에서 온 '모리오까'라 했다. 놀랍게도 칼 찬 그는 도자기를 굽던 사기장이었다.

"세또에서는 칼 차고 도자기를 빚습니까?"

"예전부터 세또의 도공들 중에는 사무라이가 많았습니다. 유사시 주군을 지키기 위해 칼을 차고 다닙니다."

모리오까의 조상은 조선반도에서 살다가 세또 내해內海의 왜구에 의해 끌려왔다고 한다. 세또 지방에서 정착한 그들은 신라에서 들어온 토기인 스에끼須惠器를 구우며 살아왔다고 한다. 그는 그 마을 사람들이 사기로 된 말沙器馬을 만들어 조선식 부락제를 지낸다고 했다. 하급 사무라이 신분인 모리오까는 세또에서 오리베 도자기를 빚었다고 한다. 후루따 오리베古田織部는 중부 지방의 다이묘이자 유명한 차인茶人으로 도자기를 도안하기도 했다. 토요또미의 조선 침략에 끝까지 반대하여 할복한 센노리뀨千利休의 다도정신을 이은 오리베는 왜국 최고의 차선생으로 유명했다. 오리베는 다완뿐만 아니라 차요리를 담아내는 특별한 형태의 식기를 도안하여 여러 곳의 도공들에게 굽게 했는데, 그것을 오리베 도자기라 부른다.

"나를 찾아온 연유가 무엇이오?"

"저는 도공이자 사무라이였습니다. 그런데 주군이 전쟁에 패해 할복하는 바람에 로닝浪人이 되었습니다. 로닝은 녹 없는 떠돌이 무사입니다. 제가 신선생님을 찾아온 이유는 선생님이 조선에서 건너오신 분이라 저를 받아주시지 않을까 기대했기 때문입니다. 또 선생님은 이곳 나베시마번의 어용요 책임자로 높은 사무라이 신분이라 호위무사가 필요할 것이라 생각했습니다. 거두어주시기 바랍니다."

그가 조선인의 후예라는 말을 믿을 수 없었다. 내가 보기에 칼을 찬 왜국 무사에 지나지 않았다. 칼을 잡아서는 안된다는 것이 고려촌의 규약이요, 내가 내린 특명이기도 했다. 그러나 모리오까는 나베시마번에서 아주 멀리 떨어진 세또 지방에서 찾아왔기에 그의 간절한 청을 한마디로 거절하기가 힘들었다. 순간 이삼평이 떠올랐다. 놈은 왜식을 좋아하는 놈이다. 조선인끼리 잘 지내야 한다는 종전의 말이 떠올랐다. 놈에게 생색도 낼 겸 땅딸이를 보내는 게 좋겠다는 생각이 들었다.

"여기보다 당신에게 더 적합한 곳이 있소. 원한다면 추천서를 써주리다. 나와 같은 나베시마번의 사무라이 도공이오."

"선생님께서 안된다 하시면 어쩔 수 없습니다. 도자기 배우며 몸을 의탁할 수만 있다면 어디든 좋습니다. 추천서를 써주시길 부탁드립니다."

"지금 당장 추천서를 써줄 것이니 이삼평 선생의 가마로 가보시오."

떠날 때 약간의 돈을 주었다. 그는 자기를 추천해주고 돈까지 주니 몸둘 바를 모르겠다며 꼭 은혜를 갚겠다는 말을 남기고 떠났다.

며칠 후 키시다께의 한배달이 찾아왔다.

"어이없는 일이 생겨 신선생을 찾아왔소."

"어이없는 일이라니요?"

"우리 번의 다이묘가 나까자또 마따히찌中里又七를 사무라이 도공으로 봉한다는 소문이오."

"아니, 카라쯔번에서 유약 입힌 도자기의 시조는 춘부장 어른과 윗대 어르신이 아닙니까?"

"그렇소. 왜국에 회령도 유약을 가르친 도공은 분명 우리들이오. 그렇건만 우리 번의 다이묘는 마따히찌를 택할 것이라 하오."

"나까자또 마따히찌는 일본인입니까?"

"아니오. 그 역시 조선 출신이오. 조선식 이름은 '또칠이ㅈㄷ'라 하오. 그러나 그는 자기가 조선 출신이라는 사실을 밝히지 않고 있소."

"그는 어떤 도자기를 빚습니까?"

"그가 만드는 도자기는 우리 오고려인 기술의 회령도와 지금 선생이 만드는 미시마(분청자), 그리고 남만(태국·베트남) 도자기요. 남만 도자기는 조선의 질그릇과 비슷하다고 들었소. 신선생, 나는 왜 우리가 아닌 또칠이를 사무라이 도공으로 봉하려 하는가를 생각해보았소. 그것은 우리가 회령도 기술만 믿고 조선 남쪽의 기술을 받아들이지 않았기 때문이오."

그가 나를 찾아온 이유를 알 것 같았다.

"실례가 되지 않는다면 제가 남쪽의 기술을……"

"고맙소이다. 나도 신선생에게 회령도를 가르쳐주겠소."

그날부터 한배달은 한동안 내 가마에 머물렀다. 그도 나처럼 대를 이은 사기장이라 기술을 빨리 익혔다. 내 유약은 투명한 유리질이 대부분이나 회령도 유약은 색이 다양하고 맛이 깊었다. 우리는 가마 박는 방법과 불때기에 관해서도 서로의 기술을 교환했다. 내 가마는 여러 칸에서 삭임불(산화불), 중성불, 셴불(환원불) 등 다양한 불때기를 할 수 있건만, 그의 가마는 전체가 뚫려 있기에 그것이 불가능했다. 그는 가마부터 개조할 것이라 했다. 나는 조선의 발물레 만드는 방법도 알려주었다. 이야기하다 보니 정이 들었다. 그가 나보다 두살 많았다. 의형제를 맺기로 했다. 끌려온 왜국땅에서 나는 형님이 생겼다. 그는 나를 아우님이라고 하며 손을 잡았다.

반년 뒤 그가 다완 두 점과 서찰을 보내왔다. 두 점의 다완은 파란 회령다완과 하얀 회령다완이었다. 배달 형은 가마를 새로 박고 그 가마에서 센불, 삭임불로 때어보니 멋진 다완이 나와 보낸다고 했다. 같은 유약이지만 파란 다완은 센불이요, 하얀 것은 삭임불로 때었다 했다. 또 자기들의 옹기 물레를 도자기 물레인 발물레로 바꾸었다고 했다. 다만 다도구의 일종인 미즈사시(물통)만은 옹기 물레로 빚는다 한다. 나의 가마도 회령도 기술 덕택으로 만드는 종류가 다양해졌다. 나는 회령도 유약으로 주문장에 없는 다완을 빚어 성에 보냈다. 그 뒤 주문장에는 회령 다완이 포함되어 있었다.


성에서 초대장이 왔다. 단풍 차회*仝에 초대한다고 씌어져 있었다. 촌장에게 초대장을 보여주며 단풍 차회가 무엇인지 물었다.

"선생님, 이 차회는 차실에서 차를 마시는 것이 아니라 단풍든 야외의 아름다운 풍경 아래서 차를 마시는 것이옵니다."

차회 장소에 도착하니 단풍든 풍경 아래 여러 사람들이 모여 있었다. 다이묘인 나오시게, 원수놈 다뀨, 타까하시, 차선생 히사다가 보였다.

종전과 이삼평, 여러 여인도 있었다. 여인들이 입은 기모노는 단풍과 어우러져 화사했다. 히사다 선생이 차회를 주관했다. 그는 나에게 이곳의 장인$^{匠人}$ 출신 사무라이들을 소개해주었다. 무쇠화로 만드는 장인, 대나무로 꽃병 만드는 장인, 옻칠하는 장인, 칼 만드는 장인도 있었다. 차회의 손님들은 모두 장인들을 공손하게 대했고, 장인들은 자부심이 있어서인지 당당했다.

내가 빚은 다완이 많이 보였다. 차를 마시고 나누는 대화는 대부분 차와 음식, 그리고 아름다운 풍경에 관한 것이었다. 차회 손님들이 도자기에 대해 이야기하기 시작했다. 종전, 이삼평보다 훨씬 많은 질문이 나에게 쏟아졌다. 다들 내 다완에 관심이 많다는 것을 느꼈다. 손님들은 직접 만난 것이 영광이라며 나를 깍듯이 대해주었다. 조선에서 이 반만이라도 장인을 대우해주면 얼마나 좋을까 하는 생각이 들었다.

이삼평이 내 옆으로 와서 귓속말을 했다.

"모리오까를 추천해주어 고맙소. 신선생, 그때 일은 다뀨가 내 직속 상관이라……"

얄미운 그를 무시해버리고 딴전을 피웠다.

# 다도 수업

정미년(1607년) 화창한 봄날이었다. 다이묘 나오시게가 서찰을 보내왔다.

"신석은 들어라. 어용요를 맡아 수고하는 너를 어여삐 여겨 다도 배울 기회를 주겠노라. 너는 성의 다두茶頭를 찾아가 한달 동안 정진하여 다도를 배우고 그것을 바탕으로 더욱 훌륭한 다완을 만들도록 하여라."

무엇 때문인지 다도 공부는 절대 비밀로 하라고 적혀 있었다. 나는 왜국의 다도를 몇번 접해보았지만 정확히는 몰랐다. 옛날 우리 조선의 유명한 차인 매월당 김시습이 염포(울산) 왜관의 왜국 스님과 교류했고, 김시습의 차생활을 보고 감동한 왜국 스님이 이를 널리 알려 왜국에서 새로운 다도가 탄생하는 계기가 되었다고 범하스님이 이야기한 적이 있다. 왜국 다도에 대해 궁금한 점이 많았다.

차선생의 집은 고려촌과 그리 멀지 않은 성 앞 죠까마찌에 있었다. 대문을 여니 차실 정원인 '로지'가 있었다. 로지 입구는 약간 낮고 좁았다. 로지의 나무들은 아기자기하게 잘 다듬어져 있었다. 꽃나무가 있을 성싶었으나 보이지 않았다. 나무 사이에는 사람이 걸을 수 있는 좁은 통로가 나 있었고 그 바닥에는 징검다리 돌처럼 평평한 돌이 여러 개 깔려 있었다. 여기저기에 놓여 있는 바위에 이끼가 끼어 있어 마음을 편안하게 했다. 차실 입구에는 불을 밝히는 석등이 있었다. 또 돌을 세수통처럼 깎아 물을 담아놓은 것도 보였다. 차실에 들어가기 전 손을 씻는 곳이었다. 차실 입구에 도착하자 들어오라는 차선생의 목소리가 들리면서 높이와 폭이 두 자(60센티)도 되지 않는 좁고 낮은 문이 열렸다. 기다시피 해 안으로 들어갔다. 히사다 선생이 무릎을 꿇은 채 꼿꼿하게 앉아 있었다.

"반갑습니다. 주군의 명을 받아 다도를 배우러 왔습니다."

"오시느라 수고가 많았습니다."

그가 다완에 차를 넣고 뜨거운 물을 부은 뒤 차솔로 휘저었다. 손길이 단아하고 자연스러웠다. 차실은 다다미가 깔린 네 평 반 정도의 좁은 공간이었다. 다다미 중앙의 네모지게 파놓은 공간에는 물을 끓이는 무쇠솥이 있었다. 그곳과 다다미 사이에는 옻칠한 나무로 테두리를 쳐놓았다. 벽에 조그만 창문이 하나 나 있었고 지붕의 창은 닫혀 있었다. 벽의 창문을 통해 한쪽에서만 햇빛이 들어오니 전체적으로 어둡게 느껴졌다. 흙벽은 부드러운 느낌을 주었고 밑부분만 화지로 도배되어 있었다. 벽 한편에는 방바닥보다 높게 설치된 '토꼬노마'라 불리는 벽감壁龕이 있었다. 벽감 아랫부분에 놓인 꽃병엔 매화꽃 한 줄기가 꽂혀 있었다. 정원에 꽃나무가 없는 것은 차실 안의 저 꽃을 빛나게 하기 위함이라는 짐작이 들었다. 꽃병 위의 족자엔 '다선일미茶禪一味'란 글자가 선명히 씌어 있었다.

"신선생, 다도 수업에는 마음의 준비가 우선입니다."

"마음의 준비는 어떻게 해야 합니까?"

"첫째는 다도를 알고자 하는 집념이 있어야 하고, 둘째는 인간의 본성을 깨우치고자 하는 각오가 있어야 하며, 셋째는 '와비사비'의 진정한 의미를 알기 위한 다짐이 있어야 합니다."

"와비사비가 무엇입니까?"

"모든 사물은 두 가지 아름다움으로 대비됩니다. 해돋이가 있다면 노을이 있습니다. 젊음의 아름다움을 느낄 수 있다면 노년의 미소에 서려 있는 정겨움도 느낄 수 있어야 합니다. 고독함과 외로움 속에 있는 어둠의 미를 찾을 수 있는 감성을 '와비사비'라고 합니다. 신선생처럼 다도구를 만드시는 분은 이 와비사비 정신을 도자기 작품 속에 꼭 구현해야 합니다."

차선생의 말은 알 듯 말 듯 했다. 선생은 차근차근 배우라고 했다. 다도를 배울 때 처음 해야 할 일은 청소였다. 청소는 수행하는 마음으로 해야 한다고 했다. 차실과 차실 정원인 로지를 열심히 청소했다. 정원 나뭇잎에 묻은 먼지까지 반질반질 윤이 나게 닦았다. 청소를 하다 보니 복잡한 마음이 단순해졌다. 식사시간에는 카이세끼懷石요리(차회 때 먹는 요리)를 들었다. 히사다 선생은 차요리는 다른 사람에게 미루지 말고 직접 해야 한다고 했다. 차인이 직접 요리하는 것은 상대에게 기쁨을 주기 위해서이고 상대에게 기쁨을 주려는 것은 다도에서 말하는 배려하는 마음이라 했다. 청소를 하고 난 후 차요리를 배웠다. 히사다 선생이 바쁠 때는 선생의 여동생이 차요리를 가르쳐주었다.

그녀의 이름은 마꼬였다. 이십대 중반이 될까 말까 한 여인으로 친절함이 몸에 배어 항상 상냥하고 밝은 표정이었다. 웃을 때 양쪽 볼에 피는 보조개가 인상적이었고 하얀 치아에 붉고 도톰한 입술이 귀여웠다. 몸이 아담해서 기모노가 잘 어울렸다. 왜국에서는 남자들만 다도를 한다고 들었으나 그녀는 전통 있는 차선생 집안의 딸이라 그런지 다도의 수준이 높아 보였다. 그녀는 나에게 차요리를 가르칠 때 무엇이 그리 즐거운지 얼굴에서 웃음이 떠나질 않았다. 그리고 대답하기 곤란한 질문을 던지곤 해 난처할 때가 많았다. 조선에서 부인이 있었느냐, 좋아했던 여인이 없었는가, 일본에 와서 좋아한 여인이 있는가, 어떤 여인이 좋으냐

하는 것들이었다. 조선에서는 남녀간에 감히 꺼낼 수도 없는 것들을 거침없이 물었다. 한번은 내가 묻지도 않았건만 자신은 결혼한 적이 있다는 말까지 했다.

"저는 부모님의 주선으로 열여섯살 때 결혼했는데, 남편이 칠년 전 세끼가하라 전투 때 사망했어요. 남편이 전사했으니 전 재혼할 자격이 있어요."

그녀의 말투는 재혼할 수 있다는 것이 내심 자랑인 듯한 느낌을 주었다. 조선의 여인들은 지아비가 저세상으로 가면 한평생 정조를 지키는데 마꼬는 조선 여인들과는 많이 달랐다. 그녀와 히사다 선생은 쿄또 출신이었다. 쿄또는 천황이라고 부르는 왜국 임금이 사는 곳이다. 마꼬는 오빠가 이곳 나베시마번의 다두로 올 때 따라왔다고 한다. 왜국에서 보통 여인의 이름에는 꼬子자를 붙일 수 없으나 마꼬 집안은 일본 왕실과 먼 친척이라 꼬를 쓸 수 있다고 한다. 차선생은 부인과 아들 둘을 데리고 차실 옆에 붙은 집에 살았고, 그녀는 그 옆 별실에서 살고 있었다.

며칠 지난 후 히사다 선생으로부터 다도의 역사를 배웠다.

토요또미 히데요시가 집권하기 이전, 지방의 다이묘들이 할거하던 전국시대(1467~1573년)에 다도가 완성되었다. 그 이전인 무로마찌 시대(1336~1467년)에도 다도가 유행했으나 도道를 닦기에는 너무 화려했다. 그것을 일본에서는 '서원차書院茶'라고 불렀다. 서원차의 다도구는 거의 중국에서 수입한 천목다완이었고, 조선 도자기는 별로 인기가 없었다. 다도 선생이던 무라따 쥬꼬村田珠光라는 사람이 소박한 다도를 제창하였고, 이후 타께노 죠오武野紹鷗가 이 소박한 다도를 더욱 중흥시켰다. 그를 이어 센노리뀨가 임진란이 일어나기 십년 전쯤에 다도를 완성시켰는데, 이 다도를 '와비차'라 부르기도 한다. 일본 차인들은 와비차가 유행하고 나서야 조선사발을 귀하게 여기기 시작했다고 한다.

히사다 선생은 센노리뀨와 어깨를 나란히 하던 쯔다 소규津田宗及의 제자라고 했다. 센노리뀨는 많은 제자를 두었는데 그 제자 중 힘센 다이묘도 여럿 있다고 한다. 다이묘 중 센노리뀨의 제자로 가장 유명한 이는 후루따 오리베와 호소까와 산사이細川三齋라 했다. 코꾸라小倉 지방의 새 다이묘 호소까와는 나오시게보다도 훨씬 세력이 강한 다이묘이며 동시에 아주 유명한 차인이었다. 히사다 선생은 조선의 차인 김시습은 모른다고 했다.

히사다 선생한테서 다도 예법을 배웠다. 다완 잡는 법, 차를 타 휘젓는 법, 후꾸사(차 전용 손수건)로 다완 닦는 법, 미즈사시(물통)에서 물 뜨는 법 등을 배웠다. 일본의 다도는 차를 타 마시는 행위를 형식화한 것이라는 생각이 들었다. 다도에는 이 형식을 균형있게 하는 기준이 있었다. 다도의 분위기를 자아내는 모든 행위는 그 기준 속에 있었다. 결국 그 기준을 공부하는 것이 다도였다. 그 기준에 의해 차실도 소박하게 만들고, 차실 정원인 로지도 정형화된 형태를 따라 만들었다. 다도는 단순한 예법 이상의 것으로 예술인 동시에 율동적인 흐름이었다.

다도구에 대해서도 공부했다. 차선생은 심미안을 기를 수 있도록 여러 나라 다완을 살펴보도록 했다. 조선 다완, 중국 다완, 안남(베트남) 다완, 왜국에서 만든 다완 등을 보았다. 조선에서 온 다완 중 조금 큰 것은 진하게 탄 말차를 여러 사람이 돌려 마시는 코이차濃茶 때 사용한다고 했다. 내 눈에 그것은 그냥 사발이었다. 사발보다 작은 조선의 보시기는 엷게 탄 말차를 마시는 우스차薄茶 때 사용한다 했다. 차실에서는 거의 코이차를 마시며, 우스차는 차실에 연결되어 있는 큰 방에서 주로 마신다 했다. 다도에서는 그림이나 도자기를 장식으로만 사용하면 안된다고 한다. 모든 공예품은 사용함으로써 그 본성을 찾을 수 있다는 것이다.

다도를 배운 지 한달이 가까워졌다. 나는 왜인을 싫어하는 감정이 있건만 히사다 선생은 누구를 싫어하는 감정이 없었다. 다도 정신은 평화를 가장 중요시한다고 했다. 그는 왜국 정원을 설계하고 왜국 건축을 구상하는 창조적인 차인이었다. 그는 다도뿐만 아니라 서예와 꽃꽂이, 하이꾸俳句까지 두루 섭렵한 사람이었다. 차인들 중에서 이 모든 것을 갖춘 자만이 차선생의 우두머리인 다두가 될 수 있다 한다.

마지막 날, 차선생이 관리하는 다이묘의 다완을 보았다. 다완은 차실 옆 큰방에 놓여 있었고 종류가 아주 다양했다. 내가 빚은 것도 있었다.

"히사다 선생님, 주군께서는 제가 만든 다완을 어떤 용도로 사용하십니까?"

"신선생의 다완 중 일부는 우리 일본의 최고 권력자인 토꾸가와 가문에 올리고, 나머지는 세력 있는 다이묘들에게 선물하오. 신선생의 다완은 보통 선물하고는 다르오. 나베시마번의 전략적 결정에 따라 선물할 대상을 정하오. 선생의 다완은 아주 중요한 역할을 하오."

시커먼 색깔의 다완이 눈에 띄었다. 마치 통사발 같았다. 센노 리뀨가 도안하여 조선에서 건너온 기와공 조지로長次郎를 시켜 빚은 라꾸樂다완이라 알려주었다.

다이묘의 최고 명품이 들어 있다는 오동나무 상자를 열었다. 그 상자는 다른 것보다 더 컸다. 상자를 여니 안에 또다른 상자가 들어 있었다. 그 상자 안에 또 상자가 들어 있었다. 상자가 복잡한 것을 보니 대단한 사발이라 짐작되었다. 뚜껑을 열고 다완을 꺼냈다. 조그만 보시기였다.

"지금 일본과 조선은 국교를 회복하기 위해 노력하고 있소. 일본의 침략에 대한 조선 백성의 분노가 워낙 큰 탓에 국교 회복이 늦어진다고 하오. 처음엔 조선에 파견된 일본 사신들이 조선 백성들로부터 목숨까지 위협받았다고 하오. 다행히 지금은 수교 직전 단계까지 왔다는 소식이오."

그는 그 다완을 내 앞에 내려놓았다.

"이 다완은 수교협상 중 목숨을 걸고 조선에 주문한 사발이오. 현재 일본에는 열 점 정도만 있소. 이 형태를 도안한 사람은 후루따 오리베이고 고쇼마루御所丸 다완이라 하오."

그 다완은 전 부분이 두꺼웠고 몸을 칼로 깎아내었다. 몸통에 철사 안료를 거칠면서도 힘있게 칠해놓았다. 두손으로 잡아보았다. 그릇의 기운이 온몸을 감싸는 듯했다. 흙은 분청자 흙이 아니라 백자 질흙이었다. 보통 백자 질흙으로 구운 도자기는 딱딱하건만 이것은 부드러웠다. 김해의 가마에서 일할 때 왜장이 주문한 도자기는 분청자가 대부분이었지만 백자도 간혹 있었다. 아버지와 나는 최대한 부드러운 질감이 나는 질흙으로 백자를 빚었었다. 조선은 같은 백자라도 가마마다 질감이 다르다. 이 다완의 질감은 꼭 고향 가마의 백자 질감같이 느껴졌다. 나는 왜국식 사발 형태를 본능적으로 싫어하지만 이것은 아주 편안한 느낌을 주었다.

"이 다완의 이름이 왜 고쇼마루입니까?"

"토요또미는 조선 정벌에 성공하면 조선에 직접 가보려고 했소. 그때를 대비해 배를 만들었는데, 배가 완성되자 이름을 고쇼마루라 지었소. 알다시피 그는 그 뜻을 이루지 못하고 죽었소. 그래서 그를 추앙하던 차인 한 사람이 태합의 영혼을 위로하기 위해 최초로 주문한 조선 다완에다 그 배 이름을 붙인 것이오."

그는 오리베 도자기 두 점도 보여주었다. 하나는 상품으로 보였으나 하나는 상품을 그대로 베낀 하품이었다. 하품 다완은 이삼평이 만들었다고 한다. 조선 사기장이 왜놈 다완을 그대로 베끼다니, 부끄러웠다.

그는 마지막이라며 사발 한 점을 더 보여주었다. '김해金海'라는 글자가 새겨져 있는 사발이었다. 내가 고향에서 왜장의 주문을 받아 빚은 것이었으나 아무 말도 하지 않았다.

"선생님, 혹시 이도다완은 없습니까?"

"주군께서는 조선에서 만든 이도다완을 얻기 위해 엄청난 노력을 기울였지만 워낙 귀해서 아직 구하지 못했소. 나 또한 직접 보지는 못했소. 이 몸은 명품 이도를 한번 보는 것이 소원이오."

"그러면 이도를 볼 수 있는 길은 없습니까?"

"이도다완을 보는 것은 천황을 만나는 것보다 더 힘들다는 말이 있소. 큐슈에는 코꾸라의 다이묘인 호소까와 산사이, 그분이 '호소까와 이도'라는 명품을 가지고 있다고 들었소. 나는 나베시마 주군 소속이라 그분과는 면식이 없다오."

황도를 빚기 위해서 그것을 꼭 봐야 한다. 차선생의 이야기만으로도 황도에 조금 다가간 느낌이 들었다. 사발을 감상하는 것으로 한달간의 다도 수업이 끝났다.

마꼬가 다도의 초급과정을 마친 나를 축하하기 위해 직접 만든 차과자를 내왔다. 병아리 모양을 한 그 과자는 앙증맞고 이뻤다. 마꼬는 도자기 만드는 것을 보고 싶으니 가마로 꼭 초대해달라고 하며 자신이 직접 도안해 만들었다는 선물을 내밀었다. 종이 인형으로 왜국의 신랑 신부였다. 마꼬의 방긋 웃는 얼굴에 보조개가 피어 있었다.

떠나오는 길에 고쇼마루 다완이 계속 떠올랐다. 조선에서 특별히 빚었다고 하는 다완, 만질 때 전해져온 강한 느낌, 그 그릇의 여운이 떠나지 않아 뭔가를 남겨두고 가는 것만 같았다. 고향의 흙이 그리워졌다.

# 권력자 호소까와

식솔들은 한달 만에 돌아온 나를 다들 반겼다. 그런데 봉이가
뭔가를 말하려다 우물쭈물 입을 다물었다.

"그동안 무슨 일이 있었느냐?"

봉이가 한참을 망설이더니 말문을 열었다.

"저어, 조선 관리들이 '쇄환사刷還使'라는 깃발을 들고 선상님을
찾아왔었어예."

"뭐라! 우리 조선 관리가? 나를 조선에 데려가기 위해 온 것이
아니더냐?"

"……"

"너희들은 왜 나를 찾지 않았느냐?"

"성에 가서 선상님 계신 곳을 물어봐도 아는 사람이 아무도 없

었심더."

그랬구나. 다이묘 나오시게가 다도를 공부하라는 명목으로 나를 속인 것이구나. 조선 쇄환사가 오는 것을 미리 알고 나를 빼돌린 것이 분명했다. '나오시게, 이 간교한 놈.' 입술을 깨물었다. 왜국의 최고 우두머리인 쇼군은 수교협상을 위해 끌고 온 조선 백성을 되돌려주도록 지방 다이묘들에게 명했을 것이다. 그런데 나오시게놈이 나의 귀향길을 막아버린 것이다.

스물다섯살이던 기해년(1599년)에 왜국으로 끌려와 지금 서른셋이니 벌써 팔년의 세월이 흘러가버렸다. 부모님은 이제나저제나 이 못난 아들이 돌아오기를 학수고대하고 계실 것이다. 취하도록 술을 마셨다.

마을의 조선인들이 쇄환사가 왔을 때 고국으로 돌아갔는지 궁금했다. 다음날 아침, 봉이를 불러 물어보았다. 고려촌 사람 중에는 나이가 든 두 사람만 떠났다고 한다. 다른 사람들은 선생님이 없는데 나만 먼저 돌아갈 수 없지 않으냐, 고향에 가도 이미 고향은 없을 것이다, 뭣하러 가느냐, 고려촌이 조선보다 더 좋다고 하며 그대로 남았다 한다. 그렇지만 쇄환사가 떠나갈 때 다들 많이 울었다고 한다. 고향이 그립기는 누구나 마찬가지다. 나는 고려촌의 장이다. 고려촌의 조선 백성들을 위해서라도 내 슬픔과 분노를 숨겨야 한다.

그해 가을, 주군을 찾아 떠났던 존해가 찾아왔다. 키 큰 존해는 그사이 훤하게 잘생긴 얼굴로 바뀌어 있었다. 얼굴에는 윤기도 흘렀다. 이제 보니 아닌 게 아니라 부산성주의 아들처럼 보였다.

"존해 선생, 몇년 만입니까? 지금까지 왜 그리 연락도 없으셨습니까?"

"미안하오. 그런데 신선생, 내가 그토록 찾던 주군을 드디어 만났소이다. 나도 이제 녹을 받는 사무라이 도공이 되었소."

"축하드립니다. 주군은 누구십니까?"

"일본의 다이묘 중 가장 인격을 갖춘 코꾸라의 호소까와 산사이라는 분이오. 그분은 일본에서 둘째 가라면 서러워할 유명한 차선생이기도 하오."

존해는 자기의 주군을 자랑스럽게 여겼다. 다이묘 호소까와라면 히사다 선생이 말한 센노리뀨의 제자이자 '호소까와 이도'를 가진 차인이 아닌가.

"정말 잘되었습니다. 그런데 그 높은 분과는 어떻게 연이 닿았습니까?"

"이게 다 신선생 덕분이오. 여기 고려촌에 있을 때 신선생의 배려로 다완을 빚어 가지고 가지 않았소? 그것을 들고 유명한 차선생들을 거의 다 찾아갔소. 그들에게 다완을 선물하며 좋은 주군을 소개해달라고 부탁했소. 코꾸라에 있을 때 호소까와님이 나를 불러 자신의 어용요를 맡아달라고 하지 않겠소. 드디어 사무라이 도공이 된 것이오. 호소까와님의 코꾸라 성 내에 가마를 박고 다완을 빚다가 지금은 아가노上野라는 곳으로 가마를 옮겼소. 그동안 가마를 두 번이나 박고 주군께 바칠 다완을 빚다 보니 바빴소이다. 그래서 이렇게 늦게 신선생을 찾게 되었소. 고려촌이 날이 갈수록 발전하고 있다는 소문을 들을 때마다 정말 기뻤소. 그리고 신선생도 보고 싶었소."

코꾸라는 나베시마번보다 더 큰 지역이었고 호소까와는 오십이만석의 다이묘로 왜국 전체에서 손가락 안에 드는 권력자라고 했다.

"호소까와님은 코꾸라 성의 일을 아들에게 맡겨놓고 산속에서 도인처럼 다도만 닦고 계신다 하오. 그분은 내가 빚은 다완을 좋아하셔서 가마로 자주 찾아오오. 정말 따뜻한 분이오. 그분께 일본 이곳저곳에서 만나본 조선 도공들에 대해 이야기했소. 특히 신선생 이야기를 많이 했소. 그러자 그분이 글쎄 나와 신선생을 자신의 차실로 초대하고 싶다고 하지 않겠소. 내가 듣기에 그분은 가문의 성姓을 붙인 호소까와 이도라는 명품 다완을 가지고 있다고 하오. 그분이 소장한 명품을 볼 절호의 기회요. 신선생, 어떻소?"

"정말 고맙습니다. 호소까와 이도를 보는 것은 저의 오랜 소망입니다."

"알았소. 날짜를 받으면 연락을 보내겠소. 그런데 이런 날 축하술이 없어서야 되겠소?"

순천댁이 술상을 내왔다. 존해와 대작하는 것도 정말 오래간만이었다. 고려촌을 만들던 해 처음 만났고 이번이 두번째니 일곱해 만이었다. 스스로 일본에 온 그는 쇄환사를 만나보지도 않았다고 한다.

존해가 아가노로 떠난 다음날부터 호소까와의 초대장이 오기를 애타게 기다렸다. 황도를 볼 수 있으리라는 희망이 생기자 나의 귀국을 방해한 다이묘 나오시게를 향한 분노도, 쇄환사를 만나지 못한 아쉬움도 어느 정도 가시기 시작했다.

한달 후 존해가 서찰을 보내왔다. 차회는 사흘 후로 잡혀 있다고 했다. 만사를 제쳐두고 히사다 선생한테서 배운 대로 차회에 참석하기 위한 준비를 했다. 차회 전날, 존해의 가마로 찾아갔다. 존해의 가마와 작업장은 고려촌의 것과 비슷했다. 그러나 존해가 빚는 다완의 형태는 왜국식이 많았고 회령도 유약을 많이 쓰고 있었다. 존해는 빚는 다도구는 이곳 지명을 따서 아가노 도자기라 불렀다. 존해는 자신의 일본 성<sup>姓</sup>도 이곳 지명을 따 '아가노'라 지었다고 한다.

다음날 차회 시간에 맞추어 말을 타고 코꾸라 성으로 갔다. 새로 크게 짓고 있는 그 성은 곳곳이 공사중이었다. 존해와 함께 성내에 있는 차실로 갔다. 차실 안에는 호소까와 산사이가 당당하고도 기품이 있는 자태로 앉아 있었다. 그는 화려한 장군 복장이 아닌 평범한 왜국옷을 입고 있었다.

나와 존해가 자리에 앉자 호소까와는 말없이 도자기 함을 내밀었다. 함 뚜껑에는 난초 그림이 철사 안료로 그려져 있었다. 함 속에는 '오까시'라 부르는 왜국 전통과자 두 개와 작은 대나무칼이 있었다. 대나무칼은 호소까와가 직접 깎아 만들었다고 한다. 준비해간 하얀 화지를 반으로 접은 뒤 왜국 과자 하나를 그 위에 올렸다. 하얀 종이 위에 놓인 과자 하나를 대나무칼로 잘라 입에 넣었다. 말랑말랑한 것이 달콤한 맛을 냈다. 송화 가루로 만든 코꾸라 지방의 전통과자라 한다. 호소까와는 빠르지도 느리지도 않게 고요히 차를 탔다. 차를 타는 그에게서 다도 공부를 오래 한 차인의 자태가 자연스럽게 우러났다.

차실은 히사다 선생의 차실보다 좁은 다다미 두 장 반이었다. 벽 한쪽 토꼬노마(벽감)에 목이 긴 꽃병이 놓여 있었다. 할아버지한테서 들은 전라도 보성, 홍양(고흥)의 덤벙이 분청자였다. 꽃병에는 빨간 홍시가 감잎에 반쯤 가려진 채 가지째 꽂혀 있었다. 병 옆에는 감이파리 다섯 장이 놓여 있었다. 왜국에서는 목이 길고 가는 꽃병을 '이찌렌사시一輪差'라 하고 일반 꽃병은 '하나이레花入'라 한다. 꽃병 위에 걸린 족자에는 '화경청적和敬淸叔'이라는 글이 씌어 있었는데 센노리뀨의 서명이 보였다.

호소까와가 무쇠 솥에서 끓인 뜨거운 물과 함께 가루차를 다완에 넣고 차를 탔다. 미즈사시(물통)로 쓰이고 있는 작은 항아리가 눈에 띄었다. 그 옆에 옻칠한 나무 뚜껑이 비스듬히 세워져 있었다. 그 항아리는 아버지가 계룡산에서 빚는다고 한 도자기였다. 존해가 빚은 다완으로 차를 마셨다.

조선 전라도의 화병과 계룡산 미즈사시가 존해의 다완과 절묘하게 어울린다고 칭찬한 뒤 전라도 화병과 계룡산 항아리에 대해 아는 바를 이야기했다. 호소까와는 여기 일본에서 그 꽃병을 코비끼이찌렌사시粉引一輪差라 부른다고 했다. 그는 계룡산 항아리의 이름이 아직 없는데 계룡산 야끼(도자기를 뜻하는 일본어)라 부르겠다고 했다.

차회가 끝나도록 호소까와는 황도에 대해 아무 말이 없었다. 참다 참다 조심스럽게 말을 꺼냈다.

"선생님은 이도다완 중 최고의 명품인 호소까와 이도를 소장하고 계신다고 들었사옵니다. 저는 그 명품을 멀리서라도 한번 보는 것이 소원이옵니다. 저에게 그 다완을 친견할 기회를 주시면 무한한 영광이겠나이다."

"신선생, 이도다완이 얼마나 귀중한 줄 아시오? 이도다완이 존재하지 않았더라면 우리는 조선과 전쟁도 하지 않았을 것이오. 전 태합은 대권을 잡자마자 부산포 왜관에 이도다완을 구해오라 명했었소. 부산포 왜관이 이도다완을 구해오지 못하자 태합은 조선에 군사를 보내 그것을 구하기로 작심했소. 나는 그런 조선 출병에 반대했으나 이도다완을 못 가진 다이묘들은 다들 찬성했소. 그러나 아무리 찾아도 조선에 이도다완이 없었소. 태합의 명으로 조선에 출병했던 나도 그 다완을 찾아보았지만 역시 찾을 수 없었소. 사람들은 이도다완이 조선에도 없자 그것의 귀함을 새삼 인식하게 되었소. 이렇게 귀중한 이도다완을 보여달라 하면 선생은 그냥 보여주시겠소? 그것을 보기 위해서는 특별한 마음의 준비가 필요하오."

"특별한 마음의 준비란 무엇이옵니까?"

"우선 말부터 예절을 지켜야 하오. 이도다완을 친견하고 싶다고 했는데 친견이 아니라 배알하는 것이라 해야 하오. 그것은 신의 다완이기 때문이오. 마음의 준비란 삼십년 이상 절에서 수행하거나 다도를 공부한 경력을 말하오."

호소까와가 말하는 경력이라는 것이 나에게는 없었다. 나의 절 생활은 범하스님께 글을 배운 오년 정도일 뿐이다. 그것도 가마와 절을 왔다 갔다 하였으니 제대로 된 오년도 아니다. 다도 공부를 한 것도 한달이 고작이다.

"저는 선생님께서 말씀하신 그와 같은 경력이 없사옵니다. 그래도 꼭 그것을 보고 싶사옵니다. 방법이 없사옵니까?"

"하하, 너무 실망하지 마시오. 선생은 도공으로 태어나 한평생 도자기를 구웠으니 수행 삼십년에 해당하는 경력을 가지고 있소. 그러나 그것 외에 한가지가 더 필요하오."

"……"

"신선생, 이곳 일본으로 온 운명적 이유를 생각해본 적이 있소?"

"감히 아뢰옵니다. 이도다완을 배알하고 완벽히 빚기 위해서
라고 생각하옵니다."

"하하하."

호소까와가 큰 소리로 웃더니 정색을 하고 나서 말했다.

"신선생은 조선을 사랑하오이까?"

"……"

"나는 속 좁은 사람이 아니오. 솔직히 말해주오."

"저는 조선을 사랑해야만 하는 운명을 가지고 태어난 조선인
이옵니다."

"선생이 조선을 사랑하듯이 나 또한 일본을 사랑하오. 일본인
으로서 조선인인 선생에게 말하겠소. 선생이 일본을 위해 도공으
로서 큰일을 한가지 한다면 호소까와 이도뿐 아니라 그것 못지않
은 시바따 이도紫田井戸도 배알할 기회를 주겠소."

"이도다완을 만드는 일이옵니까?"

"그건 아니오. 쇼군 전하와 의논하고 있는 그 일은 지금은 비
밀이라 말할 수 없소만 결정이 되면 차후 선생의 주군 나오시게
를 통해 알려줄 것이오."

'나오시게'라고 이름만 부르는 것은 나베시마 나오시게를 낮
추어 칭하는 것이다. 이는 호소까와가 나오시게보다 훨씬 더 높
은 권력자임을 뜻한다.

"큰일이 무엇인지 모르오나 만약 그 일을 해결하면 호소까와 이도를 볼 수 있사옵니까?"

호소까와가 머리를 끄덕였다.

# 유곽의 여인

차실을 나오자 존해가 쿠로다번黑田藩의 죠까마찌인 하까따博多에 가자고 했다. 하까따로 가는 내내 황도를 가르쳐주시던 할아버지를 생각했다. 할아버지의 황도, 그것은 아직 구름 위에 있다. 그러나 황도를 빚을 날은 분명 올 것이다. 하까따는 옛날에 왜국 최고의 장사꾼 마을이었고 한때 전 태합 히데요시의 직할지였다. 존해의 말로는 이곳 쿠로다번에는 팔산八山이라는 사무라이 도공이 있다고 했다.

"팔산 선생은 신선생과 아주 비슷하오."

"어떤 점이 비슷합니까?"

"팔산 선생도 신선생처럼 조선을 못 잊는 분이오."

"언젠가 한번 만나보고 싶군요."

하까따는 나베시마 성의 장터보다 훨씬 더 컸고 잘 정돈되어 있었다. 존해는 이곳에 요정이 많다며 그곳으로 나를 데려가려 했다. 요정은 종전과 같이 가보았으니 왜국 평민들이 잘 가는 주점에 가고 싶다 하자 좋은 술집이 있다며 안내했다. 왜인들은 그곳을 '사까바酒場'라 불렀다.

술집 입구에는 불 켜진 종이등이 매달려 있었다. 옹기로 빚은 오소리 인형이 놓인 문을 지나 안으로 들어갔다. 술집 벽에는 뚱뚱한 사내들이 훈도시 차림으로 스모(일본 씨름) 하는 모습이 그려져 있었다. 머리띠를 두르고 주방에서 고기 굽던 사람들이 "어서 오세요" "어서 오세요"를 연발하며 손님을 맞이했다. 한 여인이 대나무 칸막이 자리로 안내한 뒤 안줏거리가 꽉 들어찬 나무패를 내밀었다. 존해가 왜국술과 안주를 시켰다. 조선은 딤채(김치)를 어딜 가도 그냥 내어주지만 여기서는 쯔께모노(짠지)도 돈을 받는 모양이었다.

방금 잡은 참돔회가 나왔다. 고기 눈이 끔벅였다. 생선구이가 나오고, 야끼또리라 부르는 닭 꼬치구이도 나왔다. 다음에는 밀가루 바른 생선을 기름에 튀긴 '덴뿌라'라 하는 요리가 나왔다. 서양의 포도아(포르투갈) 요리라 했다. 꼬리 부분에 소금을 묻혀 구운 은어 꼬치구이도 나왔다.

술을 마시면서 존해는 자기가 조선 사기장 출신이라는 게 자랑스럽다고 했다. 사기장을 평소에는 왜놈말인 도공이라 부르는 그가 사기장이라고 한다. 그는 술을 마실 때는 조선인이나 술이 깨면 의식적으로 일본인을 닮으려고 애썼다. 예전에 고생을 많이 한 탓인지 지금의 생활에 적응하려고 무던히 노력하는 것 같았다.

"신선생, 왜국에서 여인을 품어본 적이 있소?"

"……"

미령이 말고 여인을 생각해본 적이 없었다.

"신선생, 이곳 유곽들 중에는 조선 여인이 있는 곳도 있다오."

존해가 슬그머니 내 눈치를 살폈다. '조선 여인'이라는 말에 심장이 뛰었다. 미령이 얼굴이 떠올랐다. 취기가 여인에 대한 그리움을 건드렸다.

"그곳으로 안내해줄 수 있습니까?"

"물론이오."


유곽 가는 길에는 개천이 있었다. 버드나무 가지가 축 늘어져 있었고, 물속에 빠진 달이 잔잔하게 흘러갔다. 붉은 거리가 나왔다. 술 취한 내 눈에는 모든 것이 불그스레하게 보였다. 얼굴에 분칠한 여인들이 안이 들여다보이는 집 안에 있다가 두리번거리는 우리를 유혹하곤 했다. 꽃길을 걷는 기분이었다. 존해는 이곳이 야나기마찌柳町라고 알려주었다.

존해가 걸음을 멈추었다. 여주인이 아양을 떨며 달려나와 우리를 안내했다. 간단한 안주와 술이 나왔다. 존해가 돈 몇닢을 얹어주며 조선 여인을 불러달라고 했다. 여주인이 조선 여인을 데려왔다. 그녀는 왜국 여인이 입는 빨간색 '쥬방' 위에 왜국의 저고리를 걸치고 있었다. 무표정하게 말없이 앉는 그녀에게 존해가 조선말로 당부했다.

"이분은 나베시마번의 사무라이 도공이시다. 귀하신 분이니 잘 모셔야 한다."

그녀가 갑자기 일어나 밖으로 나가려 했다. 존해가 그녀의 팔을 잡았다. 그러나 그녀는 그의 손을 세차게 뿌리치고 나가버린다. 순식간에 일어난 일이라 존해와 나는 잠시 멍해졌다.

"신선생, 어찌하면 좋겠소?"

"꼭, 저 여자를 불러주시오."

"알겠소. 잠시만……"

존해가 여주인을 불러 뛰쳐나간 조선 여인을 꼭 데려오라고 하며 돈을 쥐여주었다. 여주인은 술병을 다 비울 때까지도 나타나지 않았다. 한참 뒤 여주인이 혼자 들어와 아무리 말해도 듣지 않는다며 난감한 표정을 짓더니 존해에게서 받은 돈을 돌려주었다. 존해가 여주인에게 소리쳤다.

"나는 코꾸라 성의 다이묘 호소까와님의 어용요를 책임지는 사무라이 도공 아가노 키조<sup>上野喜藏</sup>다. 이분 역시 나베시마번의 사무라이 도공이시다. 만약 그 여인을 데려오지 못하면 이 유곽을 확 쓸어버릴 수도 있다. 두번 다시 말하지 않겠다. 즉시 그녀를 대령해라."

존해의 위협에 여주인이 벌벌 떨기 시작했다. 존해의 목소리를 듣고 험악하게 생긴 사내들이 달려왔다. 존해가 그들에게 사무라이 패를 내어 보였다. 사내들이 놀라며 연신 허리를 굽히고는 밖으로 나간다. 존해의 말로는 왜국에서 주인의 말을 거역하는 기녀는 엄청난 벌을 받는다고 한다. 그렇다면 그 조선 여인은 벌을 각오하고 이 방에서 도망친 것이 아닌가? 같은 조선인인 내가 그녀에게 몹쓸 짓을 하고 있는 셈이다. 괜한 일을 벌이고 있다는 후회가 들었다. 한참이 지나서야 조선 여인이 들어왔다. 그녀의 눈시울이 붉어져 있었다. 존해가 그녀를 내 옆에 앉히고 말했다.

"이분께 술을 올려라."

쌀쌀한 표정의 그녀가 내 잔에 술을 따랐다.

"신선생, 나는 이만 가보겠소이다."

존해가 나간 뒤 왜녀가 들어와 우리를 침실로 안내했다. 왜녀가 방에 이불을 깔고 이불 위에 베개 두 개를 나란히 놓았다. 왜녀가 나가자 조선 여인은 방 한켠에 앉아 체념한 듯 고개를 숙였다. 방 안에 차가 준비되어 있었다. 차를 타 그녀 앞에 놓아주었으나 그녀는 차를 옆으로 치우고 홀쩍이기 시작한다. 한참을 울던 그녀가 밖으로 나가 얼굴을 씻고 들어왔다. 맨얼굴의 그녀는 어여쁜 조선 여인이었다. 그녀가 나를 쳐다보며 물었다.

"어떻게 해서 조선인이 그 높은 사무라이가 되었습니까?"

목소리는 고왔으나 뼈 있는 말이었다. 답하지 않았다.

"미안하오, 억지를 써서."

"……"

"왜 나를 뿌리쳤소?"

"같은 조선인에게 제 꼴을 보이기가……"

할 말이 없었다. 끌려올 때 털북숭이 다끄 옆에 있던 조선 여인들이 떠올랐다. 미령이가 불현듯 생각났다.

"미안하오. 가도 되오."

가라는 말에도 그녀는 그대로 있었다. 이불 속에 들어가 억지로 잠을 청했다. 잠이 오지 않았다. 한참 뒤였다. 촛불을 끈 그녀가 옷을 벗고 내 옆에 와서 누웠다. 여인의 알몸이 처음이라 당황스러웠다. 여인의 내음이 코를 자극했다. 몸이 뻣뻣해졌다. 정신을 잃지 않으려고 발버둥쳤다. 여인이 처음인 나, 그만 그녀를 품고 말았다. 그날 그녀는 내게 미령이였다.

아침에 눈을 떠보니 그녀가 단정히 앉아 있었다. 그녀가 차를 타 권했다. 옷을 찾으려고 하자 여인이 내 옷과 버선을 갖다준다. 약간 축축했지만 거의 다 말라 있었다. 잠든 사이 빨래를 한 모양이었다. 그녀의 정성이 느껴졌다. 손님을 거절하면 벌을 받는다는 존해의 말이 떠올랐다. 여인을 구하고 싶었다. 사람을 불러 존해를 찾아달라고 했다.

존해가 큰기침을 하며 방으로 들어왔다. 여인을 밖으로 내보내고 존해에게 여인을 구하고 싶다는 이야기를 했다. 존해가 씨익 웃으며 자기한테 맡기라 한다. 존해가 여주인을 불렀다.

"어제 그 조선 여인을 사고자 하는데 값이 얼마나 되느냐?"

"그 계집은 조선 여인이기는 하나 용모가 수려하여 값이 비싸옵니다."

몸값을 올리려는 여주인의 수작이 가소롭다는 듯이 존해가 잘라 말했다.

"너를 오래 상대할 시간이 없다. 앞으로 너에게 섭섭하지 않게 해줄 터이니 값을 정확히 말하거라."

여주인이 몸값으로 정은$^{丁銀}$ 이십냥을 불렀다. 노예시장에서 장정 두 명을 데려올 수 있는 큰돈이었다. 존해가 값을 절반으로 뚝 잘랐다. 골똘히 생각하던 여주인은 자기들 유곽에 문제가 있을 때 힘써달라며 승낙한다. 그러나 낭패였다. 내 수중에는 은화 열냥이란 큰돈이 없었다. 내가 돈이 없는 것을 알고 여주인이 머뭇거렸다. 존해가 보증을 서겠다고 했다. 여주인이 문서로 써달라고 해서 약속한 금액을 종이에 써주었다. 글을 아는 한 사내가 들어와서 내가 쓴 것을 여주인에게 읽어주었다.

여인을 데리고 나와 함께 말을 탔다. 내 뒤에 탄 그녀의 손길이 몸에 전해졌다. 그녀를 고려촌에 데려가고 싶었다. 하지만 안될 일이다. 몸을 섞은 그녀를 데려가서 모른 체할 수 없지 않은가? 나는 결코 왜국에서 가정을 이루지 않을 것이다. 가정을 꾸리게 되면 왜놈땅에서 주저앉아버릴 수도 있다. 반드시 부모님이 기다리고 있는 고향으로 돌아가야 한다. 존해와 헤어져야 할 길목에 이르렀을 때 말없이 존해를 쳐다보았다. 그가 나의 뜻을 알아차린 듯했다.

"존해 선생, 이 사람을 돌보아주십시오."

존해가 고개를 끄덕였다. 나를 바라보는 그녀의 눈에 눈물이 고여 있었다. 그녀에게 작별인사를 하였다. 그녀의 어깨가 떨렸다. 존해가 그녀를 태우고 떠난다. 마음이 착잡했다.

# 고려촌의 차선생

흘러가는 세월 때문인가? 쇄환刷還에 대한 미련도 모두 물처럼
흘러가버렸다. 무신년(1608년)이 거의 다 지날 무렵 홍호연이 서찰
을 보내 조선의 선조 임금이 올해 초 승하하고 광해군이 즉위하
였다는 내용을 전해주었다. 임란 때 의주까지 피난갔던 왕이 저
세상으로 간 것이다. 소식을 듣고 북쪽을 향해 절하였지만 궁궐
에서 편히 죽었을 왕에 대해 별다른 느낌은 들지 않았다. 부모님
이 잘 계신지 걱정되었다.

기유년(1609년), 내 나이 서른다섯이 되었다. 일본에 끌려온 지
도 십년이 지나고 십일년째가 된 것이다. 황도의 실마리는 풀리
지 않았고 호소까와가 말한 일본을 위한 큰일이란 것이 무엇인지
아직 감감무소식이다.

요즘 왜국의 대도시인 쿄또나 오사까에서는 배달 형이 빚은 것, 또칠이가 빚은 것, 내가 빚은 것, 이삼평과 종전이 빚은 것, 이 모두를 히젠 도기라 부르거나 카라쯔 도자기라 부른다고 했다.

봄이 왔다. 이곳저곳 온통 꽃세상이었다. 꽃이 주는 느낌을 온전히 그릇에 담고 싶었다. 그러나 나는 주문장에 명시된 대로만 다완을 빚어야 했다. 한번은 홍호연에게 물었다.

"홍선생, 주문장 때문에 진정 맛난 그릇을 빚을 수 없습니다. 다이묘에게 제 심정을 말해보면 어떻겠습니까?"

"신선생, 일본은 칼의 문화가 지배하오. 일본인은 정해진 틀을 만들어놓고 그 속에서만 생각하고 생활하오. 정해진 틀에서 벗어나면 그들은 불안해하오. 신선생, 칼의 문화에서는 힘이 센 자를 무조건 추앙하오. 다완의 약속은 주군이 정한 게 아니오. 주군보다도 높고 힘센 차인들이 정한 것이오. 단지 주군은 그들의 의견을 맹목적으로 따르고 있을 뿐이오."


홍호연의 제안으로 시작된 고려촌은 도자기, 옹기, 꿀이 잘 팔리는 바람에 부자동네로 소문나기 시작했다. 마을 백성들이 원해 절을 짓고 일본 스님도 모셨다. 고려촌 백성들은 먹고살 걱정이 없어지자 처음과는 많이 달라져 남자들은 술판을 벌이는 일이 잦아지고 여인들은 치장하는 데 신경을 많이 쓰는 듯했다. 걱정이 되어 촌장을 불렀다.

"촌장, 마을 백성들이 점점 나태해지는 것 같소. 몸에 때가 끼면 목욕을 해야 하듯이 마음에 때가 끼면 그 때를 씻어내야 한다고 생각하오. 촌장 생각은 어떻소이까?"

"사실 저도 선생님과 같은 생각을 하고 있었습니다. 처음 고려촌을 세울 때에 비해 정신이 많이 해이해졌습니다. 백성들의 마음 수양을 위해 방책을 세우셔야 할 듯합니다."

다도가 생각났다. 다도구를 장만하는 데 많은 돈이 들지만 고려촌은 바로 다도구를 빚는 곳이니 그 비용에 대한 부담은 없다. 고려촌 백성들이 다도를 배운다면 도자기 빚을 때 필요한 감성을 익힐 수 있지 않을까? 차실을 만들어 백성들에게 다도를 가르치면 값싼 위안이나 겉치장보다는 마음의 수양에서 오는 참된 기쁨을 느끼게 되지 않을까?

"촌장, 고려촌에 차실을 만들어 백성들로 하여금 다도를 익히게 하는 건 어떻소?"

"선생님, 다도를 배우는 것은 비용도 많이 들고, 또 여기 일본에서는 귀족들만 하는 고급 유희라 저희가 할 수 있을지 걱정이 되옵니다만……"

"촌장, 일본의 다도를 확립한 센노리큐는 귀족 출신이 아니라 가장 낮은 계급인 상인 출신이라 들었소. 다도에 돈이 많이 들어간다 하나 우리 고려촌은 다도구를 생산하는 마을이오. 그러니 무엇이 문제 되겠소?"

"선생님, 문제는 다도구가 아니라 차실을 지을 기술자와 차선생이 없다는 것입니다."

"촌장, 그 점은 나도 아오. 내게 다도를 가르쳐준 차선생과 의논하면 방법이 있을 것이오."

"잘 알겠습니다. 저 역시 다도를 배우고 싶은 마음입니다."

히사다 선생에게 고려촌으로 와달라는 글을 써 보냈다. 서찰의 말미에 마꼬도 같이 와주기를 청하였다. 선생은 성의 벚꽃 차회가 끝나면 마꼬와 함께 고려촌에 오겠다는 답장을 보내왔다.

차선생이 오는 날 고려촌 어귀에서부터 가마 마당까지 물을 촉촉이 뿌리게 했다. 내 방의 화병에는 무궁화를 꺾어와 꽂아놓았다.

히사다 선생과 마꼬가 도착했다. 히사다 선생 곁에서 환하게 웃는 마꼬의 볼에 보조개가 피었다. 왜 이리 늦게 초대했느냐며 눈을 살짝 흘긴다. 그러고 보니 두해 만에 이루어진 만남이다.

"히사다 선생님, 초대에 응해주셔서 고맙습니다."

"무슨 말씀을…… 저도 신선생 가마를 다시 와보고 싶었습니다."

"센세이(선생님), 저 화병에 꽂힌 예쁜 꽃은 무슨 꽃이에요?"

"무궁화라는 꽃입니다."

"향기가 은은하네요. 조선에도 저 꽃이 있나요?"

"예, 조선 천지에 많이 피는 꽃입니다. 두 분이 좋아할 것 같아

오늘 아침에 준비했습니다."

"어머, 이 꽃병은 자기를 드러내지 않으면서 묵묵히 꽃을 받쳐 주고 있네요. 참으로 멋진 사꾸힌(작품)이에요."

마꼬의 말에 차선생도 고개를 끄덕인다. 그녀는 내가 타준 차를 한모금 마시고 나서는 붉은 입술을 일그러뜨리며 말한다.

"센세이가 타준 차 속에 덩어리가 그대로 남아 있네요. 차솔을 주세요."

차솔을 빼앗듯이 가져가 능숙하게 차를 휘저었다.

"히사다 선생님, 저는 선생님께 다도를 배웠습니다만 짧은 기간이라 아직 아무것도 모릅니다. 다도에 관해 알고 싶은 것이 있어 여쭙고자 합니다."

"많이 알지는 못하나 성실히 답하겠소이다."

"여기 고려촌에 차실을 짓고자 합니다. 차실을 짓기 위해서는 무엇부터 준비해야 하는지요?"

"고려촌에 차실을 짓는다…… 저로서는 아주 반가운 일이오. 차실은 무엇보다도 짓는 사람의 순수한 마음이 중요하오. 다음은 짓는 사람의 성실성과 정성이오. 차실을 짓고 난 다음에는 그것을 아끼고 아름답게 관리하는 노력이 필요하오."

"차실을 지을 때 많은 비용이 든다고 들었습니다. 비용은 어느 정도입니까?"

"신선생, 여기 고려촌에는 일할 사람이 많지 않소이까?"

"예, 많이 있습니다."

"그러면 돈이 들어가지 않소이다. 쿄또 부근 묘끼앙妙喜庵이라는 절에는 센노리뀨가 지은 타이앙待庵이라는 차실이 있소이다. 그 차실의 원형은 바로 조선의 초가집이라오. 센노리뀨는 조선에 가본 적은 없지만 옛날 조선 왜관에 계셨던 스님한테서 조선 차인의 초가집 이야기를 듣고 그것을 변형하여 차실을 지었다고 하오. 나도 그 차실에서 차를 마신 적이 있소. 신선생, 여기 고려촌은 조선인 마을 아니오? 조선인이 자기네 집을 짓는데 왜 많은 돈이 들겠소?"

"그런 줄은 모르고 차실을 짓는 데 많은 돈이 들어가는 줄로만 알았습니다."

"차실을 짓는 이들이 권력자인 다이묘나 부자인 호상이다 보니 평민들이 그렇게 생각하는 것뿐이라오. 차실은 차를 통해 마음공부를 하는 곳일 뿐이외다."

"선생님 말씀은 저에게 큰 공부가 되었습니다. 차실을 지을 때 자문역으로 히사다 선생님을 모시고자 하니 허락해주실 수 있겠습니까?"

"고려촌에 차실을 짓는다니 도리어 제가 감사하오이다. 기꺼이 도와드리겠소이다."

"고맙습니다."

해결해야 할 문제가 하나 더 있었다. 다도를 가르칠 차선생이 없었다.

"선생님, 다이묘가 차선생을 다두로 모셔올 때 많은 녹을 주는 것으로 알고 있습니다."

"저를 비롯해 성에 소속된 다두들은 다도를 가르쳐주는 댓가로 많은 녹을 받는 것은 아니오. 성에는 차행사가 많은데 다두는 그것을 모두 주관하오. 그것뿐만이 아니라 다두는 다이묘의 정책 자문도 하오. 그래서 녹을 많이 받는 것이라오. 차선생은 차를 통해 마음을 닦을 뿐이지 돈을 버는 사람이 아니오."

차선생의 말을 들으니 고려촌 백성들에게 다도를 가르쳐야겠다는 생각이 더욱 강렬해졌다.

"히사다 선생님, 여기 고려촌 백성들은 직인들이고 저 또한 권세가 높은 사람이 아닙니다. 적합한 차선생을 추천해주실 수 없겠습니까?"

"센세이, 제가 가르쳐드리면 안될까요? 센세이는 저에게 도자기를 가르쳐주는 조건으로요."

마꼬가 기다리기라도 한 듯 나섰다.

"마꼬, 조선에서는 여자가 도자기 일을 할 수 없다고 들었다. 신선생님을 난처하게 하지 말아라."

마꼬는 오빠의 말을 이해할 수 없다는 듯 입술을 삐죽 내밀었다.

"오라버니는 인간을 차별하면 안된다고 하지 않았어요? 여자에게 도자기를 못 배우도록 하는 조선은 여자를 무시하는 나라군요, 센세이."

"......"

"센세이, 이곳 일본도 남녀 차별은 있어요. 그러나 여자가 도자기를 못 배운다는 말은 없어요. 사무라이는 대부분 남자지만 여자 사무라이도 있어요. 제가 여자라 도자기를 못 배운다는 말은 이해할 수가 없네요."

어머니는 예쁘고 작은 것들을 나보다 더 잘 빚었다.

"히사다 선생님께서 허락하신다면 도자기를 가르쳐드리겠습니다."

히사다 선생이 고개를 끄덕였다.

"이제 저는 센세이의 사무라이가 되었네요."

"저의 사무라이?"

"마꼬는 신선생 덕분에 사무라이 신분이 된 것이오. 사무라이란 흔히 칼 쓰는 무사를 의미하지만 유학자, 의원, 차선생도 사무라이 신분이라오. 마꼬는 한 마을의 차선생이기에 하급 사무라이라오. 하여튼 사무라이로 봉해주어 고맙소. 마꼬는 부모님이 늦게 얻은 막내딸이라 철없이 자랐소. 이 응석받이를 잘 부탁하오."

마꼬가 나를 쳐다보며 생긋 웃었다.

차실 지을 장소를 정하기 위해 밖으로 나왔다. 고려촌을 둘러보던 히사다 선생이 가마에서 조금 떨어진 산 아래를 가리키며 차실은 조용한 저곳이 좋겠다고 했다. 차실 장소를 정한 뒤 작업장으로 안내했다. 작업장에서 물레 차는 모습을 보고 마꼬는 "훌륭해, 훌륭해"를 연발하며 신기해했다.

며칠 뒤 히사다 선생이 차실 도안을 가지고 마꼬와 함께 찾아왔다. 차실 도안은 정형화된 기준에 맞추어놓은 것이었다. 차실 문이 좁은 것이 마음에 걸렸다.

"선생님, 왜 차실 문은 한결같이 좁게 만듭니까?"

"사무라이가 다도를 하는 이유는 평화를 위해서요."

"차실의 문과 평화는 어떤 관계입니까?"

"사무라이들은 항상 칼을 차고 다니며 싸움을 하지 않소? 그러나 다도를 하는 동안만은 칼을 내려놓기로 했소. 그것을 확인하기 위해 일부러 문을 좁게 하는 것이오. 칼을 찬 채로는 좁은 차실 문을 통과할 수 없소이다."

"아, 그런 뜻이 있었군요. 제가 있는 한 고려촌에서는 칼을 차는 사람이 없을 겁니다. 이를 고려촌의 규약으로 정해놓았습니다. 그러니 차실 문을 보통 차실보다는 크게 만들어주십시오. 또 될 수 있는 한 차실 공간도 크게 해주십시오. 조선인들은 좁은 공간에 익숙하지 않습니다."

"알겠소이다."

히사다 선생의 감독하에 차실 짓는 공사가 시작되었다. 선생이 성의 일로 바빠 못 오게 될 때는 마꼬가 대신 와서 감독했다. 조선 사내들은 원래 여자의 지시를 잘 따르지 않건만, 고려촌 남정네들은 마꼬의 말을 잘 들었다. 차실은 하루하루 그 형태를 갖추어갔다.

물레를 차고 있을 때 마꼬가 불쑥불쑥 "차 드세요" 하면서 나타났다.

"물레 찰 때 센세이는 바보가 되나봐요. 제가 들어온 것도 모르니."

"예?"

"저에게 도자기를 가르쳐주기로 했으니 여기에 제 물레도 하나 놓아주세요."

마꼬는 작업장 사람들의 눈치도 아랑곳하지 않았다. 가마 식솔들이 나를 쳐다보았다.

"봉이야, 어디 한 곳을 치우고 물레를 설치해 드려라."

"꼭 여기에 설치해주세요."

마꼬가 내 옆을 가리켰다. 괜스레 얼굴이 붉어졌다. 봉이는 마꼬가 말한 대로 내 물레 옆에 작은 물레를 하나 설치했다. 그녀는 일할 때도 차를 마셔야 한다며 차 선반과 찻물 끓이는 화로를 설치해달라고 봉이를 졸랐다. 봉이는 마꼬의 말을 들어줄 수밖에 없었다.

차실 이름은 범하스님이 계시던 불일암으로 정했다. 고려촌 백성들을 모아놓고 다도를 배우고자 하는 사람은 지원하라고 했다. 부녀자들이 많이 지원했다. 큐마는 지원했지만 봉이와 억수는 하지 않았다.

"봉아, 너는 왜 다도 공부를 지원하지 않느냐?"

"저는 무릎 꿇는 것이 딱 질색입니더."

"그럼 억수는?"

"저보다 어린 여자한테는 안 배울랍니더."

두 사람에게 다도를 알면 알수록 좋은 다도구를 빚을 수 있으니 반드시 지원하라고 했다. 마꼬는 생각보다 지원자가 많다며 기뻐했다.

"센세이도 꼭 다도를 배워야 해요."

정작 나는 배울 자신이 없었다. 봉이 말처럼 무릎 꿇는 것이 싫었다.

"무릎을 꿇지 않고 배우는 방법은 없소? 조선에서 무릎 꿇는 것은 벌 받는 모습이오. 벌을 안 받고 배울 방법은 없소이까?"

"호호호, 차 마실 때만 무릎 꿇으면 되니 걱정 마세요."

다도를 가르칠 때 마꼬는 엄숙한 차선생이었으나, 다도 공부가 끝나면 나를 놀리는 여인으로 돌아갔다. 고려촌에 차실이 생기고 고려촌 백성들이 다도를 배운다는 소문이 나자 이웃 마을 사람들이 아주 놀라워했다. 그들이 놀란 것은 다도를 여인들이 배운다는 사실이었다.

마꼬는 다도 수업만 끝나면 도자기를 배운다며 열심히 그릇을 빚었다. 한번은 마꼬가 작은 잔 두 개를 빚은 뒤 구워달라고 했다. 그렇게 해주자 그녀는 마꼬의 잔이라 이름짓고는 말했다.

"센세이, 제 사꾸힌(작품) 어때요?"

앙증맞고 귀여웠다.

"훌륭해요."

그녀가 하나를 나에게 주었다.

"센세이, 꼭 이 잔으로 술을 마셔야 해요. 약속하세요."

고개를 끄덕였다.

그날 밤, 마꼬의 잔으로 술을 마셔보았다. 술이 맛났다.

# 2부

# 달빛 차회

촌장이 은퇴해 마을 일은 봉이, 억수, 큐마가 나누어 맡도록 했다. 순천댁도 나이가 들자 빨래나 청소 등 기운에 부치는 일은 젊은 아낙에게 맡겼다. 차실을 만들고 나서 여섯 해가 지나갔다. 도자기와 양봉은 이제까지 별 문제가 없지만 옹기는 도자기나 양봉에 비해 이익이 적어 앞날이 걱정되었다. 다행인 것은 노예시장에 나오는 조선인들이 많이 줄어들었다는 사실이다.

병진년(1616년) 새해 초, 카쯔시게가 나를 성으로 불렀다. 다이묘 나오시게는 나이가 많아 거의 은퇴한 상태여서 아들인 카쯔시게가 사실상 다이묘나 마찬가지였다. 성에는 종전과 이삼평도 와 있었다. 왜놈들이 소메쯔께라 부르는 중국의 청화백자가 카쯔시게 앞에 놓여 있었다. 태토가 차가웠으나 단단하고 치밀해 보였다. 그림이 세밀하고 현란했다.

"너희들을 부른 것은 이것 때문이다. 지금부터 내 말을 깊이 새겨들어야 하느니라."

"예."

"너희들이 지금까지 만든 것은 점토로 빚은 쯔찌모노(분청자)와 조선식 백자였다. 앞으로 너희들이 힘을 합쳐 꼭 만들어야 하는 것이 바로 이것이다."

세 사람은 그것을 유심히 살펴보았다. 이삼평이 먼저 말했다.

"흙을 찾는다면 충분히 가능하옵니다. 목숨을 걸고 그 흙을 찾겠나이다."

"저도 최선을 다하겠습니다."

종전이 이어서 말했으나 나는 이삼평과 같이 일하는 게 꺼려져 꾸물거렸다.

"신석, 너는 어찌 말이 없느냐?"

"예, 최선을 다하겠나이다."

"이런 중국백자의 완성이 힘들다는 것을 안다. 북쪽의 한 다이묘가 이 백자의 비밀을 풀기 위해 중국 경덕진景德鎭에 도공첩자를 보냈었다. 그러나 그 도공은 중국인의 칼에 죽임을 당하고 말았다. 그렇지만 너희들은 일본 최고의 도공으로 정평이 나 있으니 힘을 합친다면 반드시 중국백자를 완성할 수 있을 것이라고 나는 확신한다."

실력 있는 사기장을 수하에 둔 다이묘의 자부심이 목소리에서 묻어나왔다.

"토꾸가와 쇼군 전하께서 약속하셨다. 백자를 만든 번藩에 오란다(네덜란드)와의 무역을 허락할 것이라고 말이다. 이 소문을 듣고 카네자와金澤 지방의 다이묘, 세또瀨戶 지방의 여러 다이묘, 가까운 히라도平戶 다이묘도 이것을 만들려고 야단이다. 도자기는 나베시마번이 일본에서 최고다. 나는 일본의 최고 자리를 누구에게도 내어줄 수 없다. 이것을 만들어 오란다에 팔면 이곳 나베시마번의 재정은 몇배로 늘어날 것이다. 이 모든 것이 너희들 손에 달려 있다. 알겠느냐?"

"예."

셋은 한목소리로 답했다. 서양 오랑캐가 중국백자를 좋아한다는 이야기를 전에 들은 적이 있다. 호소까와가 말한 '일본을 위한 큰일'이란 바로 이것이라는 느낌이 들었다.

"이것을 완성하는 자는 가장 높은 사무라이 도공으로 봉하겠노라."

카쯔시게의 시선이 나에게로 향했다.

"신석, 너는 어용요의 책임자로서 다완 만드는 일을 게을리해서는 안된다. 이도다완을 완성하는 것은 이것보다 더 중요한 일임을 잊어서는 안될 것이다."

"예, 주군."

그는 진귀한 술과 많은 선물을 하사했다. 그가 이렇게 각별히 대한 적은 지금까지 한번도 없었다. 성을 나온 우리는 조용한 주점에 가서 백자에 대해 의논했다. 먼저 이삼평이 입을 열었다.

"중국백자는 조선에서 임금님의 도자기를 빚는 사옹원 가마에서나 만들 수 있는 것인데 우리가 성공할 수 있을까. 그래 좋은 생각들 없소?"

"사옹원 가마는 전국의 솜씨있는 사기장이 모여 일하는 곳이오. 좋은 백자는 한 사기장의 힘만으로는 빚을 수 없소."

"신선생, 그 이유가 뭐요?"

"백자에서 가장 중요한 것이 흙이고, 다음이 불, 그 다음이 그림을 그리는 안료요. 이 모두를 한 사람이 다 할 수는 없소. 임금님 가마는 전국에서 뽑힌 일류 사기장만 이십명, 그들을 보좌하는 보통 사기장들이 삼백명이 넘는다 하오. 아버지한테서 들은 이야기요."

"신선생의 부친께서는 사옹원 소속 사기장이셨소?"

"그렇소이다. 문제는 우리가 본 중국백자는 조선백자와 전혀 다르다는 점이오. 그것은 조선백자보다 더 단단하오. 그러나 질 흙만 찾는다면 조선백자보다 실패율이 적을 것이오."

종전이 내 말을 받았다.

"그렇소. 그 중국백자는 흙만 찾는다면 실패할 가능성이 적어 대량으로 빚을 수 있을 것 같소. 중국 경덕진에서는 엄청나게 많은 백자를 빚고 있다고 들었소."

이삼평이 제의를 하였다.

"신선생 말처럼 이 모든 것을 혼자 할 수 없다면 각자의 영역을 나누는 게 어떻소?"

그의 말에 종전이 답했다.

"좋은 생각이오. 조선에서 나는 한때 군청을 찾으러 다닌 적이 있소."

"그럼 형님은 안료인 군청을 맡으시오. 신선생은 주군의 다완도 빚어야 하니 불때기와 유약 연구를 하면 어떻겠소? 흙은 내가 책임지겠소."

이삼평이 말했다.

"좋소이다."

종전이 서로 의논한 내용을 마무리지었다.

"우리 셋이 힘을 합쳐 백자를 완성하면 누가 군청을 찾고, 누가 흙을 찾고, 누가 불때기를 했든 간에 세 사람이 그 권리를 똑같이 갖기로 합시다."

나와 종전, 이삼평은 맡은 분야의 연구에 돌입했다. 나는 중국 백자에 대한 연구에 들어가기 전 가마 식솔과 옹기굴 식솔을 모두 불러놓고 말했다.

"우리 고려촌은 중국백자를 완성해야만 미래가 보장되오. 그러지 않으면 살아남을 길이 막막하오. 목숨을 걸고 이 일에 전념

해야 할 것이오."

봉이, 억수, 큐마에게 실험가마 세 기를 지어 하나씩 맡도록 했다. 실험가마를 세 기씩이나 지은 이유는 하나는 경사도를 높여 센불을 실험하고, 또 하나는 경사도를 평평하게 하여 삭임불을 실험하고, 나머지 하나는 센불과 삭임불을 동시에 실험하기 위해서였다. 실험가마는 불때기 시간을 줄이기 위해 단칸으로 지었다. 단칸가마는 하루 만에 불때기를 끝낼 수 있다. 그리하여 다양한 흙과 유약을 여러번 실험할 수 있고, 또 여러 종류의 안료를 연구할 수도 있다. 안료도 구워봐야만 제 색깔을 알 수 있는 것이다. 단칸가마를 하나씩 맡은 봉이, 억수, 큐마는 흙, 유약, 안료의 실험에 매진했다. 그들에게 보좌할 사람들도 붙여주었다.


세상이 바뀌고 있었다. 중국에서 변란이 일어나 그곳 사기장들이 여기 히젠肥前 지방으로 건너왔다. 또 칼 찬 떠돌이 무사들이 도자기를 빚겠다며 이곳으로 몰려들 왔다. 로닝浪人들은 조선인 사기장들의 새로운 경쟁자로 부상했다. 그들과의 경쟁에서 진다면 많은 조선인들이 내팽개쳐질 것이다. 고려촌 백성들을 위해서라도 중국백자를 만들어내야 했다. 또 그것을 만들어야만 나는 황도를 볼 수 있다.

이삼평은 흙을 찾기 위해 이곳저곳 돌아다니다가 가마 박기 좋은 땅으로 이사를 했다. 고려촌과 가까운 아리따有田의 이즈미야마魁山 부근이었다. 물론 이삼평은 다뀨의 허가를 받고 나서야 가마를 옮길 수 있었다. 탐욕스러운 다뀨가 이사를 허가한 것은 이삼평과 무슨 밀약을 맺었기 때문일 것이다. 처음에 조선 사기장을 열여덟명만 배치받았던 이삼평은 놀랍게도 여기 아리따 가마로 올 때는 식솔이 무려 백이십명이나 되었다.

가을이 되면서 마꼬가 작업장에 나오는 일이 뜸해졌다. 그녀는 다도 수업이 끝나자마자 곧장 집으로 돌아가는 날이 많았다. 하루는 봉이가 예쁘게 접힌 서신을 전해주었다. 마꼬가 보낸 차회 초대장이었다. 장소는 고려촌 차실인 불일암이었고 시간은 다음날 술시(밤 7시~9시)였다.

다음날 차회 시간에 맞춰 차실로 갔다. 차실 꽃병에는 분홍색 국화 봉오리가 필 듯 말 듯 했다. 연분홍 기모노를 입은 마꼬는 은색의 파초문이 있는 오비를 두르고 있었다. 그녀가 미소를 지으며 쿄또 말씨로 인사했다.

"요우꼬소 오이시데야스(어서 오세요)."

"초대해줘서 고맙소."

초롱의 불빛이 너울거리며 족자에 씌어진 '연緣'이라는 글자를 비추고 있었다. 지붕의 창으로 쏟아지는 달빛에 마꼬의 얼굴이 빛났다. 마꼬가 복숭아 모양의 차과자 한 개를 조그만 접시에 올려서 권했다. 대나무칼로 잘라 하얀 종이에 옮겨놓고 맛을 보았다.

"마꼬, 당신은 오까시(차과자)의 달인이오."

그녀는 놀리지 말라면서 웃는다. 보조개가 피어났다. 그녀가 차사발에 차와 물을 넣고 차솔로 휘저었다.

"센세이, 드세요."

차를 세 번에 나누어 마셨다. 하얀 화지로 다완에 붙은 차 찌꺼기를 닦은 다음 반바퀴 돌려 다시 주었다.

"차맛이 어때요?"

"차맛도 차맛이지만 달빛 아래서 선녀의 차를 받으니 어떻게 표현할지 모르겠소."

"선세이는 이렇게 둘이 있을 때는 말씀을 잘하시건만 다른 사람이 있을 때는 왜 벙어리가 되옵니까?"

가만히 미소만 짓자 그녀가 수줍게 웃는다.

"센세이, 저어…… 며칠 전 오라버니와 카라쯔 성에 갔었어요."

"카라쯔 성이라면 여기 나베시마번과 붙어 있고, 연세가 많은 다이묘 테라자와가 있는 곳 아니오?"

"예, 그래요. 그런데 센세이, 왜 제가 그 성에 갔을까요?"

"……"

"테라자와님이 오라버니에게 저를 후처로 삼고 싶다고 했어요."

마꼬의 검은 눈망울에 물기가 어렸다.

"오라버니는 제 의향을 물었지만 저는 아무 답도 하지 않았어요. 왜 그런지 아세요?"

"……"

"센세이 때문이에요. 물어도 될까요, 센세이의 마음을?"

그녀의 목소리가 떨렸다. 대답할 말이 없었다. 고향으로 돌아가야 한다는 집념이 나를 침묵하게 했다.

"센세이를 아나따(당신)라 부르며 안될까요?"

"마꼬, 나는 일본에 끌려온 조선 도공일 뿐이오. 나같이 미천한 사람을 좋아하기에는 당신의 존재가 너무도 고귀하오. 테라자와란 분을 알지는 못하지만 마꼬를 행복하게 해줄 수 있는 힘있는 다이묘가 아니오?"

"겸손인가요, 거절인가요?"

"마꼬, 나는 잘난 놈도 아니고 모진 놈도 못 되오. 단지 나는 고향으로 돌아가야만 하는 몸이오."

마꼬는 다완에 담긴 차를 차솔로 휘저었다. 한참 뒤 그녀가 입을 열었다. 나에 대한 마음을 접겠다는 말이었다.

밖으로 나왔다. 바람이 쓸쓸하게 일었다. 차실에서 흐느끼는 소리가 들려왔다.

# 조선 관리

마꼬가 차실에 나오지 않았다. 마꼬에게 무슨 일이 일어난 것이 아닌가 하고 마을 사람들이 걱정을 했다. 나는 그들에게 아무 말도 해줄 수 없었다.

물레를 차면 괴로운 생각이 없어진다. 백자 항아리를 빚기로 했다. 나는 사발도 좋아하지만 분청자 매병과 백자 달항아리도 좋아한다. 그러나 나를 옭아매고 있는 주문장 때문에 어쩌다 한 번씩 빚을 뿐이다. 빚고 싶은 것을 빚을 마음의 여유가 없었다.

분청자 매병을 보면 여인의 고운 몸맵시가 생각난다면, 달항아리를 보면 고향 마을의 후덕한 인심이 느껴진다. 달항아리는 보름달처럼 하얗고 맑은 기운을 풍긴다. 아무 그림도 없는 달항아리는 자기를 과시하는 법이 없다. 둥글지만 조금 비뚤게 둥글고 그저 평범할 따름이다. 한때 나는 그 평범함을 돌보지 않고 달항아리를 방에서 치운 적이 있다. 그런데 달항아리가 보이지 않자 그것의 진면목을 깨달을 수 있었다. 삭막한 칼의 문화가 판치는 왜국에서 사는 내게 달항아리는 조선 여인의 풍성한 치마, 저고리의 고운 곡선을 떠올리게 했고, 수줍은 듯 비켜가는 조선 여인의 겸손을 떠올리게 했다. 달항아리가 작업장 건조장에 가득 찰 때까지 물레를 돌렸다.

기모노를 입은 간밤의 마꼬가 떠올라 잠을 이룰 수 없었다. 마꼬의 젖은 눈망울이 좀처럼 지워지지 않았다. 새벽까지 마꼬의 잔으로 소주를 마셨다. 하얀 이를 드러내며 웃는 그녀가 술잔에 어른거렸다.


겨울로 접어들 무렵 한 조선인이 찾아왔다. 조선에서 건너왔다는 그는 자기를 안내한 사람에게 유창한 왜국말로 고맙다는 말을 했다.

"왜국말을 어디서 배웠소이까?"

"정유재란 때 왜국에 끌려와서 정미년(1607년) 조선으로 돌아갈 때까지 근 십년을 카라쯔번의 일본 도공 밑에서 허드렛일을 했습니다. 그때 왜국말을 알았습니다. 조선에 있을 때는 농사꾼이었습니다."

"왜국땅의 저에게 무슨 일로 찾아왔소이까?"

"저는 조선 쇄환사가 왔을 때 이제 고생이 끝났구나 하는 들뜬 마음으로 귀국했었습니다. 조선에 도착하자마자 고향을 찾아갔건만 일가친척은 전쟁통에 죽고 없었습니다. 이곳저곳 먼 친척들을 찾아다니며 근근이 먹고살았습니다. 그런데 세월이 갈수록 조선 사람들은 왜놈 냄새가 난다고 저를 무시하고 따돌리기 시작했습니다. 같이 귀국한 사람들을 찾아가보니 잘사는 사람들은 양반이나 세력가의 사람들뿐, 나 같은 양인은 대부분 따돌림을 당하며 힘들게 살고 있었습니다. 화가 나서 관아를 찾아가 왜국에서 데리고 왔으면 살 방도를 마련해주어야 하지 않느냐고 항의했더니 돌아온 것은 곤장뿐이었습니다. 조선에서 왜놈 아닌 왜놈으로 차별받는 것이 너무도 싫었습니다. 왜국에 있을 때 들은 소문이 생각났습니다. 선생님이 건설하신 고려촌이 끌려온 조선 백성들에게 도자기와 옹기를 가르쳐주며 먹여살린다는 소문 말입니다. 고려촌에 간다면 조선보다는 나을 거라는 생각으로 부산 왜관에 숨어들었습니다. 여러 고비를 넘기며 몰래 왜국 배를 탔습니다. 타고 온 배의 왜인들은 일본이 그리워 간다고 하니 저를 그냥 놔두었습니다."

조선에서 살기 힘들어 왜국으로 다시 온 그의 처지가 딱했다. 조국을 욕하지 않겠다는 약속을 받고 그를 받아주었다.

새해 초에 마꼬가 돌아왔다.

"센세이, 오래간만이에요."

그녀는 이쁘게 만든 과자를 내밀며 '아' 하고 입을 벌리라 한다. 내 입에 과자를 넣어주며 그녀가 활짝 웃는다. 그녀는 센세이하고 단둘이 할 이야기가 있어 모시고 가겠노라고 작업장 사람들에게 알린다. 함께 차실로 갔다.

"센세이, 저는 결혼한 적이 있기에 남녀간에 사랑이 없는 결혼이 무엇을 뜻하는지 알아요. 저는 팔려가기 싫었어요."

"팔려가다니요?"

"테라자와 그분은 힘있는 다이묘이고 카라쯔번에서는 왕이지만 저보다 훨씬 나이가 많아요. 그분과 결혼해 사는 것이 화려해 보일 수도 있겠지만 저는 그것이 진정한 삶이 아니라 인형으로 사는 삶이라는 것을 알고 있어요. 그 때문에 팔려간다고 말한 것이에요."

"다이묘가 원하는 결혼을 거절할 수 있소?"

"센세이, 혹시 그것 때문에 저를 붙잡지 않았나요?"

"……"

"제가 카라쯔번 소속의 여인이었다면 거절할 수가 없었겠지요. 그러나 저는 나베시마번 다두의 여동생이기에 거절할 수 있었어요."

마꼬가 한동안 나를 쳐다보았다.

"왜 제가 센세이를 다시 찾아온 줄 아세요?"

"······?"

"저는 이제 저이고 싶어요. 테라자와 후처 자리도 싫고, 또 오라버니에게 의지해 살고 싶지도 않아요. 그래서 센세이에게 부탁을 하러 왔어요."

"무슨 부탁이오?"

"저를 고려촌의 다두로 임명해주세요."

"마꼬는 지금 고려촌의 차선생이 아니오?"

"제가 말하는 것은 오라버니와 같은 다두 자리예요."

"다두라면 많은 녹을 보장해야 되지 않소?"

"혼자 살아갈 정도의 녹이면 돼요. 허락하신 거죠?"

고개를 끄덕였다.

"고려촌의 다두가 되었으니, 차실 옆에 제가 기거할 별채를 지어주세요. 그래야 제가 여기로 이사를 올 수 있지요."

"알겠소."


정사년(1617년) 가을, 조선 쇄환사가 다시 왔다. 그들은 왜병의 보호를 받으며 역관譯官과 함께 고려촌으로 왔다. 조선 관리가 마을 사람들 앞에서 임금님의 유시諭示를 읽기 시작했다.

"너희들의 뿌리는 조선이노라. 짐은 나의 백성을 부모형제 있는 모국에 데려다주기 위해 쇄환사를 보내노라. 고국으로 돌아올 백성은 쇄환사를 따르도록 하라."

유시를 들으니 고향의 부모님이 선하게 떠올랐다. 조선에 가니 아무런 대책도 세워주지 않고 오히려 왜놈 냄새가 난다며 따돌림을 당했다는 조선인이 보였다. 왜국으로 다시 돌아온 그가 앞으로 나섰다.

"어르신, 저희들이 조선에 돌아가면 생활할 수 있는 방도가 마련되어 있사옵니까?"

"그야 우리를 따라가면 생기지 않겠는가?"

이곳 조선 사람들이 일본에 온 지는 근 이십년이다. 강산이 두 번이나 변한 세월이다. 이들을 아무 대책도 없이 데리고 간다면 조선에서 어떻게 산단 말인가?

"아무런 대책도 없이 우리를 데리러 왔습니까?"

다른 관리 한 사람이 거친 목소리로 말을 받았다.

"당신, 조선에서 뭐했던 사람이오?"

"농사꾼이었습니다."

"아니, 아무리 무도한 오랑캐의 나라에 있다 해도 분명 반상의 구별이 있거늘, 농사꾼 출신이 임금님의 명을 받고 온 우리 앞에서 그렇게 함부로 입을 놀릴 수 있느냐?"

무도한 조선 관리의 말에 화가 났다.

"어르신, 저는 비록 사기장이나 조선을 위해 일하다 끌려왔소. 말씀이 너무 심하지 않소이까?"

"나 참, 천한 상것이 나라를 위하여 일을 했다고? 이놈아, 임란 때 궁궐을 불태운 놈들이 누군지 아느냐? 상것들이었다. 고국에 가기 싫다면 그냥 싫다고 하거라. 천한 사기장 주제에 양반에게 대어들다니."

어이가 없어 말문이 막혔다. 그때 봉이가 "개새끼!" 하고 소리치며 그 조선 관리에게 다가갔다. 큐마가 재빨리 가로막았다. 백성들이 모두 조선 쇄환사를 적의의 눈빛으로 노려보았다.

"시방, 우리 선상님을 천한 상것이라 하였소?"

왜병들이 심상치 않음을 느낀 모양이었다.

"시끄럽다!"

왜병들이 흥분한 조선인들을 가로막고 나섰다.

"이러려고 고국에서 여기 왜국까지 우리들을 찾아왔소이까?"

누군가가 쇄환사에게 따지듯 물었다. 황급히 떠나는 그들의 뒷모습을 보고 있자니 조선인이라는 사실이 서글펐다. 그들을 따라간 조선인들은 노인이거나 왜국에서 노예상태로 있던 사람 몇 명뿐이었다.

# 부고

    중국백자는 견고하고 백색도가 높아 깨끗한 느낌을 준다. 또 중국백자는 그림이 현란하고 정교해 화려한 것을 좋아하는 이의 구미에 딱 들어맞는다. 그러나 나는 우리 조선백자가 따뜻해서 좋다. 마꼬도 중국백자는 피부가 차가워 싫다고 하였다. 그러나 중국백자를 빚어야 한다. 그러지 않으면 고려촌 조선인의 삶이 어떻게 될지 모른다.

    이삼평은 여러 종류의 백토와 백점토를 실험용으로 보내왔다. 종전은 안료가 될 만한 여러 가지 색깔의 돌가루를 보내왔다. 그러나 아무리 연구해도 중국백자를 만들 뾰족한 방도는 나오지 않았다. 이삼평의 가마는 요즘 들어 왜인과 중국인도 받아들이고 있다고 한다. 이삼평이 중국 사기장을 데리고 다니면서 흙을 찾는다는 소문도 들렸다.

중국백자를 완성해야만 고려촌의 조선인들이 안심하고 살 수 있는데 성과 없이 시간만 흘러가자 초조해지기 시작했다.

들리는 말로는 3년 전인 을묘년(1615년) 여름에 에도의 쇼군 토꾸가와가 오사까 성을 함락시키고 그곳에 있던 토요또미 히데요시의 아들을 내쳤다 한다. 왜국은 토꾸가와 천하가 되어 권력의 중심이 오사까에서 에도(토꾜)로 완전히 바뀌었다. 토꾸가와는 자신의 반대편에 섰던 다이묘들을 숙청하기 시작했다. 숙청당한 다이묘 밑의 사무라이들은 녹 없는 로닝浪人이 되어 칼을 휘두르고 다니고, 그 때문에 왜국 전체가 살벌해졌다.


종전이 세상을 하직했다는 부고를 받았다. 중국백자를 함께 연구하고 있는 것은 그렇다 치더라도 왜국에서 나를 따뜻이 돌봐준 동반자였다. 급히 그의 가마로 갔다. 머리가 하얀 종전 부인이 숙연하게 앉아 있었다.

"어쩌다가 돌아가셨습니까?"

"백자 안료를 찾으러 이곳저곳을 헤매다가 얼마 전 비를 맞고 돌아왔어요. 그날부터 감기 몸살에 고열로 앓아눕더니 어제 그만……"

많은 조선 사람들이 문상하러 왔다. 장례는 조선식과 왜국식이 합쳐져 있었다. 왜인들은 꽃 한송이를 영전에 놓고 손뼉을 딱

딱, 딱딱, 딱딱 치고 고개를 숙였다. 이삼평도 종전의 죽음 앞에서는 조선인이었다. 그도 종전의 영정 앞에서 눈물을 흘렸다. 종전처럼 왜국땅에서 뼈를 묻게 될지도 모른다는 두려움이 몰려왔다.

얼마 지나지 않아 다이묘 나오시게의 부고장을 받았다. 사무라이 도공이라 장례식에 참석해야 했다. 이삼평은 마치 자신의 부모가 돌아간 듯이 곡을 했다. 원수놈 다규도 마찬가지였다. 문상객 중에는 타까시도 있었다. 그는 주군이 운명하였으니 이제 고향에 돌아가 조용히 살 계획이라고 했다.

그에게 오래전 일을 물었다.

"다규가 내 정혼녀를 데리고 있다는 사실을 왜 알려주지 않았소?"

"나도 당시엔 다규가 그녀를 데리고 있는 줄은 몰랐소. 그때 선생의 부탁을 받고 선생의 정혼녀를 납치한 별동부대 대장에게 갔었소. 그는 상부의 명대로 그녀를 참수해 불태웠다고 했소. 전쟁 초기는 태합이 민병 가족을 모두 죽이라고 명했던 때였소. 다규는 그 명을 어기고 그녀를 데리고 있었던 것이오. 별동부대 대장을 사무라이로 봉한 이는 다규였소. 그래서 그는 나에게 사실을 말하지 않았던 것이오."

침묵이 흘렀다.

"부산포에서 신선생을 이곳으로 보낼 때 내가 선생의 부모님을 보호해주겠다고 약속한 것 기억하오?"

"기억하고 있소."

"난 그 약속을 지켰소."

"무슨 말이오?"

"조선에서 철수하기 삼일 전이었소. 마쯔우라松浦가 신선생이 일본으로 떠났다는 소식을 알고서 선생 아버님을 또다시 납치하려고 했소. 납치의 걸림돌이 되는 앓아누운 선생의 모친을 살해하려고도 했소. 그 사실을 안 나는 모든 일을 뒤로 미루고 선생의 부모님이 안전하게 피신하도록 도와줬소. 마쯔우라의 납치계획 첩보는 아사까와가 알려주었소. 이 말을 믿건 안 믿건 그것은 선생 마음이오. 신선생, 나의 의지로 선생을 납치한 것은 아니오. 전쟁이, 운명이 그렇게 시킨 것이오."

"당시 아사까와 분초장은 왜 갑자기 소환되었소?"

"이시다 부대장이 아사까와를 돌려달라고 했소. 그 부대는 철군작전에 조선말 잘하는 아사까와가 필요했던 것이오."

나는 이야기를 접고 그와 마지막이 될 작별인사를 나누었다.

얼마 후 배달 형의 아버님도 저세상으로 갔다. 키시다께 오고려인의 수장은 배달 형이 맡게 되었다.

왜국에 끌려온 지 스무해째인 무오년(1618년)이 그렇게 흘러갔다. 내 나이 사십 중반, 부모님이 살아 계신다면 칠십 중반이 되신다. 냉정히 생각하면 부모님이 살아 계시기를 바랄 수는 없다. 병약한 어머니는 더욱 그렇다. 그러나 천수를 누려서 살아 계신다면? 지금 고향에서 죽기 전에 아들을 한번 볼 날만을 애타게 기다리고 계신다면? 속이 타들어갔다.

군청을 찾던 종전이 세상을 떠났지만 백자 연구는 계속되었다. 이삼평은 흙을 수비해 만든 질흙을 직접 가지고 와 불때기 실험을 부탁하기도 했다. 이삼평이야 흙을 파 수비해서 보내면 그만이다. 그러나 나와 식솔들은 그 흙으로 형태를 만들어 초벌구이하고, 유약 입혀 실험가마에서 본불까지 때어야만 했다. 그렇다고 다완 빚는 것을 미룰 수도 없었다. 주문장에 기록된 날짜는 명령이었다.

식솔들 모두는 일이 점점 힘에 부쳤다. 억수가 더운 여름날 불을 때다 열을 먹어 얼굴이 퉁퉁 부은 적도 있고, 봉이의 머리털과 눈썹이 홀랑 타버린 적도 있다. 소나무를 벌목하고, 가마 식솔들을 보좌하는 마을 백성들도 바빴다. 일년이 순식간에 지나갔다. 요새는 이삼평도 지쳤는지 흙을 보내는 횟수가 예전보다 줄어들었다.

이도다완을 가지고 있는 존해의 주군인 호소까와는 안질을 치료하고 있다고 한다. 소식을 전해주던 존해가 말했다.

"신선생, 고향을 못 잊는 선생의 마음을 아오만 선생은 이곳에서 출세한 사람이오. 이제 고향을 잊어버리시오. 고향에 돌아간다 해도 분명 부모님은 운명하셨을 게요. 돌아간들 여기보다 나을 것이 뭐 있겠소. 결국 천한 대접 받는 사기장에 지나지 않을 게요. 사무라이 도공으로 이제 고려촌 백성들과 함께 사는 길을 택하시오. 선생을 위해서 하는 말이오."

그의 말은 '귀향'이라는 일념 속에 살아온 나를 약하게 만들었다. 그러나 나는 돌아가야만 한다. 그러지 않으면 평생 한을 간직한 채 살다 죽을 것이다.

계절은 물레 돌듯이 또 한번 돌아갔다.

어느날 순천댁이 일어나지 않았다. 조용히 세상을 떠난 것이다. 마지막으로 밥을 챙겨줄 때도 보통 때와 다를 게 없었고 특별히 아픈 기색도 없었다. 식솔들이 구슬프게 울었다. 순천댁이 하던 일은 이제 중년이 된 마꼬가 맡게 되었다. 얼마 안 가 조현출도 세상을 떴다.

직후에 나는 다섯 달 동안 앓아누웠다. 아플 때 아버지와 어머니가 죽은 혼령으로 꿈에 나타났다. 제사상을 찾아오신 것이리라. 그러나 기일을 몰라 제사를 드릴 수도 없다. 고향에 돌아가 수소문하면 돌아가신 날짜 정도는 알 수 있으리라. 날이 갈수록 고향땅으로 돌아가고 싶다는 소망이 커져만 갔다. 나이가 들었음을 새삼 실감하게 되었다.

# 이삼평

임술년(1622년) 여름, 카쓰시게가 나를 성으로 불렀다. 대전에 홍호연은 있었지만 다뀨는 보이지 않았다. 카쓰시게의 얼굴이 굳어 있었다.

"중국백자는 왜 이리 늦느냐?"

"최선을 다하고 있습니다만 아직……"

"네놈만 늦는 이유가 무었이냐?"

"예? 저만 늦는다 하심은……"

"이놈아, 카네가에(이삼평)는 비록 삼등품이지만 중국백자와 비슷한 것을 만들었거늘, 녹이 카네가에보다 높은 네놈은 중국백자에 대한 결과 보고조차 없었다. 그 연유가 무엇이냐?"

같이 연구하기로 한 이삼평이 야비한 짓을 한 것이다. 이삼평의 배신에 치가 떨렸다.

"주군, 조금만 시간을 더 주시옵소서. 최대한 노력하여 빠른 시일 안에 연구 결과를 보고하겠나이다."

홍호연이 거들었다.

"주군, 제가 보기에 신선생은 완벽을 추구하는 사람이라 결과 보고가 조금 늦는 것 같습니다. 완벽한 중국백자를 위해 그에게 기회를 주심이 좋으리라 생각하옵니다."

"신석은 들어라. 이년의 기한을 주겠다. 그 안에 백자를 완성하지 못하면 고려촌을 천민촌으로 전락시킬 것이다. 알겠느냐?"

무시무시한 협박이었다. 모골이 송연했다. 잘못하다간 고려촌이 결딴나게 생긴 것이다. 대전에서 나올 때 홍호연이 다가와 예전에 자기가 써준 참을 인忍자를 잊어서는 안될 것이라고 했다. 그러나 나는 이삼평을 지켜볼 수만은 없었다.

'그래 이삼평, 한번 해보자. 이제부터는 내가 직접 백자 흙을 찾을 것이다.'

백성들을 가마 앞마당에 모두 불러놓고, 중국백자를 완성하지 못하면 '천민촌'으로 전락시킬 것이라는 카쯔시게의 협박을 전했다. 그리고 흙 찾는 방법을 설명해준 뒤 모두들 흙 찾기에 나서라고 지시했다.

나와 봉이, 억수, 큐마는 마을 백성들이 파온 흙을 가지고 밤낮으로 실험했다. 실험은 일이 아니라 전쟁이었다. 그러나 일년 반이나 실험에 몰두했으나 성과가 없었다. 가마 식솔들과 백성들이 점점 불안해하는 기색을 보였다.

카쯔시게가 정해준 기한이 반년도 남아 있지 않던 어느날 이삼평이 찾아왔다.

"신선생, 잘 지냈소이까?"

욕부터 나오려 했으나 꾹 눌러 참았다.

"잘 지내고 있소만 웬일이오?"

놈이 흙덩어리를 내밀었다.

"이것으로 불때기 실험을 부탁하오."

"실험은 당신이 직접 하면 되지 않소?"

"신선생, 주군의 말을 듣고 나를 오해한 것 같소. 직속 상관인 다꾸의 명으로 주군께 보고한 것뿐이오. 이해해주기 바라오. 나는 옛날에 우리가 한 약속을 아직 잊지 않고 있소."

이삼평이 가져온 것을 보니 보통 흙과 달랐다. 흙이 아니라 하얀 돌을 잘게 빻아 가루로 만든 뒤 그것을 반죽한 것이었다. '아 그렇구나'라는 생각이 뇌리를 스치고 지나갔다. 그것으로 형태를 빚어보니 찰기가 적당했다. 실험가마에서 불을 땐 후 살펴보았다. 놀랍게도 중국백자를 닮아 있었다. 환호성을 질렀다. 가마 식솔들도 모두 흥분된 낯빛이었다. 그러나 정신을 가다듬고 살펴보니 태토(질흙)와 유약이 제대로 결합되어 있지 않았다. 도자기는 태토와 유약이 합일되어야 완벽하게 되는 것이다. 도자기의 근본인 태토를 다시 보았다. 그것은 단단하고 치밀했으며 불에 완전히 익어 있었다. 태토가 이렇게 익는다면 이 태토는 물토에 해당된다. 물토에다 나뭇재를 섞는 조선의 유약 만드는 방법이 떠올랐다. 그렇다. 이 자체가 유약이 될 수도 있는 것이다. 이 자체가 바로 백자의 태토이자 유약인 것이다.

유약에 섞을 나뭇재를 마련했다. 나무는 소나무, 떡갈나무, 느릅나무, 동백나무 등이었다. 여러번에 걸쳐 불때기를 했다. 완벽한 성공을 위해 같은 과정을 또다시 되풀이했다. 가마에서 꺼낸 것을 보니 온전한 백자였다. 이제 되었다. 하얀 돌을 찾는 것은 흙 찾기보다 더 쉽다. 원석을 직접 찾을까도 생각해보았다. 그러나 카쯔시게가 정한 기한은 한달밖에 남아 있지 않았다. 시간이 턱없이 부족했다.

이삼평에게 연락했다. 나는 약간 설익은 것, 또 삭임불을 받아서 노란색을 띠는 것, 마지막으로 센불을 받아 단단하고 치밀하며 색깔도 하얀 것을 준비했다. 이삼평은 침착한 듯이 보이려고 애를 썼다. 설익은 백자부터 보여주었다. 완성된 것 중 삼등품이었다. 그가 시큰둥한 표정을 지었다.

"이것은 내가 불때기해 만든 것과 같소."

불때기 담당은 그가 아닌 나였다. 몰래 불때기 실험을 한 그에게 화가 치미는 것을 꾹 참았다. 이등품을 꺼냈다. 그의 얼굴이 약간 밝아졌다.

"이것이 완성된 것이오? 좋긴 하지만 주군이 보여준 중국백자보다는 노랑기가 조금 많소이다. 이 노랑기만 없으면 완벽할 텐데 아쉽소이다."

"이 태토는 흙이라 했는데 내가 보기엔 흙이 아니오. 하얀 돌을 부수어 만든 게 아니오?"

이삼평이 말하기 곤란하다는 듯 잠시 머뭇거리다가 답했다.

"하얀 돌 광산을 찾았소. 그 돌을 캐어다 물레방아로 빻아서 태토를 만들었소."

백자로 유명한 중국의 경덕진에 물레방아가 많다는 말이 떠올랐다.

"돌을 빻아 태토 만드는 것은 중국기술이 아니오?"

조선에서는 백자 태토를 만들 때 백토에다 찰기 있는 백점토를 섞는다.

"도자기 빚는 데 조선기술과 중국기술을 구분할 필요가 뭐 있소? 좋은 도자기만 빚으면 되지, 안 그렇소? 지금 우리가 만들고자 하는 것은 조선백자가 아니라 중국백자가 아니오?"

중국 사기장과 흙을 찾으러 다녔다는 소문은 사실 같았다. 완성품을 내밀었다. 그의 눈이 휘둥그레졌다.

"해냈다. 내가 중국백자를 완성시켰다. 내가 왜국에서 최초의 백사기(백자)를 빚은 사람이 되었다."

그가 흥분을 감추지 못하고 외쳐댔다.

"아아 참, 신선생도 이것을 빚은 최초의 사기장이외다."

"백자 연구를 시작할 때 종전 형님과 이선생과 내가 권리를 똑같이 갖는다고 한 약속을 잊지 않았겠지요?"

"말했지 않소, 잊지 않고 있다고."

"이 하얀 돌들은 어디서 구했소?"

"……"

"이것의 불때기 방법과 유약을 알고 싶지 않은가보오?"

"무슨 말을 그렇게 하오. 이것의 원석은 이곳 아리따 산속에 무진장 있소."

"지금 카쓰시게에게 가서 보고할까요?"

"한 가마 불때기하고 나서 보고합시다. 그래야만 그들이 놀랄 것 아니겠소?"

"그럽시다."

"아 참, 유약은 어떻게 만들었소?"

유약 제조법과 유약 속에 들어간 나뭇재에 관해 말해주었다.

"그럼, 불때기는 어떻게 하였소?"

"이것은 조선백자보다 화도를 높게 해야 하오. 센불이 되게끔 장작을 던져야 하오."

"아, 센불로 때어야 한다는 말이군요. 역시 신선생은 불때기의 귀신이오."

이삼평이 질흙을 보내주었다. 물레를 차보니 손에 착착 감겼다. 초벌구이할 때만 약간의 파破가 생겼다. 가마가 급히 식어 금이 간 것이었다. 벽이 얇으면 가마가 급히 식으므로 초벌구이하는 가마는 벽이 두꺼워야 하리라. 초벌구이한 후 그림을 그리고 유약을 입혔다.

불때기를 앞두고 가마 앞에 제상을 차렸을 때였다. 마꼬가 앞으로 나와 자기도 도자기를 배웠으니 재 올리는 데 참석하겠다고 했다. 그걸 보고 한 조선 여인네가 비꼬는 투로 말했다.

"아따 염병하네. 어째 여자가 가마에서 재를 올린다고 헐까. 가마신이 여신인 줄 모른당게? 가마 여신이 질투해서 그릇을 팍 엎어뿌리면 어쩔라고. 차선상이 다 책임질 거요?"

당찬 마꼬도 그 말을 당해내지는 못하고 사내들이 재 올릴 때 자리를 비켜주었다. 재를 마친 다음이었다.

"센세이, 제가 독립하면 가마의 신은 남자로 정할래요."

마꼬가 뾰로통한 얼굴로 말했다.

"마꼬 선상님, 남자도 아아를 낳습니꺼? 도자기는 가마 여신의 딸입니더."

옆에 있던 봉이가 마꼬의 말을 받았다.

"음, 그러면 질투를 안하는 가마 여신을 모실래요."

모처럼 가마 식솔들이 환하게 웃었다. 봉통 속 소나무 갈비와 솔가지에 불을 붙였다. 굴뚝을 막고 아주 강하게 때었다. 가마를 식히고 열어보니 역시 온전한 중국백자가 나왔다.

이삼평이 와서 그릇을 유심히 보더니 뭔가 알고 싶어했다.

"신선생이 구운 백자는 내가 구운 백자보다 더 단단하고 하얗군요. 분명 나는 신선생이 이야기한 대로 불때기를 했는데 왜 그렇소?"

"불때기의 결과는 가마의 여신만이 아오. 어쩌다 운이 좋았겠지요."

불때기는 들어서 아는 것만으로는 되지 않는다. 불때기 감각은 하루아침에 익힐 수 있는 성격이 아닌 것이다. 거기에다 이삼평의 가마는 고려촌 가마처럼 높은 화도를 올릴 수 있는 가마가 아니었다.

"신선생, 하여튼 우리는 해냈소. 다음 할 일은 주군께 보고하는 것이오. 주군은 에도(토꾜)에 있다 하오. 일단 성에 가져가 보고합시다."

"그럽시다."

나와 고려촌을 천민촌으로 만들어버리겠다고 한 카쯔시게의 얼굴이 떠올랐다.

'카쯔시게, 나는 너를 이겼다.'

우리는 성의 관리에게 백자를 맡기면서 나, 죽은 종전, 이삼평이 공동으로 완성했다고 보고했다. 잘 나온 네 점을 골라 호소까와와 존해, 배달 형님과 종전의 부인에게 한 점씩 보냈다.

이제 고려촌 옹기굴은 백자 가마로 바뀔 것이다. 옹기굴 식솔들을 새로 배치하고 새 가마도 박아야 한다. 가마는 아주 크게 서른칸 정도로 할 생각이다. 가마터를 정하고 터닦기를 시작했다.

중국백자는 강한 화도(불심)를 필요로 하니 단단한 벽돌로 가마를 지으라고 했다. 흙가마인 망생이 가마도 높은 화도에 견디나 분청자와 조선백자 정도만 구울 수 있다. 그리고 망생이 가마는 높은 화도로 여러번 불때기하면 상해서 수리하는 데 애를 먹는다. 벽돌 틀을 만든 다음 불심 센 흙으로 벽돌을 찍기 시작했다.

성에서 들어오라는 연락이 왔다. 이삼평과 같이 카쯔시게의 대전으로 들어갔다. 가신과 부하들이 도열해 있었고, 다뀨놈도 보였다. 우리가 들어서자 모두 '축하합니다'를 외쳤다. 중앙에 앉아 있던 카쯔시게가 기쁨에 충만한 미소로 우리를 맞이했다.

"장하도다! 그대 둘이 중국백자를 완성하였다기에 바로 에도에서 달려왔노라. 정말 대단하도다. 이제 나의 나베시마번은 일본 최초로 중국백자를 만든 번이 되었도다. 내가 너희들에게 직접 술을 따르겠노라."

술잔은 나무를 깎아 옻칠한 뒤 그 위에 금박을 입힌 것이었다. 폭은 넓고 높이는 낮았다.

"장한 나의 도공들이여, 나의 잔을 받아라."

이삼평에게 먼저 술잔을 주었다.

"황송하옵니다."

"그대의 잔도 받고 싶노라."

이삼평이 그에게 술을 따른다.

"내가 오늘만큼 기쁜 적은 없노라."

"주군님의 명을 완수하였기에 죽어도 여한이 없사옵니다."

이삼평은 감격한 듯 목멘 소리로 말했다.

"어허, 죽기는 왜 죽는가? 이제부터 이것을 만들어 나의 나베시마번을 일본 최고의 부자 번으로 만들어야 하느니라. 카네가에 (이삼평), 그대가 백자 광산을 발견하였다지? 정말 장하도다."

카쯔시게 옆에 앉은 다꾸놈이 무척이나 즐거워하는 표정이다. 당사자인 이삼평보다 더 좋아하는 것 같았다.

"신석, 그대도 백자를 만드는 데 협력했다는 보고를 받았다. 그대 또한 장하도다."

나에게 술잔을 준 뒤 카쯔시게가 임명장을 읽기 시작했다.

"카네가에는 들어라. 그대는 백자 광산을 발견하여 이 나베시마번에 큰 공헌을 했도다. 그대를 삼백석에 해당하는 사무라이에 봉하고 백자 광산의 관리권을 주노라."

그때까지 이삼평은 일백석 정도의 사무라이였으니 대단히 높은 사무라이가 된 것이다. 이삼평은 감격에 겨운 목소리로 감사의 인사를 했다.

"신석은 들어라. 백자를 완성하는 데 크게 공헌한 그대를 이백오십석에 해당하는 사무라이에 봉하노라. 그리고 백자 광산을 언제든지 이용할 권리를 주노라."

여태까지 나의 녹은 이백석으로 이삼평보다 많았는데 졸지에 이삼평보다 낮은 사무라이가 되어버렸다. 또 백자 광산의 관리권은 없고 단지 사용할 권리만 가지게 되었다.

카쯔시게는 우리 둘에게 손을 잡으라고 했다.

"그대 둘은 우리 나베시마번의 보물이다. 굳게 협력하여 우리 번의 도자기 산업을 번창시키도록 하라."

이삼평이 크게 "예" 하고 답한다.

"이 기쁨을 그대들과 나누기 위해 잔치를 벌이겠노라. 모두 별실로 가자."

별실에는 다이묘의 잔치답게 성대한 술상이 마련되어 있었다. 카쯔시게가 중앙에 앉고, 털북숭이 다꾸가 탐욕스러운 얼굴에 두툼한 입술을 헤벌리며 그 옆에 앉았다. 홍호연과 세 사람의 가신도 차례로 앉았다. 다음으로는 이삼평이 앉고 그 옆에 내가 앉았다. 그 뒤 다른 사람들도 계급의 순서대로 자리를 잡았다. 카쯔시게는 얼굴에서 웃음이 떠나질 않았다.

"우리 번이 중국백자를 최초로 완성시켰다. 도자기에서 우리 번은 카네자와번, 모리번, 사쯔마번, 그리고 세또 지방의 여러 번을 모두 이긴 것이다. 기쁘도다. 모두들 마셔라."

술잔이 오가던 중 홍호연이 카쯔시게에게 말했다.

"주군, 현재 쿄또, 오사까, 에도에서는 나베시마번과 카라쯔번에서 나오는 도자기를 모두 카라쯔 도자기라 부르옵니다."

"나베시마번에서 만들었다고 아무리 말해도 모두 카라쯔 도자기라 하니 사실 나도 그게 불만이야. 카라쯔 다이묘인 테라자와가 괜히 뽐내고 있으니……"

"그래서 아뢰옵니다. 일본에서 중국백자를 생산하는 지역은 우리 나베시마번밖에 없습니다. 이 백자는 카라쯔 도자기인 쯔찌모노(분청자)와 전혀 다른 것이니 다른 이름으로 불러야 된다고 생각하옵니다. 주군께서 이름을 지어주시는 것이 마땅한 일이라 생각하옵니다."

모두들 홍호연 말이 지당하다고 했다.

"그래, 아주 좋은 생각이오."

카쯔시게가 골똘히 생각한 뒤 말했다.

"이것의 주원료가 아리따에서 나왔으니 아리따 도자기라 함이 어떠하냐?"

이삼평이 박수를 쳤다. 다른 이들도 훌륭한 이름이라며 박수를 쳤다.

"지금부터 나는 이 도자기를 아리따 도자기라 이름하노라."

백자를 완성했으나 황도와는 상관없는 일이라 허망한 기분이 들었다. 아리따 도자기가 이곳의 조선인에게 이로움을 가져다줄 것이라는 생각으로 울적한 기분을 달랬다.

# 세번째 쇄환사

아리따 도자기를 본격적으로 빚기 위해 가마 짓는 일을 서둘렀다. 가마 벽을 쌓을 벽돌, 천장에 쌓을 벽돌, 가마칸 사이에 들어갈 벽돌 등 쓰임새에 따라 많이 구웠다. 흙가마는 망생이를 차례대로 쌓아올리면 자연스레 둥근 천장이 되지만 벽돌 가마는 다르다. 대나무를 둥글게 엮어 그 위에 벽돌을 쌓기 시작했다. 가마를 완성한 후 불을 때면 대나무는 타서 없어진다. 찰기 좋고 화도 높은 흙으로 벽돌 사이사이를 다졌다. 가마는 높은 열을 얻을 수 있게 경사를 가파르게 하여 박았다. 그러나 경사가 지나치게 가파르면 가마칸에서 열이 너무 빨리 빠져나가므로 그것도 계산에 넣어야 했다.

그릇을 가마에 쟁임할 때 쓰는 갑발匣鉢도 화도 높은 흙으로 만들었다. 갑발은 그릇을 이중 삼중으로 포개어 쟁임할 수 있기에 한꺼번에 많은 백자를 구울 수 있다. 또 그릇을 갑발 속에 넣어두면 재나 먼지로부터 그릇을 보호할 수 있다.

장작은 소나무 중에서도 불심 센 홍송이라야 하는데 예전보다 훨씬 많은 양이 필요했다. 홍송을 가능한 많이 확보하라고 지시했다. 태토의 원재료가 돌덩이라 그것을 빻을 수 있도록 고려촌 시냇가에 큰 물레방아를 여러 대 설치했다.

이삼평은 사정이 좋아진 모양인지 호위무사를 고용했다고 한다. 그의 가마에서 일하던 중국인이 자기가 이삼평에게 아리따 도자기의 태토 만드는 법을 가르쳐주었다고 말하며 다니다가 쫓겨났다고 한다. 이삼평이 이도다완 연구에 착수했다는 이야기도 들렸다.

중국백자에 성공했다는 소문이 퍼진 뒤로 칼 찬 떠돌이 무사들이 엄청나게 몰려왔다. 우리 백성들의 안전을 위해 고려촌도 무장해야 한다고 봉이가 강력히 주장하였다.

"사기장은 칼을 드는 순간 감성이 사라진다. 고려촌의 규약을 지키지 않는 자는 절대 용서하지 않을 것이다."

단호하게 말하여 봉이의 주장을 꺾었지만 내심 걱정이 되었다.

하루는 이삼평이 호위무사 둘을 거느리고 고려촌을 찾아왔다.

"신선생, 내가 찾은 백자 광산을 한번 구경하지 않겠소?"

그의 말에서 자랑스러움이 묻어났다. 백자 광산은 나에게도 권리가 있어 가보고 싶었던 참이었다.

"좋소이다."

광산은 이삼평의 가마와 가까웠다. 카쯔시게가 파견한 군사들이 광산 입구를 지키고 있었다. 주위는 산으로 둘러싸여 있었고 길은 외길이었다. 그 길만 막으면 들어올 수도 빠져나갈 수도 없는 지형이었다. 그 광산은 흙으로 덮여 있어 그냥 보아서는 산 전체가 백자 광산이라는 것을 알 길이 없었다. 흙을 까발려놓은 한쪽에 흰 바위가 드러나 있었다.

"어떻소이까?"

자랑하는 그가 아니꼬웠으나 백자를 만들기 위해서는 그와 협력해야 한다.

"찾느라 수고했소. 그건 그렇고 이 흰 바위의 이름을 지어야 되지 않겠소?"

"그렇소이다."

백자 원료는 백토가 아니라 하얀 바위다. 이것을 물레방아로 빻으면 백자의 태토가 되고 그 태토에 나뭇재를 섞으면 유약이 된다. 어떻게 보면 이 돌멩이 자체가 도자기나 다름없다. 나는 이삼평에게 도자기 재료가 돌이니 '도석陶石'이라고 하면 어떻겠느냐고 했다. 그는 좋은 이름이라며 광석을 '도석'이라 부르기로 결정하였다.

"이선생, 광산에도 이름이 있어야 하지 않겠소?"

그가 잠시 생각한 뒤 말했다.

"이 산 이름이 천산東山이오. '천산 도석광'이 어떻소?"

"좋습니다."

이삼평은 기분이 좋은 모양인지 술을 한잔 하자고 한다. 그가 먼저 술을 마시자고 하기는 처음이었다.

"신선생 가마에 있는 소줏고리를 보고 나도 만들어보았소. 소주가 맛있을 거요."

고용된 무사들이 그의 가마를 지키고 있었다. 엄청나게 큰 가마를 새롭게 짓고 있었다.

"이선생, 짓고 있는 가마가 도대체 몇칸이오?"

"좀 크게 짓소이다. 백칸이오."

그가 사기장인지 뛰어난 장사꾼인지 모르겠으나 욕심이 많은 자인 것만은 확실했다. 접대는 성대했다. 진귀한 안주가 아리따 도자기 그릇에 풍성하게 담겨 나왔다.

"신선생, 주군의 친구 사까이다 카끼에몽酒井田柿右衛門이라는 사람이 이곳 아리따에 가마를 차렸소. 그런데 그자는 부족한 기술을 보완하기 위해 우리 가마의 조선 사기장들을 빼내가려고 혈안이 되어 있소."

"중국 사기장들도 있지 않소?"

"여기 중국 사기장들은 실력이 별로 없소. 신선생, 그건 그렇고 이도다완 연구는 잘되오? 다완은 신선생 영역이건만 허 참, 주군께서 나에게도 이도다완을 연구하라 하시니……"

"이도다완을 빚기로 했소이까?"

"주군께서 원하시기에……"

"열심히 해보오."

"이해해주니 고맙소이다."

열심히 하라고는 했지만 이도다완, 아니 황도는 아무나 빚을
수 있는 그릇이 아니다.


갑자년(1624년) 말, 조선에서 세번째로 쇄환사가 왔다. 일곱해
만에 다시 온 쇄환사였다. 작년에 광해군을 쫓아내고 즉위한 새
임금이 보냈다고 한다. 조선 관리가 고국에 가지 않겠느냐고 물
었다. 가지 않겠다고 했다. 왜국에서 황도를 보는 일이 아직 남아
있었기 때문이다.

쇄환사를 따라 귀국한 조선인은 거의 없었다. 대부분 이미 왜
국에서 정착해 살고 있기 때문이리라. 그러나 많은 조선인들은
쇄환사를 떠나보내며 눈물을 흘렸다. 그날 밤에 조용히 아버지,
어머니를 불러보았다.

# 기다리던 소식

홍호연이 서찰을 통해 쿠로다번의 팔산 이야기를 전해주었다. 존해가 고국을 못 잊는 것이 나와 비슷하다고 한 사무라이 도공이었다. 팔산의 왜국 이름은 타까또리 하찌죠<sup>高取八藏</sup>라고 했다. 쇄환사가 왔을 때 그는 모든 것을 버리고 귀국하려고 했으나 주군에게 발각되어 귀국도 못하고 괘씸죄로 사무라이 도공 자리를 박탈당한 뒤 가족들과 함께 천민촌으로 보내졌다 한다. 그런데 그가 지금은 다뀨에게 몸을 의탁하고 있다는 것이 아닌가. 그가 비열하기 짝이 없는 다뀨놈 밑에 있다 하니 안타까웠다.

존해에게서 너무나 기쁜 연락이 왔다. 열흘 뒤 호소까와 이도를 보러 오라는 것이었다. 드디어 황도를 볼 수 있게 된 것이다. 흥분으로 잠이 오지 않았다.

오래전, 조선에서 추석을 맞이할 때였다. 전쟁통이라 차례상은 간단히 차려졌다. 차례상 위에 올린 제기는 아버지가 정성을 다해 빚은 질감이 따뜻한 백자였다. 차례를 지낸 후 아버지에게 왜 우리는 황도제기가 없느냐고 물어보았다.

"석아, 제기란 그 역할이 끝나면 땅에 묻어야 한단다. 웅천 두동골 가마에서 네 할머니가 돌아가셨을 때도 그전에 사용하던 황도제기는 내가 모두 깬 뒤 땅에 묻었단다. 그리고 새로 제기를 빚었지. 네 할아버지가 황도를 굽지 않을 때여서 새로 빚은 제기는 모두 백자였단다."

"아버지, 황도는 어떤 그릇이었어요?"

"정말 맛난 그릇이었어."

"맛난 그릇이라고요?"

"좋은 그릇은 맛나다고 하지 않느냐. 그릇은 입으로 그 맛을 느낀단다. 황도는 질감이 거칠고 비뚤어진 듯이 보여도 그것이 오히려 사람을 편하게 해주고 맛을 낸단다. 목수의 일거리가 많아지건만 왜 절집 지을 때 휘어진 나무를 대들보로 쓸까?"

"……"

"네 할아버지 말씀으로는 절집에 자연을 그대로 담기 위해서라는구나. 황도를 비뚤어진 듯이 빚는 것도 똑같은 이유란다. 네 할아버지는 황도의 형태와 색깔에 깊은 의미가 있다고 했는데 기억을 못하겠구나. 할아버지는 황도제기를 연구할 때 범하스님과 의논하시곤 했으니 범하스님께 여쭤보면 그 의미를 알려주실지도 모르겠구나."

불일암의 범하스님에게 찾아가 황도에 대해 물었다.

"스님, 할아버지가 젊었을 때 빚었다는 황도제기에 대해 알고 싶습니다."

"어떤 걸 알고 싶으냐?"

"황도제기의 형태와 색깔에 깊은 의미가 있다고 들었습니다. 하지만 저는 그 의미를 잘 모르겠습니다."

"황도 중에서 멧사발은 굽이 높아야 하고 표면에 물레선이 있어야 한단다."

"제기의 굽이 높은 것은 이해가 됩니다만 왜 물레선을 남겨놓아야 합니까?"

"공자님께 석전대제를 올릴 때 쓰는 금속제기를 보면 표면에 요철 문양이 복잡하게 새겨져 있지 않더냐? 제기의 문양은 중국에서 유래했단다. 우리는 중국식을 따랐으니 자연히 조선의 제기도 중국 청동기나 유기 문양을 그대로 흉내내게 되었지. 나중에 도자기로 된 제기의 경우엔 문양을 더욱 단순화해 우리의 문양으로 바꾸었단다. 그 한가지 예가 바로 신거사가 빚었던 황도제기의 물레선이란다. 신거사는 물레선을 힘있게 단번에 표현하기 위해 부단히 노력했단다. 물레선은 진해서도 안되고 엷어서도 안된다고 하였지."

"황도의 굽에는 왜 유약방울을 달아놓을까요?"

"황도제기를 일반 그릇과 구별하기 위해서야. 제기 아닌 그릇을 제사상에 올리면 큰일 나지 않느냐? 그래서 일부러 유방울을 달아놓은 것이야."

"스님, 황도는 왜 노란색인가요?"

"한때 궁궐에서는 금빛 나는 유기 제기를 많이 썼단다. 그런데 유기는 아주 귀하고 비싸서 백성들은 쓰고 싶어도 쓸 수가 없었다. 그래서 노란 도자기를 찾게 되었단다. 네 할아버지는 그런 백성의 마음을 읽었지."

"스님, 왜놈들은 왜 황도제기를 좋아하나요?"

"황도는 소박함과 자연스러움을 지닌 그릇으로 말차를 마시는 일본의 다도와 잘 어울린다고 들었다."

"전에 죽도 왜성에 갔을 때 왜장의 가신이 말차를 타주었어요. 조선에서는 말차를 마시지 않나요?"

"음, 우리나라는 고려시대까지 차의 나라라 해도 과언이 아니었지. 그 당시 차의 종류로는 뜨거운 물에 타 먹는 말차, 덩이차인 단차圓茶, 그리고 찻잎을 우려내는 엽차가 있었다. 그때의 말차 다완은 청사기(청자)였단다. 문제는 차의 생산량이었지. 차 생산지는 대나무가 자랄 수 있는 남쪽의 경상도·전라도 지역인데, 높은 관리들이 차를 많이 마실수록 백성들은 차를 더 많이 관에 바쳐야 했단다. 그래서 남도 백성들의 원성을 사게 되었지. 중국의 원 나라도 마찬가지였다. 원나라를 몰아낸 명나라 주원장은 차 생산 지의 백성들을 보호하기 위해서 말차와 단차를 금하고 엽차만 마 시라는 칙령을 내렸단다. 가루로 만들어 타 마시는 말차는 우려 마시는 엽차보다 훨씬 차의 소비량이 많았단다. 덩이차인 단차도 말차와 마찬가지였다. 조선은 명나라를 따라 말차보다는 엽차를 마시는 나라가 되었기 때문에 말차가 사라진 거야. 하지만 왜국 은 우리 조선보다 남쪽이라 차가 많이 생산되기 때문에 말차와 엽차를 동시에 마시는 나라가 된 것이란다."

약속 전날, 존해가 있는 쿠마모또熊本 성으로 말을 달렸다. 그는 코꾸라 성에 있다가 주군을 따라 쿠마모또 성으로 갔다. 쿠마모 또 성은 히데요시의 최측근이자 조선 침략의 선봉장인 카또 키요 마사가 지은 성이다. 성은 대단히 웅장했다. 성을 둘러싼 해자가 큰 강 같았다. 성으로 들어가 존해의 가마가 어디 있는지 물었다. 성에 있는 사람 이야기로는 호소까와의 셋째아들이 다스리는 쿠 마모또 성에는 존해가 없고, 아버지 호소까와가 있는 남쪽의 야 쯔시로八代 성에 그가 있다고 한다. 그곳에 가면 존해의 가마가 있 을 것이라고 한다. 야쯔시로 성으로 오라는 말을 존해가 서찰에 서 빠뜨렸나 보았다.

남쪽으로 한참을 달리자 야쯔시로 성이 나타났다. 성에서 가까운 코다高田마을에 존해의 가마가 있었다. 존해는 나를 보자마자 뛰어나와 얼싸안았다. 그가 작업장을 보여주었다. 작업장에서 빚고 있는 다완들은 존해가 이전에 빚은 것과는 달리 많이 세련되어 보였다.

"다완이 점점 좋아지는 것 같소이다."

"다 주군의 배려 덕분이오. 주군께서 한 사람을 내게 소개해주셨는데 놀랍게도 일본 최고의 차선생이자, 쇼군의 다두인 코보리 엔슈小堀遠州 선생이었소. 그분은 센노리뀨, 후루따 오리베를 잇는 다도의 대가라고 하오. 그분이 나와 내 아들에게 다도구茶道具를 지도해주셨는데, 그 덕분에 이렇게 발전했소. 주군께서도 아주 만족해하셨소. 일본의 사무라이 도공들은 코보리 엔슈 선생의 지도를 한번 받아보는 것이 평생 소원이라고 하오. 그분에게 신선생을 추천하며 도와달라고 했소."

왜인한테서 도자기에 대한 지도를 받을 필요는 못 느꼈으나 존해의 마음 씀씀이가 고마웠다.

다음날 찾아간 호소까와의 차실은 코꾸라 성에서 본 것과 흡사했다. 차실로 가는 길목에는 우리를 반긴다는 뜻으로 물이 촉촉이 뿌려져 있었다. 호소까와는 여전히 기품과 위엄을 잃지 않고 있었으나 많이 늙어 보였다. 약식으로 차회를 하였다. 황도를 빨리 볼 수 있게 하려는 그의 배려였다.

"신선생, 우리 일본을 위해 백자를 완성했다는 소식은 들어 알고 있소. 선생이 백자를 보내주었을 때 나는 다도 공부를 위해 한동안 은둔하고 있었소. 그후 영지가 코꾸라에서 쿠마모또로 바뀌었고 또 이곳 야쯔시로 성을 짓느라 한동안 바빴소. 그러다 보니 이제야 약속을 지키게 되었소. 양해해주시오."

"쉽게 볼 수 있다면 명품이 아닐 것입니다. 기다린 긴 시간은 하늘이 제게 이도다완의 참 모습을 볼 수 있도록 단련시킨 기간이라 생각하옵니다."

미소를 짓던 그가 큰 방으로 우리를 안내했다.

# 호소까와 이도

  시종들이 꽃가마 두 개를 조심스럽게 메고 들어왔다. 호소까와가 꽃가마 하나를 손수 해체했다. 큰 상자가 나왔다. 큰 상자를 여니 그 속에 또 상자가 들어 있다. 일곱번째가 되어서야 사발 하나를 담을 수 있는 작은 상자가 나왔다. 호소까와가 그 상자를 자신의 무릎 앞에 놓는다.

  "이것을 남에게 보인 적이 열 번도 안될 거요."

  "고맙습니다."

  상자 위에는 '호소까와 이도細川井戶'라고 금색으로 된 글자가 새겨져 있었다. 뚜껑을 여니 솜을 넣어 누빈 분홍 비단이 사발을 살포시 감싸고 있었다. 분홍 비단이 벗겨졌다. 그릇이 나타났다. 할아버지가 젊었을 때 빚었다는 황도, 바로 그것이었다. 심장이 터

질 것 같았다. 호소까와가 만져보라며 내 앞에 놓아주었다. 손이
떨렸다.

'마음을 비우고 이것을 보아야 한다.'

확실히 깨쳐야 한다는 조바심에 마음이 흔들렸다. 마음을 진
정시키려고 노력했다. 어디선가 영혼의 소리가 들려온다. 할아버
지의 목소리였다.

"전을 보거라."

전은 조선에서 내가 빚은 것처럼 두꺼웠다. 그러나 한쪽은 두
꺼웠지만 다른 한쪽은 얇았다.

"굽을 보거라."

굽은 좁았으나 높고 당당했다. 조선에서 내가 할아버지의 지
도를 받으며 빚었던 것과 흡사했다. 그러나 자세히 보니 달랐다.
굽이 대나무의 마디처럼 깎여 있는 죽절굽이었다. 죽절굽, 그것
은 황도를 더욱 당당하게 보이게 했다.

"뒤집어 굽바닥을 보거라."

굽바닥이 초생달처럼 한쪽은 얇게 한쪽은 두껍게 깎여 있었
다. 그릇 안의 바닥은 마치 종이처럼 얇았다. 할아버지는 나에게
안쪽 중심부를 내리누르며 빚으라 하였다. 그렇게 하지 않고 빚
은 것들은 마르면서 금이 갔다. 호소까와 이도, 이것도 분명 중심
부를 빚을 때 내리눌렀음이 분명했다. 그래서 얇고 가벼운 것이
다. 이제야 알겠다. 할아버지께서 왜 내가 만든 그릇을 다 깨어버

리라 하셨는지.

"석아, 그것의 살결을 느껴보아라."

부드러웠다. 바로 이 사발의 흙, 태토에서 나온 부드러움이었다. 조선의 흙으로만 이 느낌을 살릴 수 있다. 황도는 조선의 흙이 아니면 빚을 수 없는 그릇이었다. 눈물이 흘러내렸다. 그래, 가야 한다. 고향으로 가야 이것을 빚을 수 있다. 할아버지가 빚은 이것을 손자인 내가 다시 빚어야 한다.

"신선생, 이것을 만들 수 있겠소?"

"이것은 신이 빚은 그릇이라 사료되옵니다. 한낱 인간인 제가 어찌 감히 신의 다완을 빚을 수 있겠나이까?"

호소까와가 미소를 짓는다.

호소까와는 이도다완의 삼대 명품으로 키자에몽 이도喜左衛門井戶, 카가 이도加賀井戶, 그리고 자신의 호소까와 이도가 있다고 했다. 삼대 명품 중 최고는 키자에몽 이도인데 그 소장자들은 모두 몹쓸 피부병에 걸려 죽었다고 한다. 인간이 가질 수 없도록 신이 그 다완에 액厄을 불어넣었기 때문이라 한다. 이 호소까와 이도를 손에 넣은 그의 아버지는 액을 없애기 위해 절에 오년간 안치하였다고 한다.

'호소까와, 당신은 다른 사람보다 직관이 뛰어나지만 반만 알고 있다. 제기인 그 사발의 진짜 주인은 망자이다. 그것을 살아 있는 자가 함부로 사용해 벌을 받은 것이다.'

키자에몽 이도란 이름은 오사까의 호상 키자에몽이 처음 소장했기 때문에 붙여진 것이고, 카가 이도란 이름은 그것을 소장한 사람이 카가 지방(카네자와현)에서 살았기 때문에 붙여진 것이라고 한다.

"주군, 무슨 연유로 이런 종류의 다완을 이도라고 부르옵니까?"

"본래 이런 종류의 다완에는 이름이 없었다. 우리 일본 차인들은 조선에서 온 다완을 모두 고려다완이라고 불렀어. 이도라는 이름은 전 태합이 집권하기 전 전국시대 때에 생긴 것이다. 야마또大和 지방의 다이묘 쯔쯔이 준께筒井順慶에게는 이도 와까사노까미井戶若狹守라는 수하 사무라이 있었는데 그자가 조선에서 건너온 다완 한 점을 구해 주군에게 상납했다. 쯔쯔이 준께는 상납한 자의 성姓을 붙여 그 그릇을 이도다완이라 부른 것이다. 그후 이도다완은 천하 명품으로 세상에 알려졌고 차인들은 고려다완 중에서 그것과 비슷한 다완을 모두 이도다완이라 불렀다. 큰 다완은 대大이도, 작은 다완은 소小이도라 한다."

조선에서 사기장들은 민가 제기를 주문받을 경우 멧사발 하나, 보시기 세 점을 모듬으로 해서 빚는다. 대이도는 멧사발, 소이도는 보시기일 것이다.

"대이도인 쯔쯔이 준께의 다완은 그의 성을 붙여 쯔쯔이쯔쯔이도筒井筒井戶라 했다. 차인들은 쯔쯔이쯔쯔 이도를 보고 대이도다완의 조건으로 일곱 가지 약속을 정했다.

첫째는 굽이 좁고 높아야 한다.

둘째는 색깔이 노란 비파색(비파나무의 열매색)이어야 한다.

셋째는 굽에 영롱한 가이라기(유방울)가 달려 있어야 한다.

넷째는 로꾸로메(물레선)가 선명해야 한다.

다섯째는 죽절굽이어야 한다.

여섯째는 굽 안쪽 중심이 팽이의 끝 모양처럼 돌출되어 있는 토낑頭巾·兜巾이어야 한다.

일곱째는 다완의 굽 밑바닥에 네다섯 개 정도의 부정 떼낸 자국이 있어야 한다.

이 일곱 가지 약속을 지키지 않으면 대이도다완이 될 수 없다. 천하제일의 쯔쯔이쯔쯔 이도가 깨진 후 지금은 키자에몽 이도가 최고의 명품 자리를 차지하고 있다."

존해가 놀란 목소리로 물었다.

"주군, 현재 쯔쯔이쯔쯔 이도는 깨어진 다완이란 말입니까?"

호소까와가 고개를 끄덕였다.

"쯔쯔이 준께는 태합의 미움을 받아 자신의 야마또 성이 위험에 직면하자 성을 지키기 위해 애지중지하던 이도다완을 태합에게 헌납했다. 그것을 받은 태합은 쯔쯔이 준께를 벌하기는커녕 오히려 그에게 상을 내렸지. 그래서 명품 이도다완은 성 하나와 바꾸지 않는다는 말이 생겨났다. 그때부터 보통의 이도다완도 일곱 가지 약속만 지키면 쌀 일만석에서 오만석 정도에 거래되는 보물로 취급받기 시작했다. 천하제일의 명품인 쯔쯔이쯔쯔 이도의 값어치는 감히 가늠할 수가 없는 것이다."

호소까와는 눈을 감고 무언가 생각에 빠진 듯하더니 다시 말을 이었다.

"차회에서 쯔쯔이쯔쯔 이도가 깨어질 때 나의 아버지도 그 자리에 있었다. 그날 차회를 주관한 차선생은 나의 다도 스승 센노리뀨였지. 태합은 쯔쯔이쯔쯔 이도의 주인으로 차회에 참가했고, 차회 손님은 아버지를 포함해 다섯 명이었다. 그때 한 사람이 그 다완으로 차를 마시다가 손이 떨려 그만 다다미 바닥에 떨어뜨리고 말았다. 다완은 다섯 조각으로 깨져버렸지. 사실 그 다완은 전부터 금이 가 있었다고 한다. 그럼에도 불구하고 다완이 깨지자 태합은 분노가 폭발해 바깥에 있는 수하에게 칼을 가져오라고 명했다. 차실에 칼을 들일 수 없건만 수하는 태합의 명이라 칼을 전했지. 태합이 칼을 뽑아든 순간이었다. 나의 아버지는 당시 유행하던 『이세모노가따리伊勢物語』의 쯔쯔이쯔쯔 편에 나오는 한 구절을 인용해 노래를 불렀다.

'쯔쯔이쯔쯔라는 다완을 가진 자만이 애인한테 갈 수 있다네. 아, 다섯 등분等分 깨져버린 쯔쯔이쯔쯔 다완이여, 모든 것은 내 탓으로 돌려주오.'

노래를 들은 태합은 칼을 거두었다. 나중에 태합은 센노리뀨 선생이 수리한 그 다완을 측근인 테라자와에게 주어버렸다."

"테라자와라면 카라쯔번의 예전 다이묘가 아닙니까?"

"그렇다. 현재 그 다완은 그의 아들이 소장하고 있는데 그 사실을 아는 사람은 나를 포함해 두어 사람뿐이다."

호소까와가 또다른 꽃가마에서 상자를 꺼냈다. 그것 또한 상자가 일곱 개였다. 열기까지 시간이 꽤 걸렸다. 그가 작은 상자를 내어놓으며 시바따 이도紫田井戶라 했다. 그것은 제사상에 딤채나 정과를 담아 올리는 보시기였다. 이것은 소이도*지만 호소까와 이도보다 격이 절대 떨어지지 않는다고 한다. 내가 보기에도 노란색 바탕에 청미靑味를 더한 명품이었다.

시바따 이도는 원래 일본의 최고 권력자이자 토요또미의 주군인 오다 노부나가織田信長가 소장하고 있었다고 한다. 패권전쟁을 벌일 때 눈치만 보던 다이묘 중 시바따 카쯔이에紫田勝家가 있었는데, 노부나가는 그를 끌어들이기 위해 소이도를 그에게 선물했다고 한다. 노부나가는 시바따를 자기편으로 만든 후 그의 도움으로 일본을 평정하였다고 한다.

호소까와가 사발을 감상하고 있는 존해에게 물었다.

"너는 이 다완과 같은 명품을 만들 수 있겠느냐?"

"시간만 충분히 주신다면 이와 같은 것을 반드시 빚어 바치겠

---

* 일본의 중요문화재(보물)인 이 시바따 이도를 현재 청이도靑井戶라 하나 옛날에는 소이도小井戶라 했다.

나이다."

"충정은 잘 알지만 너는 이것을 만들지 말아라."

존해는 뜻밖의 말에 놀란 토끼눈이 되었다.

"혼슈 남쪽땅 하기 지방의 다이묘 모리가 조선 도공을 시켜 이미 이도다완을 만들기 시작했다. 물론 조선에서 건너온 이 다완의 근처에도 이르지 못하지만…… 이만한 것은 여기 일본에서는 만들지 못할 것이다. 신선생, 그 이유를 아시오?"

"조선의 흙이라야만 진짜 이도다완을 빚을 수 있으리라 생각하옵니다."

"지금 조선과 재수교를 하였으니 부산 왜관을 통해 그 흙을 구해오면 되지 않겠사옵니까?"

존해의 말에 호소까와가 큰소리로 웃는다.

"막부의 허가를 받아 부산 왜관을 운영하는 주체는 쓰시마번이니라. 이들은 이 다완만은 절대로 만들지 않을 것이다. 이도다완을 만들 수 있는 도공을 찾기도 어렵지만 진짜 이도다완을 가진 다이묘들은 그 수가 많아지는 걸 아주 싫어한다. 귀한 이도다완을 누구나 가질 수 있다면 그것의 가치는 땅에 떨어지고 만다. 이도다완을 가진 힘센 다이묘를 자극하는 것은 세력 없는 쓰시마로서는 명줄이 끊기는 것과 마찬가지야. 명품은 수가 많으면 명품이 아니다."

이도다완을 갈구하고 있는 카쯔시게가 떠올랐다. 귀국을 하기 위해 그에게 황도를 빚어 줄 수밖에 없다. 그러나 그에게 빚어 줄 황도는 제기가 아니라 말차 마시는 다완이 될 것이다. 황도제기와 황도다완의 차이를 구분할 수 있는 사람은 현재 나 이외에는 없으리라.

# 심당길

다완 감상을 끝내고 차실에서 나왔다.

"존해 선생, 고맙소. 오늘 은혜를 술로 갚고 싶소."

"야쯔시로는 작은 성이니 쿠마모또 성의 장터로 갑시다. 그런데 신선생, 아까 이도다완을 보고 눈물을 흘린 까닭이 무엇이오?"

"그것을 볼 때 비장한 뭔가를 느꼈소. 황도의 슬픈 아름다움이 너무도 진하게 다가와 나도 모르게 눈물이 난 것 같소이다."

"슬픈 아름다움이라…… 이해할 만하오. 신선생의 말을 들으니 오늘 따라 아가노에 있는 자식들이 보고 싶소. 처음엔 이곳 야쯔시로에 다 데려오려고 했소. 그런데 그곳 사람들이 우리 가족이 모두 가버리면 아가노 도자기는 끝장난다고 해서 어쩔 수 없이 둘째아들과 딸을 남겨놓았소. 아가노에도 한번 가보고 싶소. 그곳 사람들이 그립소이다."

자청해 왜국으로 왔다고 한 존해의 가족에 대한 정, 아가노에 대한 감회는 남다른 것이었다. 아가노는 이미 그에게 고향인지도 모른다. 저물녘에 쿠마모또에 도착해 장터에 있는 한 술집으로 들어갔다.

존해는 쿠마모또에 아주 특별한 음식이 있다며 '바사시馬刺' 하고 소리쳤다. 바사시는 쿠마모또의 명물인 말고기 육회로 이곳 사람들은 이것이 없으면 술도 안 마실 정도라고 한다.

존해가 나가사끼 이야기를 해주었다.

"일본은 나가사끼와 히라도를 포도아(포르투갈)와 오란다(네덜란드)에 개방했었소. 그러나 앞으로는 오란다하고만 무역을 한다고 하오. 오란다와의 무역은 히라도에서 이루어지기도 했으나 얼마 후면 나가사끼에서만 하게 되오. 그래서 지금 나가사끼에 인공섬을 만들고 있는 중이라오. 오란다는 그곳에 동인도회사의 일본 지점을 설치한다 하오. 일본은 생사, 견직물, 사탕, 피혁 같은 서양 오랑캐의 잡화를 사고 금, 은, 구리, 장뇌를 그들에게 팔고 있소. 그러나 신선생의 아리따 도자기도 머잖아 주요 수출품이 될 것이오."

술이 얼큰해진 존해가 은근한 목소리로 물었다.

"하까따의 유곽에서 만난 조선 여인이 보고 싶지 않소이까?"

"……"

"그 조선 여인은 쿠마모또의 '울산 마찌町'에 사오."

"울산 마찌라니요?"

"쿠마모또의 예전 다이묘 카또 키요마사는 임란 때 조선의 울산에 왜성을 짓고 주둔했었소. 그는 철수할 때 울산에서 많은 조선인들을 끌고 왔는데 그 조선인들이 모여 사는 마을이 바로 울산 마찌요. 오래전 나는 울산 마찌 사람 중 성실한 사람에게 그녀를 시집보냈소."

"잘하셨소이다."

여인의 얼굴이 떠올라 술잔을 연거푸 비웠다. 존해는 착잡해하는 나를 보고 웃더니, 몇달 전 큐슈의 남쪽 끝 사쯔마薩摩(카고시마)에 가보았다며 그곳의 조선 사기장 심당길沈當吉 이야기를 하기 시작했다.

현 사쯔마 다이묘의 아버지는 바로 시마즈 요시히로島津義弘요. 그도 조선을 침략한 왜장 중 한 놈이외다. 그는 도자기를 좋아해 조선에서 철수할 때 많은 조선 사기장을 납치해왔을 뿐만 아니라 조선백자의 태토인 백토를 배에 가득 싣고 왔다고 하오. 다섯 달 전 나는 사쯔마의 사기장 심당길을 찾아갔소. 처음 만난 심당길은 조선 선비의 풍모를 지니고 있었소. 그의 이름은 본래 심찬沈燦으로 조선에 있을 땐 사기장이 아니라 벼슬하던 사람이었다 하오. 남원성이 함락될 때 포로가 되어 사쯔마로 끌려왔다 했소. 처음엔 자진할 생각도 해보았지만 목숨이 질겨서 그리하지 못하고, 어쩔 수 없이 이름을 심당길로 바꾸고 사기장으로 살아가고 있다 했소.

심당길은 사쯔마를 대표할 수 있는 사기장으로 김해金海와 박평의朴平意가 있다고 했소. 사무라이 도공 김해는 고향이 김해여서 왜국성을 김해로 지었다 하오. 그는 이미 죽었고 그의 아들이 가마를 운영하고 있었소. 김해의 아들은 사쯔마의 다이묘가 쿄또에 보내 도자기 공부를 시킨 적이 있을 정도로 다이묘의 총애를 받는 도공이라 하오. 박평의는 백토를 발견해 사쯔마 최초로 백자를 빚었다 하오. 그는 그 공로로 사무라이 도공이 되었다 하오. 박평의는 한문을 몰라 주문장을 못 읽었는데 심당길이 대신 읽어 주기도 했다 하오. 박평의는 도자기 밑에 조선의 언문으로 서명한 적이 많았다고 하오. 그가 빚은 것 중 '히바까리떼火計り手'라는 도자기가 있는데 단지 불만 왜국에서 빌렸을 뿐, 흙도 조선흙이고 만든 자도 조선 사기장이라는 뜻이라오. 그도 사망하여 현재 아들이 대를 잇고 있었소.

그곳은 화산지대라 산에서 용암이 흘러내리오. 그런데 그곳 사기장은 그 용암재에 나뭇재를 섞어 유약을 만든다오. 그 유약을 입혀 구운 '쿠로사쯔마黑薩摩'라고 하는 검은색 도자기가 내 눈에 특별하게 보였소. 또 이도다완의 굽에 붙어 있는 유방울같이 유약을 동그랗게 뭉쳐지게 한 도자기도 있었소.

류뀨국(오끼나와)이라는 남쪽의 섬나라는 사쯔마 다이묘의 지배를 받고 있는데 그곳에도 조선 사기장이 활약하고 있다 하오. 그곳 사기장의 성은 장張씨라고 하오.

심당길은 나를 코라이마찌高麗町라 부르는 마을로 안내했소. 코라이마찌란 조선말로 하면 고려정이오. 내가 신석 선생이 사는 동네 이름도 고려촌이라 하자 그는 무척이나 반가워하였소. 코라이마찌의 전경은 조선의 마을 그대로여서 아주 놀랐소이다. 마을은 모든 것들이 조선식이었소. 옷도 조선옷이요, 집도 조선집 그대로였소. 마치 조선의 고향 마을에 들른 것 같았소. 사당에는 놀랍게도 단군을 모시고 있었소. 그곳에서 부락제를 올릴 때 그 마을 사람들은 이런 망향가를 부른다오.


나그네살이 또 한해를 지나는데
덧없이 창가엔 해그림자 지나가네
고향은 아득히 바다 저편인데
오래전 배 타고서 하늘가에 왔네
창밖의 매화가지엔 봄빛이 물들고
기와지붕 빗소리는 요란도 하다
꿈속에서도 고향집을 맴돌건만
해마다 무슨 일로 돌아가지 못하나

섬나라에는 봄빛이 감도는데
하늘가에 온 객은 돌아 못 가네
풀은 천리에 잇따라 푸르고
달은 고향땅에서도 비치리

# 천민촌 사기장

처음에 나는 주문장대로만 다완을 빚었다. 왜국의 칼이 두려웠기 때문이다. 언제부터인가 주문장을 참고만 하여 빚기 시작했다. 황도 사발을 보고 나서는 아예 주문장 도안을 무시하고 마음에서 우러나오는 대로 도자기를 빚었다. 다행히 카쯔시게는 그것에 대해 별말이 없었다. 그러나 깐깐한 그가 언제 트집을 잡을지는 모를 일이다.

누추한 옷을 입은 손님이 찾아왔다. 나이는 나보다 열살쯤 많아 보였다.

"반갑습니다."

조선말이었다.

"조선서 오셨습니까?"

"가족과 함께 쿠로다번에 끌려와 한때 사무라이 도공이었던 팔산이라고 합니다."

쇄환사가 왔을 때 귀국하려다 사무라이 도공 자리를 박탈당했다는 사기장이었다. 술상을 받고 마주앉았다.

"반갑습니다. 팔산 선생의 이야기는 이미 들어 알고 있습니다. 조선에 혼자 가시려 한 이유는 무엇 때문입니까?"

"정유재란 때 나는 아들 둘과 장인·장모와 함께 합천의 팔산에서 끌려왔소. 장인·장모는 내 집에 잠시 다니러 오셨다가 끌려오게 되셨지요. 조선에 계신 부모님은 지금쯤 아마 돌아가셨을 거요. 쇄환사가 올 때마다 귀국하고 싶었지만 가족들 때문에 결행을 못했소. 가족들은 내가 사무라이 도공이 되자 왜국에서 양반이 되었다며 모두들 좋아했소. 생활도 조선에서보다 훨씬 나아졌소. 그러나 나는 장남이오. 부모님을 생각하면 왜국의 사무라이 자리는 의미가 없었소. 세번째 쇄환사가 왔을 때 가족인가, 부모님인가 갈등했소. 먼저 가족을 생각해보았소. 자식들 실력은 내 못지않고 각자 가마도 가지고 있소. 아내는 자식들과 함께 살면 될 터이니 내 한 몸 고국으로 돌아가도 괜찮으리라고 판단했소. 부모님은 돌아가셨을 터이지만 그분들의 제사만이라도 내 손으로 지내고 싶었소. 내 삶의 마지막 소망이었소. 그래서 쇄환사에게 갔던 것이오."

"아, 그런 사연이 있으셨군요. 저의 경우는 외동이랍니다."

나는 부모님과 헤어져 끌려오게 된 경위를 그에게 이야기했다. 그리고 쇄환사가 처음 왔을 때 다이묘가 나를 빼돌린 이야기도 해주었다.

"선생은 가족이 없어 운신이 자유로울 테지만 나에게는 가족이란 족쇄가 있소이다. 발각된 것은 장인이 내 고국행을 다이묘 쿠로다에게 미리 알려주었기 때문이오."

"장인께서는 왜 그랬습니까?"

"가족들을 지키기 위해서였소. 나중에 생각하니 당시 나는 준비를 치밀하게 하지 못했소. 쿠로다가 내 가족을 모두 천민으로 만들 줄은 꿈에도 생각하지 못했던 것이오. 내가 없더라도 사무라이 도공 자리는 자식들이 물려받게 되리라 생각했다오."

그의 눈에 물기가 어렸다.

"나와 가족들은 천민촌으로 들어갔소. 그런데 그런 나를 보살펴주며 돈까지 주는 사람들이 있었소. 다이묘인 쿠로다 눈치를 보면서 말이오."

"그들이 누구입니까?"

"쿠로다의 가신들이오."

"놀랄 일입니다."

"그들은 나를 존경한다며 나의 복권을 위해 노력하고 있다 했소. 나는 왜국이 미우나 장인을 대우해주는 일본인들은 밉지 않소. 그런데 신선생, 우리 조선은 장인을 왜 그리 무시하는지 모르겠소. 하지만 조선이 우리 같은 장인을 천하게 대해도 나는 고국과 부모님을 한번도 잊은 적이 없소. 내 고국은 조선이오. 조선은 나의 하나밖에 없는 호수이고 나는 그 호수 속의 물고기요."

나는 고개를 끄덕였다.

"팔산 선생, 다뀨에게 몸을 의탁한 것은 무슨 연유에서입니까?"

"나를 돕던 가신들이 다이묘인 쿠로다 타다유끼黑田忠之에게 혼이 났다는 말을 들었소. 그후 우리 가족의 생활은 점점 비참해져 갔소. 그때 다뀨가 잘 대우해줄 테니 자기에게 오라 하였소. 생활비로 쓰라면서 여러 차례 돈까지 보내주었소. 그래서 다뀨가 어떤 사람인가 알아볼 겸 그자에게 갔던 것이오."

"이곳 왜국은 번藩을 떠나려면 다이묘의 허가를 받아야 되지 않습니까?"

"일반 백성은 그러하나 천민은 아니라오."

"그렇군요. 그래 다뀨는 잘 대해주었습니까?"

"그자는 말과 행동이 달랐소. 하지만 천민촌으로 그냥 돌아갈 수도 없어서 그의 영지에 작은 가마를 하나 박고 그에게 다완을 빚어 주었소. 다뀨는 이삼평을 시켜 다완을 선별한 뒤 아주 헐값에 가져갔소. 그런데 신선생, 다뀨보다 이삼평이란 자가……"

"이삼평이 왜요?"

"그자는 다완을 선별할 때 나를 꼭 천민 대하듯 했소."

"어떤 점이 그러했습니까?"

"칼 찬 무사들을 데리고 말 한마디 없이 그냥 들어오는 것도 그렇고, 자기보다 나이 많은 내게 반말을 쓰는 것도 그렇소. 그것도 왜놈말로 말이오."

그에게 이삼평과 다뀨에게 당한 일을 이야기해주었다.

"신선생의 말씀을 들으니 내가 경험한 것은 소소한 것이군요. 하지만 내가 여기 온 것은 이삼평이 가보라고 했기 때문이오."

"예?"

"얼마 전 쿠로다의 한 가신이 찾아와 내가 천민 신분에서 벗어나 평민이 되었다 했소. 쿠로다가 가마 지을 땅도 내려주었다 하더이다. 열심히 도자기를 빚으면 다시 사무라이 도공으로 복권될 것 같다고 했소. 그래서 쿠로다번으로 돌아갈 준비를 할 때, 이삼평이 와서 신선생이라면 가마 박을 밑천 마련을 도와줄지도 모르겠다고 했소. 또 왜국에서 조선 사기장들이 서로 협력해야 하니 고려촌을 만들어 조선인을 구하는 데 앞장서는 신선생을 알아두라고 했소. 그의 말을 듣고 고려촌도 구경할 겸 신선생을 찾아온 것이오."

"그자를 신뢰하지 않으나 정말 잘 찾아오셨습니다."

그에게 왜국에서 홍호연, 강항 말고는 그 누구에게도 보여주지 않았던 곽재우 장군의 증표를 보여주었다. 나는 무슨 수를 써서라도 반드시 고향에 돌아갈 작정이라고 했다. 그러자 그는 나를 덥석 안고 자신도 언젠가는 고향에 꼭 돌아갈 것이라고 했다.

그가 떠날 때 금화 열냥을 쥐어주었다. 너무 많은 돈이라며 그가 다 받지 않으려 했다.

"선생님은 다시 일어날 것입니다. 그때 갚으십시오."


황도다완을 왜국의 흙으로 빚을 수밖에 없었다. 두 해 동안 흙을 찾아 수없이 실험해보았다. 왜국 흙으로 황도와 비슷한 것을 만들었다. 그러나 진짜 황도는 아니었다. 역시 조선의 흙이라야만 황도를 빚을 수 있다는 사실을 또다시 확인할 수 있었다.

"사전 연락도 없이 불쑥 찾아와 실례가 아닌지 모르겠소이다."

차선생처럼 보이는 사람이 네 명의 일행을 이끌고 찾아왔다.

"어디서 오셨는지요?"

"에도(토꾜)서 온 코보리 엔슈라 하오."

코보리 엔슈라면 존해가 말한 다도의 대가로 왜국 전체를 움직이는 높은 사람이 아닌가. 별실로 안내하고 마꼬에게 차를 부탁했다.

"대선생께서 시골에 있는 저의 가마를 방문해주시니 영광이옵니다."

"무슨 말씀을…… 신선생을 만나니 제가 오히려 영광이오. 에도에서 선생의 작품을 보았소. 훌륭하더이다."

"부끄럽습니다."

"그런데 일본의 다도 철학을 가미하면 더 좋은 작품을 빚을 수 있을 것 같더이다."

"……"

그의 말은 존해를 지도했던 것처럼 나를 지도하겠다는 뜻이다.

"의향이 없으신가봅니다?"

"선생님의 지도를 받는다면 엄청난 영광이겠습니다만, 지금 주문받은 다완도 만들어야 하고……"

"주문장에는 형태가 그려져 있지 않소?"

"예, 그려져 있습니다."

"주문장대로 만드는 것 자체가 누군가의 지도를 받는 것이라고 생각지 않습니까?"

"그러하나 저는 주문장의 형태를 참조만 하지 그것에 집착하지는 않습니다."

"하하하, 솔직하시니 좋소이다. 다른 사람의 지도를 받지 않는 것이 선생에게는 더 좋은 명품 다완을 만드는 길이 될 것이오. 다도 철학을 가미하라는 말은 선생을 한번 떠본 것이오."

그는 내가 빚은 도자기를 둘러보다 하나를 가리켰다. 그것은 물고기가 그려진 덤벙분청자 장군병이었다.

"물고기가 벌렁 자빠져 있건만 눈이 살아 있군요."

"고기는 눈을 뜨고 잡니다."

"자빠진 채 눈을 뜨고 자다니 바로 신선생이로군요."

그가 다도를 통해 깨우친 사람임을 알 수 있었다. 그에게 도자기를 싸서 선물하자 그는 극구 사양하며 받지 않으려 했다. 그릇쟁이는 자기를 알아주는 사람에게 모든 것을 바친다며 받아달라고 했다. 내가 정성을 담아 왜인에게 도자기를 건넨 경우는 그가 처음이었다.

팔산 선생한테서 다시 쿠로다번의 사무라이 도공이 되었다는 소식이 왔다. 그 직후 홍호연에게서 서찰이 왔다. 조선과 일본의 우호선린 관계가 완전히 회복되었고 그 덕택으로 일본이 원하는 다도구 전용 가마가 부산 왜관 옆에 설치되었다고 한다. 한편, 나베시마번은 아리따 도자기 덕분에 재정이 두 배로 늘었다고 한다.

홍호연은 또다른 서찰에서 만주의 여진족이 후금이란 나라를 세우고 명나라와 조선을 침략하고 있다고 알려주었다. 정묘년(1627년)에는 그들의 침략으로 임금님이 강화도로 피난을 간 적도 있다고 한다. 여진족은 강화조약을 맺고 일단 물러나긴 했지만 조선의 앞날이 걱정이라고 했다.

# 이작광·이경 형제

차사발은 다이묘나 그에 속한 사무라이, 돈이 많은 호상, 사찰의 승려 등 다도하는 차인들만 찾는다. 그들은 아주 비싸다 해도 값에 구애받지 않았다.

그러나 아리따 도자기는 차인이나 높은 사람뿐만 아니라 일반인들도 사용했다. 수요는 무한정이었다. 덕분에 고려촌은 나날이 번창했다. 게다가 서양 오랑캐들까지 이것을 구입하러 올 것이라는 소문이 파다했다. 가까운 이마리伊万里 항구의 유명한 호상 토지마東島는 독점판매권을 카쯔시게한테서 얻은 뒤 아리따 도자기를 팔아 엄청난 이윤을 남기고 있다 한다.

경오년(1630년) 여름, 카쯔시게가 불렀다.

"신석, 글쎄 하기 지방의 다이묘 모리 히데나리毛利秀就가 수하의 도공을 시켜 이도다완을 만들어서는 하기 이도<sup>萩井戸</sup>라고 부른다는구나. 그가 에도와 쿄또에서 뽐내고 다닌다니 내 체면이 말이 아니야."

"주군, 이도는 워낙 힘든 다완이고 한동안 아리따 도자기를 완성하느라 연구가 늦어졌습니다만 반드시 빚어 올리겠나이다."

"이도다완을 완성하겠다는 너의 말은 꼭 지켜져야 할 것이야."

"예, 주군. 그런데 카네가에(이삼평)도 이도다완을 연구하는 줄 아옵니다. 그의 연구 결과는 어떠한지요?"

"다뀨가 카네가에에게 기회를 한번 주어보라고 했으나 나는 알아. 그가 백자 태토는 찾았지만 다완 만드는 감성은 너에게 미치지 못한다는 사실을 말이야."

"과찬의 말씀이옵니다."

그가 하기 이도를 보여주었다. 내 눈에 그것은 흉내만 낸 이도일 뿐이었다.

"주군, 제가 하기에 직접 가서 본 후 이것보다 더 나은 이도다완을 만들어 올리겠나이다."

"시간은 얼마나 걸리겠느냐?"

"사년이면 되옵니다."

"아리따 도자기는 여덟 해가 걸렸건만, 사년 안에 그것을 만들 수 있다고? 그래, 그래야지. 내가 도자기로 하기의 다이묘에게 져서야 되겠느냐?"

"주군, 드릴 말씀이 있사옵니다."

"뭐냐?"

"제가 이도를 완성하면 소원 하나를 청해도 되겠나이까?"

"그래 그 청이 무엇이냐?"

"이도를 완성한 후 말씀드리겠나이다."

"이도만 완성한다면 너의 청은 무엇이든 들어주겠노라."

"고맙사옵니다."

"빨리 하기에 가서 이도를 보고 오너라."

"예, 주군."

그가 고려인삼을 선물로 주었다.


하기는 왜국에서 가장 큰 섬인 혼슈本州의 서쪽 남단에 있어 배를 타면 그리 멀지 않은 곳이다. 해협을 건넌 뒤 말을 타고 하기에 갔다. 그곳의 다이묘는 조선을 침략한 왜장 모리 테루모또毛利輝元의 아들이었다. 사까 코라이자에몽坂高麗左衛門 가마를 찾아갔다.

"신석입니다."

"이경李敬이라 하오. 선생이 그 유명한 아리따 도자기의 신석 선생이시오?"

"예, 그렇습니다. 만나뵙게 되어 반갑습니다. 가마의 위치가 참 좋으십니다."

"칭찬해주시니 고맙소이다."

하녀가 차와 술상을 차려 가지고 왔다.

"신선생이 술을 잘한다는 소문은 들었소만 얼굴을 맞대고 마시게 되니 정말 기쁘오."

"저도 그렇습니다."

"이곳의 조선 사기장은 나를 비롯해 모두 말술들이오. 하하하."

"참, 이선생 형님인 이작광李勺光 선생은 어떻게 지내십니까?"

"형님은 벌써 저세상 사람이 되었소. 형님의 아들은 내가 데려다 키웠지요. 지금은 그 조카가 형님 뒤를 이어 사무라이 도공이 되었소이다."

"아, 그래요? 그런데 형제분이 어떻게 일본에 함께 오시게 되었습니까?"

"형님은 임란 첫해에 나보다 먼저 이곳으로 왔소. 형님은 일본에서 자리잡자 조선에서 천한 대접을 받고 있을 동생을 생각해 정유년 때 위험을 무릅쓰고 나를 데리러 왔소. 내가 이곳에 오자 형님은 사무라이 도공이 되려면 글을 알아야 한다며 나에게 글도 가르쳐주었소. 형님 덕에 사무라이 도공이 되었지요."

고국에서 천한 대접을 받다가 왜국에서 사무라이 도공이 된 조선 사기장들은 대부분 이곳으로 온 것을 후회하지 않았다. 오히려 출세했다고 다들 여긴다.

"애초 형님은 히로시마廣島에서 살았소. 모리 주군의 영지는 선대 때 이곳을 포함해 히로시마까지 아주 넓었소. 그러나 주군의 부친께서 하기 성으로 밀려나는 바람에 나와 형님도 이곳으로 오게 되었소. 전 주군은 유명한 차인이시고 다완에 대한 관심이 컸기 때문에 영지가 비록 작아졌어도 우리를 깍듯이 대우해주셨소. 우리는 그분께 고마움을 표시하기 위해 이도다완을 빚어 올렸소이다."

"선생이 빚은 이도다완을 한번 감상해도 되겠습니까?"

이경이 이도다완을 보여주었다. 실망이었다. 이도 즉 황도가 지닌 노란색은 태토와 유약이 합일되어 만들어진 것이다. 그가 내놓은 이도는 물에 푼 노란색 화장토를 그릇에 입힌 뒤 구운 것이었다. 분粉을 입혀 억지로 꾸민 노란색이었던 것이다. 불때기를 통해 흙이 노란색으로 발색되어야만 진짜 황도가 된다. 하지만 속내를 그대로 내보일 수는 없는 노릇이었다.

"대단하오이다."

"가까운 야마구찌山口의 다이도大道 마을 흙으로 빚었소."

흙의 성질을 살피기 위해 다완을 뒤집었다. 유약이 묻지 않은 굽 밑부분을 살펴보았다. 진짜 황도 태토는 불심이 세어야 하지만 이 그릇의 흙은 불심이 약한 것이었다.

"이선생, 코라이자에몽이라는 가마 이름이 재미있습니다."

"나는 이곳에 오자마자 사까坂라는 일본 성姓을 가졌소. 주군은 내가 만든 다완이 진짜 코라이다완高麗茶碗 같다고 하시며 황송하게도 내 성명을 사까 코라이자에몽이라 지어주셨소."

그의 말을 듣고 야릇한 안도감이 들었다. 옛날 카쯔시게가 나에게 일본 성을 내려준다고 했을 때 그것을 받았더라면 나는 얼마나 울적하고 불편했을까? 하지만 이경의 왜국 성에는 고려高麗라는 말이 포함되어 있으니 출신조차 알 수 없는 왜국 성을 쓰는 다른 사기장에 비해 나은 편이라는 생각이 들었다.

그가 내어놓은 것 중에는 이도 외에 '시로하기白萩'라 부르는 다완도 있었다. 불심이 약한 흙에 회령도 유약을 입혀 삭임불로 구운 것이었다. 이경의 사발을 더 살펴볼 필요는 못 느꼈다. 그렇지만 그가 빚은 차사발은 '하기 도자기'라는 이름으로 일본에서 아주 명성이 높았다.


하기에서 돌아온 며칠 뒤 가을비가 내렸다. 부모님 얼굴이 술잔 속에 녹아 내 속으로 들어왔다. 문밖에 그림자가 어른거렸다.

"누구냐?"

아무 대답이 없었다. 방문을 열어보니 네마끼(가운 같은 일본 여성의 옷)를 입은 마꼬가 서 있었다.

"밤이 깊었는데 무슨 일이오?"

"센세이, 아무 말 마세요. 오늘은 저만 이야기하겠어요."

그녀가 나를 또렷이 쳐다보았다. 초롱불에 아른거리는 그녀의 얼굴이 붉었다.

"센세이가 고향을 그리워하는 것을 잘 알아요."

그녀가 몸에 걸친 네마끼의 끈을 풀었다. 끈이 방바닥으로 흘러내리자 네마끼 사이로 마꼬의 알몸이 드러났다. 어색한 침묵이 흘렀다. 입고 있던 유까따(일본에서 평상시 간편하게 입는 옷)를 벗어 그녀를 감쌌다.

"마꼬, 내 마음은 이미 당신에게 가 있소. 그러나 나는 조선으로 돌아가야 할 운명이오. 그래서……"

"오늘밤만은 센세이를 아나따(당신)로 불러도 되겠지요?"

고개를 끄덕였다.

"아나따!"

그녀가 안겨왔다. 그녀의 숨결이 내 몸을 감쌌다. 오랫동안 그녀를 꼭 안고 있었다.

# 백발의 여장부

다완을 빚고 있는데 종전의 부인이 찾아왔다. 백발이 된 그녀는 이전보다 더 위엄과 기품이 있었다.

"형수님, 그동안 잘 지냈습니까? 제가 먼저 찾아뵙는 것이 도리인데……"

"많은 식솔들을 데리고 살다보니 이렇게 머리까지 희어졌네요. 사람들은 저를 백파선百婆仙*이라 부른답니다."

"어울리는 별명입니다. 가마는 어떻습니까?"

"처음에는 그런대로 견딜 만했어요. 그런데 아리따에서 백자를 생산하자 손님이 뚝 끊어졌어요. 위기에 대처하기 위해 신선

---

* 백파선이란 이름은 흰머리가 날리는 여신선이라는 뜻으로 그녀의 후손이 세운 공덕비에 나온다.

생님처럼 다완도 빚어보았으나 아무리 싸게 팔아도 사람들이 그 것을 사가지 않았어요. 하는 수 없이 잡기를 빚었는데 그것마저 팔리지가 않아 고심하던 중 중국백자 생산에 성공하면 신선생, 이삼평, 그리고 그이가 권리를 똑같이 나누기로 약속했다는 말이 떠올랐어요."

"예, 그랬습니다. 이제 형수님이 종전 형님의 뒤를 이었으니 그 권리를 가질 수 있습니다."

"아리따로 이사하면 사정이 나아지지 않을까 생각했어요. 그 래서 얼마 전 제가 사는 지역의 새 영주인 고또 이에노부<sup>後藤家信</sup> 장군의 아드님을 찾아갔어요. 그분에게 아리따로 이주하게 해달 라고 부탁했지요. 그분은 제 사정 이야기를 듣고 우리 그이가 돌 아가신 자신의 아버지에게 충성을 다 바친 도공이었다며 아무 조 건 없이 이주를 허락해주었어요. 저는 아리따 도석광의 관리권을 가진 이삼평을 찾아갔어요. 그런데 이삼평은 제 이주계획을 듣자 마자 일언지하에 받아주지 않겠다고 하더군요. 남편이 백자 안료 를 찾다가 병이 들어 돌아가셨건만 너무도 야속했어요."

그녀는 눈물을 참으려는 듯 입술을 깨물었다.

"형수님, 당장 그놈에게 갑시다. 제가 한번 말해보겠습니다."

"지금 이삼평은 신선생보다 높은 사무라이가 되었는데 괜찮을 까요?"

"그래도 따질 건 따져야지요."

이삼평 그놈이 이렇게까지 나올 줄이야. 종전은 일본에 온 이삼평에게 많은 도움을 준 은인이 아닌가.

백파선과 함께 이삼평의 가마로 갔다. 그는 한참을 기다린 뒤에야 나타났다.

"옛날 종전 형님과 우리가 약속한 것을 잊었소이까?"

"형수와 약속한 것은 아니지요. 나는 형님하고 약속한 것뿐입니다."

"만약 형수님의 아리따 이주를 받아주지 않는다면 당신은 나의 원수가 될 것이오. 나는 당신이 가진 천산 도석광 관리권을 박탈하기 위해 모든 노력을 다할 것이오."

놈의 눈꺼풀이 바르르 떨렸다. 백파선이 말을 꺼냈다.

"죄송합니다. 저 때문에 두 분 사이가 이렇게 불편해지다니, 제가 바라는 건 이게 아닙니다. 같은 조선인들끼리 싸우는 건 싫어요. 이만 가봐야겠어요."

백파선이 자리에서 일어나려 했다.

"형수님, 앉으세요."

백파선이 주춤주춤 자리에 앉았다.

"형수님, 아리따에 오면 저를 따르겠습니까?"

백파선이 나를 쳐다보았다.

"형수님, 아리따에 오면 저를 따르겠습니까?"

이삼평이 목에 힘을 주어 다시 말했다.

"그러지요."

"신선생, 나에 대한 오해가 많구려. 내 말을 좀 들어주시오."

"무슨 말이오?"

"지금 아리따 도자기 생산에 큰 문제가 생겼소."

"무슨 문제요?"

"소나무가 고갈되어가고, 로닝들이 몰려오고 있다는 것을 아시오?"

"알고 있소이다."

"로닝계 가마는 실력이 없어 도자기 생산량이 아주 낮소. 그들은 생산량을 채우기 위해 우리보다 불때기를 훨씬 많이 하오. 그래서 소나무가 급속히 고갈되어가오. 신선생은 주군의 직계지만 나는 다뀨 소속이었소. 나는 그의 허가를 받은 뒤에야 주군의 직할지인 이곳 아리따로 옮겨올 수 있었소. 그때 다뀨는 이주를 허가해주는 대신 조건을 제시했소."

"형수님이 아리따로 오는 일이 그것과 무슨 상관이오?"

"내 얘기를 끝까지 들어주시오. 문제는 로닝들이 다뀨의 졸개가 되었다는 것이오. 그리고 또 다뀨가 로닝 오야붕의 딸을 카쓰시게 주군에게 첩으로 보냈다는 것이오. 다뀨의 명으로 내가 어쩔 수 없이 이 천산 도석광의 사용권을 허락한 로닝계 가마가 다섯 곳이나 되오. 그러니 여기 소나무가 어찌되겠소? 형수님 식솔은 나보다 훨씬 많아 천명 가까이나 되오. 그 많은 식솔을 먹여 살리기 위해서는 아리따 도자기를 많이 구워야 하오. 그러자면 소나무도 많아야 하오."

놈은 백파선을 바라보았다.

"형수님, 내 어찌 나에게 베풀어준 종전 형님과 형수님의 은혜를 잊을 수 있겠소? 이러한 이곳의 사정 때문에 지난번 매몰차게 대했던 것이니 이해해주기 바라오."

백파선은 고개를 끄덕였다. 그러나 여지껏 보아온 이삼평은 다뀨의 충실한 개로 믿을 수 있는 사람이 아니었다.

"당신은 평소 다뀨를 따르는 자가 아니오? 웬일로 당신이 다뀨를 비판하는지 모르겠소."

"내가 다뀨에게 충실했던 것은 살기 위해서였소. 본심은 선생만큼 다뀨를 증오하오."

"당신이 나라면 그 말을 믿겠소?"

"신선생, 옛날 선생의 다완을 하품이라 하게 된 동기부터 설명하겠소. 어느날 다뀨가 나에게 다완 두 점을 보이며 평을 하라 했소. 얼른 보기에 상품上品으로 보이지 않았소. 그렇지만 조선 사기장이 구운 것일지도 몰라 굽 안을 보아야 평할 수 있다고 했소. 그러나 놈은 굽 안을 못 보게 하며 평을 하라 했소. 그래서 하품이라 했소. 내가 같은 조선인인 신선생을 편들까봐 굽 안의 서명을 못 보게 한 것이었소. 그 뒤 놈은 신선생 가마에 나를 데리고 가서 다완 일곱 점을 선별하라고 했소. 그때 나는 위험을 무릅쓰고 일반 다완을 상품이라 속이고 가져오게 했소."

"중국백자를 공동으로 연구하기로 해놓고 왜 먼저 카쯔시게에 게 보고했소?"

"그전에 말할 것이 있소. 이도다완이 엄청난 돈이 된다는 것을 안 다뀨가 어느날 그것을 만들 수 있느냐고 내게 물어왔소. 오래 전부터 나는 다뀨 곁을 떠나고 싶었던지라 좋은 기회다 여겨 이 도는 흙이 중요하고 그 흙은 신선생이 있는 아리따 부근에 있다, 그 흙으로 만들 수 있을 것이다 했소. 그러자 놈은 나를 아리따로 보내주는 대신 조건을 제시했소. 이도다완을 만들어 보낼 때까지 내 자식 중 한명을 인질로 데리고 있겠다는 것이었소. 고심하다 놈의 말대로 했소. 놈을 떠나야만 나와 가족들이 살 수 있다고 판 단했기 때문이오. 그 직전 카쯔시게가 우리들에게 백자 완성을 명했소. 나도 흙 찾기보다 실험이 더 힘들다는 것을 알고 있었소. 그래서 선생을 돕기 위해 나도 실험을 해보았소. 그후 우연히 아 리따에서 도석 광산을 찾았소. 돌을 구워보니 질감이 중국백자 같았소. 내 가마에 있는 중국인의 말이 떠올랐소. 그의 고향 경덕 진에는 물레방아가 많다고 했소. 물레방아로 빻은 뒤 구워보았 소. 삼등품이었지만 중국백자였소. 유약을 찾아 불때기만 잘하면 일등품이 될 것 같았소. 신이 나서 신선생에게 뛰어가려던 참에 다뀨가 나타났소. 놈은 그 삼등품 백자를 나 혼자 빚었다고 카쯔 시게에게 보고하라 했소. 나는 아들이 인질로 있으니 놈의 말을 들을 수밖에 없었소. 다뀨가 어떻게 내 가마에서 중국백자가 나온 것을 알았을까, 한참을 알아보았소. 비밀리에 조사해보니 가마 식솔 중 다뀨의 부하가 있는 게 아니겠소. 나에게 첩자까지 보내다니, 정말 치가 떨렸소. 그러나 일부러 모른 척했소. 아들이 볼모로 있었기 때문에 모든 것을 참아야 했소."

"종전 형님, 당신, 나 셋이 함께 백자를 완성했다고 보고했는데 어찌하여 당신은 일등공신, 나는 이등공신으로 되고 종전 형님께는 아무런 보상도 없게 된 것이오?"

"신선생, 그것도 다뀨의 수작이었소. 성 내에는 다뀨가 심어놓은 사람이 많소. 놈이 우리의 보고를 바꾼 것이오. 자기 휘하인 나를 일등공신으로 만들어 이익을 챙기려는 것이었소. 나는 백자를 빚어 번 돈으로 아들을 구해야 했소. 먼저 다뀨가 심어놓은 첩자를 떠나게 하였소. 이곳 왜국은 돈이라면 안되는 게 없소. 돈을 받자 그는 순순히 떠나갔소. 다음은 다뀨를 설득할 차례였소. 나는 카쯔시게의 선물을 모두 놈에게 주고 또 미래에 이도다완을 빚으면 상품을 카쯔시게보다 먼저 놈에게 주겠다고까지 했소. 그런데 놈은 가마에서 얻는 수익 중 이할을 상납하라고 했소. 엄청난 착취지만 그렇게 하기로 하고 아들을 데려왔소. 아들이 놈의 인질로 있다면 오늘 이 이야기도 털어놓지 못했을 것이오."

"이도다완은 빚어보았소이까?"

"내 실력은 내가 잘 아오. 나는 이도다완을 완성할 수 없고, 그래서 놈과의 약속을 지키지 못하리라는 것을 아오. 그저 다뀨에게 이도다완을 연구하는 것처럼 보일 뿐이오."

"팔산 선생은 왜 그토록 박대했소?"

"나는 다뀨를 옆에서 지켜본 사람이오. 그런데 다뀨의 수하여서 그의 실상을 팔산 선생에게 알릴 수가 없었소. 그래서 서러움을 느끼게 해 빨리 떠나도록 하는 것이 팔산 선생을 돕는 길이라 생각했소. 신선생, 탐욕스런 다뀨를 주군이 왜 신임하는지를 아오?"

"왜 그렇소?"

"놈은 잔재주를 잘 부리오. 놈은 신선생에게서 빼앗은 다완을 막부의 높은 사람들에게 선물해 그들을 자신의 후원자로 만들었소. 그중에는 색골인 고위관리도 있소. 그 고위관리와 좋은 관계를 유지하기 위해 놈은 다뀨 성의 젊고 예쁜 여인들을 골라 상납하고 있다오. 다뀨는 주군에게 난처한 일이 생기면 에도에 있는 그 사람들을 이용해 문제를 해결하오. 그런 까닭에 주군이 다뀨를 신임하는 것이오. 또 거기에다 다뀨가 첩년까지 보내주었으니…… 모르긴 몰라도 다뀨 그놈은 주군의 자리까지 넘볼 것이오."

이삼평이 나를 쳐다보며 말했다.

"나는 조선인으로서 신선생과 좋은 친구가 되고 싶소. 묻고 싶은 게 있으면 뭐든지 물어보시오."

"임란 때 왜군의 길 안내를 했다고 들었소이다. 그게 사실이오?"

"나는 신선생도 이곳 일본에 스스로 왔다고 들었소. 그러나 나는 그것이 헛소문이라는 것을 아오. 내 경우와 같기 때문이오. 나는 강제로 끌려왔지만 소문에 대해 아무 말도 하지 않았소. 이곳에서 일본인과 함께 살아가기 위해서였소. 일본인들은 끌려왔다는 사람보다 스스로 왔다는 조선인을 더 좋아하오. 내 가마에 왜 무궁화를 많이 심었는지 생각해보시오."

"소문에 도석 광산을 찾게 해준 중국인을 매몰차게 내쳤다면서요?"

"그 중국인은 자기 고향 경덕진에 물레방아가 많다는 말밖에 한 것이 없소. 천산 도석광을 찾아낸 사람은 나요. 설사 그자가 찾아냈다 할지라도 중국인이 도석 광산을 찾아냈다는 말이 퍼지면 나뿐만 아니라 다른 조선 사기장들까지 곤란하게 되오. 나는 그런 자를 내쫓을 수밖에 없었소."

"이선생, 미안하오이다. 내가 속이 좁아 이선생에 대해 많이도 오해를 하고 있었소."

손을 내밀었다. 그가 내 손을 잡았다. 마주잡은 손이 따뜻했다. 백파선이 눈물을 글썽이며 우리 둘을 바라보고 있었다. 그토록 차갑고 야비한 인간으로만 보였던 이삼평이 물기어린 눈으로 따뜻하게 웃었다.

그 자리에서 우리는 고려촌 가마, 이삼평 가마, 백파선 가마 할

것 없이 다뀨의 횡포에 공동으로 대응하고 소나무 부족 문제를
해결하는 일에도 최대한 협력하기로 했다. 왜국의 조선 사기장들
이 뭉치는 현장에서 나는 행복감을 느꼈다. 내가 왜국을 떠나더
라도 고려촌 백성들은 이들의 도움을 받을 수 있을 것이라 생각
하니 어깨가 가벼워졌다.

# 좌절된 귀국

봉이가 억수에게 농을 했다.

"행님, 저 동글동글한 유방울 보면 뭐 생각나는 거 없습니꺼?"

"아무 생각 없다."

"차암, 선상님께서 훌륭한 사기장은 감성이 있어야 된다 캤는데 행님은 큰일입니더."

"니 뭐라카노. 저 유방울이 우쨌단 말이고?"

"지는예 유방울에서 감성을 느낍니더."

"그래? 그 감성이 뭐꼬?"

"저게 꼭 여자 젖꼭지처럼 안 보입니꺼?"

"니 말 들으니 그래 보이네. 근데 그게 도자기 빚는 감성하고 무슨 관계가 있노?"

"아 참, 행님도. 도자기 질감을 뭐라 캅니꺼?"

"살결이라 안 카나."

"그 살결이 여자 살결입니꺼, 사내 살결입니꺼?"

"그야 여자 아이가."

"그러니 저걸 보고 여자를 생각할 줄 아는 거, 그기 감성 아입니까? 제 말이 맞지예, 선상님?"

작업장에서 오랜만에 웃음소리가 났다. 만 사년의 노력 끝에 왜인들이 비파색 이도라 부르는 노란 황도 차사발이 나왔다. 유방울을 완성하기가 어려웠다. 불이 조금이라도 세면 유방울이 흘러내리고, 조금이라도 약하면 그것이 동그란 모양으로 맺히지 않았다. 불때기에 시행착오를 많이 거쳤다.

이 황도는 제기가 아닌 다도용으로 빚었다. 마꼬를 시켜 차 한 잔을 탔다. 질감이 호소까와 이도보다 못했으나 그릇엔 탄 차는 맛났다. 마꼬는 다른 다완보다 손맛이 좋다고 했다. 그냥저냥 쓸 만했다. 잘 나온 것을 골라 호소까와에게 보냈다. '이도'를 보여준 답례였다.

황도를 들고 성으로 갔다. 카쯔시게가 놀란 눈으로 그것을 살폈다. 뒤집어서 한참 살펴보던 그가 좋아서 입이 벌어진다.

"정말 수고했다. 이제 그대 덕택으로 나의 영지인 나베시마번은 백자의 본향에다 이도다완까지 만드는 도향陶鄉이 되었으니 정말 기쁘노라."

그는 내가 백자를 완성했을 때도 그대라고 불렀었다.

"이도다완을 만든 그대를 삼백석의 사무라이에 봉하노라."

삼백석이니 이삼평과 같은 계급이 되었다. 카쯔시게는 나를 자신의 방으로 데려갔다. 둘뿐이었다. 이렇게 독대하기는 처음이다. 왜국에서 다이묘와 독대하는 것은 영광 중의 영광이라 들었다. 그래, 오늘이야말로 귀국을 청할 기회다.

"백자를 아리따 도자기라 부르듯 이 이도다완도 이름이 있어야 하지 않겠느냐? 그대가 한번 지어보아라."

"어떤 이름이 좋을지……"

예상 못한 명이어서 한동안 골똘히 생각했다.

"이것의 이름을 '나베시마 이도'라 하심이 어떠하온지요?"

"나베시마 이도라…… 그래, 그 이름이 좋겠다. 나베시마는 나의 성姓이기도 하다. 우리 번과 나의 위치를 전국에 알릴 수 있겠구나. 나는 지금부터 이 이도다완을 나베시마 이도라 부르겠노라."

"주군, 나베시마 이도와 아리따 도자기의 기술이 밖으로 유출될까 염려되옵니다. 중국은 외부 인사가 접근하지 못하도록 경덕진 근처를 지키고 있다고 들었사옵니다. 우리 번의 도자기 가마에 기술보호령을 내리심이 어떠하옵니까?"

"그래, 알았노라. 아리따의 모든 가마에 병력을 배치할 것이니 그대는 걱정하지 말아라."

"예, 주군."

"신석, 정말 장하도다. 아리따 도자기 덕분에 우리 번의 재정이 두 배로 늘어났고, 이제 나베시마 이도까지 있으니 그것을 팔면 재정은 더욱 늘어날 것이다. 이 모든 것이 그대 덕분이야."

히사다 선생이 말하길 나의 다완은 파는 것이 아니라 나베시마 번의 전략적 결정에 따라 선물용으로 쓴다고 했다.

"주군, 제가 만든 다완은 선물용이 아니옵니까?"

"우리 번이 미약하던 처음엔 그랬노라. 그러나 우리 번이 아리따 도자기 덕분에 일본 최고의 도자 생산지가 되고 나서는 위상이 바뀌었어. 다뀨가 나베시마번에서 생산되는 그대의 다완을 팔자고 제안했지. 그대의 다완을 우리 번의 전략상품으로 내놓아 팔기 시작했어. 다뀨는 에도에서 직접 팔기도 했어. 이제 그대가 나베시마 이도까지 성공했으니 우리 번은 재정이 세 배, 아니 네 배로 늘어날 거야, 하하하."

내가 만든 다완이 팔리고 있는 줄은 몰랐다. 그것도 다뀨 그 죽일 놈이 팔다니.

"돈을 벌면 진짜 이도다완을 구할 것이다. 나의 소원이 드디어 이루어지게 되는 것이야."

"진짜 이도다완이라 하심은?"

"그대도 알 것이다. 그대가 빚은 이 이도다완도 훌륭하긴 하지만 차인들이 신성시하는 이도다완, 전쟁 전 조선에서 만든 진짜 이도다완과 비교하면 아직 미치지 못한다는 사실을 말이야."

뜨끔했다.

"힘있는 다이묘는 모두 진짜 이도를 가지고 있건만 나는 그것을 못 가져 마음이 아팠다. 이제는 그대 덕분에 진짜 이도를 살 수 있을 것이다. 그대는 진짜 이도를 살 수 있도록 나베시마 이도를 많이 만들도록 하여라."

"……예."

"아 참, 그대가 이도를 완성하면 소원을 청한다 했지. 조선으로 돌아가게 해달라는 것 말고는 내가 다 들어주겠노라. 말해보아라."

힘이 쭉 빠졌다. 카쯔시게가 내 속마음을 들여다보고 미리 입막음을 해버리려는 것 같았다. 카쯔시게가 꼼짝 못할 귀국 방책을 마련해야 한다. 시간을 벌기 위해 청을 미루기로 했다.

"주군, 이도를 더욱 완벽하게 빚어 올린 뒤 제 소원을 청하겠나이다."

"그래, 너의 충정이 가상하구나. 그건 그렇고 히라도 지방 역시 질은 형편없지만 우리 아리따 도자기와 닮은 백자 생산에 성공했다는구나."

히라도, 어머니를 죽이고 아버지를 납치하려 했던 마쯔우라가 다이묘로 있던 곳이다. 조선 웅천에서 끌려온 거관巨關이라는 사기장이 그곳의 사무라이 도공으로 있다고 한다.

귀국길이 풀리지 않았다. 힘없이 돌아오는 나를 보고 마꼬가
물었다.

"성에서 무슨 일이 있었습니까?"

"아니오. 술상을 부탁하오."

"센세이, 술보다 차를 마시는 것이……"

소리쳤다.

"술상을 차리시오!"

"예."

깊고 높은 고향 하늘이 떠올랐다. 돌아가셨을 아버지와 어머
니 모습이 어렴풋했다. 계속 술을 들이켰다.

'전생에 제가 무슨 죄를 지었기에 이토록 괴롭힘을 당합니까?
저는 가야만 합니다. 이 땅의 부귀영화는 저에게는 물거품일 뿐
입니다. 하늘이시여, 길을 인도해주소서!'

속이 쓰렸다. 아침에 마꼬가 엽차에 밥을 만 오쨔즈께를 우메
보시(매실짠지)와 함께 방으로 가져왔다. 순천댁이 하늘로 간 뒤 얼
마 동안 마꼬는 고려촌의 조선계 여인들을 시켜 나의 식사를 챙
겼으나, 언제부터인가 그녀가 직접 챙기기 시작했다.

"어제 소리쳐서 미안하오."

"천만에요."

마꼬가 방긋 웃는다. 나이가 들었건만 웃음만은 꼭 소녀 같다.

엽차와 밥이 들어가자 속이 좀 풀렸다. 식사 후 마꼬가 말차를 가져왔다. 차 속에 다른 것이 섞여 있는 것 같아 물어보니 고려인 삼을 넣었다고 한다.


한달 후 홍호연을 찾아가 반드시 귀국하고 싶다는 내 마음을 전했다.

"신선생, 기어이 떠나려 하는군요."

"가야만 합니다. 도와주십시오."

"알겠소. 같이 생각해봅시다."

곰곰 생각하던 홍호연이 말했다.

"진짜 이도를 구하기 위해선 돈이 많이 필요하다고 주군이 말했다고요?"

"그랬습니다."

"신선생이 조선의 흙으로 진짜 이도를 빚어 보내면 나베시마 이도보다 몇배나 더 비싸게 팔 수 있을 것이오. 그리고 우리 번의 재정도 더욱더 늘어날 것이오. 주군께 신선생을 조선에 보내 이도를 빚게 하자고 제안하면 승산이 있지 않겠소? 문제는 조선에서 이도를 빚어 보내겠다는 신선생의 말을 주군이 믿느냐 하는 것이오. 워낙 의심이 많은 분이라……"

"홍선생, 주군은 선생을 아주 신임합니다. 지금 말한 것들을 저 대신 주군에게 제안해주기 바랍니다. 어려운 부탁을 해서 미안합니다."

"아니오. 한번 해보겠소."

나흘 뒤 홍호연이 찾아왔다. 얼굴이 굳어 있었다.

"신선생, 주군이 제안을 받아들이지 않았소. 주군은 일본에 있는 신선생은 믿을 수 있지만 조선에 가 있는 신선생은 믿을 수 없다 하더이다."

"알았습니다. 짐작은 하고 있었습니다. 그런데 홍선생, 주군이 왜 저를 믿지 못하는지 알고 싶습니다."

"볼모가 없기 때문이오."

"볼모라니요?"

"가족 중 한 사람을 성에 볼모로 맡긴다면 주군은 선생의 귀국을 허락할 겁니다. 볼모는 일본의 관행이오."

"저에게는 고려촌이 있지 않습니까? 고려촌 식솔들은 저에게 가족이나 마찬가지입니다."

"신선생, 주군께서는 선생의 직계 가족만 볼모로 생각하오. 새로운 방안을 검토하는 것이 좋을 듯싶소."

"알겠습니다."

그날 밤부터 몸에 열이 나기 시작했다. 마꼬가 정성껏 약을 다려주었다. 하루, 이틀, 사흘, 마꼬의 보살핌 덕으로 서서히 몸이 회복되었다.

마꼬를 두고 꼭 가야만 하는가. 고향에 돌아가지 못하더라도 마꼬와 함께 사는 것도 괜찮으리라. 내가 빚기에는 이도다완, 아니 황도는 너무 높은 곳에 있다. 고향에 돌아가는 것이 불가능해 보였다. 귀국을 체념한 나는 카쯔시게가 요구하는 나베시마 이도를 빚으며 세월을 보냈다.

# 묘책

팔산이 조선의 산수화를 선물로 보내왔다. 그림을 방 안에 걸었다. 고향 산천이 확연히 보이는 것 같았다. 그림과 함께 보내온 서찰에는 그의 가마로 꼭 들러달라는 내용이 있었다.

다음날 팔산이 사는 쿠로다번으로 갔다. 가마 입구에는 쿠로다번의 어용요라는 팻말이 있었다. 가마의 규모가 상당히 컸다. 팔산이 뛰어나와 나를 맞이했다. 그의 머리는 백발이 되어 있었다.

"사무라이 도공으로 다시 복권된 줄은 알았습니다만 최고의 녹을 받는 어용요 주인이 된 줄은 몰랐습니다. 축하합니다."

"나에게 왜국 벼슬자리는 의미가 없소. 그렇지만 천민생활보다는 낫구려."

그의 다완은 맛이 다양했고 형태는 조선계와 일본계가 섞여 있었다. 그릇의 맛이 다양한 이유를 물었다. 가마 부근에 좋은 쪼대 흙(점토)이 없어 여러 곳에서 흙을 가져와 그릇을 빚기에 그렇다 한다. 특이한 유약이 하나 눈에 띄었다. 나뭇재를 수비할 때 나오는 미끈미끈한 양잿물로 만든 유약이었다. 양잿물로 유약을 만들면 불심이 약해 유약 질감이 마치 흘러내릴 것 같은 분위기를 자아낸다. 내가 빚지 않는 차통도 보였다. 왜국말로는 쨔이레茶入라 하는 것으로 손 안에 쏙 들어오는 작은 통이었다. 이것은 농차濃茶 마실 때만 사용한다. 들어보니 종이보다 더 가볍다. 뚜껑은 구하기 힘든 상아로 만들어져 있었다.

"다도 하기에 참 맛난 도자기들이군요."

"코보리 엔슈라는 사람이 부탁해 빚었소. 빚고 나니 역시 다도에 잘 어울리는 것 같소. 신선생, 이곳 사람들은 이 지방의 도자기를 내 일본 성을 따서 타까또리高取 도자기라 부른다오."

"알고 있습니다. 선생님을 다시 사무라이 도공으로 회복시킨 걸 보니 이곳 다이묘의 도자기 보는 눈이 다시 열렸나봅니다."

"그건 아니오. 예전에 내가 말하지 않았소. 이곳의 가신들이 나의 복권을 도왔다고."

"생각납니다."

"평민 신분으로 도자기를 빚을 때였소. 나를 좋아하는 가신들 중 에도에 가는 다이묘를 수행하는 사람이 있었소. 그 가신은 다도가 뛰어난 차인이어서 그런지 에도에 지인이 많소. 지인 중에는 하따모또旗本도 있었소."

"하따모또는 어떤 신분입니까?"

"하따모또를 모르시다니…… 최고 권력자인 쇼군의 사무라이이자 막부의 관리를 말하오. 하따모또 중 높은 자는 녹이 팔천석 정도요. 쇼군의 직계라 시시한 다이묘보다는 정치적 영향력이 훨씬 크오."

"아, 그렇습니까?"

"그 가신이 하따모또를 차회에서 만나 나의 차통을 선물했소. 그런데 하따모또는 쇼군에게 다시 나의 차통을 상납했다 하오. 쇼군이 그것을 보고 감격해 이곳의 다이묘에게 내가 빚는 차통을 올리라 명했다 하오. 그런 연유로 이곳 다이묘가 나를 어용요의 주인으로 임명한 것이오. 내가 사무라이 도공으로 다시 회복된 것은 그 가신과 하따모또 덕이오."

"그랬군요. 선생님, 고국에 대한 그리움은 여전하시겠지요?"

"신선생인들 고국을 잊을 수 있겠소. 신선생, 내 나이가 올해 몇인지 아오?"

"칠십둘?"

"그렇소. 이제 나는 노인이오. 선생 나이도 육십쯤 되지요?"

"예, 예순둘입니다."

"내가 신선생 나이라면 분명 귀국했을 거요. 나는 이제 늦었소. 그래서 부모님의 생신을 기일로 삼아 작년부터 제사를 드리고 있다오."

나는 돌아가셨음이 분명한 부모님에게 제사상 한번 차려본 적이 없다.

"내가 신선생을 왜 불렀는지 아오?"

"……"

"먼저 물어보겠소. 고국으로 돌아갈 거요, 여기 머물 거요?"

"여건이 여의치 않습니다만 고향으로 돌아가 황도를 빚는 것이 제 소원입니다."

"그래서 신선생을 오라고 한 것이오."

"예?"

"내가 준비를 치밀하게 하지 못해 실패했다고 한 말 기억나오?"

"예, 선생님."

"나는 귀국하려는 일념으로 최근까지 별 정보를 다 모았소. 그러던 중 얼마 전 중요한 이야기 하나를 들었소. 국교 정상화 후 다시 설치된 부산 왜관에 왜국이 직접 경영하는 가마가 생겼다는 것이오. 신선생, 그 가마의 변수(도공두)는 왜국의 사무라이 도공이 맡을 것 아니겠소?"

"당연히 그러겠지요."

"부산 왜관을 책임지는 자는 힘없는 쓰시마의 다이묘요. 그런 다이묘 정도는 막부에 연줄만 있다면……"

귀가 번쩍 뜨였다. 하따모또, 변수, 쓰시마, 막부…… 그렇다면? 그래, 그것이다. 그의 손을 잡고 고맙다고 했다. 그와 밤늦게까지 술잔을 주고받았다. 떠날 때 그는 내게 빌린 금화 열냥을 내어놓았다. 나는 사양하며 말했다.

"선생님이 어제 해주신 이야기의 값어치는 금화 백냥도 넘습니다."

# 코보리 엔슈

병자년(1636년) 십일월이 되었다. 팔산이 일러준 귀국 방안을 한달 동안 곰곰 생각하고 또 생각했다. 결심을 굳히고 존해를 찾아갔다. 술상을 차리려는 그를 만류하며 차실로 가서 조용히 이야기하자고 했다. 가마에 차실을 만들어놓은 그는 다도에 제법 능숙했다.

"존해 선생, 차선생이 다 되었군요."

"하하, 주군께서 다도 공부를 하라고 해서…… 아직도 공부중이오. 그런데 신선생, 연락도 없이 웬일이오?"

나는 귀국하기 위해 짜낸 방안을 그에게 이야기했다.

"신선생, 정말 고향에 가려고 하는군요."

고개를 끄덕였다.

"알겠소. 최선을 다해보겠소."

"고맙습니다."

그와 마지막일지도 모르는 술자리를 가졌다. 취중에 그가 말했다.

"신선생, 나하고 이 땅에 그대로 삽시다. 정든 신선생이 가버리면 나는 어떡하오?"

"존해 선생은 사랑하는 가족이 있잖습니까?"

"그건 그것이고 사기장 친구는 없잖소?"

그의 머리도 나처럼 반백이었다. 취하도록 마셨다.


작업장에서 물레를 차며 존해의 연락을 기다렸다. 마꼬에게 고향으로 돌아갈 계획을 말하지 못했다. 그녀와 함께 가지는 못할 것이기에 말할 수가 없었다. 최근 들어 병색이 완연한 그녀의 창백한 얼굴을 보니 마음이 심란했다.

보름 후 존해의 서찰이 도착했다.

"신선생, 원하는 곳에서 살지 못하면 서러움만 쌓인다는 말이 떠오르오. 고향에 가더라도 건강하게 오래오래 사시오. 주군께서 선생의 청을 들어주셨소. 선생의 귀국 문제는 주군이 쇼군 전하께 직접 이야기해야 될 일이나 올해까지는 워낙 바빠 에도에 갈 수 없다며 대신 글을 써서 주셨소. 글에 씌어진 대로 신선생이 하면 된다고 했소. 신선생, 건투를 비오. 언젠가 또 만날 것을 기대하면서. 존해."

동봉된 서찰을 뜯었다.

"신선생, 다가오는 십이월 스무이렛날 미시(오후 1시~3시)까지 코꾸라의 모지(門司) 포구에 가시오. 우리 번(蕃)의 배를 타면 안내인이 있을 것이오. 그 안내인이 선생을 도울 것이오. 신선생, 멋진 이도다완의 탄생을 기다리겠소. 호소까와 산사이."

스무이레라 얼마 남지 않았다. 일이 있어 에도까지 가야 한다고 마꼬에게 말했다.


모지 포구에 도착하니 호소까와가 말한 배가 있었다. 에도의 막부에 보낼 공물을 실은 배였다. 좁은 해협 저편에 아까마세끼(시모노세끼)가 보였다. 물살이 험한 이 해협은 몇년 전 하기 도자기를 보러 갈 때도 건넌 적이 있다. 가신인 듯한 안내인은 세또 내해를 통과해 오사까까지 간 다음 거기서부터는 말을 타고 에도에 갈 예정이라고 했다.

순풍일 때는 돛을 펴고 바람이 없거나 역풍일 때는 돛을 말았다. 이틀이 지나자 뱃길은 출발과 달리 거칠었다. 삼일째, 거센 파도가 배를 크게 흔들었다. 육지에 정박해야만 했다. 바다가 잠잠하기를 기다려 다시 출발했다. 배 위에서 정축년(1637년) 새해를 맞이했다. 배 안에서 바라본 세또 내해의 섬들은 아름다웠다. 이 섬들이 왜구의 본거지였다니……

열흘이 지나자 육로가 시작되었다. 왜국의 대도시 오사까를 서쪽으로 지났다. 집들이 반듯했다. 오사까 성이 보였다. 성채가 웅대했고 층루와 비각 또한 거창했다. 오사까 부근의 섬에서 가져왔다는 성벽의 돌 중에는 집채만 한 것도 보였다. 조선 침략의 원흉 토요또미 히데요시가 있던 곳이다. 예전의 성은 히데요시가 쌓았으나 토꾸가와가 히데요시의 아들과 싸울 때 불태워졌다 한다. 현재의 오사까 성은 그후 다시 지은 것이라고 한다.

쿄또 혼진本津에 도착해 하룻밤을 보냈다. 명목으로만 일본 수도인 이곳에는 절이 많았다. 도지東寺라는 절을 지나 다이또꾸지大德寺라는 사찰을 향해 갔다. 두 절 사이의 이십리 길에는 가게가 즐비했다. 길가 가게에는 물산이 많았고 손님들로 북적거렸다. 한쪽에서는 예쁘게 생긴 사내 녀석들이 몸짓과 대사를 섞어 와까슈 카부끼若衆歌舞伎라 하는 춤과 소리를 하고 있었다. 그 사내들은 용모를 이용해 남색男色도 한다고 들었다. 시가지 동쪽에 왜국 왕이 산다는 궁전이 있었다.

쿄또를 지나자 왜국에서 가장 큰 호수라고 하는 비와호琵琶湖가 나타났다. 이렇게 큰 호수는 난생처음이었다. 맑고 아름다운 호수에는 조각배가 곳곳에 떠 있고 돛대 그림자가 물살에 어른거렸다.

비와호의 호변길은 '조선인 가도'라고 했다. 원래는 패권 전쟁에서 승리한 토꾸가와가 쿄또로 입성할 때 지나던 길이어서 '경사스러운 관례의 거리'였다고 한다. 왜국의 속국 류뀨(오끼나와) 사람이나 나가사끼의 오란다(네덜란드) 상관장 등 외국인은 이 길로 다닐 수 없다고 한다. 그러나 왜국은 신성시 여기는 이 길을 조선 쇄환사에게만은 특별히 개방했고 그후부터는 '조선인 가도'라 부른다고 했다. 여행의 피곤함을 씻어주는 아름다운 길이었다. 마꼬와 같이 이 길을 걸었으면 좋겠다는 생각이 들었다.

드넓은 평야를 지나자 큰 산 밑에 호수가 또 하나 있었다. 사람들이 특이한 방법으로 고기를 잡았다. 훈련시킨 기러기가 물속으로 들어가 부리로 고기를 물면 기러기를 불러들여 입에 든 고기를 토해내게 했다.

나고야名古屋를 거쳐 미시마三島를 향하는 도중 대평원 가운데 우뚝 솟아 있는 후지산을 보았다. 흰 구름이 산허리에서 일어나 하늘을 가리고 있었다. 산꼭대기에는 사계절 내내 눈이 쌓여 있다고 한다. 내가 빚는 차사발 중 그릇 표면에 선을 판 뒤 백토로 메워넣는 것이 있는데, 왜인들이 미시마 다완三島茶碗이라 불렀다. 미시마에 있는 신사神社의 옛 달력 문양과 비슷해서 생긴 이름이라 한다. 왜인들은 하얀 문양이 들어간 조선 분청자도 미시마라 불렀다.

미시마를 거쳐 하꼬네箱根에 도착했다. 마침 눈이 내린 뒤라 하꼬네에 있는 큰 고개를 넘기가 힘들었다. 고개를 넘자 온천 마을이 나타났다. 온천욕으로 여행의 피로를 잠시나마 풀었다.

이틀 뒤 에도에 도착했다. 예상을 뛰어넘는 큰 도시였다. 안내인이 나를 호소까와의 아들이 산다는 대저택으로 데려갔다. 호소까와의 아들은 내게 추천장만 주었다.

안내인이 다시 나를 이끌고 간 곳은 정원이 잘 가꾸어져 있는 저택이었다. 작고 하얀 돌멩이를 마당에 쭉 깔아놓고 그 위에 물결 문양, 손가락 지문 같은 문양을 만들어놓았다. 구석의 바윗돌 옆에는 휘어진 홍송이 자라고 있었다. 정원은 자연을 축소해 옮겨놓은 듯했다. 자연스럽지는 않았지만 아기자기한 아름다움을 느끼게 했다. 방으로 들어가니 단정히 앉아 있던 사람이 알은체를 한다.

"오랜간만입니다."

놀랍게도 전에 가마에 온 적이 있는 코보리 엔슈였다.

"코보리 선생님을 만날 줄은 꿈에도 몰랐습니다."

대저택에서 받은 추천장을 그에게 내어놓았다. 그가 추천장을 읽고 나서 말했다.

"먼저 선생이 알고 있는 이도다완의 진실을 말해주시오."

나는 이도의 기술을 마지막으로 가지고 있던 할아버지한테서 그 기술을 완전히 전수받지는 못했지만 호소까와 이도를 보고 빚는 방법을 깨우치게 되었다, 이도의 관건은 흙이며 조선의 흙으로 빚어야만 가능하다는 말을 그에게 해주었다. 이도가 제기라는 이야기도 했다. 내 말을 들은 그가 나지막이 물었다.

"신선생을 조선에 보내주면?"

"이도다완을 빚어 올리겠나이다."

"제기를 만들어 보내겠소?"

"아닙니다. 제기가 아닌 다완을 만들어 보내겠습니다."

그가 미소를 지었다.

"조선으로 가는 데 내가 할 일이 무엇이오?"

"저를 하따모또 신분의 부산 왜관요 도공두陶工頭가 되게끔 해 주십시오."

"하따모또 신분은 왜 필요하오?"

"경상도의 흙을 자유롭게 구해야만 이도다완을 빚을 수 있습니다. 경주, 부산, 울산, 동래, 진주, 사천 등 경상도의 각 고을에는 다이묘에 해당하는 수장들이 있습니다. 이 수장들의 동의를 얻어 흙을 자유롭게 구하려면 막부 소속이자 일본국 관리인 하따모또 신분이 꼭 필요합니다. 지금 부산 왜관요는 쓰시마의 가신이 책임자라 흙을 구하는 데 아주 애를 먹고 있다고 들었습니다. 쓰시마의 가신은 작은 지방의 관리라 조선 관리들이 얕보기 때문입니다."

"선생의 주군인 카쯔시게에게 청을 하지 않고 호소까와님을 통해 한 이유는 무엇이오?"

"저의 주군에게 청을 해보았습니다만, 조선에 가서 이도를 만들어 보내겠다는 저의 말을 믿지 않았습니다. 저를 믿게 하려면 저의 가족 중 한 사람을 볼모로 맡겨야 하나 저는 처도 자식도 없습니다."

"호소까와님이 선생을 믿을 거라 생각한 이유는 무엇이오?"

"다도를 통한 깨우침과 장인이 수련을 통해 얻은 깨우침은 같은 것이라 생각합니다. 깨우친 사람은 서로 눈빛으로도 대화할 수 있으며 또 서로를 믿을 수가 있습니다. 제가 보기에 호소까와 그분은 다도를 통해 깨우친 분이었습니다. 그래서……"

"나는 어찌 생각하오?"

"선생님이 다도 철학을 득했음은 가마에 오셨을 때 이미 느꼈습니다."

그가 고개를 끄덕였다.

"신선생, 보통의 경우 하따모또나 왜관의 도공두 정도는 간단히 임명할 수 있소만, 신선생이 피로인 출신이라는 점이 걸리오. 수교협상 때 조선인 포로와 피로인들을 귀환시키겠다고 조선 조정과 약속한 우리 막부는 정미년(1607년)에 각 지방의 다이묘들에게 그들을 놓아주라 명했소. 그런데 지방의 다이묘들은 조선 장인들을 숨기고 조선으로 보내주지 않았소. 선생 또한 그중 한 명일 것이오. 이것이 문제요. 조선 조정에서 선생이 피로인 출신이라는 것을 알면 우리 막부의 약속 불이행이 드러나게 되는데, 이는 외교적 문제로 비화할 가능성이 있소. 선생의 귀환 문제는 막부에서도 신중을 기해야 할 것 같소. 먼저 쓰시마의 다이묘를 시켜 조선 조정의 의중을 확인한 뒤 여러 정보를 토대로 막부의 외교담당들이 모여 의논하게 될 것이오. 마지막엔 쇼군 전하의 최종 결단을 받아야 하오. 그래서 시간이 꽤 걸릴 것 같소."

내가 조선으로 못 갈 수도 있다는 말이었다.

"선생에겐 안된 이야기지만 조선이 지금 여진족과 전쟁중이라 과거사를 덮어줄 가능성도 있소."

"조선이 지금 여진족과 전쟁중이라 하심은?"

"조선은 십년 전 여진족과 벌인 첫 전쟁에서 졌소. 지금 벌어지고 있는 전쟁도 조선이 패할 것이라고 우리는 보고 있소. 그런데 지금 여진족은 조선의 북쪽과 수도 한양은 점령했지만 전라도, 충청도, 또 우리 왜관이 있는 부산까지는 점령하지 않았다 하오."

임란 때 그렇게 당하고도 조선은 무엇을 했단 말인가. 그러나 나는 조선으로 가야만 황도를 빚을 수 있다.

"여진족의 속국이 될지도 모르나 이도를 빚기 위해서는 고향에 가야 합니다."

"귀환하려는 신선생의 심정을 알 것 같소. 선생의 청을 성사시키기 위해 최선을 다하겠소."

"고맙습니다."

"허나 신선생, 아까 말했듯이 이 일은 시간이 걸리고 결과 또한 아직은 미지수요."

"되고 안되고는 하늘에 맡깁니다."

"성사되든 안되든 결과는 나베시마번의 다이묘 카쯔시게를 통해 전달될 것이오. 그런데 이도가 제기라는 사실을 세상에 알리는 일에는 신중을 기해야 할 것이오."

조선의 제기를 숭상하는 것이 잘못하면 조선의 혼을 숭상하는 것으로 보일 수도 있다는 일본인의 우려 때문에 하는 말 같았다.

고려촌으로 오는 도중 고국이 만주 오랑캐에 지금도 당하고 있다는 코보리 엔슈의 말이 머리에서 떠나지 않았다. 코 잘린 채 죽은 조선 백성들, 매일매일 바닷물에 던져지던 우리 백성들, 서영 감님의 죽음…… 임란 때 일이 선명하게 떠올랐다.

# 떠돌이 무사 로닝

긴 여행 끝에 가마 앞마당에 들어설 때였다. 처음 보는 개들이 짖어댔다. 누런 털에 쫑긋한 귀, 오각형 머리를 한 그 개들은 이빨이 날카로웠다. 한쪽 구석에는 죽창과 도끼, 낫이 가득 쌓여 있었다. 개 짖는 소리에 가마 식솔들이 뛰쳐나왔다. 큐마가 으르렁거리는 개들을 진정시킨다.

"개들과 저기 쌓아둔 것들은 뭐냐?"

"선생님, 우리 고려촌이 위험에 처해 있습니다."

큐마의 목소리가 심각했다.

"로닝들이 소나무를 마구 베어가고 있습니더."

억수의 말에 봉이도 나선다.

"선상님, 일이 터졌심더. 우리 백성들이 소나무를 벌목하고 있을 때 로닝들이 몰려와서는 지들 소나무라며 칼로 위협했심더. 놈들에게 따지던 마을 사람이 갈비뼈가 부러져 돌아왔심더."

"뭐라, 로닝들이 우리 백성을 쳤단 말이냐?"

"선상님, 그 정도는 다행입니다. 백파선 식솔들은 로닝들 위협에 겁을 묵어 가마를 떠나는 사람이 쌨고, 소나무를 구하던 이삼평 식솔 한 명은 놈들 칼에 죽었다 합니다."

억수의 말이었다.

"선생님, 저는 다이묘의 호위무사였기에 로닝들에 대해 잘 알고 있습니다. 지금까지 일어난 일은 시작에 불과합니다. 놈들은 분명 우리들을 칠 겁니다. 대비를 하지 않으면 놈들에 의해 마을이 불바다가 될 수 있습니다. 선생님, 로닝과 맞설 수 있도록 저희에게 칼을 허락해주십시오."

큐마의 목소리는 절박했다.

"칼이라니, 무슨 말을 하는 게냐? 사기장이 칼을 들면 끝이라 했거늘, 감히 내 앞에서 칼을 입에 올릴 수 있느냐?"

"센세이, 피곤해 보이시니 좀 있다가 의논하심이……"

마꼬가 나섰다. 얼마 뒤 큐마, 봉이, 억수가 방으로 들어왔다.

"선생님, 저희의 생각을 헤아려주십시오. 이대로 가면 누구보다도 선생님이 위험합니다. 제발 선생님 호위만은 저희들 방식으로 하게 해주십시오."

"칼을 차고 나를 호위하겠단 말이냐?"

"아닙니다. 칼 아닌 다른 것으로 호위할 터이니 제발 허락해주십시오."

"좀 생각해볼 터이니 나가들 보거라."

밤이 되자 마을 백성들이 죽창을 들고 나를 지켰다. 큐마는 밤새 개들을 훈련시켰다.

다음날, 이삼평이 호위무사를 대동하고 달려왔다. 곧이어 백파선도 호위무사 둘을 데리고 왔다. 덩치가 큰 백파선의 호위무사는 종전을 빼다박은 두 아들이었다.

이삼평이 따지듯 물었다.

"도대체 어딜 갔었소? 우리 조선계 가마가 풍전등화의 운명이거늘……"

"미안하오. 여행을 좀 다녀왔소."

"신선생님, 올 것이 왔어요. 로닝들이 우리에게 소나무 전쟁을 걸어왔어요."

이삼평과 백파선 뒤에 서 있는 칼 든 무사들이 눈에 들어왔다. 내 뒤에도 봉이·억수·큐마가 무쇠 박은 목검을 들고 서 있었다.

"신선생, 전쟁은 이미 시작되었소. 나는 이미 식솔 한 사람을 잃었소이다."

"들었습니다. 안타까운 일입니다."

"저희 가마는 여자인 제가 오야붕이라 그런지 로닝들의 위협에 벌써 백명이 떠나갔어요. 소나무 벌목을 못해 백자도 못 굽고

요즘 잡목으로 잡기만 굽고 있는 실정이에요."

"카쯔시게가 우리를 보호하려고 기술보호령을 내렸는데 로닝들이 설치다니 아직 이해가 잘 안됩니다."

"신선생, 그것은 우리 기술이 나베시마번 밖으로 나가는 것을 막는 것이지 나베시마번 가마들간의 문제와는 상관이 없는 것이오. 카쯔시게 입장에서 보면 나베시마번의 가마는 다 자기 가마가 아니오?"

"그건 그렇습니다."

"전에도 말했듯이 가장 큰 문제는 다뀨가 주군 첩을 조종하고 있다는 것이오. 현재 카쯔시게는 첩에게 마음을 완전히 빼앗긴 상태요. 첩년 덕에 다뀨와 로닝들의 세가 점점 불어나고 있소이다. 이 난국을 헤쳐나가지 않으면 우리 조선계 가마는 살아남기 어려울 것이오."

"이선생, 어떻게 하면 좋소이까?"

"나는 세 가지 대책을 생각해보았소. 첫째는 강경책이오. 신선생과 나는 칼을 써도 되는 사무라이 계급이고, 형수님은 사무라이였던 종전 형님의 후계자라 제한적으로나마 무사를 고용할 수 있소. 우리 셋이 가마의 식솔들을 무장시키고 또 무사들을 고용한 후 사생결단하고 로닝들과 붙어보는 것이오. 이 방법은 피를 보아야 하오."

백파선이 묻는다.

"이선생, 로닝들도 문제지만 로닝들의 오야붕인 다뀨는 병사를 가지고 있어요. 다뀨가 병사를 보내면 우리에게 승산이 없지 않아요?"

"형수님, 그 점은 걱정 안해도 됩니다. 이곳 아리따는 카쯔시게의 직할지요. 다뀨가 자기 병사들을 이곳으로 보내려면 카쯔시게의 허가가 필요하오. 다뀨가 이곳에 병사를 보내는 것은 불가능하오. 그래서 다뀨는 로닝들을 뒤에서 조종하는 방법을 쓰고 있는 것이오."

"그건 걱정 안해도 되겠네요."

"둘째는 주군에게 다뀨와 로닝들의 불법을 알게 하여 그들을 내치게 하는 방법이오. 가장 좋은 방법이지만 주군이 첩에 빠져 있으니 현재로선 성사되기 어렵소. 셋째는 닌자忍者를 이용해 다뀨를 암살하는 방법이오. 나는 이 방법이 싫소만 어쩔 수 없다면 쓸 수도 있다고 생각하오. 이상이 내 의견이오."

로닝들과 칼로 싸울 수는 없다. 놈들은 칼에 능한 자들이니 우리가 절대적으로 불리하다. 암살단인 닌자를 동원하는 짓도 할 수 없다.

"이선생, 형수님. 카쯔시게는 전에 나베시마 이도를 완성하면 제 소원 하나를 들어준다 했습니다. 아직 저는 그 소원을 말하지 않았습니다. 이 문제를 해결하는 것이 제 소원이라며 그에게 부탁해보겠습니다. 이 방법이 안 통하면 그후에 다른 방안을 검토

해보는 것이 어떻겠습니까?"

일단 그렇게 하기로 했다. 우리는 로닝들의 눈을 피하기 위해 다음 회합장소를 세 사람의 가마가 아닌 은밀한 곳으로 정했다.

다음날 아침, 면담 신청을 하기 위해 성으로 향했다. 앞에는 말을 탄 큐마가, 좌우로는 봉이와 억수가 나를 호위했다. 낫과 도끼로 무장한 마을 장정 네 명도 동행했다. 성에서 면담 신청을 받는 놈의 표정이 영 개운치 않았다. 혹시 다뀨의 사람은 아닐까 하는 걱정이 들었다.

면담을 신청한 지 사흘이 지나도록 회신이 없었다. 소나무 장작은 봉통불 한번 때기도 힘들 만큼 적었다. 가마에 소나무 장작이 없는 것은 부엌에 쌀이 없는 것과 마찬가지다. 소나무를 확보하기 위해 직접 나서기로 했다. 다행히 로닝들이 나타나지 않았다. 그러나 며칠 동안 애를 써보아도 소나무는 턱없이 부족했다. 비싼 구입비를 각오하고 카라쯔번에 가서 소나무를 사오게 했다. 식솔들은 카라쯔번으로 떠나면서 나에게 안전을 돌볼 것을 당부했다. 나는 가마에만 있겠다고 했고 그들이 돌아올 때까지 산에 가지 않았다.

카라쯔번으로 간 식솔들이 소나무를 구해 돌아왔으나 예상한 것보다 양이 적었다. 식솔들의 말에 의하면 카라쯔번의 사기장들은 돈을 떠나 내 부탁이라서 소나무를 팔았다고 한다. 그곳에서도 소나무가 턱없이 부족한 형편이라고 한다.

면담 신청을 한 지 열흘 만에 번藩을 다스리는 일을 당분간 다㆑에게 위임했다는 연락이 성에서 왔다. 다㆑는 로닝들의 오야붕이 아닌가. 사태가 점점 더 심각해져갔다. 이삼평과 백파선에게 연락해 비밀장소에서 만났다.

　　"주군이 나에게 천산 도석광을 다㆑와 공동관리 하라는 명령서를 보냈소. 백자 태토마저 로닝들의 손에 넘어가기 시작했소."

　　백파선이 수심이 가득한 표정으로 나를 보았다.

　　"신선생, 어떤 방도가 없을까요? 우리보다 세가 약한 조선계 가마들은 거의 파산 직전이에요."

　　"설상가상으로 카쯔시게는 성의 일을 다㆑에게 위임했습니다."

　　"분명 다㆑가 심어놓은 첩의 농간이오. 이제 면담으로 해결할 수는 없을 것 같소. 아무리 생각해도 닌자를 구하는 것이 좋겠소. 닌자를 사는 것이 피도 보지 않고 다㆑를 제거하는 방법이라 생각되오. 다㆑가 없으면 로닝들도 끝이오."

　　"닌자를 구할 수는 있소이까?"

　　"내가 아는 스님을 통해 닌자를 구할 수 있소."

　　백파선이 말했다.

　　"이선생, 저는 도자기 빚는 사람으로서 사람을 암살하는 것은 영 내키지 않아요. 분명 다른 방책이 있을 거예요."

　　아무리 궁리해도 대책이 없었다. 허탈하게 각자의 가마로 돌아갈 수밖에 없었다.

코보리 선생에게 부탁한 일이 성사된다면 나는 하따모또 신분이 된다. 하따모또라면 다뀨와 싸워볼 수 있다. 그러나 그 일이 성사되기까지 시간이 걸린다. 지금 로닝과의 소나무 전쟁은 발등에 떨어진 불이다. 이 일을 해결하지 못하면 고려촌의 존속 자체가 불투명하다. 에도에 가서 이 문제부터 도와달라고 해볼까? 안된다. 이 일은 나베시마번 내부의 일이다. 번 내부의 일을 막부에서 간섭하지 않는 것이 관례이다.

다음날 이삼평과 백파선에게 전갈을 보내 홍호연을 만나보겠다고 하고 성으로 갔다. 저간의 사정을 말하자 홍호연은 한숨부터 쉬었다.

"주군은 요새 그 여자에게 너무 빠져 있어 가신들도 모두 걱정하고 있소. 그런데 다뀨가 주군의 애첩을 조종하고 있는 줄은 몰랐소이다. 다뀨가 로닝들의 후견인이라는 사실도 말이오. 그러나 증거 없이 주군께 그 일을 보고하다가 일이 잘못되면 목숨이 위태로워지오. 신선생, 증거를 찾아야 하오. 다뀨와 로닝의 관계를 입증할 증거, 또 다뀨와 그 여자의 관계를 보여줄 증거를 확보해야 하오. 증거가 확보되면 주군께 보고하여 다뀨와 한판 붙어보겠소."

"알았습니다. 증거를 꼭 찾아내겠습니다."

"그리고 신선생이 제 집에 오는 것을 로닝들이 보면 위험하니 다음부터는 믿을 만한 사람을 통해 연락하는 것이 좋겠소. 로닝들은 호위무사 없는 신선생을 가장 먼저 노릴 거요. 신변에 각별히 유의하시오."

"그렇게 하겠습니다. 홍선생도 로닝들을 조심하십시오."

홍호연의 말을 이삼평과 백파선에게 전했다. 내 말을 듣자마자 이삼평이 말했다.

"얼마 전 로닝계 가마로 떠난 식솔 한 사람이 있소. 로닝 출신으로 세또에서 온 자요. 신선생도 땅딸한 그 사람을 알 것이오. 옛날에 그자를 추천한 사람이 바로 신선생이었소."

"저도 기억이 납니다. 이름이 모리오까였지요."

"그렇소. 자기 몸에는 조선인의 피가 흐른다는 소리를 항상 해대던 자였소. 그자는 처음에 도자기 기술이 그런대로 괜찮았고 또 나쁘지 않은 사람이었으나 로닝들과 어울리기 시작했소. 나는 로닝들과 어울리는 게 괘씸해 그자를 내쳤소. 그가 로닝들 도움으로 자기 가마를 지을 거라는 소문이 한때 돌기도 했소. 그런데 최근 들리는 소문으로는 로닝들과 사이가 벌어졌다 하오. 그자를 만나 증거가 될 만한 것을 찾아보는 게 어떻겠소?"

"그럽시다. 나는 그에게 여비를 보태준 일이 있소."

"저도 찬성이에요. 그 방법이 최선처럼 보이네요."

"그는 자신의 가마를 짓기 위해 돈이 필요할 거요. 그를 돈으로 매수해보겠소. 그리고 신선생, 이 나라는 피를 즐기고 죽음을 가벼이 여기는 나라요. 제발 식솔들을 무장시키시오. 신선생도 알고 있잖소? 우리 세 사람을 제외한 다른 조선계 가마들은 힘이 없다는 것을 말이오."

"알았소. 걱정해줘서 고맙소이다."

고려촌으로 돌아오니 배달 형이 소나무 장작을 보내왔다는 기쁜 소식이 기다리고 있었다. 많지는 않았지만 한번 불때기할 정도의 잘 마른 장작이었다. 배달 형도 소나무가 부족할 텐데, 정말 고마웠다. 그러나 육개월 후가 문제다. 지금 벌목하는 소나무는 쪼갠 뒤 육개월 정도 말려야 한다. 생소나무로 불을 때면 그릇이 익지 않기 때문이다. 지금 소나무 장작을 마련해놓지 않으면 육개월 뒤에는 그릇을 구울 수가 없다. 계속 소나무를 구해야 했다.

# 닌자의 기습

소나무를 구하러 산 중턱으로 올라갔다.

후닥닥, 산토끼 한마리가 놀라 달아났다. 순간 '휘이익' 하는 소리가 들리면서 뭔가 날아와 가슴팍을 쳤다. 옆에 있던 큐마가 "닌자다!" 외치면서 나의 발을 걸어 넘어뜨렸다. 억수가 자기 몸으로 나를 감싼다. 또 '휘이익' 소리가 들렸다. 덤불 속에서 연기가 피어나면서 화약 냄새가 났다. 화약 연기 속에서 사람이 움직였다. 덤불을 향해 봉이가 낫을 던지고 큐마가 손도끼를 던졌다. 마을 장정들도 낫과 도끼를 던졌다. '아악' 하는 비명과 함께 사람이 쓰러졌다. 큐마가 말했다.

"선생님, 닌자였습니다."

나를 감싸고 있던 억수가 일어났다. 나도 일어나 가슴팍을 살

퍼보았다. 곽재우 장군의 증표가 만져졌다. 땅바닥에 별 모양의 칼날 표창이 보였다. 목을 만지던 억수가 갑자기 쓰러진다. 목에 표창이 박혀 있었다.

큐마가 억수의 목에 박힌 표창을 뽑고 독을 빨아내면서 들것을 만들라고 소리쳤다. 마을 사람들이 잘라온 굵은 나뭇가지 두 개 위에 겉옷을 대 들것을 만들었다. 들것에 억수를 옮겨 실었으나 얼굴이 점점 창백해져갔다.

"행님."

봉이가 억수를 불렀다. 억수 눈은 촛점이 흐려졌다.

"억수야, 억수야."

들것 위에서 부들부들 떨던 억수의 얼굴이 검어진다. 무슨 말을 하려는 듯 입술을 실룩였다.

"영추욱사안, 영축산."

들것이 멈추었다.

"행님……"

봉이가 주저앉았다. 큐마가 억수의 심장에 귀를 대더니 억수의 눈을 열어 보았다. 큐마의 손이 떨렸다. 큐마가 고개를 저었다. 큐마가 청년 셋을 불러 지금 당장 이삼평, 백파선, 한배달에게 알리라고 지시했다. 고려촌에 도착해 들것에 실린 억수를 보았다. 그것은 억수가 아니라 억수의 주검이었다. 백성들이 삼베를 가져와 억수의 주검을 감쌌다.

"가마칸 속에 억수를 모셔라."

백성들이 몰려왔다. 누구라 할 것 없이 하얗게 질린 얼굴이었다. 여기저기서 흐느끼는 소리가 들렸다. 가마칸 속에 억수를 모신 뒤 흙으로 칸문을 막았다. 칸문 막는 것을 보고 울부짖던 봉이가 장작칸으로 뛰어간다.

"제가 직접 행님을 보낼 낍니더."

사람들이 봉이를 말리며 스님이 오실 때까지 참으라 했다. 억수 처가 뛰어와 "안돼! 안돼!" 하고 부르짖으며 칸문을 열어달라 했다. 칸문을 헐어 억수의 주검을 보여주자 그녀는 시신 위에 쓰러지고 만다. 실신한 억수 처를 방 안에 뉘었다. 마꼬가 그녀 옆에서 눈물을 흘렸다. 잠시 후 깨어난 억수 처가 통곡하기 시작했다. 스님이 도착하자 가마칸 문을 다시 막았다. 염불이 시작되었다. 봉이가 불을 붙였다.

큐마를 불러 말했다.

"칼을 허락한다."

큐마가 창고에서 칼 세 자루를 가져왔다. 사무라이로 봉해질 때 받은 칼이었다. 칼날이 번쩍거렸다. 큐마가 말했다.

"만약을 위해 칼을 갈아놓았습니다."

큐마가 허리에 긴 칼을 찼다. 그리고 할복에 쓴다는 짧은 칼 한 자루를 마꼬에게 주었다. 나머지 칼 한 자루는 봉이에게 줄 것이라 한다.

가마의 불길이 한창 타오를 때쯤 이삼평이 수하 무사들과 무장한 식솔들을 데리고 왔다. 곧이어 백파선도 칼을 찬 아들 둘과 무장한 가마 식솔들을 데리고 왔다. 큐마의 지시로 백성들이 나, 이삼평, 백파선을 빈틈없이 호위했다. 훈련시킨 개 세 마리가 큐마의 주위를 맴돌았다.

억수의 소식을 듣고 여러 곳에서 문상객들이 몰려왔다. 큐마는 그들이 내게 접근하지 못하도록 막았다. 큐마의 저지에도 아랑곳하지 않고 웬 낯선 사람이 다가와 천으로 싼 길쭉한 것을 나에게 겨누었다. 마꼬가 나를 감쌌다. 동시에 큐마가 훈련시킨 개 세 마리가 그자를 덮쳤다. 개들이 날카로운 이빨로 놈의 모가지와 다리통을 물고 늘어질 때 큐마가 놈을 단칼에 베어버렸다.

"아아악."

피가 하늘로 솟구치고 여인들의 찢어지는 비명소리가 들렸다. 마꼬는 놀라기는커녕 죽어가는 놈의 얼굴을 싸늘하게 노려보고 있었다. 숨이 끊어진 놈의 입속에서 피가 흘러나왔다. 독을 삼킨 것이다. 놈이 쥐고 있던 것을 헤쳐보니 총이었다. 닌자의 암살용 총이라 했다. 멀리서 무장한 배달 형과 그 식솔들이 말을 타고 오는 게 보였다.

가마 앞으로 가 절을 올렸다. 자리에서 일어날 수 없었다. 봉통 속에는 타다 남은 장작숯이 이글거리고 억수 처는 가마 옆에서 넋 나간 사람처럼 앉아 있었다. 억수를 보낸 가마칸을 헐고 물을 뿌렸다. 가마가 김을 내뿜으며 식기 시작했다. 억수 처가 유골을 보더니 다시 정신을 잃었다. 덩치 큰 억수는 사라지고 이제 뼛조각만 남았다. 절구통에 유골을 넣고 뼈를 찧었다. 유골은 나누면 안되지만 작은 항아리 두 개에 나누어 담았다. 항아리 하나는 내 방 벽장에 모셔둘 것이다.

제단 위에 억수의 골호<sup>骨壺</sup>를 모셨다. 억수 처가 두 딸과 함께 문상객들의 조문을 받기 시작했다. 왜국 문상객을 위해 제단 옆에 꽃을 쌓아두었다.

개 세 마리가 내 방을 향해 짖기 시작했다. 큐마가 백성들에게 나를 호위하라고 소리쳤다. 무사들과 백성들이 다시 나, 이삼평, 백파선을 첩첩이 둘러쌌다. 배달 형은 자기 식솔들에게 내 방을 에워싸라고 지시했다. 칼을 든 큐마가 방문을 살며시 열고 개 세 마리를 들여보냈다. "캐갱" 하는 소리가 들렸다. 배달 형과 큐마가 문을 활짝 열자 칼이 보였다. 두 사람은 칼을 들고 동시에 방 안으로 들어갔다. "쩽쩽" 칼 부딪치는 소리가 울렸다. 얼마 뒤 배달 형이 문 바깥으로 시체 하나를 던졌다. 닌자였다. 큐마가 죽은 개를 안고 나왔다.

# 증인 확보

나는 이삼평, 백파선에게 배달 형을 소개하고 나서 말했다.

"나도 칼을 잡겠소. 싸웁시다. 억수의 복수를 해야만 하오."

피를 부르는 전쟁을 피하려고 했지만 억수가 죽은 이 마당에 참을 수가 없었다. 백파선이 나를 쳐다보며 말했다.

"신선생 마음은 충분히 알아요. 그러나 흥분을 가라앉히고 냉정하게 한번 더 생각해봐요."

이삼평이 나지막한 목소리로 말했다.

"신선생, 먼저 내 말을 들어보오. 지난번에 홍선생이 말한 증거 확보를 위해 땅딸이 모리오까를 매수하자고 하지 않았소?"

"그랬지요."

"이 이야기는 별실에 가서 합시다."

별실로 가는 동안 저간의 사정을 모르는 배달 형에게 그동안의 일을 간단히 이야기해주었다.

"모리오까 매수 작전이 통하고 있소이다. 만약 그 작전이 실패하면 그 다음은 전쟁이오. 먼저 모리오까의 포섭건에 대해 말하겠소. 모리오까와 친했던 가마 식솔을 비밀리에 보내 그와 만나보도록 했소. 모리오까는 기회를 봐서 직접 찾아오겠다는 답을 보내왔고 며칠 후 변장을 하고 왔더랬소. 모리오까의 말에 의하면, 내 가마에 있을 때 로닝들이 자신을 찾아왔다고 하오. 그리고 그의 기술이 아깝다며 자기들에게 기술을 가르쳐주면 가마를 차려주겠다고 유혹했다고 하오. 그는 독립하고 싶은 마음이 간절했던 터라 로닝들의 제안을 받아들였다고 하오. 그는 쫓겨나기 위해 일부러 나에게 미운 행동을 했다 하오. 내 가마에서 쫓겨난 후 그는 로닝들과 완전히 한패가 되었는데 그때부터 그들의 실체를 알게 되었다 하오."

이삼평이 숨을 돌리기 위해 차 한잔을 마셨다.

"처음에 로닝들은 주군 카쯔시게가 당연히 조선인보다는 일본인인 자기들을 택하리라 생각했다고 하오. 또 자기들은 유사시 군사로도 쓰일 수 있기에 주군이 마다할 이유가 없을 것이라 예상했다 하오. 그들은 가마와 함께 도석 광산의 이용권이 필요했고 그 허가를 받기 위해 이곳 나베시마번의 이인자 다뀨를 찾아갔소. 그들은 다뀨가 색골이라는 점을 이용했소. 미모의 딸을 둔 로닝이 있었는데 그놈이 로닝들 오야붕이 되는 조건으로 딸을 다뀨에게 주기로 한 것이오. 놈들은 다뀨를 찾아가 평생 주군으로 모시겠다며 도자기를 만들 수 있게 해달라고 했소. 다뀨는 흔쾌히 그 제안을 받아들였다 하오. 놈들이 피로써 서약하며 다뀨를 주군으로 삼은 날, 지금 카쯔시게 첩이 된 여자를 다뀨에게 보냈다고 하오."

이삼평은 말을 마치고 빙그레 미소를 지었다.

"한선생, 신선생, 형수님, 제 이야기에서 뭔가 짚이는 것이 없습니까?"

배달 형이 말했다.

"다뀨는 다이묘가 아닌데 주군을 자청했으니 그것은 바로 반역이오."

"그렇소이다. 나베시마번에서 '주군' 소리를 들을 수 있는 사람은 에도에 있는 쇼군과 이곳의 다이묘인 카쯔시게밖에 없소."

"그렇군요."

나와 백파선이 동시에 말했다.

"다른 정보도 있소. 로닝의 오야붕이 자기 딸을 다뀨에게 바쳤다고 하지 않았소? 그런데 다뀨는 퇴기 게이샤를 불러 그년에게 방중술을 교육시켰다 하오. 방중술이 무엇인지는 아시지요? 여자 몸뚱이를 이용해 남자의 혼을 빼는 것 말이오. 다뀨는 그년을 카쯔시게의 첩으로 보내기 직전 자기 수하를 시켜 품게 했다 하오.

그놈이 왜 그랬는지 아오? 카쯔시게 첩이 되어 힘이 세지면 자기를 배반할 수도 있으니 미리 약점을 잡아놓자는 것이었소. 알다시피 봇쨩(귀한 집 아드님)으로 자란 카쯔시게는 첩에게 완전히 넘어가버렸소. 그러자 다ㅠ는 로닝 오야붕에게 많은 돈을 주었다고 하오. 그때부터 로닝 오야붕은 위세를 떨치기 시작했고 모리오까는 무시당했다고 하오. 그 오야붕은 아리따에서 가장 먼저 로닝계 가마를 박았소. 다ㅠ가 천산 도석광 이용권을 그자에게 주라고 명할 때 나는 어쩔 수 없이 허락할 수밖에 없었소."

긴 침묵이 흘렀다. 이삼평이 말을 이어나갔다.

"로닝들은 애초에 우리 조선계 가마들과 싸울 생각이 없었다 하오. 그런데 소나무 부족 문제의 심각성을 알게 되었소. 나베시마번에 있는 소나무가 한정되어 있기에 가마의 수도 제한될 수밖에 없다는 것을 알게 된 것이오. 로닝들을 불러모아 세를 늘리던 그들은 그때부터 나베시마번에 새로운 로닝이 들어오는 것을 막기 시작했다 하오. 소나무 부족 문제는 결국 모리오까와 한 약속도 저버리게 만들었소. 기술을 가르쳐주면 가마를 지어주겠다는 약속은 소나무 핑계로 미루어졌소. 모리오까는 현재 나베시마번의 로닝계 가마에 소속된 로닝 수가 우리 조선계 가마 식솔의 반 정도라 했소."

"우리의 절반 정도라면 전쟁을 하더라도 우리가 이길 수 있지 않나요? 용감한 백두산족인 한배달 선생님도 계신데……"

"형수님, 그들은 칼로 살아온 사람들이오. 전쟁은 사람이 많다고 해서 이기는 것이 아니오. 또 로닝들 뒤에는 다뀨가 있소. 물론 놈은 자기 병사를 보내지는 못하지만, 다른 방법으로 로닝들에게 힘을 실어줄 수 있소. 지금 당장 전쟁을 하면 우리가 아주 불리하오."

백파선이 입을 꾹 다물었다.

"모리오까 말로는 소나무 문제의 심각성을 알고 놈들이 고민하다 내린 결론은 조선계 가마를 내쳐야 한다는 것이었소. 그들은 첩년을 통해 카쯔시게가 신선생을 내치게끔 공작했소. 나는 다뀨의 휘하에 있기에 놓아두어도 자연히 자기들을 따라올 것이라 판단했고, 형수님 가마는 여기 온 지 얼마 안되고 또 오야붕이 여자라 세가 약하다고 판단했다 하오. 문제는 카쯔시게가 이도다완을 광적으로 좋아하니 진짜 이도다완을 확보하기 위해서는 선생의 나베시마 이도가 필요하고, 그래서 진짜 이도다완을 가질 때까지는 신선생을 절대로 내치지 않으리라는 것이었소. 이는 첩에게서 나온 정보라고 하오. 그래서 그들은 자기들 손으로 신선생을 제거하기로 결심했다 하오. 어용요의 주인이고 카쯔시게의 신임이 높은 신선생을 어떻게 제거할 것인가 고심하고 있을 때, 놈들은 신선생이 카쯔시게에게 면담 신청한 사실을 알게 되었다 하오."

"면담 신청 사실은 나의 식솔들과 우리 셋만 아는데 신청서를 받던 놈도 역시……"

"그렇소. 이미 나베시마 성의 관리는 거의 다 다뀨 사람들로 채워져 있소. 면담 신청 사실을 안 로닝들은 당장 신선생의 고려촌을 치려고 했다 하오. 그러나 명분이 없어 치고 난 뒤 카쯔시게의 보복이 두려웠소. 그래서 새로운 계획을 세웠소."

"그게 바로 닌자였구려."

"그렇소. 쿄또와 나고야 사이에 이가伊賀라는 깊은 산골이 있는데 그곳은 닌자의 산실로 알려져 있소. 로닝 오야붕은 이가 출신 수하를 통해 닌자를 고용했다 하오. 이 사실을 안 모리오까는 내가 자신의 도자기 스승이고 신선생은 어려울 때 자신을 도와준 은인이라 괴로워하다가 나를 찾아온 것이오. 그의 이야기를 듣고 곧장 신선생에게 달려오던 중 억수가 당했다는 소식을 들었소."

가슴이 찢어졌다. 나 대신 억수가 죽은 것이나 마찬가지였다.

"모리오까가 하루만 먼저 왔어도 억수가 그렇게 당하지는 않았을 텐데 정말 억장이 무너지오. 복수하려는 신선생의 심정은 이해할 수 있소. 그러나 칼자루는 이제 우리에게 있소. 이 사실을 어떻게 하든 카쯔시게에게 전해야 하오. 그것이 억수의 복수를 하는 최선의 방법이오."

"알겠소, 당장 홍호연에게 가겠소."

"지금 가면 안되오. 증인이 더 필요하오."

"우리가 다 들었지 않소? 모리오까를 직접 홍호연에게 데려가면 되지 않소?"

배달 형이 말렸다.

"아우님, 이선생 말씀을 더 들어보오."

"여기 있는 사람은 다 조선인이거나 조선계 사람들이오. 홍호연도 조선인이오. 같은 조선계 사람이 증언한다면 카쯔시게가 믿지 않을 것이고, 도리어 우리가 곤란해질 수도 있소. 카쯔시게가 지금 첩에게 완전히 빠져 있다는 사실을 잊어서는 안되오. 또 다뀨가 이인자라는 점도 기억해야 하오."

"그러면 어떻게 하자는 것이오?"

"모리오까는 실토하기 전에 자기에게 가마 박을 돈을 달라고 했소. 그러면 우리 셋 앞에서 자기가 아는 것을 모두 진술하겠다고 했소."

"우리 셋 모두 조선인이 아니오?"

"그의 말을 몰래 듣는 증인을 구해야 하오. 증인은 카쯔시게가 신뢰할 수 있는 일본인이어야 하오. 내가 알기로 이 나베시마번에서 카쯔시게가 가장 믿는 사람은 홍호연 선생과 히사다 선생이오. 히사다 선생을 증인으로 확보하면 되오. 히사다 선생 외에 일본인 증인이 더 있다면 이 일은 더욱 완벽히 성공할 수 있소. 나는 친하게 지내는 카쯔시게의 가신 한 사람을 동원하겠소. 신선생은 히사다 선생을 잘 알고 있지 않소? 그분을 데려와주시오."

마꼬가 나섰다.

"히사다는 저의 오라버니예요. 저에게 맡겨주세요."

"고맙소, 마꼬 선생."

백파선은 카쯔시게와 친한 장사꾼을 데려오겠다고 했다.

"이번이 마지막이오. 만약 실패하면 다음엔 칼로 싸울 수밖에 없소. 그때는 목숨을 걸어야 할 것이오."

# 다뀨의 죽음

이삼평과 백파선이 돌아간 뒤 옷 안에 있는 곽재우 장군의 증표를 만져보았다. 이것이 나를 살려주었다. 그러나 나 대신 억수가 죽었다.

배달 형은 혹시 있을지도 모를 로닝의 공격에 대비해 자신의 식솔들을 고려촌 이곳저곳에 배치했다. 히사다 선생에게 가는 마꼬를 호위하기 위해 청년 네 명을 딸려 보냈다. 반나절 후에 돌아온 마꼬가 말했다.

"센세이, 오라버니는 평화를 지켜야 하는 차선생이자 나베시마번의 다두로서 이 일에 최대한 협력하겠다고 약속했어요."

히사다 선생이 협력하기로 한 사실을 홍호연에게 알렸다. 홍호연이 장소와 시간을 알려주면서 모리오까를 데려오라고 했다.

홍호연이 정한 집으로 배달 형 식솔들과 봉이, 큐마와 함께 떠났다. 약속장소는 성문 앞에 있어서 증언을 듣고 최대한 빨리 카쯔시게에게 알릴 수 있는 곳이었다. 홍호연이 먼저 와 있었고 얼마 후 히사다 선생이 도착했다. 곧이어 백파선이 카쯔시게와 친하다는 장사꾼을 데려왔고, 이삼평도 카쯔시게의 가신 한 사람을 데리고 왔다.

집은 한쪽 방에서 이야기하는 것을 다른 방에서 들을 수 있도록 되어 있었다. 이삼평이 수하 무사를 시켜 모리오까를 데려오게 했다. 봉이와 큐마, 여러 가마의 무사들과 배달 형 식솔들은 집 근처에서 숨어 망을 보았다.

"여기 있는 우리 셋은 너의 안전과 미래를 보장할 것이다. 그러니 있는 그대로 이야기하거라."

이삼평이 모리오까에게 말했다. 나와 백파선은 고개를 끄덕이며 그러겠다는 표시를 하였다. 고개를 숙인 채 앉아 있던 모리오까가 나와 백파선에게 고맙다는 인사를 하더니 입을 열기 시작했다. 대체로 이삼평한테서 들은 대로였으나 새로운 내용도 있었다. 퇴기 게이샤 이야기였다. 게이샤는 로닝의 딸에게 방중술을 가르쳐서 카쯔시게의 첩이 되도록 했는데 다뀨로부터 아무런 댓가가 없자 다뀨를 찾아가 따졌다고 한다. 그런데 다뀨는 방중술의 효력을 직접 확인한 뒤 돈을 지불하겠다며 게이샤의 몸을 범했고, 그녀의 방중술이 형편없다며 오히려 내쳤다 한다.

모리오까는 증언을 끝내고 나서 내게 말했다.

"신선생님, 죄송합니다. 억수 선생을 생각하면 저도 비통함을 금치 못하겠습니다."

나는 아무 말도 하지 않았다. 이삼평은 자기 휘하 무사를 불러 모리오까를 안전한 곳으로 피신하게 했다. 옆방의 홍호연, 히사다 선생, 카쯔시게의 가신, 장사꾼 모두 놀란 표정이었다. 카쯔시게의 가신은 흥분해 있었다.

"뭐라, 제놈이 주군 소리를 들어? 그리고 또 제놈 수하가 범한 여인을 주군께 올려? 다뀨 그놈은 간교한 반역자요."

홍호연이 히사다 선생을 보며 물었다.

"함께 성에 가주실 수 있겠지요?"

"물론이오."

가신과 장사꾼도 한마디 했다.

"가야지요. 이것은 반역을 막는 일이오."

"나도 가겠소."

홍호연은 성으로 들어가기 전 우리들에게 당부했다.

"상대는 다뀨와 로닝이오. 다뀨는 지방의 영주라 휘하에 많은 병력을 가지고 있소. 위급하다 싶으면 그는 분명 병력을 움직일 것이오. 세 분은 제가 사람을 보낼 때까지 절대 여기를 떠나선 안되오. 식솔들에게 연락할 때도 믿을 수 있는 부하를 보내야지 직접 움직여서는 안되오."

이삼평과 백파선의 식솔들은 무장을 했지만 고려촌 백성들은 무장을 하지 않고 있다. 나의 우려를 읽었는지 배달 형이 고려촌에 가 만약을 대비하겠다며 자리에서 일어났다. 큐마와 청년 네 명도 함께 갔다. 홍호연 일행이 성으로 떠난 뒤 저녁이 되도록 아무 연락이 없었다. 보름달이 떴다.

성 쪽에서 말발굽 소리가 들리더니 점점 더 커지기 시작했다. 많은 군사들이 말을 타고 성 밖으로 나와 어딘가로 달려갔다. 한 무리가 우리가 있는 집으로 달려왔다. 이삼평과 백파선의 수하 무사들이 칼을 빼들고 그들을 맞았다. 병졸들이 대장의 명령에 따라 집을 에워싸기 시작했다.

"우리는 세 분을 호위하라는 주군의 명을 받고 왔소. 세 분은 명을 받기 전까지 이곳에만 있으라 하셨소."

대장이 말했다. 모리오까를 데리고 나갔던 이삼평의 수하 무사가 돌아와서는 카쯔시게의 병사들이 모리오까를 데려갔다고 보고했다.

얼마 후 처음보다 훨씬 더 많은 군사들이 말을 타고 달려나왔다. 선두에서 달리는 사람은 카쯔시게의 호위대장이었다. 두어 시진이 지나자 말 탄 군사들이 성 밖으로 나오는 소리, 성 안으로 들어가는 소리가 교차되어 들려왔다.

누군가가 아리따 방향에서 검은 연기가 난다고 소리쳤다. 환한 보름달 아래서 거무스레한 연기가 하늘로 올라가는 게 보였다. 성에서 말을 타고 온 병사의 보고를 들은 대장이 가마로 돌아가도 된다는 말을 전했다. 우리가 이긴 듯했다. 각자 상황을 확인한 후 이삼평 가마에서 만나기로 하고 헤어졌다.

고려촌 입구에 도착하니 카쯔시게가 보낸 군사들이 마을을 지키고 있었다. 가마 앞마당에는 죽창을 든 고려촌 백성들이 기다리고 있었다.

"선생님, 우리가 이긴 듯하옵니다. 지금 연기가 나는 곳은 로닝계 가마이옵니다."

"아우님, 큐마 말이 맞소."

"배달 형님, 고맙습니다."

모임장소인 이삼평의 가마로 향했다. 도중에 불타고 있는 로닝계 가마가 보였다. 병사들이 로닝계 가마를 부수고 있었다.

"지금 무엇을 하고 있느냐?"

"주군의 명에 따라 임무를 수행하고 있나이다."

"무슨 명인가?"

"이곳 가마의 로닝들을 잡아들이고, 가마를 불태우라는 것이옵니다."

"이곳 주인은 어떻게 하였느냐?"

"주군의 명령에 따라 놈의 목을 친 뒤 지금 시체를 태우고 있습니다."

이삼평의 가마에 도착했다. 그곳도 카쯔시게의 군사들이 지키고 있었다. 그 가마의 식솔들은 우리를 보자 조선말로 '만세'라고 외쳐댔다. 접대 전용 가옥으로 갔다. 잠시 후 백파선이 아들과 휘하의 무사를 데리고 들어왔다. 모두들 자리에 앉자 이삼평이 술을 따르고 건배를 제의했다.

"우리는 지략으로 평화를 다시 찾았소이다."

백파선이 기쁨에 찬 목소리로 뒤를 이었다.

"모두 같은 동포로서 의리를 지켜주어 고마워요. 우리가 힘을 합쳐 서로 도우면 여기 일본에선 그 누구도 우리를 넘보지 못할 거예요."

배달 형이 답했다.

"맞소이다. 우리는 같은 동포요. 앞으로도 계속 뭉쳐야 하오."

나도 한마디 하였다.

"우리는 흙을 가지고 옥을 만드는 사람이외다. 이제는 칼을 놓고 도자기를 빚어야 할 것이오."

승리의 잔을 들었다.

나는 큐마에게 칼솜씨가 어떻게 그리 뛰어난지 물었다. 큐마는 나의 호위를 위해 매일 목검으로 연습을 해왔다고 고백했다. 또한 그는 호위무사 출신이라 닌자가 화약을 가지고 다닌다는 사실을 알고 개들에게 화약냄새 맡는 훈련을 시켰다고 했다.

곳곳에 방이 붙었다. 방에 역모를 막았다는 내용은 없었다. 단지, 아리따 도자기의 발전을 위해 나베시마번에서는 아리따 외에 열세 곳만 도자기 산지로 지정한다, 가마의 수는 백오십개로 한정한다, 로닝계 가마의 도공 팔백이십육명을 정리한다라고만 적혀 있었다. 자존심 강한 카쯔시게는 역모라는 말을 언급하고 싶지 않았을 것이다.

할복명령을 받은 털북숭이 다뀨가 사무라이답지 않게 벌벌 떨어, 결국 카쯔시게의 부하가 다뀨의 목을 쳤다는 소문이 나베시마번에 퍼졌다. 두려워 자기 배를 칼로 가르지 못하는 사무라이는 그 후손들에게까지 피해를 준다고 한다. 다뀨가 죽인 미령이, 조선 백성의 코주렴이 떠올랐다. 분명 그놈은 지옥불에 빠졌을 게다.

카쯔시게가 나, 이삼평, 백파선을 성으로 불러 치하를 해주었다. 그리고 백파선의 큰 아들을 사무라이 도공으로 임명할 것이라고 했다. 카쯔시게를 만난 뒤 우리는 홍호연의 방으로 찾아가 로닝들과의 싸움에서 도와줘 고맙다는 말을 전했다. 그는 카쯔시게의 가신으로서 반역을 막아준 우리에게 오히려 고마움을 느낀다고 했다. 카쯔시게는 몰수한 다뀨의 성과 영지를 홍호연에게 맡기려 했지만, 자신은 유학자이지 칼 쓰는 사무라이가 아니라며 사양했다고 한다. 결국 그 영지는 홍호연이 추천한 가신이 맡게 되었다고 한다. 카쯔시게의 첩은 절에 보내졌고, 카쯔시게의 친구이자 이번에 살아남은 일본계 가마의 주인 사까이다는 로닝들을 두둔하지 않고 오히려 우리들을 옹호해주었다고 한다.

카쯔시게가 새 가마를 못 짓도록 칙령을 내렸기 때문에 모리오
까는 자식 없는 늙은 조선계 사기장에게 양자로 갔다. 이삼평과
나는 그 사기장에게 모리오까를 양자로 받아들이는 조건으로 금
화 스무냥, 은화 오십냥을 주었다.

# 양산 법기리의 숨결


　　조선의 관리가 찾아왔다. 이번에는 쇄환사가 아닌 조선통신사
기를 앞세우고 귀국길에 고려촌에 들렀다. 조선계 백성들을 모두
불러모아 예전처럼 귀국할 의사가 있는 사람은 가도 좋다고 했
다. 그러나 조선으로 가려는 사람은 아무도 없었다.

　　조선 통신사들은 이곳 왜국에서 아주 대단했다. 왜인들은 통
신사의 시문詩文에 완전히 매료되었으며 조선의 수준높은 문화에
감탄을 연발했다. 왜국 문인들은 조선통신사와 필담을 한번 나누
기 위해 많은 노력을 기울였다. 글 모르는 왜인이 많아서인지 조
선통신사한테서 글 한번 받는 것이 평생소원인 경우도 있었다.
히데요시의 아들을 몰아내고 정권을 잡은 지금의 토꾸가와 막부
는 조선통신사가 오기 전까지 정통성을 인정받지 못한 상태였으

나 통신사가 와주었기에 왜국의 지배자로서 입지를 굳히게 되었다고 한다. 조선통신사와 함께 온 수행원들의 기마 곡예는 인기가 높아 기마 곡예를 펼치는 날에는 왜인들이 구름처럼 몰려왔다고 한다.

봄이 가고 여름이 가고 가을이 지나가는 동안 나는 코보리 선생의 연락을 기다리며 귀국 준비를 했다. 어용요의 책임자 자리는 봉이에게, 아리따 도자기 가마는 큐마에게 맡겼다. 그리고 죽은 억수의 유골은 나와 함께 조선으로 돌아갈 것이다.

일이 성사되면 나는 부산 왜관의 책임자가 된다. 왜관을 통해 들어온 조선 다완이 보고 싶었다. 카쯔시게도 조선 다완을 가지고 있을 것이다. 차선생을 만나려면 사전에 연락하는 것이 다도 예법이라 히사다 선생에게 서찰을 보냈다.

이틀 후, 마꼬와 함께 히사다 선생을 찾아갔다. 차를 마시고 나서 히사다 선생은 부산 왜관이 조선 동래부를 통해 구했다는 다완 다섯 점을 꺼냈다. 먼저 호리미시마彫三島다완을 보았다. '호리彫'는 판다는 뜻이고 '미시마三島'는 상감기법象嵌技法의 분청자, 즉 문양을 파서 백토로 메운 분청자를 말한다. 다음으로 보여준 킨까이金海다완에 눈길이 갔다.

"이것을 왜 킨까이라 부릅니까?"

"일본이 조선에서 가져온 사발 중에는 킨까이 도공들이 동래부 산하의 가마에서 만든 것이 있었소. 그래서 킨까이란 이름이 붙었소."

그것은 수비가 덜된 태토로 빚은 조선의 지방 백자로 형태가 제각각이고 일본에 수백점이 있다고 한다.

"신선생, 그릇에 '김해金海'라고 새겨놓은 것도 있는데 예전에 한번 보았지요?"

김해라는 글자를 새긴, 내가 조선에서 빚었던 그 사발이 떠올랐다.

"예, 선생님. 그런데 그림을 그려 주문하면 형태가 비슷할 터인데 왜 통일성이 없습니까?"

"이유는 저도 모릅니다. 조선 도공들이 여러 곳의 가마에서 제각각 만들었기 때문에 그런 게 아닌가 합니다."

선생은 한 가마에서 구웠다는 이라보다완伊羅保茶碗 세 점을 내놓았다. 눈에 쏙 들어왔다. 왜인이 도안하여 주문한 것이지만 질박하면서도 정 많고 끈질긴 조선인의 그릇이었다. 왜국의 차인들은 이 다완을 아주 좋아한다고 했다. 그중 한 점은 일부러 거칠게 빚은 것으로 표면에 큰 모래알갱이가 박혀 있었다. 이시하제(돌꽃)라 부르는 이 모래알갱이로 인해 사발은 더욱 맛나고 정겨웠다. 뒤집어보니 굽을 힘차게 단번에 깎았다는 걸 알 수 있었다. 발로 물레 밑판을 힘껏 차 단번에 굽을 깎는 사기장은 물레에 도통한 사람이다. 굽 안에는 마치 무쇠 못으로 판 듯한 바람개비 문양이 있었다. 태토는 철분이 많은 흙에다 모래를 혼합해 수비한 것이었다. 감탄하며 보고 있자니 차선생은 그것의 이름이 쿠기보리<sup>釘彫</sup> 이라보라 일러준다. '쿠기보리'는 못으로 다완의 굽 안을 팠다는 뜻이다. 다른 한점은 카따미까와리<sup>片身替</sup> 이라보라고 했다. '카따미까와리'는 두 가지 색깔의 조화를 뜻하는 말이다. 또다른 한 점은 소박한 조선 백성의 마음을 보여주는 것이었다. 그 그릇은 옹기 유약인 약토 유약을 입혀 삭임불로 구웠기에 마치 황도처럼 노란 색깔을 간직하고 있었다. 황<sup>黃</sup>이라보라 했다. 이들 다완의 도안은 왜인의 머리에서는 나올 수 없는 것이었다.

"이 도안을 일본인이 했다고 하셨습니까?"

"예, 막부의 다두 코보리 엔슈 선생이 도안했다고 들었습니다. 그러나 이라보다완은 누군가가 아주 옛날 조선반도에서 건너온, 거칠면서도 소박한 녹청자 사발을 보고 주문한 것이 아닌가 생각되오."

부산 왜관의 요청으로 동래부는 제기를 모방한 굽 높은 고끼다완<sup>吳器茶碗</sup> 등 아주 다양한 차사발을 만들어준다고 한다.

"혹시 이것을 만든 가마가 동래부 어디에 있는지 아십니까?"

"이것을 가지고 온 쓰시마 사람 말로는 조선 동래부 산하의 양산 법기리라 했소. 그곳은 차사발뿐만 아니라 꽃병이나 주전자 같은 것도 굽는다 하오. 지금은 부산 왜관 부근으로 가마를 옮겼다 하더이다."

내가 끌려오기 전 조선은 백자만 빚었는데 이렇게 사람의 마음을 포근하게 감싸는 도자기를 빚는 곳이 있다니! 고향의 가마에서 아버지가 빚던 그런 사발이 아닌가. 잠시 고향에 와 있는 듯한 착각이 들었다.

"오라버니, 이도다완도 보여주세요."

"마꼬야, 신선생이 만든 나베시마 이도를 말하느냐?"

"그것은 고려촌 가마에서 벌써 보았어요. 옛날 조선에서 일본으로 건너온 진짜 이도다완 말이에요."

"하하, 그것은 신선생에게 물어보아라."

"마꼬, 이도다완을 보는 것은 천황을 만나는 것보다 더 힘들다고 들었소이다."

"마꼬야, 나베시마번의 다두인 나도 진짜 이도다완은 본 적이 없단다. 주군의 소원 중 가장 큰 소원도 이도다완을 가지는 것이란다."

마꼬가 입술을 내밀었다.

"신선생, 명품 이도다완은 형태가 어떻다고 생각하시오?"

"이도다완에는 형태에 관한 몇가지 약속이 있다고 들었습니다. 그중 대이도는 대이도대로 형태가 비슷할 것이고 소이도도 그럴 것이라 생각합니다."

"신선생, 대이도는 그렇지 않다고 하오. 명품 이도다완을 거의 다 배알한 나의 다도 스승 쯔다 소규津田宗及님한테서 들었소. 공통의 맛을 가지면서도 하나하나 자기 나름의 형태미를 지니고 있기에 대이도가 위대하다고 하셨소. 스승님은 이것을 대이도의 불가사의라 하셨소. 피부(질감) 또한 각각 다르다 했소."

대이도는 제사 때 쓰는 멧사발이다. 그런데 각각 질감이 다르다니 놀라웠다.

"히사다 선생님, 현재 일본에는 이도다완이 몇점이나 있습니까?"

"조선에서 건너온 이도다완은 대이도 오십점, 후루이도古井戸 삼십점, 소이도 삼십점, 또 이도를 닮은 이도와끼井戸脇가 삼십점 있다고 하오. 이도다완을 공개하지 않는 사람도 있기 때문에 이보다 더 많을 수도 있소."

조선의 황도제기가 백점 이상이나 왜국으로 와 있단 말에 내 귀를 의심했다.

"신선생, 나의 스승님은 대이도의 형태를 쯔쯔이쯔쯔 이도형, 키자에몽 이도형, 호소까와 이도형, 슈꼬珠光 이도형으로 나눈다 했소. 대이도들은 모두 이 형태 중 하나에 속한다고 하오."

"오라버니, 그러면 센세이가 만든 나베시마 이도는 어떤 형이에요?"

"조선에서 건너온 이도다완을 여러 점 보신 주군께서 말씀하시기를 신선생의 나베시마 이도는 호소까와 이도형과 비슷하다 하셨다."

할아버지는 황도 빚는 법을 진주목의 여러 사기장들에게 가르처주었다 했다. 여러 사기장들이 빚었으니 황도의 형태가 각각 다른 것이 아닐까. 그리고 조선의 지방 가마는 십오년이나 이십 년 주기로 옮겨다닌다. 가마를 옮기면 흙도 달라지고, 흙이 다르 면 그 맛과 질감도 달라진다.

"그런데 신선생, 소이도다완은 같은 것이 꼭 두어 점씩 있다고 하오."

소이도는 제사상에 반찬을 담아 올리는 보시기로 호소까와가 보여준 시바따 이도 같은 것이다. 사기장들은 제기를 식기처럼 늘 빚는 것이 아니라 주문 있을 때만 빚는다. 사기장들은 밥 올리 는 멧사발을 먼저 빚고, 그 다음에 보시기를 빚는다. 보시기는 보 통 세 점 이상을 빚는다. 한 사기장이 같은 날 세 점의 보시기를 빚 었다면 그 형태는 같을 수밖에 없다. 남은 흙으로는 보통 식기를 빚는다. 그 식기가 바로 왜국에서 이도와끼라 부르는 것일 게다.

이야기를 유심히 듣고 있던 마꼬가 물었다.

"오라버니, 최고의 형태라는 <u>쯔쯔이쯔쯔</u> 이도는 어떤 분이 소 장하고 있나요?"

"카라쯔번의 다이묘인 테라자와 히로따까<sup>寺澤廣高</sup>가 가지고 있 다가 그가 죽자 그의 뒤를 이은 테라자와 카따따까<sup>寺澤堅高</sup>가 가지 고 있다고 들었다. 카쯔시게 주군께서도 테라자와가 <u>쯔쯔이쯔쯔</u> 이도를 가지고 있는 줄은 요새 알았다고 한다. 테라자와가 그 사 실을 최근에 와서야 공개했기 때문이다."

"오라버니, 그것을 왜 공개했대요?"

"쯔쯔이쯔쯔 이도를 가진 테라자와는 천주교 신도의 반란을 진압하지 못해 영지의 일부인 아마꾸사天草 지방을 쇼군에게 몰수당했다. 또 지금은 카라쯔번 전부가 몰수될 위기에 처해 있다. 그래서 테라자와는 옛날 쯔쯔이 준께가 쯔쯔이쯔쯔 이도를 히데요시에게 헌납했던 것처럼 자기도 쯔쯔이쯔쯔 이도를 쇼군에게 헌납해 위기를 모면하려 하고 있다. 그가 이도를 공개한 것은 헌납하기 전에 그것의 위대성을 세상에 알리려고 하는 것이란다."

"오라버니, 조선의 이도다완이 그렇게 위대한가요? 이도다완 한 점으로 성을 지킬 수 있다니……"

"마꼬야, 이도다완도 위대하지만 나는 그것을 빚은 조선 도공들이 더 위대하다고 본다. 그런데 신선생, 천주교에 관해 알고 있소이까?"

"그게 무엇입니까?"

"천주교는 여러 신을 믿지 않고 한 신만 믿는데 그 신 아래에서는 모두 평등하다 하오. 그 신도들도 다도를 좋아했는데 모두 처형당해 안타깝소."

"다도는 불교가 아닙니까?"

"다도는 종교가 아니오. 물론 마음 닦는 방법으로 불교에서 다도를 도입하긴 했소. 그러나 그것은 마음을 닦는 방편이지 불교 그 자체는 아니오. 다도는 즐기는 것이라 하여 유遊라 표현하기도 하오. '유'란 어른의 정신적 놀이를 말하오. 사실 센노리큐의 칠대 제자 중 한 명인 타까야마 우꽁高山右近도 천주를 믿는 다이묘였고, 차인이자 다이묘인 호소까와 산사이의 사망한 정실부인도 천주교 신자였소. 이렇듯 다도는 어떤 특정 종교와는 관련이 없소이다. 그건 마음 수양의 길이라오."

그의 말을 듣자 조선에 가면 황도를 완성함과 더불어 다도도 꾸준히 해나가야겠다는 생각이 들었다. 물론 그 다도는 격식에 치우친 왜국의 방식이 아니라 자연스러운 조선의 방식일 것이다.

# 아, 이도다완

조선에서 빚은 다완을 본 뒤로 고향에 가서 황도를 빚어야겠다는 생각이 더욱 간절해졌다.

십이월, 한해가 다시 지나가려 할 때였다. 성에서 급히 들어오라는 연락이 왔다. 성의 대전으로 갔다. 카쯔시게가 동쪽을 향해 고개 숙인 뒤 선 채로 두루마리를 읽었다. 막부의 쇼군이 내린 교지였다.

"나베시마번의 다이묘 카쯔시게는 이 교지의 내용을 신석에게 전하라. 첫째, 신석은 녹 삼천석인 나의 하따모또로 봉해짐과 아울러 부산 왜관의 책임자가 되었노라. 둘째, 신석은 조선에서 이도다완을 완성해 내게 다섯 점을 올리도록 하라. 셋째, 나베시마번의 다이묘 카쯔시게는 신석이 이도다완을 완성할 때까지 그를

도와주어라. 넷째, 일본 관리로 임명됨에 있어 천황의 임명장을
받아야 하므로 신석에게 천황 앞에서 갖춰야 할 예절을 주지시켜
라. 이상."

내 녹이 삼천석이라 한다. 삼백석에서 열배나 올랐다. 자리에
앉은 카쯔시게는 하따모또가 된 내가 껄끄러운 듯한 표정으로 깍
듯이 말했다.

"음, 내가 그대, 아니 선생의 조선 귀국길을 반대한 것은 선생
이 없는 고려촌을 걱정했기 때문이오. 하여튼 축하하오."

"주군, 그러지 마옵시고 예전처럼 저를 대해주소서."

"신선생, 언제부터 막부의 쇼군 전하와 통하게 되었소?"

"제 친구가 호소까와님의 어용요 도공이옵니다. 그를 통해 호
소까와님을 만났고 그분이 저를 코보리 엔슈 선생에게 소개했습
니다. 엔슈 선생이 저를 막부의 쇼군 전하께 추천한 줄로 알고 있
사옵니다."

"코보리 엔슈 그분이 쇼군 전하께 추천했다면 신선생이 조선
서 만들 다완이 '호소까와 이도'나 '쯔쯔이쯔쯔 이도' 같은 명품
다완이 되리라는 것을 인정한 것 아니오? 솔직히 나는 신선생이
진짜 이도다완을 빚을 수 있으리라고는 생각하지 못했소. 대단하
오. 다시 한번 하따모또가 되신 걸 축하하오. 음, 그러나 하따모
또라고 해도 고려촌은 여전히 내 소관이라는 걸 알고 있겠지요?"

"주군, 저는 녹 삼천석의 하따모또이나 주군께서는 삼십오만

석의 다이묘시옵니다. 그러니 제발 전처럼 저를 대해주소서."

"음, 그래. 알았노라. 그런데 내게 진짜 이도다완을 만들어주
겠다는 약속은 앞으로도 유효하겠지?"

"물론이옵니다."

그의 얼굴색이 밝아졌다.

"주군, 제가 염려하는 것은 이도다완을 만들어 보낼 때 만의
하나 도중에 없어지지 않을까 하는 것이옵니다. 주군께서 신뢰하
는 사람을 저에게 붙여주소서. 그 사람을 통해 이도다완을 보내
겠나이다."

"음, 알았도다. 그렇게 하겠노라."

"청이 있사옵니다."

"말하거라."

"저는 주군께 쯔쯔이쯔쯔 이도형을 빚어 올릴까 합니다."

"그대는 이도다완 중 최고의 형태인 쯔쯔이쯔쯔 이도까지 알
고 있단 말인가? 그래, 그 형태를 꼭 만들도록 하라."

"주군, 쯔쯔이쯔쯔 이도의 형태를 들어서 알고는 있사오나 직
접 배알할 수 있다면 더 완벽히 빚을 수 있사옵니다. 그것을 한번
보도록 주선해주옵소서."

"테라자와가 최근에 공개해 얼마 전 배알하긴 했다만 일본 최
고 도향陶鄕의 다이묘인 내가 진짜 이도가 없어 보여달라고 해야
하다니……"

"주군, 어려운 처지에 있는 테라자와님이 쯔쯔이쯔쯔 이도를 공개한 이유는 그것의 값어치를 올린 다음 쇼군 전하께 헌납하기 위한 것이 아닐까 생각하옵니다. 그래서 주군의 말씀 한마디면 그분은 분명 저에게 배알할 기회를 주리라 생각하옵니다. 주군은 일본 최고의 도향 나베시마번의 다이묘시니 주군의 말씀 한마디는 그 다완의 값어치를 올리는 데 큰 도움이 될 것이옵니다. 그 다완을 주군께 공개한 이유도 바로 이런 이유 때문이 아닐까 사료되옵니다."

"그건 그렇지. 도자기만 가지고 말하면 내가 일본 최고의 다이묘지. 음, 역시 그대는 뛰어난 도공이자 전략가로다. 쇼군 전하의 하따모또가 될 자격이 있어. 테라자와한테 부탁해놓을 테니 그대는 그것을 배알한 뒤 에도에 가도록 하라."

하따모또는 쇼군이 봉하나, 외교사절은 일본국의 관리이기에 일본 천황의 이름으로 임명장이 발급된다. 임명장을 받을 때 일본 왕에게 금화 열냥 정도의 사례금을 내는 것이 예의라 했다. 카쯔시게는 나베시마번이 도향으로 되는 데 크게 이바지한 공으로 나에게 금화 한 보따리를 하사했다. 나는 고려촌의 다두인 마꼬도 같이 쯔쯔이쯔쯔 이도를 볼 수 있도록 주선해달라고 카쯔시게에게 부탁했다.

홍호연의 방에서 작별주를 마셨다. 홍호연은 눈물을 흘리며 자신도 기회가 오면 꼭 조선으로 돌아갈 것이라 했다.

마꼬와 함께 카라쯔 성으로 오라는 테라자와의 초대장이 도착했다. 마꼬는 차꽃을 수놓은 오비에다 하얀색 기모노를 차려입고 나섰다. 이제껏 마꼬와 단둘이 여행한 적은 없었다. 이 여행은 마꼬와의 첫 여행이자 마지막 여행이 될 것이다.

"카라쯔 성의 예전 다이묘는 정말 마꼬를 좋아했소이까?"

마차를 타고 가면서 마꼬에게 농을 걸었다.

"센세이, 돌아가신 분을 가지고 농담하면 안돼요."

마꼬는 나이가 들어도 여전히 귀엽고 천진스런 모습이다.

"센세이, 제가 신의 다완인 쯔쯔이쯔쯔 이도를 배알할 수 있다니, 그것도 센세이와 함께, 이게 꿈은 아니겠죠?"

마꼬는 두손을 모으고 카미사마神께 감사의 기도를 올렸다. 기도하는 그녀의 얼굴을 보니 오래전 미령이네 집 마당에서 보았던 국화가 떠올랐다.

차실에는 테라자와와 함께 성의 다두가 앉아 있었다.

"나베시마번의 사무라이 도공 신석이옵니다. 저에게 천하의 명품 쯔쯔이쯔쯔 이도를 배알하게 해주신 이 은혜, 결코 잊지 않겠나이다."

차회를 약식으로 끝내고 빛이 잘 드는 큰 방으로 갔다. 그곳에는 꽃가마가 놓여 있었다. 호소까와 이도가 들어 있던 꽃가마와 비슷했다. 성의 다두가 그것을 풀자 몇겹의 상자가 나왔다. 마지막 작은 상자의 뚜껑을 열자 솜을 넣어 누빈 천이 다완을 감싸고 있었다. 누빈 천을 풀자 빨간 비단이 나타났고 비단을 걷어내자 차사발 하나가 고개를 내밀었다.

아, 모든 이도다완의 표본이 된 사발! 그 그릇이 내 눈앞에 있다. 호소까와에게서 들은 대로 깨어져 수리한 흔적이 있었다. 실금이 간 것도 보였다. 잘게 간 빙렬은 소박미를 느끼게 했다. 그 형태는 중후했다. 거친 피부(질감)가 그릇의 중후함을 더해주었다. 호소까와 이도와 비슷한 키였으나 그것보다 약간 오목했다. 할아버지가 나에게 알려준 그 형태였다. 차인들이 비파색으로 부르는 노랑끼는 호소까와 이도보다 더 진했다. 힘찬 유방울이 달린 부분에 드문드문 본살도 드러나 있었다. 높은 굽, 입체감이 풍부한 허리선, 형태와 색깔의 조화에서 발산되는 깊은 맛이 나를 압도했다. 나와 황도 사이에 얽힌 비밀이 한가닥 풀려감을 느꼈다. 역시 조선의 흙이 아니면 빚을 수 없는 것이었다. 무엇보다 이 다완은 할아버지가 돌아가시기 전 나에게 손수 시범을 보인 바로 그 형태였다.

안쪽을 들여다보니 굽 밑에 다는 부정으로 인해 희미한 자국이 네 군데에 나 있었다. 안쪽 중심은 계란의 뾰족한 부분처럼 쏙 들어가 그윽했다. 테라자와는 정신없이 바라보는 내게 만져보라고 했다. 뒤집어 보았다. 굽 안의 중심이 팽이 밑부분처럼 솟았고 그 위에 유방울이 동글동글 덮여 있었다. 다완을 보는 나의 이마에

땀방울이 맺혔다.

테라자와가 물었다.

"신선생, 이같은 다완을 만들 수 있겠소?"

"이것은 신의 다완으로 여겨지나이다. 저로서는 결과를 신께 맡기고 정성을 다해 빚는 도리밖에 없사옵니다."

"이같은 이도다완을 만들기 위해 막부에서 신선생을 조선에 보낸다고 들었소. 조선흙으로 빚어야 진짜 이도다완이 탄생할 수 있다는 것은 그때 알았소."

'막부에서 신선생을 조선에 보낸다'는 말에 마꼬의 얼굴이 백지장처럼 변했다. 금방이라도 쓰러질 것 같았다. 테라자와의 말이 더이상 귀에 들어오지 않았다. 인사를 하는 둥 마는 둥 하고 자리에서 일어났다.

마차를 대기시켜놓고 카라쯔 성 부근 해변으로 갔다. 하늘로 뻗은 굵은 소나무숲 사이로 오솔길이 나 있었다. 오솔길을 말없이 걷다 그녀의 손을 잡았다. 조그만 연못이 나왔다. 얇은 얼음 아래 잉어 두 마리가 서로의 꼬리를 물며 장난질하고 있었다.

"센세이, 명품 이도다완은 정말 조선의 흙이라야 빚을 수 있나요?"

고개를 끄덕였다.

마꼬가 젖은 눈망울로 나를 보았다.

"센세이는 이도다완을 꼭 만들어야 하나요?"

"마꼬, 나는 이도다완을 빚어야 할 운명이오. 아까 본 이도다완은 나의 할아버지가 빚으신 것이오. 나는 그분의 하나뿐인 손자라오."

마꼬가 어깨를 들썩이며 울었다.

"센세이, 조선에 갔다가 돌아오실 거죠?"

"마꼬, 그것은 가마의 여신만이 아오."

"센세이를 기다리겠어요."

마꼬를 안았다. 소금내 짙은 바닷가에 초겨울 찬바람이 불어왔다.

"센세이, 조선에 가서 이도다완을 만들면 그중 하나에 꼭 제이름을 붙여주세요."

고개를 끄덕였다.

돌아오는 내내 마꼬는 내 어깨에 머리를 기댔다. 저녁이 되자 눈이 내렸다. 밤이 깊어질 때 나는 마꼬에게로 갔다.

# 귀국


조선에 가져갈 짐을 꾸렸다. 배달 형, 존해, 이삼평, 백파선에게 서찰을 썼다. 서찰은 내가 떠난 뒤 받을 수 있게끔 했다. 봉이와 큐마에게는 다이묘의 명으로 에도에 간다고만 말했다.

성에서 보낸 안내인이 와서 에도로 출발할 때 마꼬의 모습이 보이지 않았다. 고려촌을 벗어날 즈음 찬바람 속에 마꼬가 서 있었다. 마꼬가 손에 든 것을 내밀었다.

"아나따(당신), 벤또입니다. 몸 건강히 다녀오세요."

다시 말을 탄 후 뒤돌아보지 않고 앞으로 나아갔다. 눈물을 보이고 싶지 않았다.

에도로 가는 길은 일년 전과 같았다. 보름 만에 에도에 도착했다. 작년에는 멀찌감치에서만 보았던 에도 성으로 갔다. 에도 성은 역시 컸다. 성의 둘레가 십리나 된다고 했다. 성벽의 돌들은 앞면을 깎은 뒤 정교하게 맞추어져 있었다. 병사들이 사람들의 출입을 철저히 통제했다. 카쯔시게가 준 서신을 보여주자 안내인이 황금 지붕의 오층 누각으로 데려갔다. 많은 사람들이 도열해 있었다. 중앙에 앉아 있는 사람은 쇼군 토꾸가와 이에미쯔德川家光가 아니라 다이로大老였다. 조선으로 치면 영의정인 셈이다. 그는 나에게 하따모또로 봉하고 부산 왜관 책임자로 임명한다는 내용의 교지를 전해주었다. 교지 밑에는 쇼군의 도장이 아니라 일본왕의 도장이 찍혀 있었다. 막부가 관리를 임명할 때 도장만은 일본 왕의 것을 찍는다고 들었다. 준비해간 금화 열냥을 내놓았다. 일본 왕은 이것을 받아서 생활한다고 했다. 큰칼, 상아, 물소뿔, 기모노천, 흑단 등 쇼군이 내린 하사품을 받았다.

밤마다 마꼬를 생각했다. 마꼬를 데리고 조선에 간다면? 아니, 힘들 것이다. 조선 백성들은 왜국 여인인 마꼬를 받아주지 않을 것이다. 조선의 풍속은 일본과 많이 달라 귀족 출신인 마꼬는 견디기 어려울 것이다. 황도에 성공한 뒤 일본으로 돌아온다면? 그런데 세월이 얼마나 걸릴지 모를 일이다. 돌아오기 힘들다면 차라리 조선에 가지 않는 게 낫지 않을까? 마꼬와 함께 남은 여생을 이곳에서 보내도 좋으리라는 생각이 들었다. 마음이 갈팡질팡했다.

조선으로 가기 위해서는 온 길을 되돌아가야 한다. 큐슈의 모지로 돌아왔다. 마꼬를 보면 귀국 결심이 흔들릴까 두려웠다. 예정대로 고려촌을 거치지 않고 바로 조선에 가기로 결정했다. 조선으로 향하는 배를 타자 나까따라는 사람이 찾아와 인사한다. 카쯔시게의 수하로 나를 수행하며 이도다완 전달 임무를 맡은 자였다. 현해탄을 건너는 뱃길에는 목숨을 걸어야 한다. 저세상에서도 나를 위해 기도하겠다는 미령이가 떠올랐다.

배가 파도를 가르고 북쪽으로 나아가기 시작했다. 왜국 쪽의 산과 들이 점점 사라져갔다. 처음엔 저 산과 들이 낯설고 두려웠으나 앞으로 그리워질지도 모르겠다. 마꼬 생각을 머리에서 지우려고 애썼다.

현해탄을 가르며 나아가는 배는 연일 순항이었다. 며칠 후 쓰시마의 이즈하라嚴原 포구에 도착했다. 끌려올 때 배를 바꾸어 탄 곳이었다. 지금은 조선 역관들이나 통신사의 배가 정박하는 곳이라고 한다. 쓰시마 다이묘가 보낸 가신이 포구에서 나를 맞이하여 숙소로 안내했다.

다음날 아침 다이묘의 저택으로 갔다. 다이묘의 이름은 소 요시나리宗義成로 유학儒學에 심취해 있다고 한다. 그는 나를 힘센 다이묘처럼 대했다.

"쇼군 전하의 하따모또이신 신선생님을 만나뵙게 되어 정말 영광이옵니다."

"별말씀을 다 하십니다."

"신선생님께서도 잘 아시겠지만 우리는 많은 재정을 들여 부산 왜관을 운영하고 있습니다. 그런데 왜관 가마에 흙이 잘 공급되지 않아 큰 골칫거립니다. 신선생님이 직접 왜관의 책임자로 가신다니 너무나 고마운 일입니다."

"많은 재정을 들여 어본다완御本茶碗을 만들고 그것을 막부와 다이묘들에게 전해주시니 노고가 많소이다."

"무슨 말씀을…… 일본 조선 간의 무역을 담당하는 다이묘로서 당연한 일을 하고 있을 뿐입니다."

다이묘라는 말에 속으로 웃음이 나왔다. 다이묘인 그의 녹은 실제로 이만석에 불과했다. 막부는 어본다완을 받는 대신 이만석밖에 안되는 작은 섬 쓰시마를 이십만석에 해당하는 번藩으로 대우해주었다. 다른 다이묘들도 쓰시마로부터 어본다완을 선물받기 때문에 그것을 모른 척한다.

그는 부산 왜관에서 만드는 어본다완 말고도 조선 역관들이 조선 가마에 주문해 빚은 한스判事다완도 있다고 했다. 한스는 왜국 말로 역관이란 뜻이다. 그는 조선 역관들이 한스다완을 가져오면 조선과의 우호선린을 위해 모두 구입해준다고 했다. 그에게 아사까와를 찾아달라고 부탁했다.

아사까와 소식을 기다리며 쓰시마를 둘러보았다. 곳곳에 돌을 반듯하게 깎아 쌓은 담이 있었다. 어떤 집은 지붕이 넓적한 돌로 되어 있었는데 마치 구들돌 같았다. 바닷가 포구는 잘 정돈되어 있었다. 조선통신사가 올 때는 모든 백성들이 이곳에 나와 환영한다고 한다. 마을에는 논이 거의 보이지 않았다. 산만 있는 척박한 섬이라 조선 백성들이 가지 않았다는 아버지 얘기가 떠올랐다. 쓰시마에는 조선어를 잘하는 사람들이 많다고 한다. 유학에 대한 관심들이 높아서인지 조선식 서원도 보였다. 이 섬 북쪽 끝에서는 맑은 날에 부산포가 보인다고 한다.

아사까와의 아들을 만났다.

"저는 아버지한테서 선생님에 대한 이야기를 많이 들었습니다. 아버님은 선생님 가마에서 도자기 배운 것을 대단히 자랑스럽게 여기셨습니다. 조선에서 돌아오신 아버님은 이곳의 영산靈山 시라따께白嶽 중턱에 가마를 짓고 다완을 만드셨습니다. 아버님은 선생님이 나베시마번의 사무라이 도공이 되신 것도 아셨습니다. 선생님을 만나기 위해 큐슈로 가려고 하셨으나 주군이 아버님의 청을 들어주지 않았습니다. 혹시 아버님이 큐슈의 세력 있는 다이묘 밑으로 들어가버리는 게 아닐까 우려했기 때문입니다. 아버님은 십년 전에 이상한 병에 걸려 운명하셨습니다."

"이상한 병이라니?"

"살이 썩어가는 병이었습니다. 효험이 있다는 약은 다 써보았지만 아무 소용이 없었습니다. 아버님은 남의 무덤을 팠기 때문에 걸린 병이라 하셨습니다."

그가 무덤을 파헤친 것은 다완을 구해오라는 상부의 명령 때문이 아니었던가? 아사까와 역시 전쟁의 희생자였다. 그의 위패를 모신 절에 가서 분향한 뒤 오래도록 그를 추도했다. 환하게 잘 웃던 아사까와는 나의 영원한 벗이다.

쓰시마 다이묘는 나의 조선생활을 위해 시종, 옷, 신, 차, 말린 사슴고기, 건어물, 버섯 등을 준비해주었다. 그가 건네준 주문장에는 차사발을 포함한 다도구가 그려져 있었다. 코보리 엔슈 선생이 도안했음을 직감했다.

다시 배를 탔다. 왜국으로 끌려올 때는 짐승이었으나 지금은 왜국의 높은 관리가 되어 조국으로 돌아가고 있다. 파도가 일었다가 언제 그랬냐는 듯이 호수처럼 잠잠해진다. 쓰시마를 벗어날 무렵 조선으로 흐르는 해류를 탔다. 사흘 안에 부산 왜관에 도착할 수 있으리라고 한다.


한때 피로 난장판이었던 부산포가 보이기 시작했다. 그러나 지금 보이는 풍경은 애틋하고 고즈넉하다. 배가 가까이 갈수록 가슴이 떨렸다. 가마솥같이 생긴 산세가 점점 뚜렷이 보였다. 몇 년 만인가? 사십년 만이다. 사십년의 세월, 고향과 부모님을 생각하며 얼마나 울었던가? 아담한 마을이 눈에 들어왔다. 수행원이 왜관이라 알려주었다.

배는 육지를 지척에 두고 더이상 나아가지 못하고 멈추었다.

"선생님, 여기 바다 밑에는 목책이 설치되어 있습니다. 바닷물이 어느 정도 빠질 때까지 기다려야 합니다. 바닷물이 빠져 목책 사이로 뱃길이 보이면 그때 조선 수군이 옵니다."

목책은 왜국 배의 출입을 조절하기 위한 것이었다. 왜관은 산으로 둘러싸여 있었다. 왜인이 난을 일으킬 경우 조선 군사가 간단하게 진압할 수 있는 장소를 골라 설치한 듯했다. 물이 빠지자 조선 수군들이 다가왔다. 쓰시마 가신이 그들에게 증명서를 내보였다. 책임자로 보이는 사람이 증서를 확인하고 배의 이곳저곳을 둘러보았다. 그들은 이상이 없음을 확인했는지 목책 사이에 걸린 쇠사슬을 풀었다.

왜관에는 많은 사람들이 도열해 있었다. 모두 무릎을 꿇고 나에게 인사했다.

"오이데 나사레마세(잘 오셨습니다)."

고국에 왔건만 나를 맞이한 인사는 조선말이 아니었다. 요시나가라고 하는 사람이 나를 객사로 안내했다. 그는 십년 전부터 이곳에서 동래부와의 연락을 담당한다고 했고 지위는 내 다음이었다. 여러 채의 기와집으로 된 객사는 조선식으로 지어져 있었다. 방에서 김해를 향해 절을 올렸다.

"아버님 어머님, 불효막심한 자식이 이제야 돌아왔습니다."

# 왜놈 된 조선인

갈매기 울음소리에 눈을 떴다. 환하게 동이 터오는 것을 내다 보았다. 모국에서 맞는 새날의 아침은 눈부셨다. 그러나 들려오는 말소리는 왜국말이었고 아침 밥상도 왜국식이었다. 집만 조선식이었지 왜관은 완전 일본 마을이었다. 일본식 두부 만드는 곳, 간장 만드는 곳도 있고, 차밭까지 있었다. 왜관의 부식은 동래부에서 공급한다고 한다. 왜관요는 왜관 밖에 있었다. 가마를 오갈 때 정해진 길로만 다녀야 하는 것이 이곳 법이었다. 가마를 왜관 밖에 둔 것은 조선 사기장의 편의 때문이라고 한다. 조선인이 왜관에 들어오려면 동래부의 허가를 받아야 하기 때문에 왜관 안의 가마는 번거로웠던 것이다.

조선인과 왜인 사이에는 풍속 차이로 인한 다툼이 잦다고 한다. 일년 전 조선 사기장들이 훈도시 차림의 왜인을 보고 상놈과 같이 일할 수 없다며 돌아간 일도 있다고 했다. 또 농번기에는 조선 사기장들이 일하러 오지 않아 가마 운영에 애를 먹는다고 한다. 가장 큰 걱정은 역시 흙 공급이라 했다.

동래부에서 들어오라는 연락이 왔다. 조선 군졸의 안내를 받으며 말을 타고 관아로 갔다. 가면서 이곳의 산천을 둘러볼 여유가 없었다. 동래부의 도움이 없으면 일을 그르칠지도 모르기 때문에 걱정스러웠던 것이다.

동헌으로 가 동래부사에게 왜국식으로 고개만 숙여 인사했다.

"잘 오셨소. 동래부사 강대수라 하오."

"부산 왜관 책임자로 온 사무라이 도공 신석이라 하옵니다."

조선말로 답하자 사람들이 깜짝 놀랐다.

"조선말은 어디서 배웠소?"

"원래 조선의 사기장으로 오래전 일본에 건너가 사무라이가 되었나이다."

내 말이 끝나기가 무섭게 한 관리가 소리쳤다.

"건방지도다. 네놈이 아무리 사무라이가 되었다고 해도 분명 출생은 조선의 천한 상놈이거늘 어찌하여 부사께 큰절을 올리지 않느냐? 조선이 예의지국이란 걸 잊었느냐?"

모국으로 돌아왔건만 나를 기다리고 있는 것은 상놈 호칭이었다. 그 관리를 노려보다 부사에게 막부의 증서를 던지듯 건네주었다. 부사가 임명장을 펼쳐보고 나서 한동안 나를 쳐다보더니 입을 열었다.

"막부에서 왔소이까?"

"……"

부사에게 큰소리로 말했다.

"부사! 당장 저놈의 목을 치시오. 쇼군의 직계 사무라이이자 하따모또인 내가 상놈이라면 조선 조정에 해당되는 일본 막부가 모두 상놈이란 말이외다. 어떻게 일본 관리를 상놈이라 할 수 있소이까?"

거칠게 말하자 동행한 요시나가가 당황해하며 나를 말리려 했다. 그러나 나는 목소리를 더욱 높였다.

"저놈의 목을 치지 않으면 당장 일본으로 돌아가 막부에 보고할 것이오."

동래부사가 나에게 상놈이라고 한 관리에게 사과할 것을 명했다. 그 관리가 마지못해 죄송하다는 말을 했다.

"네 이놈! 출신 타령만 하는 너 같은 놈이 관리로 있으니 일본에 당한 뒤에도 정신을 못 차리고 만주 오랑캐의 속국이 된 것이 아니냐."

동래부사가 소리쳤다.

"아니, 당신은 청국을 만주 오랑캐라 부르면 안된다는 것을 모른단 말이오?"

"부사, 일한 죄밖에 없는 우리 장인들에게 조선은 무엇을 주었소이까? 임진년 난리 때 신분 타령만 하던 조선 양반들은 무엇을 했소이까? 내가 알기로 제일 먼저 도망간 자들이 양반이외다. 그렇지만 우리 백성들은 의병이 되어 목숨 걸고 싸웠소이다. 싸우다 끌려갔소이다. 끌려간 그곳에서는 우리들에게 집을 주고 밥을 주고 벼슬을 주었소이다. 부사, 당신이 나 같은 천한 쟁이라면 어느 나라에 충성하겠소이까?"

"말씀이 너무 과하오이다."

부사의 말이 채 끝나기도 전에 자리를 박차고 나와버렸다.


다음날 왜관 입구에 있던 조선 군졸이 왜관 가마로 가려는 나를 막았다. 우두머리로 보이는 자가 소리쳤다.

"왜인은 왜관 밖으로 한 발짝도 움직일 수 없소."

"아니, 그제도 가마에 갔다 왔소이다. 왜관 가마는 왜관 소속이 아니오?"

"나는 부사의 명을 수행할 뿐이오. 왜인이 왜관 밖으로 나오면 나는 이곳의 법대로 할 것이오."

군졸들이 창을 겨누었다. 물러설 수밖에 없었다.

하루가 가고 이틀이 가도 동래부에서는 다른 조치를 취하지 않았다. 요시나가가 말했다.

"선생님, 요즘 들어 질 나쁜 부식만 공급되고 있습니다. 가마에서 작업 준비를 해야 하건만 조선 군졸이 우리를 막고 있습니다. 동래부에 화해의 서신을 보내심이……"

그에게 좀더 기다려보자고 했으나 내심 초조했다.

하루는 동래부 관리가 찾아와 물었다.

"왜관의 장은 들으시오. 당신은 부모 이름을 잊지 않았겠지요? 부사께서 당신 할아버지와 아버지의 이름을 알아오라 하셨소."

내가 일본의 하따모또라는 사실을 분명히 알 텐데도 그는 명령조로 말했다. 할아버지와 아버지의 성명을 알려주며 물었다.

"그런데 그분들 이름이 왜 필요하오?"

"부사께서 당신이 조선인이라고 하니 왜놈 된 조선인의 조상은 어떤 사람인지 알아보시려고 하는 것 같소."

"뭐, 왜놈 된 조선인?"

주먹이 나오려고 했다. 내 일그러진 얼굴을 본 그가 서둘러 가버렸다.

한달이 되도록 동래부사는 별다른 조치를 취하지 않았다. 나는 아직 부모님의 소식을 알아보지도 못한 상태이다. 곽재우 장군의 증표를 동래부사에게 보인다면? 그러나 아직은 안된다. 내가 먼저 동래부사에게 화해의 몸짓을 취할 수는 없다. 그것은 평생 조선을 그리워하며 살아온 내 자존심이 허락하지 않는다.

# 내 아이야 내 자식아

다시 한달이 지났을 때 동래부로 와달라는 전갈이 왔다. 동래 부를 찾아가자 놀라운 일이 일어났다. 부사가 일어나서 예를 갖 추어 나에게 인사하는 것이 아닌가. 그러더니 그는 옆의 참모에 게 두루마리를 읽으라고 했다. 나의 행적에 대한 기록이었다. 박 춘길이라는 자가 기록을 읽기 시작했다. 귀를 의심했다. 곽재우 장군이 조정에 올린 보고였다.

공적 일. 신석은 사기장 신현의 아들로 왜군을 염탐해서 정 유년에 왜적이 대규모의 군사를 이끌고 다시 쳐들어오리라는 보고를 승군인 범하를 통해 올렸고 그 첩보는 정확하였다.

공적 이. 왜장한테서 받은 많은 쌀을 전쟁중에 굶주린 백성들에게 나누어주었다.

공적 삼. 왜장에게서 받은 금과 은을 곽재우 의병장에게 군
자금으로 내어놓았다.

의병 공헌도를 논하자면 그 등급이 첫번째에 해당한다.


기록을 읽은 박춘길이 내게 예의를 차리며 말했다.

"선생님, 김해 복사골 선비 박유를 기억하시는지요?"

박유가 김해의 선비이자 의병이라는 말을 아버지한테서 들었
다고 하자 그가 넙죽 큰절을 했다.

"선생님, 바로 제가 박유의 자식이옵니다. 선생님 부친의 도움
이 아니었더라면 전쟁 때 제가 굶어죽었을 것이라고 들었습니다.
지금 선생님을 만났으니 어떻게 감사의 인사를 드려야 할지 모르
겠습니다."

곽재우 장군의 증표를 부사에게 보여주었다. 부사가 그것을
보더니 나를 껴안았다.

부사에게 지금은 비록 일본 소속이지만 일이 끝나면 조선에서
조선 사기장으로 살아갈 것이라고 말했다. 그리고 맡은 일이 잘
끝나게 도와달라고 했다. 내가 직접 흙이 있는 현장에 갈 수 있도
록 도와줄 것과 가마를 왜관 내로 옮겨줄 것을 그에게 요청했다.

부사는 동래부나 동래부 소속인 양산 법기리에 가는 것은 자기
소관이어서 가능하나 울주, 곤양, 김해, 하동에 가는 것은 그 지방

수장의 허락을 받아야 한다며 그 문제는 예조판서가 다루므로 편의를 봐달라는 상소를 올리겠다고 한다. 나는 의병이었던 서덕령 형의 소식을 알아봐줄 것도 부탁했다.

"신선생, 잘 알겠소이다. 신선생의 마음을 충분히 이해하오. 오늘 특별히 잔치를 벌여야겠소. 선생의 귀국잔치를 말이오."

부사가 사신을 접대하기 위해 특별히 지은 연회장으로 나를 안내했다. 동래부사 옆에 내 자리가 마련되어 있었고 내 옆에는 박춘길이 앉았다.

관기가 소리를 시작했다. 얼마나 듣고 싶은 조선의 소리였던가. 또 장구소리는 얼마 만인가. 쏟아지려는 눈물을 참으며 술잔을 비웠다. 일본이 아닌 조선에서 그것도 동래부사와 맞잔을 들고 있다니!

관기들이 장구 장단에 맞추어 귀에 익숙한 소리를 했다.


　　내 아이야 내 자식아

　　산 높으고 골 짚은데 어이

　　월출동령에 달이 솟고

　　일락서산에 해 떨어지고

　　높이 보니 만학천봉이고

　　내리 보니 청암절벽

　　내 자식은 어데 가고 어이

늙은 어미 잊었는가


강물 따라 바다 따라

멀리 갔던 연어새끼

망망대해 바다 돌아 어이

어미 찾아 돌아오네

개울가의 송애새끼

바우 밑을 찾아드네

내 자식은 어데 가고

늙은 어미 잊었는가 어이

내 아이야 내 자식아


어이 허꼬

밤은 침침 야삼경에

이화월백 적막한데 어이

야월 공산에 두견 울고

내 아이는 어데 가고

에미 찾는 소리 없네

소리내어 불러봐도

대답 없이 메아리만 어이

삼시번을 거듭 치니

뻐꾸기가 울음 우네

내 자식은 언제 올꼬


농번기가 지나 조선 사기장들이 일하러 왔다. 그들은 동래부 사람에게서 내 얘길 들었다며 나를 반겼다. 그들에게 왜국 주문 장을 읽어주고 간단히 주의할 점만 일러주었는데도 그들은 나를 도자기 귀신이라 했다.

일하러 오는 조선 사기장들 중에 똘이라는 새끼 대장이 있었 다. 나이는 열일곱 정도 될까? 성실했고 솜씨도 쓸 만했다. 녀석 은 나만 보면 싱글벙글거렸다.

"지금 어디서 사느냐?"

"집은 없고, 사기장 김씨 아저씨한테 얹혀살고 있습니더."

"부모님은 안 계시냐?"

"예. 어릴 적부터 절에서 자랐심더."

"성은 무엇이냐?"

"모릅니더."

똘이에게 내 거나(물레대장 조수)를 맡겼다.

왜관 내의 일은 순조롭게 진행되었으나 부모님 찾는 일은 미 루어지고 있었다. 아직 동래부 밖으로는 나갈 수 없었다. 예조판 서가 허락해야만 가능한 것이다. 일하러 오는 조선 사기장에게 부모님 소식을 물어보고 싶은 마음이 간절했으나 사적인 일이라

관두었다.

왜관은 왜국에서 조선에 필요한 물건을 가져오기도 하고 왜국에 필요한 물건을 구해 보내기도 한다. 배가 수시로 짐을 싣고 오갔다. 왜관에 물건을 납품하는 사람들은 옛날에는 보부상이었지만 지금은 동래 상인과 개성 상인들이었다.

나는 주문장에 그려진 것을 한 점씩만 빚었다. 조선 사기장들로 하여금 내가 빚은 것을 본으로 삼아 그대로 빚게 할 작정이다. 조선 사기장이 가고 난 뒤 혼자 촛불을 켜놓고 일했다. 왜국에서 주문한 차사발을 빨리 빚어놓아야만 흙을 찾으러 다닐 수 있기 때문이다.

박춘길이 찾아와서 내가 부탁한 일이 성사되었다 하며 서궤를 주었다. 예조판서가 쓴 서궤였다. 경상도 어느 곳이든 그곳 수장에게 보고하면 흙을 구할 수 있을 것이라는 내용이었다. 조건이 하나 있었다. 내가 일본에서 보고 느낀 것을 동래부를 통해 보고해달라는 내용이었다.

박춘길이 작은 정성이라며 뭔가를 내어놓았다. 옷 두벌이었다. 한벌은 동래부사가 내린 것이요, 또 한벌은 그의 부인이 만든 것이라 한다. 박춘길의 부인이 만들었다는 옷으로 갈아입어보았다. 천을 누벼 만든 옷으로 왜국옷에 비해 풍성하고 편안했다. 극구 사양하는 박춘길에게 물소뿔을 선물로 주었다.

요시나가를 불러 내일부터 직접 흙을 구하러 갈 터이니 준비해놓으라고 했다. 수행원은 조선 사기장 둘과 똘이, 조선인 짐꾼 셋이라고 말해주었다. 왜인을 제외한 것은 우리 조선의 지리를 알려주고 싶지 않아서였다.

아침 일찍 수행원들과 왜관 앞 포구에서 배를 탔다. 낙동강 하구에 도착하는 데 반나절이 걸렸다. 낙동강 하구에서 왜성이 있던 죽도를 보았다. 성곽만 흉물스럽게 남아 있었다. 왜놈들이 축조한 건물은 우리 군사들이 불태워버렸다고 한다.

신어산으로 향했다. 습지의 잡풀이 예전처럼 무성했다. 초록의 벼이삭이 보였다. 세월이 많이 흘러서인지 전쟁의 흔적은 보이지 않았다. 신어산 초입, 나도 모르게 걸음이 빨라졌다. 똘이가 힘겨워하는 나를 부축했다. 옛날 집터에 도착했으나 가마가 보이지 않았다. 다리에 힘이 풀렸다. 풀썩 주저앉고 말았다. 그곳에는 낯선 집 두 채가 들어서 있었다. 한 할멈이 집 안에서 나왔다.

"말씀 좀 물읍시다. 이 집에서 사시오?"

"그런데요. 왜 그러십니까요?"

"여기가 내 살던 집인데……"

할멈이 나를 자세히 쳐다보았다.

"혹시 신현 어른의……"

고개를 끄덕였다.

"난리 때 오갈 데 없는 우리를 그 어른께서 거두어 여기에서 살라 하셨지요. 아주머니는 몸이 편찮았지만 우리한테 얼마나 잘

해주셨는지 몰라요. 지금도 잊을 수가 없습니다요."

어머니는 절에서 요양하며 가끔 이곳을 들렀다 한다. 어머니는 돌아가시는 순간에 나를 애타게 찾았다고 한다. 아버지는 어머니를 불일암에 안치하고 이들에게 집을 내어준 뒤 혹시 내가 오면 불일암에 가 있으라는 말을 전해달라고 당부한 뒤 동래부 어딘가로 떠났다 한다. 그후로 아버지의 모습을 본 적은 없으나 돌아가셔서 불일암에 위패를 모셨다는 이야기를 들었다 한다.

부모님이 계시던 방을 향해 절을 올리고 나서 곧장 불일암으로 향했다. 불일암 가는 오솔길 풍경은 달라진 것이 전혀 없었다. 불일암도 예전 그대로였다. 암자에서 들려오는 독경소리만 범하스님의 목소리가 아니었다. 스님이 장군차를 내왔다.

"불일암 가까이에서 살던 사기장 신석이라 합니다."

"큰스님께서 말씀하신 분이군요. 신석 처사님이 반드시 이곳에 올 것이라고 하셨습니다."

"큰스님이라면 범하스님 말씀이신지?"

"예, 그렇습니다."

"큰스님께서는 언제 입적하셨는지요?"

"견성한 스님이라 장수하셨습니다. 십일년 전 백세를 석달 남겨두고 앉은 채로 열반하셨습니다."

"제 부모님의 위패를 이곳에 모셨다는 얘기를 들었습니다."

"예. 그곳으로 가시지요."

부모님의 위패를 안치한 명부전으로 갔다. 할아버지의 위패도 그대로 있었다. 스님이 염불을 시작했다.

"아버지 어머니, 불효 자식이 왔습니다. 용서해주십시오."

천도재가 끝나자 스님이 말했다.

"큰스님께서 처사님이 오시면 전해드리라 하신 것이 있습니다."

천으로 싼 함이었다. 천이 바래었다. 함에는 두루마리 서궤가 있었다. 범하스님이 남긴 서신이었다.


석아, 네가 언젠가는 찾아올 것이기에 글을 남긴다. 네가 왜국으로 끌려간 후 네 부모님은 한동안 불일암에 기거했다. 네 어머니가 네 방을 보면서 매일 통곡했기 때문에 거처를 옮긴 것이다. 신처사는 아픈 부인을 위해 날마다 산을 헤매며 약초를 찾아다녔으나 백약이 소용없더구나. 네 어머니는 네가 끌려간 지 일년 후인 기해년(1599년) 십이월에 끝내 운명하셨다.

그후 신처사는 너를 생각하며 그릇만 빚었단다. 그러나 빚은 그릇이 완성되기만 하면 깨버리고 다시 빚곤 했지. 어느날 동래부에서 관리가 찾아와 조선과 왜국이 지금 비밀리에 수교 협상중인데 그 협상을 위해 왜인들이 요구하는 차사발이 필요하다며 빚어달라고 했다. 신처사는 아들을 납치한 왜놈들에게 사발을 빚어줄 수 없다며 일언지하에 거절했다. 그러나 수교

협상이 이루어지면 아들이 돌아올 수도 있다고 그 관리가 설득하자 마음을 돌려 왜인들이 요구하는 차사발을 빚어주기로 했다. 그때 신처사는 왜인 서궤에 쓰인 글을 읽어달라고 찾아왔었다.

수교 후 조선 쇄환사가 구성되자 신처사는 동래부로 가서 왜국으로 떠날 관리들과 역관, 짐꾼들에게 차사발을 선물하며 너를 꼭 데려와달라고 사정했단다. 쇄환사가 왜국에서 너를 찾지 못하고 다른 포로들만 데리고 돌아오자 신처사의 낙담은 이루 말할 수 없었다.

그 뒤 신처사는 동래부의 양산 법기리로 갔다. 그곳은 왜국과의 교섭창구인 동래부와 가까우니 네 소식을 빨리 접할 수 있을 것이라고 했다. 또 양산 법기리에는 좋은 흙이 있다고도 했다. 그곳에서 신처사는 네가 돌아오기만을 기다리며 사발을 빚었다. 너를 보기 전에 죽을 수 없다던 신처사는 정축년(1616년) 유월 세상을 하직했다. 신처사와 같이 일하던 강씨와 함께 장례를 치르고 여기 불일암에 안치했다.

석아 들어라. 네가 운명을 슬퍼한들 어찌 지나가버린 세월을 돌이킬 수 있겠느냐. 네게 주어진 조선 사기장의 책무를 잊지 말아라. 그것이 너를 애타게 기다린 부모님의 뜻이니라.

관세음보살 범하 합장.

함에는 아버지가 지니고 있던 곽재우 장군의 증표와 왜인 주문품이 그려진 서궤가 들어 있었다. 서궤를 풀어보니 놀랍게도 고쇼마루 주문서였다. 그 다완을 왜국에서 보았을 때 우리 가마의 흙과 비슷해 왠지 모를 친밀함을 느꼈지만 미련하게도 그것이 못난 자식을 위해 아버지가 빚은 그릇인 줄은 몰랐다. 그 다완을 손으로 만졌을 때 전해져온 따뜻한 흙의 질감, 그것은 바로 아버지가 나를 찾는 애달픈 숨결이었음을 이제서야 알겠다.

# 마꼬 이도

절에서 밤을 보내고 아침 일찍 양산 법기리로 출발했다. 낙동
강 물길을 따라 양산읍까지 간 뒤 산 하나를 넘었다. 법기리에서
아버지와 같이 일했다는 강정식을 만났다. 그가 아버지의 가마가
있던 곳으로 안내해주었다. 작은 개울을 건너 나지막한 야산으로
들어가니 얼마 안 가서 아담한 초가와 가마가 보였다. 가마가 들
어선 땅이 정겹고 포근했다. 아버지의 불때는 모습이 어른거렸
다. 가마를 향해 절을 올렸다.

"석아, 이제 왔느냐? 그래, 반드시 올 줄 알았다. 우리 여기서
그릇을 빚으며 살자꾸나."

아버지의 목소리가 들렸다.

나는 나중에 여기에 와서 그릇을 빚기로 결심했다.

보부상 강씨는 전국을 돌아다니다 임란이 일어날 때 권율 장군 밑에서 왜군과 싸우기도 했다고 한다. 전란이 끝난 후 다시 보부상을 시작했는데 도자기 장사를 할 생각으로 실력 있는 사기장을 찾던 중 양산 법기리에서 아버지를 만났다고 한다. 수교 후 일본은 동래부에 다완을 구워달라고 했고 동래부는 그 일거리를 여러 가마에 나누어주었으나 주문품을 완벽히 빚을 수 있는 사람은 아버지밖에 없었다. 이 소문이 나서 기술을 배우기 위해 사기장들이 몰려왔고 아버지는 그들에게 기술을 가르치다 돌아가셨다고 한다.

강씨에 의하면 아버지한테서 기술을 배운 사기장들은 법기리에 모여 왜국에서 주문한 사발을 빚다가, 왜관에 가마가 설치되자 그곳으로 옮겨갔다 한다. 그렇다면 왜관에 일하러 오는 사기장들은 아버지한테서 사발을 배운 이들이 아닌가! 강씨에게 내가 여기 오면 아버지 때처럼 도와줄 수 있겠느냐고 물었다. 그는 시원스럽게 그렇게 하겠다고 했다. 옆에 있던 똘이가 말했다.

"선상님, 지두예 선상님 따라 여기 오게 해주이소."

"그래, 그러자꾸나."

웃으며 고개를 끄덕였다. 그러나 그전에 일본과 약속한 일을 끝내야 한다. 흙을 찾아 떠났다.

양산에는 노란색이 나는 유약재료인 약토가 많았다. 사람들에게 약토는 떡갈나무가 많은 곳에서 구하고, 떡갈나무 군락지 중에서도 반드시 양지쪽에 있는 것을 택하라고 알려주었다.

왜관으로 돌아와 하루를 쉬고 똘이와 짐꾼 셋, 사기장 둘을 데리고 다시 출발했다. 진주목 소속인 하동에서 백토를, 곤양에서 유약의 주재료인 물토(곤양수을토)를 구했다. 김해에서는 병토瓶土, 산청 오부골에서는 불심 센 오부점토梧釜粘土를 구했다. 경주에서도 흙을 구했고 울산 남창에서는 옹기토를 확보했다. 옹기토는 옹토瓮土라 부르기도 한다. 흙들을 수비하여 질흙을 만들도록 했다. 유약으로 쓸 물토를 수비하고 나뭇재도 준비했다.

이제 황도 흙 찾는 일만 남았다. 몇점만 빚을 생각이니 흙이 많이 필요하지는 않다. 똘이와 짐꾼 한 사람만 데리고 가기로 했다. 하동, 산청, 사천, 진주 여러 곳의 옛 가마터에는 황도 사금파리가 가득 쌓여 있었다. 사금파리 색깔을 보고 가마터 부근의 흙을 구했다. 선산이 있는 웅천 두동골에서도 흙을 구했다. 똘이를 시켜 약간의 황도 흙을 양산 법기리에 갖다놓게 했고 강씨에게 삭힐 것을 부탁했다.

황도 흙을 수비하고 있을 때 박춘길이 찾아와 덕령 형의 소식을 알려주었다. 덕령 형은 정유년(1597년) 팔월 남원성 함락 때 끝까지 싸우다 전사했다고 한다. 그 가족은 찾을 길 없었으나 위패는 김해에 사는 서씨들이 모시고 있다 했다.

"조선의 관리로서 선생님께 송구한 점이 있습니다."

박춘길이 말했다.

"미안한 일이라니요?"

"선생님은 왜국에서 사무라이로 봉해지셨을 뿐만 아니라 하따모또도 되셨지만 우리나라에서는 그런 경우가 아주 드뭅니다."

"그래도 조선은 왜국보다 공평한 나라요. 왜국은 과거 자체가 없지 않소. 조선은 양인도 제한적이나마 과거를 볼 수 있지만 왜국은 칼에 의해 신분이 결정되오. 아무리 공부해도 다이묘의 가신으로 끝나고 마오. 조선의 부사에 해당하는 지방의 다이묘는 모두 세습이오."

"왜국에도 사농공상의 구별이 있습니까?"

"그렇소. 사무라이 다음에 농農 공工 상商이 존재하오. 허나 조선 사기장은 농도 되고 공도 되오만 왜국의 사기장은 농보다 낮은 공으로 한정되오. 그러니 왜국 사기장은 조선 사기장보다 낮은 셈이오."

"선생님은 사무라이가 아닙니까?"

"그게 바로 왜놈들의 술책이오. 임란 때 끌려간 사기장 중 나처럼 사무라이가 된 경우는 수천명 중 대여섯에 불과하오. 몇명만을 사무라이로 봉해놓고 왜놈들은 소문을 퍼뜨렸소. 왜국에 가기만 하면 좋은 대우를 받는다고 말이오. 조선 사기장 스스로 왜국에 건너오도록 유도한 것이오. 실제 그 말을 믿고 왜국에 건너간 사기장들이 많소. 왜놈들은 이런 걸 노리고 나 같은 이를 사무라이로 봉한 것이오."

왜관의 사기장들이 주문 사발을 빚는 사이 나는 황도다완의 성형에 매달렸다. 나는 제기가 아니라 다완이 지켜야 할 약속에 따라 황도를 빚었다. 부모님을 위한 황도제기는 이곳 왜관이 아닌 양산 법기리에서 빚을 것이다. 정성껏 물레를 찼으나 처음의 것은 마음에 들지 않아 버렸다. 또다시 빚었으나 역시 버렸다. 빚어서는 버리고 또다시 빚기를 수십 차례 했다. 이윽고 황도다완을 왜국에서 주문받은 그릇과 함께 가마칸에 쟁임했다.

　왜인들이 가마 신에게 올리는 재를 왜식으로 준비해놓고 기다리고 있었다. 조선식으로 다시 준비하라고 지시하자 왜인들이 불만인 듯 망설였다. 나는 이곳이 왜관이긴 하나 조선땅에서 조선 사기장이 조선흙으로 그릇을 빚었으니 일본 신보다 조선 신에게 먼저 재를 올리는 게 나을 것이라고 이야기했다. 왜인들이 여전히 눈치를 보며 머뭇거리는 태도에 화가 났다.

　"이놈들아, 우리 목적은 좋은 도자기를 생산하는 것이다. 여기는 조선이라 조선의 신이 돌보아야 좋은 그릇이 나온다고 하지 않았느냐?"

　불때기를 하루 연기하고 조선 사기장을 시켜 재를 다시 준비하게 했다. 조선 사기장들은 신이 나서 제사음식을 준비했다. 목욕재계를 하고 가마로 갔다. 도야지 머리를 놓은 조선식 제상 앞에서 조선 사기장들과 내가 절을 하고 난 다음 가마 담당 왜인들이 왜식으로 재를 올렸다.

소나무는 황령산에서 구한 것으로 향이 은은하였다. 시작을 알리는 첫불만 붙이고 조선 사기장에게 봉통불을 맡겼다. 천천히 열 시진 정도 때라고 일러두었다. 노리칸은 세 시진 동안 때라고 했다. 노리칸이 끝나면 직접 장작을 잡고 셋째칸까지 땔 것이다.

마침 배가 들어오고 있다는 연락이 왔다. 왜관에 필요한 생활품, 조선에 팔 물건, 도자기 주문장을 실은 배였다. 주문장에는 다도구 외에 꽃병, 발鉢, 주전자 등이 그려져 있었다. 이도다완 주문장은 없었다. 그 이유를 알 것 같았다. 나에게 제약을 가하지 않아야 진정한 이도다완이 나오리라는 것을 코보리 선생은 알고 있었던 것이다.

가마가 식은 뒤 황도를 꺼냈다. 첫번째 황도는 푸른 기가 있었다. 깨버렸다. 두번째 것도 푸른 기가 있어 깨버렸다. 세번째, 네번째…… 열번째 모두 푸른 기가 있어 깨버렸다. 사람들의 눈이 휘둥그레졌다. 스물, 서른, 쉰번째 모두 깨버렸다. 마지막 한 점이 나왔다. 제대로 된 황도 차사발이었다. 그런데 다시 보니 제기 같았다. 황도제기는 왜인에게 줄 수 없는 것이다.

다른 칸에 있는 주문 다완은 거의 합격품이었다. 방으로 들어가 황도를 유심히 살펴보았다. 분명 황도 차사발로 빚었건만 황도제기처럼 보였다. 이도다완에 성공하면 그중 하나에 자기 이름을 붙여달라는 마꼬의 말이 생각났다. 깨지 않기로 했다.

나는 황도 다섯 점을 보내야 한다. 다음 불때기까지는 사개월이 걸린다. 한번의 불때기에 한 점만 나온다면 시간이 얼마나 걸릴까? 아니, 한 점도 나오지 않을 수도 있다. 언제 황도다완을 다 빚어 주고 양산 법기리에 갈 수 있을까?

# 막부의 명령

　　강씨를 찾아가 양산 법기리의 땅을 사달라고 부탁했다. 내가 가지고 온 금화를 보더니 그의 눈이 휘둥그레졌다.

　　"선생님, 이 돈이면 법기리 전체를 사고도 남습니다."

　　"그렇소이까? 그러면 남는 돈을 좀 맡아주시겠소?"

　　"알겠습니다. 믿어주셔서 고맙습니다."

　　"가마와 집이 필요하오. 가마는 왜관에 있는 조선 사기장들을 보내 박을 것이니 집을 부탁하오. 집은 기와집으로 본채, 사랑채, 별채를 지어주시오. 기둥과 서까래는 쭉 뻗은 나무보다 약간 구불구불한 소나무로 해주시오."

　　"선생님, 소나무가 곧지 않으면 대목들의 잔손질이 많아 시간과 돈이 더 듭니다."

"돈 걱정은 하지 마시고 꼭 그렇게 해주시오. 왜국에서 곧은 목재로 만든 집에서만 살았소. 그게 편치 않았소이다."

"선생님 심정을 알 것 같습니다. 그렇게 하겠습니다."

"여기서 통도사 다소촌이 멉니까?"

"그리 멀지 않습니다."

"그러면 다소촌에 가서 차나무 씨를 구해와 좀 심어주시오."

"예, 알겠습니다."

강씨를 만나고 왜관으로 돌아오는 길에 주막을 들렀다. 개다리소반 위의 술병과 술잔, 딤채 담은 보시기 모두 백자였다. 지금 조선 백성은 전부 백자만 쓴다. 백자는 센불로 굽는다. 그렇다면 가마는? 분명 센불 전용 가마만 박을 것이니 왜관 가마도 마찬가지일 것이다. 황도는 삭임불이다. 황도를 센불 전용 가마에서 삭임불로 땐 건 실수였다. 그것만 고치면 더 빨리 황도다완을 빚어낼 수 있을 것이다.

경사도가 낮은 삭임불 가마를 박게 했다. 새로 박은 가마에 황도만 쟁임하고 정성껏 불을 땠다. 가마를 식히고 꺼내서 보니 마음에 드는 것이 스무 점 이상 나왔다. 명품은 수가 많으면 명품이 아니다. 일곱 점만 골라내고 나머지는 모두 깨버렸다. 지난번에 나온 마꼬 이도 한 점을 합치면 모두 여덟 점이다.

카쯔시게의 수하인 나까따 편으로 막부에 다섯 점, 카쯔시게에게 한 점, 마꼬에게 마꼬 이도 한 점을 보냈다. 나머지 한 점은 훗

날을 대비해 내가 가지고 있기로 했다.

　이제 막부의 쇼군에게 사직서를 내고 왜관을 떠날 차례다. 동래부에 제출하기 위해 왜국에서 그동안 본 것과 왜관에서 느낀 바를 기록하기 시작했다.

　해가 바뀌고 두 달이 지나자 나까따가 돌아왔다. 예상한 대로 막부의 쇼군과 카쯔시게는 황도다완을 받고 아주 흡족해했다고 한다. 마꼬에게 주는 다완은 마꼬가 출타중이라 봉이에게 맡겼다 한다.

　나까따 편에 다완 한 점을 더 요구하는 카쯔시게의 서신이 왔다. 봉이와 큐마를 사무라이 도공에 봉하는 조건으로 마지막 한 점을 카쯔시게에게 주기로 했다.

　홍호연도 서찰을 보내왔다. 봉이가 내 행방을 알려달라고 하도 사정하는 바람에 어쩔 수 없이 가르쳐주었는데, 봉이가 지금 부산 왜관에 가게 해달라며 카쯔시게에게 간청하고 있다고 한다.

　몇통의 서찰을 써서 카쯔시게에게 줄 마지막 황도다완과 함께 보냈다. 홍호연에게 보내는 서찰에서는 고려촌을 지켜야 하는 봉이를 잘 타일러달라고 당부했다. 서찰과 함께 인삼과 차사발도 보냈다. 쓰시마 다이묘에게 보내는 서찰에서는 내 후임자를 보내달라고 했다. 마지막 서찰은 막부에 보내는 것이었다. 이도다완을 만들었으니 하따모또 자리를 면하게 해달라고 하며 사직서를 동봉했다.

사직하기 위해서는 임명권을 가진 막부의 허락을 받아야 한다. 막부의 허가 없이 왜관을 벗어난다면 이제껏 도와준 동래부사가 난처하게 될 것이다. 또 고려촌이 엄청난 피해를 보게 될지도 모른다.

넉달 후 쓰시마한의 가로家老(가신 중 가장 높은 자리)가 막부의 교지를 가지고 왔다. 그는 막부가 있는 에도 쪽을 향해 고개를 숙인 다음 교지를 전해주었다. 왜국식 예법에 따라 무릎을 꿇고 받았다. 쇼군이 나에게 내린 교지를 읽었다.

"나의 하따모또 신석에게 명하노라. 그림에 있는 코라이세이지高麗青瓷를 만들어 올려라. 그것을 만들어 올리면 사직을 허락하겠노라. 나는 나베시마번의 고려촌을 유심히 보고 있도다."

도대체 이게 무어란 말인가? 사직 허가서가 아니라 명령서가 아닌가? 명령을 지키지 않으면 고려촌을 불바다로 만들겠다니, 무시무시한 협박이었다. 마꼬, 봉이, 큐마, 고려촌 백성들의 안위가 그릇 빚는 내 손에 달린 것이다.

명령서에 그려진 그림은 청자 차사발이 아니라 청자 주전자, 청자 매병梅瓶, 청자함, 청자 분함, 청자 정병淨瓶이었다. 이제 와서 고려청자라니. 황도, 분청자, 백자라면 다 만들 자신이 있다. 그러나 고려청자는 한번도 빚어본 적이 없다. 더군다나 그것은 조선땅에서 사라진 지 이백년이 넘지 않았는가?

즉시 왜관에 있는 조선 사기장들을 불러모았다.

"여러분을 부른 것은 청사기(청자) 때문이오."

"청사기예? 그것은 고려 때 빚은 거 아입니꺼?"

"그렇소. 그 청사기 대해 잘 아시는 분 없소이까?"

"그거예, 십년쯤 전에 본 적이 있습니다. 울 동네에 산사태가 났을 때 마을 사람이 주전자 하나 주우갖고 제게 왔는데 때깔이 파란 청사기였심더. 그래서 제가 고려청자라고 갈쳐줬심더. 근데 그 사람이 고걸 팔아달라 캐서 보부상을 소개해줬심더. 보부상이 은전을 두 냥이나 주고 사갔심더."

동래 출신 박씨의 말이었다.

"보부상이 그것을 어디에다 팔았는지 아시오?"

"왜관에 납품하는 동래 상인에게 이문을 많이 남기고 팔았다 캤심더."

"그 동래 상인을 찾을 수 있소?"

"예. 그 사람은 저희 동네에서 기와집을 지놓고 삽니더."

"빠른 시일 내에 그 동래 상인을 좀 만나게 해주시오."

"예, 알겠심더."

진주 출신 김씨가 말을 받았다.

"선상님, 전에 제가 사옹원 소속 가마에 부역 갔을 때 전라도 출신 사기장한테 들었는데예, 청사기 쇄금파리는 전라도에 아주 많다 카대예."

"전라도 어디라 했소?"

"여기서 아주 멉니더. 강진, 해남, 또 전라도 북쪽의 부안이라 캤어예."

남해 출신 생질 담당 사기장도 한마디 했다.

"저는 옛날부터 산에서 흙 구하다 쇄금파리를 많이 봤심더. 그런데 청사기 쇄금파리는 경상도 전라도가 완전히 다릅니더. 경상도 쇄금파리는 분청자와 비슷하면서 푸르고예, 전라도 쇄금파리는 진짜 푸른 맛이라예. 아버지한테 들었는데예, 분청자와 비슷한 경상도 쇄금파리보다 진짜 푸른 맛 나는 전라도 쇄금파리가 훨씬 오래 전에 빚은 것이라 카대예."

다음날 동래 상인이 조선 병졸과 함께 왜관으로 찾아왔다.

"혹시 내 전임자에게 청사기 주전자를 납품한 적이 있소?"

"십년 전에 동래부 허가를 받아 납품한 적이 있습니다."

"색깔이 어땠소?"

"유약이 두껍고 파란색이었습니다. 문양은 단순했고요."


청자에는 조각이 들어가니 조각 잘하는 사기장을 찾아야 하고 흙과 유약도 연구해야 한다. 우선 청자 사금파리가 많다는 강진, 해남, 부안에 가보기로 했다. 생질 담당 사기장, 똘이, 짐꾼 두 사람과 함께 전라도로 향했다. 보부상 출신이라 조선 지리를 잘 아는 강씨도 데려갔다.

도중에 김해읍에 들렀다. 수소문해 덕령 형의 위패를 모신 사당을 찾아갔다. 덕령 형의 영혼 앞에서 왜국에서 가져온 미령이의 오래전 유서를 불살랐다. 미령이가 죽은 직후에 빚은 눈물 사발을 사당의 위패 앞에 놓아두고 길을 떠났다.

# 해방

　강진 대구골의 고려청자 가마터를 찾아갔다. 고려청자 옛 가마터가 열 곳 이상이나 있었다. 청자 사금파리는 한평생 도자기만 빚고 살아온 나에게 새로운 감동을 주었다. 청자의 맑은 푸른 빛, 절제된 형태에 입이 벌어졌다. 도안의 형태는 복숭아, 참외, 오리, 매병, 사자, 원숭이 모양, 문양은 음각·양각의 목단문牧丹紋, 연리문練理紋, 운학문雲鶴紋 등 다양했다. 당시의 간지干支와 글자가 새겨진 것도 있었고 문양 사이사이 골을 내어 금으로 메운 것도 있었다. 집을 지을 때 벽에 붙이는 네모난 도판陶板도 있었고 붓을 거는 필가筆架, 먹물 담는 연적硯滴뿐만 아니라 베개와 화분도 있었다. 청자로 된 기와가 보였다. 이 귀한 청자로 기와를 만들다니 그 집은 얼마나 화려했을까?

황도는 일본의 차사발 중 으뜸이다. 그러나 그것을 좋아하는 사람들은 차인으로 한정된다. 고려청자는 누구라도 좋아하게 된다. 아리따 도자기는 청자에 대니 아무것도 아니었다. 아리따 도자기를 구입하려고 애쓰는 서양 오랑캐가 청자를 본다면 아리따 도자기는 쳐다보지도 않을 것이다. 이런 명품을 몇백년 전에 빚었다니 고려 사기장들에게 저절로 고개가 숙여졌다. 내가 과연 빚을 수 있을까? 자신이 없었다. 숨이 가빠왔다.

"선상님, 어디 아픕니꺼?"

똘이가 걱정스런 눈빛으로 물었다.

"아니다. 신경쓰지 말고 사금파리를 챙기거라. 나는 좀 쉬어야겠다."

만약 청자를 빚어 왜국에 보낸다면 어떻게 될까? 쇼군이 그것의 아름다움을 알아본다면 분명 나를 놓아주지 않을 것이다. 어쩌면 임진년(1592년)처럼 전쟁을 일으킬 수도 있지 않을까? 내가 청자를 빚지 못한다면? 막부는 고려촌을 불바다로 만들 것이다.

부안 유천리에 갔을 때 청자 사금파리로 담을 쌓은 집을 보았다. 강씨가 집주인을 찾아 데리고 왔다.

"경상도 사기장이 이곳까지 웬일이라요?"

"청사기 사금파리를 찾으려고 이곳에 왔소이다."

"청사기요? 요새 백사기 말고 청사기 찾는 사람도 있당께요?"

"꼭 만들 필요가 있소이다."

"별일이네. 우리 동네는 청사기 쇄금파리가 너무 많아 징해요. 쇄금파리 땜시 밭농사 짓기도 힘든당께요. 밭을 한번 갈아보소. 그놈의 쇄금파리 때문에 반나절 일이 하루 온죙일 걸린당께요. 고려 사기쟁이들은 실패한 쇄금파리를 높은 데다 갖다 버리지 왜 하필 밭 맹그는 이런 야산에다가 버리는지 참……"

이곳 사금파리도 아름다웠다. 안팎에 간지를 써놓은 사금파리가 많았다. 글씨체가 뛰어난 걸 보니 고려시대 사기장들은 천민이 아니라 공부한 사람이 아닌가 여겨졌다. 어쩌면 글공부를 하였기에 청자라는 명품을 만들지 않았나 하는 생각이 들었다. 아름답게 발색된 빨간색으로 꽃봉오리에 점을 찍어놓은 사금파리가 보였다. 난생처음 보는 빨간 문양이었다. 안료는 녹슨 구리로 만든 것이고 센불로 빨간색을 낸 것 같았다.

왜관으로 돌아와 가져온 사금파리를 한곳에 늘어놓고 내내 바라보았다. 이것을 빚어 막부에 주지 않는다면 어떻게 될까? 그만두고 싶은 생각이 들 때마다 마꼬, 봉이, 큐마, 선량한 고려촌 사람들이 떠올랐다. 실마리를 찾지 못한 채 시간만 흘러갔다.

청자 주전자를 왜관에 팔았다는 동래 상인과 그것을 본 적이 있다는 동래 출신 사기장을 함께 불렀다. 두 사람에게 늘어놓은 사금파리와 왜국에 판 청자 주전자 중 어떤 것이 더 아름다운가를 물었다.

"선생님, 제가 왜관에 판 것은 이것들에 비해 때깔이 탁했습니다."

"선상님, 예전에 제가 본 것이 일등품이라면 이것은 임금님께 올리는 진상품으로 보입니더. 지난번 것은 이것보다 유약이 탁했고 유색도 두꺼웠심더. 지금 이것은 유약이 두껍지도 얇지도 않으면서 깊은 맛을 내네예."

내 앞에 놓인 청자 사금파리의 색깔은 유약만으로는 낼 수 없는 빛깔이다. 그것은 태토(질흙)와 푸른색을 띤 투명한 유약이 어우러져 나오는 색이었다. 그들이 가고 나서 주문장의 그림을 다시 보았다. 청자 분함이 보였다. 분함이라면 여자가 쓰는 것이다. 왜국의 여인은 다도를 거의 하지 않는다. 다도를 하는 마꼬가 오히려 특별한 경우다. 다도를 모르는 왜국 여인들은 깊은 맛을 풍기는 도자기보다 예쁜 도자기를 좋아할 것이다. 이걸 주문한 여인은 쇼군의 여자들일 수도 있다. 그녀들은 도자기 보는 안목이 높지 않을 것이다. 청자와 비슷하기만 하면 고려청자로 볼 게 아닌가? 그녀들의 마음에만 들면 된다. 그래, 그것이다. 똘이에게 가져온 청자 흙을 모두 버리라 했다.

"선상님, 애써 가져왔는데 와 버리라 캅니꺼?"

"전 왕조의 고려청자가 아닌 내 식의 청사기를 빚을 것이다."

백자 흙을 수비하라 시켰다. 그 질흙으로 분함을 빚은 후 새로 온 조각 담당 사기장에게 문양을 맡겼다. 유약은 빨간색 물토에 나뭇재를 섞어 만들었다. 빨간색 물토에는 녹난 철이 많이 함유

되어 있다. 이것으로 유약을 만들어 센불로 때면 푸르고 밝은 색깔이 된다. 불때기 후 가마를 여니 생각대로 청자가 완성되어 있었다. 강진, 부안 사금파리를 놓고 비교해보았다. 내가 빚은 청자는 어린애 수준이었다. 유약과 태토가 어우러져 발색된 푸른색이 아니라 단지 유약만 파란 청자였다. 이것을 보고 임금님 가마에 부역 갔다던 진주 출신 김씨가 말했다.

"선상님예, 요것은 사옹원 가마에서 동궁전에 올리던 백태청자白胎青磁 같네예. 그것의 바탕흙도 백자 흙이었어예."

"그러면 우리 조선도 청사기를 빚었단 말이오?"

"그렇심더. 아주 적은 양이지만 이런 백태청자를 빚기는 빚었어예. 제 기억으로는 임금님 계신 대전에는 백사기를 올리고 왕자님 계신 동궁전에는 백태청사기를 올렸어예. 워낙 적게 빚었기에 조선에서는 청사기를 안 빚는 줄 잠깐 착각했심더."

다시 한번 내가 빚은 청자를 보았다. 고려청자와 견줄 수는 없었으나 그것으로 만족했다. 살아 있는 동안 고려청자를 완성할 자신도 없다. 고려청자를 완벽하게 빚기 위해서는 황도를 빚기 위해 노력했던 세월만큼이나 많은 날들을 연구해야 하리라. 무엇보다 나 혼자만으로는 안되고 많은 사기장들과 같이 일해야만 빚을 수 있다. 지금 내 나이로는 도무지 가능하지 않다. 청사기를 싸서 왜국으로 보냈다. 사직을 청하는 서찰도 함께 보냈다.

사직 허가서를 초조하게 기다렸다. 여러번 배가 갔다가 왔지만 쇼군의 막부에서는 연락이 없었다.

어느새 초겨울, 눈발이 날렸다. 첫눈 내리는 날에는 통잔에 말차를 타 마셔야 된다고 언젠가 마꼬가 말했다.

"센세이, 첫눈 내릴 때 통잔을 두손으로 잡고 차를 마셔보세요. 그러면 기도하고 싶어질 거예요. 그때 기도하면 카미사마神께서 소원을 들어준대요."

눈 내리는 바닷가로 나가 남쪽을 처다보았다. 하늘이 검었다. 밤에 일본에서 가져온 마꼬의 잔으로 술을 마셨다.


해가 바뀌고 한달이 지났다. 커다란 왜국 배가 들어왔다. 배에서 내리는 사람들 속에 낯익은 얼굴이 보였다.

"봉이! 큐마!"

꿈인지 생시인지 믿기지 않았다.

"선생님!"

그들을 힘차게 안았다. 봉이와 큐마를 일단 방으로 들어가게 하고 나를 찾아온 쓰시마 가로를 먼저 만났다.

"선생님께 쇼군 전하의 교지를 전하러 왔습니다."

"고맙소."

가슴이 떨렸다. 교지를 펼쳤다.

"신석, 들어라. 너의 사직을 허락하노라. 그동안 수고했노라."

진정으로 고마웠다. 드디어 해방된 것이다. 가로는 막부에서 내린 녹이라며 금궤 둘을 전해주었다.

봉이와 큐마가 있는 방으로 갔다.

"선상님이 떠나시고 저희가 얼마나 찾았는지 아십니꺼?"

봉이가 야속하다는 듯이 말했다.

"그래그래, 알고 있다. 미안하구나. 조선으로 간다 하면 붙잡을 테니 말없이 온 것이다. 고려촌은 어떡하고 이렇게 왔느냐?"

"고려촌은 저희 둘이 없더라도 별문제 없습니다."

큐마가 말했다.

"그래, 다행이다. 마꼬 선생은 잘 계시느냐?"

"다도 공부하러 절에 들어갔심더, 몸도 치료할 겸."

"마꼬 선생이 아프단 말이냐?"

"선상님이 떠나신 후 마꼬 선생은 병색이 완연했심더. 다도 수업을 잠시 중단하고 쉬라고 권했지예. 히사다 선상님께서는 절에 들어간 마꼬 선생이 거기에서 수행한 덕으로 건강이 좋아졌다고 했심더."

"어디에 있는 절이라 하더냐?"

"쿄토의 대덕사大德寺라 했심더. 참, 선상님이 주신 이도다완은 히사다 선상님을 통해 마꼬 선생에게 전달했심더."

"선생님, 저희가 이곳까지 온 것은 카쓰시게의 명령이기도 합니다."

큐마가 화제를 바꾸었다.

"카쯔시게의 명령이라니?"

"하루는 카쯔시게가 저희 둘을 불러 고려청자를 내어놓고 이것을 빚을 수 있겠느냐고 했습니다. 저희는 선생님께서 빚으신 것임을 직감했습니다."

"어떻게 알았느냐?"

"저희는 선생님한테서 배운 제자가 아닙니까? 그걸 모를 리 있겠습니까?"

"그래, 카쯔시게에게 어떻게 말했느냐?"

"저희는 홍호연 선생을 통해 선생님이 부산 왜관에 계시다는 것을 알고 있었습니다. 그래서 선생님이 조선에서 빚어 보낸 것이 아닙니까 하고 물었습니다. 카쯔시게가 그렇다고 했습니다. 선생님을 찾아가 직접 배운다면 만들 수 있다 했습니다. 카쯔시게가 그리 하라면서 저희 둘을 일백석 사무라이 도공으로 봉하고 조선으로 보내주었습니다."

"사무라이 도공이 되었다니 축하한다. 그런데 진정 나 없으면 그것을 못 빚겠느냐?"

"아닙니다. 빚을 수 있습니다. 선생님이 보고 싶어서 카쯔시게에게 그렇게 말했을 뿐입니다."

"선상님 보고 싶어서 병이 날 뻔했지 뭡니꺼. 그래서 감쪽같이 속여넘겼지예."

봉이가 신이 나서 말하고는 웃어댔다. 나도 웃음을 터뜨렸다.

무거운 짐을 내려놓은 듯 속 시원히 웃을 수 있었다.

오랜만에 피붙이와 같은 봉이와 큐마를 만나 실컷 회포를 풀었다. 나는 조선으로 돌아온 이유를 그들에게 말해주었다. 둘에게 나의 마지막 여생은 법기리에서 보낼 것이라 했다.


일본 보고서를 동래부에 가져다주고 몇달 전에 지어놓은 양산 법기리 가마로 똘이와 함께 짐을 옮겼다. 법기리 집 부근에 산야초가 피기 시작했다. 개나리와 진달래가 피려 하고 냉이, 쑥, 돌나물, 참취, 머위, 원추리가 고운 얼굴을 내밀었다.

'억수야, 이제 네 고향으로 가자.'

억수의 유골을 챙겼다. 점심을 먹고 똘이와 함께 영축산으로 향했다. 낙동강으로 흘러드는 삽량천 강변길을 따라 북쪽으로 갔다. 독수리가 날개를 펼친 것 같은 영축산이 눈앞에 드러났다. 영축산 아래 통도사가 있고 근방에 억수의 고향인 다소촌이 있다. 해가 기울어 주막집을 찾았다.

다음날 아침, 일주문을 거쳐 통도사 법당으로 들어갔다. 법당에서 향불을 피우고 억수의 명복을 빌었다. 법당 안에는 억수 말대로 부처님이 없었다. 부처님의 진신사리를 안치했다는 사리탑이 보였다. 큰 차나무가 법당 옆 뜰에 서 있었다.

산 정상에는 임란 때 통도사 스님과 마을 사람이 왜군과 싸우다 몰살당한 단조산성丹鳥山城이 있다. 왜군에게 당하기 전까지는 난공불락의 성이라 했다. 왜놈 손에 죽은 억수의 유골을 그곳에 뿌려줄 생각이다. 영축산을 오르기 시작했다. 계곡길을 따라 오르다보니 숨이 찼다. 요새는 조그만 움직여도 숨이 가쁘다. 가다가 쉬고 가다가 쉬면서 겨우겨우 올라갔다. 힘들었지만 억수의 마지막 얼굴을 생각하며 있는 힘을 다했다. 정상은 넓은 평지였다. 배달 형이 사는 키시다께의 평원 같았다. 평원의 풀숲을 지나자 성이 나타났다. 단조산성이었다. 학 머리에 있는 붉은 점처럼 성이 하늘 높이 솟아 있다고 해서 단조산성이라 부른다 한다.

억수의 유골을 뿌렸다.

"편히 쉬거라."

# 신의 그릇

주문장은 사라졌다. 이제부터는 빚고 싶은 것을 마음껏 빚을 수 있다. 먼저 제기를 빚어 할아버지와 부모님께 재를 올릴 것이다. 황도 흙을 수비하기 시작했다.

전쟁 전의 일이었다. 할아버지는 흙을 준비하실 때마다 손자인 내가 쓸 수 있도록 정성을 다한다고 하셨다.

"석아, 흙에서 꼬신내를 느낄 수 있어야 진정한 사기장이 된단다."

"예, 할아버지. 그런데 할아버지는 황도를 왜 좋아하세요?"

"꾸미지 않은 그릇이라서 그렇단다. 우리는 억지로 치장한 그릇보다 편한 그릇에 더 마음이 가지 않느냐. 그런 연유에서 나는 황도를 좋아한단다."

황도를 빚기 시작했다. 숨이 가빠 쉬엄쉬엄 물레를 차고 있을 때 똘이가 물었다.

"선상님, 황도는 다른 도자기와 무엇이 다릅니꺼?"

"황도는 가장 우리다운 도자기야. 토종 같은 것이라고나 할까."

"토종이라고예?"

"우리 도자기는 청자, 분청자, 백자 할 것 없이 모두 중국의 영향을 받았다. 하지만 황도는 우리나라에만 있단다. 황도는 일반 도자기와 많이 다르지. 우리 흙이 아니면 황도를 빚을 수도 없단다. 그래서 토종이라고 한 거야."

"일반 도자기와 어떻게 다른데예?"

"황도는 노란색이지 않느냐. 도자기가 노란색일 경우는 보통 유약이 노랗거나 안료가 노란 경우야. 그러나 황도는 불에 익은 질흙 자체가 노란색이란다. 황도는 질흙의 색깔과 투명한 유약이 어우러져 정감 있는 노란색을 띠게 되지. 오직 황도에서만 볼 수 있는 색깔이야. 조선 양반들은 흰색을 좋아하지만 우리 백성들은 본디 황, 청, 백, 적, 흑의 오방색五方色을 좋아했단다. 오방색 중 으뜸인 황색은 우리 민족의 근본 색깔이란다."

"그런 이야기는 처음 들어봐예."

"똘아, 그림이 보는 예술이라면 도자기는 쓰임새의 예술이란다. 그게 도자기의 본질이야. 나는 쓰임새에 충실한 황도에 깊은

정을 느낀단다."

초벌구이를 끝내고 유약 입힌 황도를 가마칸에 쟁임했다. 봉
통불은 똘이에게 맡기기로 했다. 목욕재계하고 가마의 여신께 재
올릴 준비를 하고 있을 때 박춘길이 일본에서 온 서찰을 가지고
찾아왔다. 왜관이 동래부로 보낸 것이라고 한다. 봉이의 서찰이
었다.

선생님이 건강하시기를 늘 천지신명께 기도하고 있습니다.
이 슬픈 소식을 어떻게 전해야 할지 모르겠습니다. 부산 왜
관에 갔다가 고려촌에 돌아와보니 히사다 선생의 서찰이 와 있
었습니다.
쿄또에 있던 마꼬 선생이 일년 전에 세상을 하직했다고 합
니다. 마꼬 선생은 선생님이 무사히 돌아오실 때까지 자신의
죽음을 알리지 말라는 말을 남겼다고 합니다. 마꼬 선생의 서
신을 동봉합니다.

마꼬가 카라쯔 해안 소나무숲에서 슬퍼하던 때가 엊그제 같
다. 눈 내리는 그날 밤, 별실 앞 차 정원의 나뭇가지에는 눈꽃이
피어 있었다. 문을 열었다. 마꼬가 분청자 통잔을 두손으로 쥐고
있었다. 그녀의 얼굴이 초롱불 아래서 빛났다.
"센세이, 기다리겠어요."

"......"

그날 나는 그녀를 빚었다. 그녀는 나의 분청자 매병이 되었다. 나의 장작은 그녀를 불살로 만들었다. 그녀의 불살은 내 몸을 휘감았다. 눈이 계속 내렸다. 마꼬가 차를 타서 내게 권했다. 아무 말도 할 수 없었다. 창가에 눈이 가득 쌓여 있었다. 차사발에 눈물이 떨어졌다.

마꼬의 서신은 하얀 화지에 봉해져 있었다.


아나따.

저는 오늘도 당신을 만나게 해주신 카미사마神께 감사의 기도를 드렸습니다.

당신이 떠나자 저는 절에 들어갔습니다. 이도에 정진하는 당신을 위해 매일 기도했답니다.

바깥이 춥네요. 여기는 어젯밤 눈이 내렸습니다. 조선에도 눈이 내렸겠죠. 푸른 차나무 잎사귀 위의 설화가 햇살에 반짝이고 있어요. 눈꽃이 다 녹아 햇차가 나올 무렵, 그때가 되면 당신은 오실 수 있을까요? 제 몸은 자꾸 야위어가네요. 카미사마께서 저를 부르고 있는 것 같아요.

아나따.

당신이 보낸 '마꼬 이도'를 받았을 때, 눈물이 앞을 가려 그것을 제대로 볼 수가 없었답니다. 눈을 씻고 다시 보았어요. 그것은 마꼬 이도가 아니라 신의 그릇이었어요. 그것은 저를 일깨워주었어요. 카미사마께서 왜 저를 부르고 있는지를, 저를 당신 가마의 여신으로 삼으려 하심을 알았어요.

어둠이 찾아왔네요. 밤하늘을 바라봅니다. 구름 사이로 달항아리가 지나가고 있어요. 눈이 희미해져요. 이제 갈 시간이 다 되었나봅니다. 당신이 오면 차를 타주고 싶건만……

당신의 여인 마꼬.


숨이 계속 가빠왔다. 어지러웠다.

봉통불을 때고 난 똘이의 눈이 붉었다. 제기는 마지막 칸이다. 혼을 불어넣어야 한다. 장작을 잡았다. 불살이 점점 강해진다. 마지막 칸이다. 불길이 휘몰아친다. 있는 힘을 다해 장작을 던졌다. 불살이 가마칸을 휘감으며 춤춘다. 가마칸이 옥처럼 맑아진다. 맑은 칸 속에 마꼬가 어린다. 고려촌이 보인다.

숨이 가빠졌다. 그릇들이 아물거린다. 장작을 던져넣어야 하건만 가슴이 저려왔다. 장작이 손에서 미끄러진다. 불살이 하얗게 이글거린다. 삭여야 한다.

눈이 가물거렸다. 가마칸이 고요해지며 하늘빛으로 변한다. 깊은 호수다.

"석아!"

어머니다.

"선상님, 선상님! 가시면 안됩니더."

똘이가 점점 희미해진다.

"석아! 왔구나."

아버지다.

"황도 빚느라 애썼다."

할아버지다.

"아나따!"

아련히 들려오는 소리가 있었다.

# 글을 끝내며

소설에 등장하는 달항아리는 조선에서는 17세기 중반부터 제작되었다. 2권 '심당길' 장에 등장하는 망향가는 정몽주가 일본에 사신으로 갔을 때 쓴 시를 약간 고친 것이다.

소설에서는 강항의 조카 가련이가 살아나는 것으로 설정했으나 실제로는 왜군이 물에 빠뜨려 죽였다.[*]

이 글을 쓰고 난 뒤 나는 고쇼마루 다완이 실제로는 임진왜란 후가 아니라 임진왜란 중에 만들었다는 사실을 알았다. 전쟁중 왜장이 조선 사기장을 시켜 만들었던 것이다.

---

[*] 강항은 『간양록看羊錄』에 "둘째형의 아들 가련은 나이가 여덟살인데 주리고 목말라서 짠 소금국을 마시고 구토, 설사하여 병이 나자 적敵이 물속에 던지니, 아버지를 부르는 소리가 오래도록 끊어지지 아니하였다"라고 적어놓았다. 강항이 일본에 잡혀가던 해는 1597년이다.

오늘날 일본인은 이삼평을 '도신陶神'이라고 한다. 메이지유신(1868년) 이전, 일본이 유럽에 수출한 물건의 대부분은 이삼평이 완성한 백자였다. 현재 아리따 도자기를 대표하는 사람들은 순수 일본 혈통으로서 그 조상들은 조선 사기장들에게서 기술을 습득한 후 그들을 서서히 배제하였다.

홍호연은 조선으로 귀국하려다가 뜻을 이루지 못하고 자진했다. 홍호연의 글은 큐슈의 사가현佐賀縣 나고야성박물관名護屋城博物館에 남아 있다.

존해가 부산성주의 아들이라는 기록은 일본 후꾸오까현福岡縣 아가노 도자기의 홍보책자에 기록되어 있다. 아가노 도자기의 도조陶祖인 존해는 주군 호소까와가 죽자 그를 그리며 삭발한 채 육식을 하지 않고 여생을 보냈다 한다.

우리나라에 잘 알려진 심수관沈壽官은 심당길의 14대 직계 후손이다.

또칠이는 1615년 카라쯔번의 어용요 책임자가 되며 그 후손은 14대에 이어 지금까지 가마를 운영하고 있다.

종전의 가마는 아리따와 카라쯔에 걸친 도자기의 중심지였고 기술 역시 가장 우수하였다고 한다. 그가 사망한 1618년 이후 부인 백파선은 천명에 가까운 종업원을 데리고 가마를 운영하였으며, 이삼평이 백자를 제작하기 시작하자 그것에 자극받아 9백여 명을 이끌고 아리따로 이주하였다.

오고려인(오꾸 코라이징)은 임진왜란 전에 함경도 회령, 명천 특유의 도자기 기술을 일본에 전파하였고, 그것은 현재 일본의 대표적인 도자기 중 하나인 '오꾸 코라이'로 이어진다.

사쯔마(카고시마) 출신으로 제2차 세계대전의 A급 전범이자 외무대신을 두 번 지낸 토고 시게노리東鄕茂德도 끌려간 사기장의 후손으로 어릴 때 이름은 박무덕朴茂德이었다. 그 집안은 메이지유신 직후까지 박朴씨 성을 유지했다고 한다.

일본의 보물 호소까와 이도를 소장했던 호소까와 산사이의 직계 후손 호소까와 모리히로細川護熙는 1990년대 일본 수상을 지냈고 지금은 도예가로 활동중이다.

쯔쯔이쯔쯔 이도는 그것을 관리하던 절에서 2차대전 후 경매 시장에 내어놓는데 일본 최고의 경매가를 기록한 바 있다.


이도다완 대부분은 임진왜란 전 영남지방 민가에서 제기로 쓰던 황도黃陶였다. 제상에 메(밥) 올리는 멧사발과 반찬 올리는 보시기였던 것이다. 이도다완에는 조선 사기장의 혼이 깃들어 있다. 그러나 '이도井戶'는 일본인의 성姓이다. 조선 사기장의 예술혼으로 빚은 그릇에 일본인의 성이 아닌 제 이름을 찾아주어야 하지 않을까.

이제 그릇쟁이로 돌아갈 것이다.

이 책을 아버님 영전에 바친다.


2008년 봄 양산 통도사 평산마을에서 신정희도예

신한균

# 임진왜란에서 조선 사기장의 사망까지

● 1592년(임진년)

4월 14일 왜군 상륙작전 개시, 부산진성 함락

　　 15일 동래성 함락

　　 19일 김해 함락

　　 22일 곽재우 의령에서 거병

　　 28일 충주 함락

　　 30일 선조 몽진

5월 2일 왜군 한양 입성

　　 7일 이순신 옥포해전에서 왜함 격파

　　 18일 곽재우 함안의 기강에서 왜군 격파

　　 29일 이순신 사천해전에서 왜함 격파, 그후 당포·당항포·율포에서 잇따라 왜함 격파

6월 8일 곽재우 의령의 정암진 전투에서 왜군 대파

　　 15일 왜군 평양성 함락

　　 22일 선조 의주 도착. 명나라 지원군 파병

7월 이순신 한산도 해전에서 왜함 대파. 왜군 함경도 회령 도착. 회령에서 국경인鞠景仁이 반란을 일으켜 왕자 임해군과 순화군을 왜장 카토 키요마사에게 넘김. 곽재우 의병군 의령·현풍·영산에서 왜군 격퇴

9월 일본과 명나라 평양에서 휴전협상 시작. 이순신 부산에서 왜함 대파. 왜군 창원 점령

10월 진주성 전투(1차)에서 왜군 격퇴. 명나라와 일본 50일간 휴전하기로

합의

12월  명나라 지원군 4만명 도착

1593년 조선인 세공(장인)을 끌고 오라는 토요또미 히데요시의 명령서

● 1593년(계사년)

1월  조선·명나라 연합군 평양성 탈환. 벽제관 전투에서 패한 명나라 군대 개성으로 퇴각

2월  행주산성 싸움에서 패한 왜군 한양으로 퇴각

3월  명나라와 일본 한양에서 휴전협상 재개

4월  휴전협상 타결 후 왜군 한양에서 철수

5월  왜군 부산 집결. 토요또미 히데요시 큐슈의 나고야성에서 명나라 사신 접견

6월  왜군 9만여명 진주성 공격(2차 진주성 전투), 진주성 함락

7월  왜군 진주성에서 퇴각. 임해군 순화군 석방

8월  명나라 지원군 3만명 철수

9월  왜군 남해안에 왜성 쌓음. 당시 왜군 주둔지

서생포: 카또 키요마사 加藤淸正

웅천: 코니시 유끼나가 小西行長

김해: 나베시마 나오시게 鍋島直茂

안골포: 모리 카쯔노부毛利勝信

가덕도: 시마즈 요시히로島津義弘

10월  선조 한양으로 귀환


● 1594년(갑오년)

3월  이순신 당항포해전에서 왜함 격파

8월  명나라 지원군 철수 완료. 왜군 3만여명 잔류


● 1595년(을미년)

11월  명나라의 사신(일왕 책봉사) 부산의 왜군 진영 도착


● 1596년(병신년)

6월  주력군이 일본으로 철수했으나 왜군 일부 잔류

9월  오사까에서의 종전 협상 결렬. 토요또미 히데요시는 조선의 8도 중 4
　　　도를 할양할 것, 조선의 왕자 및 대신 12명을 인질로 보낼 것 등을 요
　　　구함. 조선 재침 준비령


● 1597년(정유년)

1월  왜군 부산 상륙 개시. 이순신 파직

5월  명나라 지원군 한양 도착

7월  원균이 이끄는 조선 수군 칠천량에서 왜군에 패배. 이순신 재임용

8월  왜군 남원성, 전주성 잇따라 함락

9월  이순신 명량해전에서 왜함 200척 격퇴

10월  왜군 남해안 왜성으로 퇴각

12월  조선·명나라 연합군 울산 왜성 총공격

● 1598년(무술년)

1월  조선·명나라 연합군 울산에서 후퇴

6월  명나라 함대 1백척 당진에 도착

7월  당시 왜군 주둔지

　　　　울산: 카또 키요마사加藤淸正

　　　　서생포: 쿠로다 나가마사黑田長政

　　　　부산: 모리 카쯔노부毛利勝信, 테라자와 히로따까寺澤廣高

　　　　창원: 나베시마 나오시게鍋島直茂

　　　　김해: 나베시마 카쯔시게鍋島勝茂

　　　　사천: 시마즈 요시히로島津義弘

　　　　고성: 타찌바나 무네시게立花宗茂

　　　　남해: 소 요시또시宗義智

　　　　순천: 코니시 유끼나가小西行長

8월  토요또미 히데요시 사망

9월  조선·명나라 연합군 울산성, 사천성, 순천성에 있는 왜군 총공격

10월  명나라 수군 대패

11월  조선·명나라 연합함대 노량해전에서 대승. 일본군 총퇴각

● 1600년(경자년)

토요또미 히데요시의 아들 히데요리(서군)와 토꾸가와 이에야스(동군) 간의 세끼가하라 전투 발발

● 1603년(계묘년)

에도 막부 수립

● 1604년(갑진년)

4월  유정(사명당)이 일본에서 3천여명의 포로를 데리고 돌아옴

● 1607년(정미년)

7월 조선 쇄환사 1240명의 포로를 데리고 일본에서 돌아옴. 부산 두모포
  에 왜관 설치(1678년 초량왜관으로 이전할 때까지 존속)

두모포 왜관도

● 1608년(무신년)

선조 승하, 광해군 즉위

● 1609년(기유년)

6월 부산에서 기유약조를 체결하고 일본과의 국교를 완전히 회복함

● 1615년(을묘년)

토꾸가와 이에야스가 토요또미 히데요리의 오사까성을 함락시킴. 또칠이

카라쯔번의 어용요 책임자에 임명됨

● 1616년(병진년)
청 태조 누르하치가 여진족을 통일해 후금을 세움

● 1617년(정사년)
10월 조선 쇄환사 321명의 포로를 데리고 일본에서 돌아옴. 이삼평 큐슈
아리따에 가마 박음

● 1618년(무오년)
종전 사망

종전의 묘비

● 1623년(계해년)

인조 즉위

● 1624년(갑자년)

조선 쇄환사 8월에 일본으로 출발(이듬해 3월 146명의 포로를 데리고 돌아옴). 팔산 부자ᵡᶠ 쿠로다 타다유끼의 미움을 받아 야마다무라山田村로 쫓겨남. 큐슈 아리따에서 백자 생산 시작

● 1625년(을축년)

하기 도자기의 이경 코라이자에몽高麗左衞門에 임명됨

코라이자에몽 임명장

● 1627년(정묘년)

후금(청)의 침입으로 정묘호란 발발. 인조 강화도로 피난

● 1630년(경오년)

백파선 아리따로 이주

● 1636년(병자년)

청 태종 홍타이지가 국호를 청이라 하고 중국의 황제 자리에 오름. 병자호

란이 발발해 12월 15일 인조 남한산성으로 피난감(이듬해 1월 30일 삼전도에서 항복)

● 1637년(정축년)
3월 전해에 떠난 조선통신사 일본에서 돌아옴

에도 시내를 행진하는 조선통신사

● 1643년(계미년)
하기 도자기의 이경 사망

● 1654년(갑오년)
존해, 팔산 사망

● 1655년(을미년)
이삼평 사망

● 1657년(정유년)

홍호연 자결

# 도움받은 문헌

| 한국 단행본 |

유중림 지음, 민족문화추진회 엮음, 『증보산림경제(增補山林經濟)』, 솔출
    판사 1997

강항 지음, 이을호 옮김, 『간양록(看羊錄)』, 서해문집 2005

초의선사 지음, 정영선 옮김, 『동다송(東茶頌)』, 너럭바위 1998

문화재관리국, 『종묘제기(宗廟祭器)』, 1976

『제기도감의궤(祭器都監儀軌)』(규장각 소장)

한국정신문화연구원 역사연구실 엮음, 『경국대전(經國大典)』, 한국학중앙
    연구원 1995

법제처 엮음, 『국조오례의(國朝五禮儀)』, 1982

예조 전객사 엮음, 홍성덕·하우봉 옮김, 『국역 변례집요(邊例集要)』, 민족
    문화추진회 2000

이희경, 『설수외사(雪岫外史)』, 아세아문화사 1986

이규경, 『오주연문장전산고(五洲衍文長箋散稿)』, 민족문화추진회 1981

국사편찬위원회 엮음, 『조선왕조실록(朝鮮王朝實錄)』

송응성 지음, 최주 옮김, 『천공개물(天工開物)』, 전통문화사 1997

김대성, 『차문화 유적답사기』 상·중·하, 불교춘추사 2005

모로오까 다모쓰(諸岡存)·이에이리 가즈오(家入一雄), 김명배 옮김, 『조
    선의 차와 선』, 보림사 1991

정영선, 『다도철학』, 너럭바위 1996

김명배, 『다도학논고』, 대광문화사 1996

김명배, 『일본의 다도』, 보림사 1987

김명배, 『중국의 다도』, 명문당 1985

이용욱, 『중국 도자사』, 미진사 1993

조선유적유물도감편찬위원회, 『북한의 문화재와 문화유적』 1~5, 서울대학교 출판부 2000

김재규, 『유혹하는 유럽도자기』, 한길아트 2000

김명배, 『다도학』, 학문사 1984

송재선, 『우리나라 도자기와 가마터』, 동문선 2003

권병탁, 『전통도자기의 생산과 수요』, 영남대학교 출판부 1979

한영대 지음, 박경희 옮김, 『조선미의 탐구자들』, 학고재 1997

김영원, 『조선전기 도자의 연구』, 학연문화사 1995

이데카와 나오키(出川直樹), 정희균 옮김, 『인간부흥의 공예』, 학고재 2002

김종대, 『우리 문화의 상징세계』, 다른세상 2001

이광주, 『동과 서의 차 이야기』, 한길사 2002

정양모, 『한국의 도자기』, 문예출판사 1991

강경숙, 『한국 도자사의 연구』, 시공사 2000

아사카와 다쿠미(淺川巧), 심우성 옮김, 『조선의 소반 조선도자명고』, 학고재 1996

야나기 무네요시(柳宗悅), 민병산 옮김, 『공예문화』, 신구출판사 1993

전충진, 『도자기와의 만남』, 리수 2001

야나기 무네요시, 이길진 옮김, 『조선과 그 예술』, 신구문화사 1994

미스기 다카토시(三杉陵敏), 김인규 옮김, 『동서 도자 교류사: 마이센으로 가는 길』, 눌와 2001

한일관계사학회, 『한국과 일본, 왜곡과 콤플렉스의 역사』(전2권), 자작나무 1998

강재언·이진희, 『한일교류사』, 학고재 1998

최준식, 『한국미, 그 자유분방함의 미학』, 효형출판 2000

정양모, 『너그러움과 해학』, 학고재 1998

윤용이, 『아름다운 우리 도자기』, 학고재 1996

방병선, 『조선후기 백자연구』, 일지사 2000

방병선, 『순백으로 빚어낸 조선의 마음, 백자』, 돌베개 2002

진홍섭, 『청자와 백자』, 세종대왕기념사업회 1989

유덕환, 『골동의 미』, 신유 1999

정병락, 『옹기와의 대화』, 동광출판사 1998

고제희, 『문화재 비화』 상·하, 돌베개 1996

지명, 『발우』, 생각의나무 2002

이난영, 『한국고대금속공예연구』, 일지사 1992

김원룡, 『신라토기』, 열화당 1981

안귀숙, 『유기장』, 화산문화 2002

이명희, 『궁중유물 — 하나』, 대원사 1995

강대규·김영원, 『도자공예』, 솔 2004

김영미, 『신안선과 도자기 길』, 국립중앙박물관 2005

최순우·정양모, 『한국의 미 4 — 청자』, 중앙일보사 1981

국립진주박물관 엮음, 『조선, 지방사기의 흔적』, 시월 2004

강재언 지음, 이규수 옮김, 『조선통신사의 일본견문록』, 한길사 2005


| 일본 단행본 |


泉澄一, 『釜山窯の史的研究』, 關西大學出版部 1986

加藤唐九郎, 『原色陶器大辭典』, 淡交社 1986

熊倉工夫, 『茶の湯入門』, 平凡社 1985

野中春甫, 『磁器の制作 — 靑白磁大皿を中心に』, 理工學社 1994

芳村俊一,『土と石から見たやきもの』, 光芸出版 1980

『秘土巡禮: 土はきれい, 土は不思議』, INAX出版 2001

大西政太郎,『陶工の技術』, 理工學社 1988

大西政太郎,『陶藝の傳統技法』, 理工學社 1978

大西政太郎,『陶藝の釉藥』, 理工學社 2000

黑田草臣,『器: 魯山人おじさんに學んだこと』, 晶文社 2000

古谷道生,『穴窯: 築窯と燒成』, 理工學社 1994

荒川正明・金子賢治・伊藤嘉章,『日本やきもの史』, 失部良明(監修), 美術
　　出版社 1998

『ヨーロッパ名窯圖鑑: 一流洋食器をたのしむ』, 講談社 1988

前田正明,『陶芸家の世界へ: 土と炎と器への新しいアプローチ』, ベネッセ
　　コーポレーション 1998

平凡社 (編集),『陶器全集 第14卷: 遼の陶磁』, 平凡社 1958

千宗左,『茶の湯 表千家』, 主婦の友社 1966

深川正,『世界の中の有田 ── 私の東西交渉史』, 西日本新聞社 1975

沈壽官・鄭良謨・久光良城,『韓國のやきもの 3: 李朝』, 淡交社 1977

樂吉佐衛門,『樂燒創成 樂ってなんだろう』, 淡交社 2001

『日本陶磁大系』1~20, 平凡社 1989~1990

座右寶刊行會 (編集),『世界陶磁全集』17~19, 小學館 1978~1980

井村欣裕,『柿右衛門』, マリア書房 2002

林屋晴三 (編集),『高麗茶碗』, 中央公論社 1992

高麗茶碗硏究會 (編),『高麗茶碗: 論考と資料』, 河原書店 2003

楢崎彰一,『日本のやきもの(愛藏版)』1, 講談社 1977

水野九右衛門,『日本のやきもの(愛藏版)』2, 講談社 1977

『原色日本の美術 第19卷: 陶芸』, 小學館 1967

『日本の名陶十撰』1~3, 毎日新聞社 1994~1995

常石英明,『朝鮮陶磁の鑑定と鑑賞』, 金園社 1983

堀江珠喜・二重作曄,『ロイヤルドルトン ― 英國の名窯』, 京都書院 1997

桑原史成,『韓國・眞情吐露』, 大月書店 1990

小田榮一,『和物茶碗』, 河原書店 1997

小田榮一,『唐物茶碗と高麗茶碗』, 河原書店 1993

矢部良明 (編集),『茶道具の世界 1: 唐物茶碗』, 淡交社 1999

小田榮一 (編集),『茶道具の世界 2: 高麗茶碗』, 淡交社 1999

樂吉左衛門 (編集),『茶道具の世界 3: 和物茶碗』, 淡交社 2000

高橋箒庵 (著), 小田榮一 (編集),『大正名器鑑實見記』, 淡交社 1996

赤沼多佳,『和物と海外陶磁 ― 裝飾化と多樣化(茶陶の美 1)』, 淡交社 2004

赤沼多佳,『桃山の茶陶 ― 破格の造形と意匠(茶陶の美 2)』, 淡交社 2005

千宗室,『原色お道具の扱い』上・下, 淡交社 1972

赤沼多佳・片山まび・伊藤郁太郎,『やきもの名鑑 5: 朝鮮の陶磁』, 講談社
    2000

高鶴元,『日本のやきもの 15: 上野・高取』, 講談社 1976

桑田忠親,『茶陶とその巨匠』, 朝日新聞社 1977.

中里逢菴,『唐津燒の研究』, 河出書房新社 2004.

中里太郎右衛門,『唐津』, 平凡社 1989.

河野良輔,『萩 出雲』, 平凡社 1989.

岡田喜一,『陶磁大系 16: 薩摩』, 平凡社 1972.

鈴木經緯,『朝鮮會寧地方の陶器に就いて』, 學藝書院

光芸出版編集部,『やきもの辭典』, 光芸出版 1976

岡田宗叡,『古陶見どころ勘どころ ― 日本・高麗・李朝』, 光芸出版 1994

野村泰三,『骨董夢幻』, 京都書院 1989

若林美智子,『高麗・李朝やきもの物語』, 雄山閣出版 1990

谷晃,『茶會記の研究』, 淡交社 2001

谷晃,『茶人たちの日本文化史』, 講談社 2007

谷端昭夫,『よくわかる茶道の歴史』, 淡交社 2007

熊倉工夫,『茶の湯の歷史 ── 千利休まで』, 朝日新聞社 1990

久野治,『千利休より古田織部へ』, 鳥影社 2006

矢部良明,『すぐわかる茶の湯の美術』, 東京美術 2002

茶道資料館,『茶の湯と香合 ── 國燒を中心に: 昭和59年春季特別展』, 茶道
　　總合資料館 1984

茶道資料館 (編),『遺跡出土の朝鮮王朝陶磁 ── 名碗と考古學』, 關西近世
　　考古研究會 1990

| 보고서 |

국립경주박물관 · 하동군, 「경남지역 도요지 조사보고」(1985)

울산대 박물관, 「울산 '언양자기소' 지표조사보고(울주군 삼동면 하잠리
　　도요지)」(학술조사보고 제4집 2000)

진해시 경남발전연구원 역사문화센터, 「진해 웅천 자기요지 (1) ── 진해시
　　웅천면 두동리 웅천 자기요지 시굴조사 약보고서」(2001)

대한화학제품시험조사소, 「한국의 요업원료」(1978)

日本 山口縣教育委員會, 「萩燒古窯: 發掘調査報告書」(1990)

| 논문 |

谷晃, 「御本茶碗を燒いた窯」(『月刊 茶道雜誌』 2006年 4月號, 河原書店)

윤덕민, 「도자기 기술로 본 한 · 일 흥망사」(『신동아』 1998년 6월호)

박윤석, 「400년 동안의 망향가 심수관 14대」(『신동아』 1998년 8월호)

방병선, 「17~18세기 동아시아 도자교류사 연구」(『미술사학연구』 232, 한
　　국미술사학회 2001)

정경옥, 「조상제례에 관한 연구」(성균관대학교 석사논문 2002)

김상보·장철수, 「조선통신사를 포함한 한·일 관계에서의 음식문화 교
　류」(『한국식생활문화학회지』 13권, 4~5호, 1998)

오오하시 고오지(大橋康二), 「근대일본 조선 도공의 활약사」(2001년 세계
　도자기엑스포 조선도공후예전 도록의 서문)

우관호·천종업, 「히젠도자기 연구」(홍익대 1997)

우관호·김진규, 「아가노, 다카도리 도자기 연구」(홍익대 1999)

우관호·김은정, 「하기 도자기 연구」(홍익대 2000)

우관호·천종업, 「사쓰마 도자기 연구」(홍익대 1998)

우관호, 「가키에몽 양식 연구」(홍익대 1997)

조용란, 「다도의 ‘와비’ 일고찰」(중앙대 석사논문 1998)

신경균, 「조선시대의 지방가마에 관한 연구: 진해시 웅천 가마를 중심으
　로」(경성대 석사논문 1992)

최형진, 「분청사기 쇠퇴의 연구」(국민대 석사논문 1990)

| 도록 |

東京國立博物館, 『室町時代美術 — 特別展圖錄』, 大藏省印刷局 1992

大阪市立東洋陶磁美術館, 『東洋陶磁の展開』, 大阪市美術振興協會 1994

ハウステンボス, 『PORCELAIN MUSEUM』

日本五島美術館, 『山上宗二記』

『日本 金澤市中村記念美術館 所藏圖錄』

『日本 MOA美術館 所藏圖錄』

『日本 香雪美術館 所藏圖錄』

日本五島美術館, 『益田鈍翁の美の世界』

『日本 野村美術館 所藏圖錄』

『日本 湯木美術館 所藏圖錄』

『日韓 陶磁文化交流 四百年圖錄』

『日本 上野燒 圖錄』

『日本 福岡市立美術館 所藏圖錄』

『日本 根律美術館 所藏圖錄』

『日本 SUNTORY美術館 所藏圖錄』

『日本 畠山美術館 所藏圖錄 』

『日本 德川美術館 所藏圖錄』

『日本 三井文庫別館 所藏圖錄』

『傳統の萩燒の高麗茶碗·古萩』(1975)

호암미술관,『조선도자기』(1985)

광주 조선관요박물관,『조선도자수선』

해강도자미술관,『생활 속의 도자기』

호암미술관,『조선백자전』Ⅰ, Ⅲ

『호암미술관 명품도록』

동아대학교박물관,『소장품 도록』

『해강도자미술관 도록』

『국립경주박물관 도록』

부산시립미술관,『궁중유물도록』

호암미술관,『분청사기 명품전』

국립진주박물관,『새롭게 다시 보는 임진왜란』

『고궁박물관 진품전집』31, 37, 38, 39

진화랑,『조선시대 회화 명품집』(1995)

진화랑,『고려 조선 도자 명품집』(1995)

| 전문지 |

『古美術綠靑』1~12

『陶磁郞』1~32

『つくる陶磁郞』1~20

『陶工房』1~30

『日本の美術』9, 266, 444, 425, 至文堂

『月刊陶』1~12

『炎藝術』20~45, 56

『骨董』10, 讀賣新聞

『なごみ』1996. 1, 淡交社

『目の眼』No. 140, 星文出版

『101人の古美術』, 平凡社

『FUKUOKA STYLE 九州陶磁器』Vol. 15

主婦の友社 (編),『前茶全書』

한국다문화연구소,『다문화연구지』1~13권

# 신의 그릇
## 사기장 신한균 역사소설

**초판 1쇄 인쇄** 2025년 3월 14일
**초판 1쇄 발행** 2025년 3월 21일

**지은이** 신한균
**펴낸이** 김재광
**펴낸곳** 솔과학
**편 집** 바다
**영 업** 최희선
**디자인** 본문·표지 장덕종
**등 록** 제02-140호 1997년 9월 22일
**주 소** 서울특별시 마포구 독막로 295번지 302호(염리동 삼부골든타워)
**전 화** 02)714-8655
**팩 스** 031)422-4656
**E-mail** solkwahak@hanmail.net

ISBN 979-11-7379-007-2 03810

ⓒ 솔과학, 2025
값 20,000원